苍天亦老

黄国荣 —— 著

中国文联出版社

图书在版编目（CIP）数据

苍天亦老 / 黄国荣著. -- 北京：中国文联出版社，2021.11

ISBN 978-7-5190-4640-8

Ⅰ. ①苍… Ⅱ. ①黄… Ⅲ. ①中篇小说－小说集－中国－当代②短篇小说－小说集－中国－当代 Ⅳ. ①I247.7

中国版本图书馆 CIP 数据核字(2021)第 166824 号

CHINA LITERATURE AND ART FOUNDATION
中国文学艺术基金会
中国文学艺术发展专项基金　资助项目

著　　者	黄国荣
责任编辑	蒋爱民　袁　靖
责任校对	王　维　许可爽　鹿　丹
装帧设计	吉　辰

出版发行	中国文联出版社有限公司
社　　址	北京市朝阳区农展馆南里 10 号　邮编　100125
电　　话	010-85923025（发行部）　010-85923066（编辑部）
经　　销	全国新华书店等
印　　刷	北京市庆全新光印刷有限公司
开　　本	710 毫米×1000 毫米　1/16
印　　张	22.75
字　　数	272 千字
版　　次	2021 年 11 月第 1 版第 1 次印刷
定　　价	48.00 元

版权所有・侵权必究
如有印装质量问题，请与本社发行部联系调换

目 录		
	福人	001
	走啊走	027
	苍天亦老	102
	平常岁月	141
	履带	212
	雾障	286
	小竹岛之恋	298

福　人

一

　　人是非常可爱的，最可爱之处是重情讲义，所以人世间这个大舞台上有看不完的正剧喜剧。人有时候也是挺可笑的，常常为了一口气一点面子跟人急眼。斯文人叫失态，老百姓叫急眼。人一急眼，好端端的一个人就混同于畜类，急赤白脸，思维混乱，口不择言，旁观者把他当斗鸡观赏，他却全然不顾，有时候还酿成悲剧。王南山老汉这会儿正跟他的医生急着眼呢。

　　"我告诉你！我两个儿子都是大校军官！一个在造导弹，一个当着师长，到老山打过仗，立过功，你要接不好我的腿，我叫市长来找你算账！"

王南山俩眼睛瞪得半个眼球鼓在外面,话从嘴里钢豆一样喷出,乒乒乓乓在病房的四壁和门窗间乱撞。女儿女婿先就傻在一边。医生当头挨一闷棍,蒙了。王南山倒是咳出块堵在心口的恶痰一样痛快酣畅。

医生从王南山的痛快酣畅中回过神来,看怪物一样看着王南山这个乡下老头,医生的神气便从骨头里冒出,他冷冷地把王南山也斜了一眼。这一眼闪了王南山的腰,痛快酣畅立时中断。那冷眼挺毒,毒到王南山没了一点底气。医生并不满足,还轻轻地夹进一声几乎听不到音的"哼",嘴角和眼睛还配合着露出那么一丝淡淡的淡得几乎看不出笑纹的笑。尽管那声哼很轻,王南山却听到了;尽管那笑很浅,王南山也看见了。不光这些,王南山还发觉他肚子里掖着句没说出口的话。那句糟践他的话用不着说出来,医生的眉眼鼻子嘴脸都说了。更揪王南山心肺的是,女儿女婿给医生赔不是说好话点头哈腰,医生居然也笑他那样笑他们,他走出门去了背影上仍透着对他们的讥笑。

呼腾!王南山的心往空里一沉。那条断了的右腿霎时间丢了,连痛苦都丢得无影无踪,汹涌澎湃的懊悔把他整个儿淹没。他在汹涌中挣扎出一颗细细的脑袋,再抽出一只手来,狠命地抽打自己的脸。丢!真丢!把儿女们的脸都丢光了。

这些年来,王南山一直幸福而甜蜜蜜地不断接受着乡邻们的敬重,三男二女,个个出息而且孝顺,他有着铺撒不尽的骄傲。骄傲归骄傲,可他从没敢拿儿女们给他的荣耀当一种威势压过谁。儿子造导弹,跟你住院有啥关系?儿子当师长立功,跟人家医生又有啥关系?还要找市长,哪跟哪呢?说出口的话,泼地上的水,想捡也捡不回来了。真要是拿住了人家,也算有点面子,可人家把他的话当屁一样听了。一病房的人，尤其是那个呱呱鸡，也都是那么一副不知他是说了话还是放了屁的神态。村里的人，包括高镇认识他的人，把他的话是很当话听的。他接受不了这种颠倒，也不允许别人把他这样颠倒。王南山啥时候经受过这种羞辱！当年日本鬼子把他捆着吊梁上让他喝自己的尿都没感到这么羞辱。他闭上了眼睛，谁也不看，啥也不听，只在心里懊悔。

这些年，王南山从来没有反省过啥。活八十八了，能活这岁数就是本事，用不着说儿女们的出息，单这，谁比得了？村上没有第二个，乡邻们谁不拿他当长辈敬。今日在这里他一下找不到往日在高镇的感觉。

二

王南山清晨四点半起床。一年四季三百六十天，王南山都是四点半起床。儿子儿媳们郑重其事地跟他说过几回了，上年纪了，腿脚不灵便了，不能再起这么早，要重新调整活动时间，万一摔着跌着不是闹着玩的。王南山没把他们的孝心往心里装，话听了，心里却不服。水寒鸭先知，人老腿先觉，他觉得自己的腿脚还硬朗得很。除了早起，他还老来勤，在自己的宅基地上种小菜，到村里厂区的厕所吱嘎吱嘎三担五担地挑大粪做菜肥。前年种西红柿，卖了三百多块；去年种朝天椒，磨了六十三瓶辣椒酱，送了半个村子。上城里女儿家，回来总不坐公共车，脚下依旧能生风。要不到北京大儿子那里去，他不会装这口假牙，那十一颗咬蚕豆还嘎巴脆响的牙齿生生地为了儿子的脸面全部壮烈牺牲。村里的男男女女常常看着他的背影犯疑惑，思想万千。

王南山天天早起，只为做一件事——到镇上的茶馆喝早茶。这里的早茶不是广东人所说的早茶，纯粹是喝茶讲白谈。谁跟谁坐一桌，谁坐谁对面，都是固定的。老兄弟们聚到一起，天南海北，古今中外，村言巷事，家长里短，无所不及，无所不谈，无所不评，光为喝茶，他们不会有这兴头。

　　王南山起床先收拾自己，再收拾他的装备包。老三给他只迷彩包，他当宝贝天天背着。包里的装备有一把"梅段"紫砂壶，那是大女儿学徒满师领头一个月工资给他买的。再有茶杯，泡方便面的搪瓷杯、老花镜和专在茶馆用的洗脸擦手毛巾。王南山轻手轻脚，一点不惊动老伴。老伴血压高，犯过一次心肌梗塞。少年夫妻老来伴，他离不开老伴，日里替他缝补浆洗做好吃的，夜里夏日给他扇扇子冬日伴他暖被窝，离了她，他不知日子怎么过。王南山收拾完一切，最后穿上那件羽绒棉袄，换上那双皮鞋。上高镇，这两样东西他是必定要穿的，羽绒棉袄是北京的大儿媳买的，皮鞋是山东的三儿媳买的。穿着这两样东西走在高镇大街上，如同身后有一群儿孙簇拥着，让他扬眉吐气。

　　王南山兴冲冲走出村口，抬腿踏上市里到高镇的水泥公路，他自然想不到前面有灾祸正迎接他。冬至刚过，五点钟天还不亮。公路两旁勤快的店家有开了一扇门的，小吃店的伙计在生火，杂货店的小工在打扫店铺，路两边便零零星星闪着光亮。王南山在黑暗中悠闲地靠公路右侧高抬腿走着，两眼悠闲地顺便把两边的光亮照看。一悠闲，嘴里就不由自主地唱起了"诸葛亮借东风"。老头年轻时也算风流倜傥，盯住漂亮旦角儿没白没黑往戏院子里扎，草台班到村里唱折子，缺个啥丑的他都敢上去顶。小店里的人听着王南山的干号，都会说，王南山又上茶馆了，人一辈子能过上他这样的日子也算值了。

王南山唱着戏文走近影剧院门前的广场，影剧院门楼上面的霓虹灯还在转着圈跑电。王南山打住嘴里的戏文，心里生出一个念头，以前怎没发现？今日要是碰着镇长得跟他说说，这么多电灯泡，要用多少电？这些灯跑到十二点也就行了，夜里又没有人，跑给鬼看哪！这不是浪费电吗！怪不得电费又涨了呢！是不是这些灯费的电，加到了百姓头上。

王南山心里这么念叨，眼睛便把霓虹灯仇恨，脚底下就踩了空。脚下一空，身子和屁股就飘起来随着那只踩空了脚一起往地面坠去。啪！冬天穿着棉衣裤，不可能有这么脆的声响，王南山心里是这么觉着的。王南山感觉有一把钝刀朝他屁股下面的大腿骨狠命地砍了一家伙，他的腿顿时就麻了。他没能回过头来看是谁砍他就四脚朝天仰倒在公路下的水泥场上。谁这么狠，我惹你啥啦？侧过脸来一瞅，漆黑中没人。王南山知道是自己走偏跌了跤。影剧院的广场跟马路的落差有两尺光景，砍他腿骨的是水泥马路锋利的路沿。他心里又冒出个念头，今日要碰着镇长，也得跟他说说这事，为啥不弄一样平，为啥不坡着下去，怎么就没想到老人小孩会跌跤呢！

念叨完，王南山躺着喘了口气，这才想起包里的茶壶。他急忙翻身，意念中刚要抬右腿，一阵撕心裂肺的疼痛让他额头立时冒出许多汗珠。娘哎！坏了！这腿还能断了不成？！

王南山躺在那里不得动弹，公路上的车多起来，一辆接着一辆从他的脑袋边呼啸而过，他晓得喊也是白喊，他的嗓门大不过汽车声。近处没小店，他在路沿下，他看不见别人，别人也看不到他。越痛越想证明事情坏到啥程度。王南山试着动了几次，身没翻过来，又痛出许多汗。狗日的，今日这早茶怕是喝不成了。

天色渐渐放亮，路上有了脚步声。一双脚步很重的皮鞋声向他靠近，他听出是乡邮员小崔走路的动静。小崔他熟悉，说是小崔，也四十来岁了。两个当兵的儿子，写信邮钱来，一直都是小崔给他送上门。这些年不知让小崔受了多少累，小崔连老大和老三写的字都分得清清楚楚。国庆节两个儿子又都寄来了钱，又是一人六百，他塞包"红塔山"给小崔，小崔死活不受，只接了他一支烟。还说老阿伯我没烟孝敬你就愧了，怎还能抽你的烟呢。听这话，王南山心里舒服。他明白，乡邻们敬他，都冲他是军属，冲他两个儿子是大军官。每回听到这样的话，他总有儿子来到眼前一样的幸福感。

皮鞋声来到跟前了，王南山抓住机会呻吟一声。皮鞋游移地停下，又慢慢响着离去。不是小崔。王南山自己跟自己说，一准是个过路的陌生人，小崔不会认不出他，可声音为啥这么一样？远去的皮鞋声犹豫起来，接着又急促地返了回来。

"喂！你总不会是南山老阿伯吧？"

"是我哎，小崔。"

"哎哟喂！你怎么会在这里呢！我当是外地来的盲流呢！"小崔蹦下了马路，"你怎么啦？"小崔立即弯下身子扶他。

王南山摇摇手，说："我的腿怕是跌断了，去帮我打电话，叫老五媳妇志英，老五出差不在家，她在拉丝厂加夜班，再叫我弟弟南松来。"

"我先背你上医院吧？"

"没事，医院现在没人。"

小崔一想也是，立即跑着去打电话。

三

那医生，王南山头一眼见他就别扭。人长得倒是有模有样，脸皮子也白白净净，穿件白大褂，戴副金边眼镜，很有医生的派头。王南山被抬进医院，痛得头上冒冷汗，他那脸竟木板一样木着，看都不看他一眼，开口就问带钱了吗。志英说带了一点。他说一点是多少。志英说两千。他说两千好做啥。志英问要多少。他说押金起码五千。志英说先交两千行不行，住下马上再补。他说他不管，冷冰冰地让志英去跟住院处商量，说刚腾出一张床，住不住赶快定。王南山看医生的眉眼嘴脸间透着一股子酸气，说出的话也带着酸不叽叽的味。他越听心越烦，越烦腿越痛，他忍着痛抬头冲医生说："不住！"

"这么大年纪了，接起来的希望不大。赶紧定，过会儿，床位就不保险了。"

"床位我们要了，钱马上拿来。"老二老四两个女儿救火一样赶到。

六一二病室一共三个床位，第一张床躺着个小伙子，骑摩托摔断了腿，上了石膏，还有内伤；第二床是个中年人，骑自行车被汽车撞翻断了胳膊还多处受伤。王南山是最里边的那床。上楼上床，痛得他头一阵阵发晕。女儿女婿外甥把他团团围住，可谁也减轻不了他的痛苦。在床上躺了一个钟头，没见一个医生来治他的腿，好不容易盼来个穿白大褂的小姐，腿痛不管，却给他量血压测体温。王南山鼓一肚子气，又不好发作。测完体温，又推进来一架机器，说是要拍片。王南山招志英，让她跟医生说，高镇已经拍了，把片子给他们看看就行了，省点钱。医生又木着脸说不行。王南山心里话，你们不把那五千块钱折腾光，是不会甘休的。

拍完片子再没有医生来看他。天快黑了，护士才送来几片药片。邻床陪床的中年妇女很热情地提来暖瓶倒了水，一边送水一边近乎起来。老阿伯，好福气，儿孙满堂啊。市医院条件很不错的，床是三节升降的，墙上有输氧管、传呼按钮，天棚上有输液滑道，厕所里有喷淋能洗澡，白天黑夜都有热水，钱也是钱，不打针不吃药，床位费、空调费、护理费、卫生费，还有电梯费、陪床费，一天怎么也得一百多。要不是人家给我们包医疗费，我们可住不起。这女人说话呱呱呱像鸡婆下蛋报喜，脸上的肉哪块都动，极有煽动性。

王南山把志英招到跟前，小着嗓说，我说不要来你要来，这种大医院不会把咱老百姓当回事的，那张片子要了多少钱？志英说一百二十块。王南山的眼就睁圆了，嗓门控制不住高起来，你看，比高镇贵五十块。志英立即摇手，小着声说，人家的机器好，能直接上病房拍片，自然是要加收服务费的。王南山说，回家！不住！花这冤枉钱，我心痛！志英说手续都办了，钱也交了，你就安心地住吧。王南山噘着嘴说，心里不痛快，病也治不好。

整整一个黄昏过去了，医生才到病房来找志英。木着脸说，老爷子这么大年纪了，做手术没有把握，骨质疏松了，只怕钢板都没法固定。邻床那中年妇女立即附和，是啊，那天六〇七房那个老头拉开口子，骨头像糟烂木头。王南山心里骂了一句，真是只呱呱鸡。医生又说，也不是绝对不能做，只是没有把握；保守治疗安全一些，牵引对位，慢慢长。志英问保守治疗要多长时间。医生仍木着脸说，年轻人两到三个月，像他这年纪难说，三四个月能不能长好，也难说。你们赶紧商量一下，定了后告诉我，我们好安排治疗。

放他娘个大麦屁！王南山看着他的背影骂。屋里的人都笑了。让我们定，还要你这狗屁医生做啥！弄半天你就只晓得赚钱哪！不住了，回家！一个月住院费就得三千多，四个月要一万多！日他娘！黑天黑地了！

中年妇女看医生走了，也跟着王南山凑热闹。别听他的，他们还不是越赚多越好，巴不得你长年住下去呢！住上半月二十天的，对上位就出院，他能拿你怎么样？回家躺着一样长。王南山没接她的话。

志英和女儿女婿都出去了，王南山知道他们商量去了。王南山打定主意，不管他们咋商量，明天就出院。

是老二趴在王南山的枕头边把方案告诉他的。老二说已经给大哥和三弟打了电话。王南山一听瞪大了眼。老二说，大哥和三弟的意见是一致的，就在市医院治疗，不管花多少钱，一定要把腿治好。如果不能动手术就保守治疗，中医那边也联系，最好是一边牵引一边同时敷药。王南山关心的是叫没叫他们回来。老二说，他们都回不来，大哥正在外地试验基地搞试验，三弟在抓演习训练，他们军区要搞一次大演习，老五正在谈一个工程，暂时也回不来。王南山松了一口气，说不惊动他们就好，他们都担着国家的大事哪，别为了我这腿分心耽误事。

王南山醒来，下半身动不了了。老四趴在床边睡着了。他只记得他们给他打了针，那医生给他正了腿。狗日的手真重，一下叫他晕了过去。王南山想看看他们把他的腿整成了啥样。他用胳膊肘撑身子，试了试，无能为力。右腿被绑住了，还有东西拽着。他再努力时，老四醒了。老四说志英回家了，她要上班，儿子要上学，还要照顾娘。他们商量好了，白天让南松叔叔陪他，饭由老二老四送，晚上三家轮流陪，一家一夜。王南山让女儿搀他起来看腿，老四生来温顺，拗不过爹，轻轻地托起他的身子。王南山看到脚头有个铁架子，右腿架在铁架子的纱垫上，膝盖下面销进了一根筷子一样粗的不锈钢小钢筋，铁架子上有个滑轮，滑轮上的钢丝绳一头拽着好几个铁秤砣，另一头分成两股挂在销膝盖里的那根钢筋上，腿被拉得像根棍子。这不是上老虎凳嘛！

四

志英颠着两只奶子上气不接下气跑到影剧院门口，王南山正在厕所里困难地撒尿。小崔去打电话，碰着了王南山隔壁的水泉。水泉二话没说，扔下自己的菜担跑到现场。王南山说憋着一小肚子尿呢。水泉把王南山搀起拖到背上扛进了厕所。腿是真断了，水泉见他头上直冒冷汗，可他挺忍痛，没听他哼一声。水泉让王南山的左脚先找着地，扶他金鸡独立后让他趴他肩上，他替他解裤子，助他撒尿。结果尿了水泉一手，王南山说活这么大岁数害人。

水泉背着王南山走出厕所，南松和志英正四下里找他。志英抢先搀住王南山，话没说眼泪先跑了出来。王南山一见志英，腿痛得更厉害了，嘴里也哼哼起来。老头子身边就这个小儿媳，比女儿还亲，在小儿媳面前总爱撒点娇。老伴常为这吃醋，骂他老没正经。王南山只当没听见，就喜欢小儿媳侍候他。没见过志英这么当机立断，她让叔公把三轮车推过来，先送公公到镇医院拍片，看骨头是不是真断了。

片子洗出来，右股骨断裂，医生说年纪太大，不敢耽误，赶快送市医院。志英就出门去找出租车。

"志英！我不去！"

南松和水泉让王南山吼一哆嗦。王南山从来没对志英这样大着嗓说过话。

"爹爹，你的腿断了哎，镇上医院看不了啊。"

"看不了我也不去市医院！"

"那为啥？腿断了能不治吗！"

"断就断着，这把年纪了，也够本了。"

"爹爹哎，啥都依你，这事不能依你，要耽误了，大哥三哥不把我吃啦！我可担当不起。"志英转身过桥去招出租车。

"志英！你不要叫车！也不能给老大老三打电话！我不要他们晓得这事！"

四个人一时僵在那里。

一直没有开口的水泉说了话："志英，市医院花钱是多，一进去押金就得好几千，听说山里有个祖传的接骨中医，用药敷，灵得很，还便宜，只要一千来块钱，三个月包好，咱们前村的赵宝根去年就是上那里看的，只要在那里住两天就可以拿着药回来自己敷，他现在好了，一担水挑着跑。要不上他那里问问？"

"山里便宜就去山里看！我宁愿瘫也不去市医院！"

志英为了难。老人养他们兄妹五个，这辈子受了不少苦，老大老三三天两头来电话，千叮咛万嘱咐，一定要让爹娘安度晚年，坐享清福。如今出了这样的事，自己的男人在外面跑生意拉工程，老大老三不让告诉，家里就她自己，要是耽误了，出了啥事，她怎么交代。兄妹五个，也不是拿不出钱来，就是没灾没病，两个哥也是寄钱尽着老人花。她不能犹豫，医院一定要找最好的，医生也要找最好的，自己尽了心尽了力，怎么都好说；要是因为她没尽心没尽力出了事，后悔药没地方买，她这一辈子都过不好。再说公公爹一直把她当女儿疼，腿断了，她的心都痛。

"爹爹，江湖郎中咱不能信哎，咱不想出事，可现如今事情已经出了，该花的钱就得花，我能拿你的命开玩笑吗？咱先到市医院看看，听医生怎么说。市医院里有专家，他们要是说那药能敷，咱再去治也不晚，啊？"志英连哄带劝。

不知是志英的话让他服，还是伤痛叫他受不了，王南山没了声。志英立即让叔公去找出租车，她回厂里借钱，约定在村口公路的站牌下会合。

"南松，叫司机送我回家！"王南山一上车就变了卦。

南松为难地看着他。

"你聋啦！我叫你送我回家！"

南山是真火。南松看他头上的汗不住地往下流，脸惨白，没一点血色，他肯定痛得要死。

"还是听志英的吧，部队的两个侄子怪罪起来，她担不起。"虽说是弟弟，南松也八十岁了。

"腿是我的，我不怪罪谁还怪罪！回家拿木板夹住，躺两个月就好了，就算好不了，土埋颈根了，瘸条腿又怕啥。"

"腿断不是小事，你痛成这个样，不治怎么行，你是心疼钱？"

"我是心疼钱，快九十的人了，花几千块钱接条腿，不值。我不想把事情弄大，上了市医院，老大老三还能不晓得？他们不知急成啥样呢！他们都担着大事，率着千军万马哪，我能叫他们为我的腿操心吗？南松你听话，快把我送回家去。"

志英在站牌下等不来车，跑对门小店往家挂了电话，婆婆说老头子回家了，死活不愿上市医院。

志英赶到家，王南山来了犟劲，他宁愿瘫床上也不去市医院。

志英急得跺脚，带着哭腔求王南山："爹爹哎，家里就我一个，你这不是逼我往死路上走嘛！你要是真瘫在床上，哥哥姐姐怪我不说，谁侍候得了你？两个姐姐说明年就给你做九十大寿，大哥三哥两家人都回来，你要是站不起来，你叫我怎么办？我明白你的心，你是怕哥哥他们担忧，又心疼钱，可这要分啥事，你是断了腿啊！这种事我敢瞒他们吗？这样的钱能省吗？"志英说着说着眼泪又流了下来，"爹爹哎，我求你了，你别为难我，你再为难我，我这就去给大哥三哥打电话。"

"不！不要给他们打电话！"

王南山懊悔当时怎么一见志英的眼泪心就软了呢。

五

王南山在高镇地面是出了名的福人。老大老三在部队，官都升到了大校，老大是大学毕业分去部队的，在北京二炮的一个研究所当副所长；老三在山东部队当师长；老二是女儿，在机械厂带徒弟；老四女儿在菜市场卖菜；老五自己办了一爿水处理设备厂。王南山在高镇的名气是做八十大寿做出来的，老五请镇电视台录了像，儿女们一个一个给他点了歌，镇上的头头脑脑还去贺了喜，在镇电视台上放了半个多钟头，王南山的嘴自始至终没能合拢。全镇的老人羡慕得跟儿女嘬嘴，不孝的儿女则把王南山的儿女忌恨。啥事不好做，带这么个好头，立这种榜样。就凭这，王南山在高镇茶馆里说话嗓门比谁都响。谁要不讲理，他就说谁；啥事不顺眼，他就管啥事，就是镇长他也敢当着面说他的不是。

到了医院，一切都变了，变得让王南山非常陌生。最让他心烦的是前天刚进来的那位。

日头从西边出了，医生那张木板脸居然会堆满了笑，而且进门就冲着王南山来。王南山心里打了个盹。这狗东西今日准有事求我。

果不然，他要他把床腾出来。说有一位遭车祸的危重病人要住进来，说那人要输液，还要吸氧，要用床位墙上和顶上的设备。而他不用这些，牵引服药就成，睡加床一点不影响治疗。医生一边说，一边还不住地点头哈腰。王南山想，来的那位准是他亲眷，要不就得了人家的好处。不然他怎会对他送笑脸？怎会朝他点头哈腰？王南山故意闭上了眼。小子哎，老子今日要治治你。

呱呱鸡乘机向医生讨好，哎呀！你看，要是我们不输液，我们腾出来就好了。叫老伯腾床，真不好意思。她倒是汤水不漏。不过废话一句，医生和王南山都没睬她。

南松趴到南山的耳朵边，替医生劝他，让他听医生的话，跟医生作对闹僵了没好处，还说不冲医生，冲病人咱也得帮这个忙。

南松后面那句话说到了南山心里，是这道理，危重病人，咱不能见死不救啊！王南山睁开眼，他问医生，加床的床位费是不是好少一些，他自然不能这么便宜医生。医生立即嘻开嘴，说这个可以商量。王南山得寸进尺，让他签字画押。医生被他弄得有些尴尬，自己找梯子下台阶，说用不着，他会在医嘱里写上的。

换床时，呱呱鸡跟着起劲地帮忙，端盆提杯，还一个劲地安慰王南山，倒像是给她腾床一样。

抬进来的人没一点生气，又是输血，又是打吊瓶，还往鼻孔里插氧管子。王南山紧挨他的床，他没转头看他，一股股血腥味时不时钻到他鼻孔里来，伤得不轻。王南山没见病人，倒见了那个打扮得花枝招展的丫头。说不上是老婆，还是女儿，还是啥秘书的。这年头新鲜事多，王南山也晓得。

呱呱鸡立即跟那丫头搭上了话，又是关心，又是探问。两人说话的声音不大，尤其是那个丫头，说话像蚊子哼哼，生怕惊了病人。王南山耳朵挺尖，听清了事情的大概。那人翻了车，手术开了膛，肝都撞碎了，断了四根肋条骨，缝了几十针。听了这些，王南山心里不知为啥舒坦了一些，加床也不那么软了，厕所里跑过来的气味也不那么臭了。

第二天清晨，那人才醒过来。说话出的气多，讲的话少。王南山还是听清了那句话，那是他醒来的第一句话，他问那丫头打点了没有。丫头附在他耳边，把话轻轻吹进他的耳朵眼，一一告诉他，都打点了谁，怎么打点的，还说医生都很尽力，手术时副院长一直陪到底，手术非常成功。

病房变成了戏堂子。王南山不明白那主是个啥官，来看他的人排成了队。有人叫他胡总。王南山在电视里常听到这个称呼，如今这年头这总那总的满街是。那日在茶馆里听人说，城里拆旧房盖新楼，推土机撞倒了一根电线杆，砸死了十个人，一验身份，十个都是总经理。

病房变成了花房，送来的各色礼品也摆了一墙角。那个胡总被花包裹，像电视里中央死了人一样。王南山直摇头，摇头归摇头，心里却无缘无故生出一些烦恼。有啥了不起的，不就是个经理嘛！摆啥谱！我儿子造了导弹都没有了不得，老三胸前挂满勋章也没有了不得。都撞成这样了，还烧包啥！要不烧包能翻成这样子？

呱呱鸡跟着忙起来，帮着接花篮摆花篮，每接一个花篮都要赞赏一番，讨好病人，也讨好客人，倒像花是送给她的，她成了主人，那丫头反成了陪衬。王南山听着她的张罗心里更烦。

老二送来中午饭,乌鸡汤,还有红烧鱼。呱呱鸡闻着味凑过来,老阿伯,两个女儿多孝顺啊,饭菜天天不重样,你想吃啥就做啥,如今这样的儿女少见了。王南山有些烦她,没理她。女儿一边喂他吃饭,一边告诉他,上午志英打来电话,老大和老三寄钱来了,一人寄了两千。王南山听了心里有些甜,他让老二和老四把垫的押金先拿走,挣的钱不多,拖儿带女的都不容易。老二就宽他的心,不要他为钱操心,老大老三寄来的钱是孝敬他的,她们垫的钱也是孝敬他的,只要早点把腿治好,就是他们做儿女的幸福。王南山心里松快了许多。他悄悄跟女儿说,让他们各家各户也送些花篮来。女儿噘起了嘴,你眼红啦?人家花的是公家的钱,花起来没人心疼,越排场越痛快,越浪费越体面;咱的钱是自己挣的,挣不容易,糟践更心疼。老二生性直爽,快人快语。王南山便只吃饭不再说话。

医生来查房,一进门又都围到胡总的床边,王南山留意那医生,脸虽还是木着,在他面前也装样端着医生的架子,可那脊梁早软了,问了这问那,查了这查那,那细致劲比侍候他亲爹还精心。王南山心里骂,狗日的,人家不打点,你能这么细心?到其他床前,老是那么一句,怎么样啊?到他这里更省事,看一看就走了,连句话都没有。

护士进来,也是踏踏踏踏先跑到胡总那里。在那里做事一点不烦,一天跑十几趟。那丫头哼哼,我离不开,能不能帮我去交点钱。护士立即接过钱,踏踏踏踏就去了。那丫头自言自语,几天没洗澡,该回去取点衣服。护士痛快地说,你去吧。那呱呱鸡不知是因那丫头给了她一盒西洋参,还是天生那德性,居然还跟护士争着讨好,你只管放心去吧,有我呢。

那丫头前脚出门，呱呱鸡后脚就挨到南松耳边，问他知不知道她是他什么人。南松摇摇头，她就挤眉弄眼告诉他，丫头是胡总在外头包的女人，他老婆晓得了，跟他闹翻了，出这么大车祸都不来看他，还不让女儿来看他。

加床挨着厕所，上厕所的人出来进去，开门关门，一阵阵尿骚臭气时不时向王南山扑鼻而来。

护士又来了，帮胡总忙完，最后来到王南山床头，往销的那根钢筋那儿抹点酒精，连体温也不给他量了。

"不痛的地方，你天天抹药；痛的地方，你们问都不问，看都不看。整日给我上老虎凳，还要收我一百多块钱一天，这么赚我老头子的钱，你们一点都不觉得心亏？"

护士扑哧笑了。笑着就走了，连话都没跟他说。王南山更来了气，可没有地方出。思来想去，他找到了根子。医生护士这么刁坏，都是叫胡总这样的人惯出的毛病。你有钱给人家塞，没钱塞的不就倒了霉；人家得了你的好处，就得特别照顾你；特别照顾了你，他们就没工夫照顾别人。本来一样的住院，一样的花钱，一样的照顾，公平合理；你额外去塞钱，故意弄出些三六九等来，世界就是叫你们这些人搞乱的，风气也是让你们这些人搞坏的。

王南山找到了根子，可根子伤得半死不活，没法说他，有气也只好憋着。

六

王南山七天没屙屎了。除了护士继续一天两次往他膝盖插钢筋的窟窿处抹酒精外，医生有三天没问他痛痒。南松是个老实人，他只能给南山往被窝里塞尿壶、倒开水、拿药片、泡茶，他不会向医生护士问这问那。志英她们晚上来陪床，医生都已下班。志英夜里陪床发现了这个情况，给医生留了个条，让南松交给查房的医生。医生给他配了通便灵，交代一天三次，一次两片。医生木着脸说了，王南山也木着脸听了。听医生说话的那一霎，王南山生出一个主意，狗日的，报复报复他，让他担点责任。南松给他倒好水，捏给他两片药片。南山接了一片。南松再给他那一片。南山让他装回纸袋里。南松说医生叫吃两片。南山说晓得，药都有毒，吃多了不好，一片就行。南松就依他，把另一片装进纸袋里。

　　三天后晚上志英再来陪床，问他屙没屙，南山摇摇头，说他要报复医生。志英问他怎么报复。南山就把少吃药的事说了，说非憋出点病来让他看看不可。志英笑了，笑得心里酸酸的，还流了泪。说我的好爹爹哎，你这样不是在报复，是在糟蹋自己，在拿自己的性命开玩笑。南山一本正经辩驳，说我要是出了事，他是不是要担责任。志英开导他，你出了事，他是要担一点责任，但倒霉的还是你自己。不通大便，肠子梗阻了，要给你灌肠，遭罪不说，你这么大年纪，就算能经受得住，身体也要受损伤。不通便，吃就不香，营养跟不上，你的骨头怎么长。志英说，老爹爹哎，你这是在做傻事呢。南山让志英说没了声，还是年轻人脑筋发达。志英让他重新吃了药。

　　吃了药，南山说，就这样在这里躺三个月，费钱不算，还受人欺，生闷气。这么躺下去，不光腿接不好，心里也不痛快，吃不好，睡不着，这条老命怕是要丢这里了。志英告诉他，老大和老三每天都来电话问他的病情，昨天她和老二已经到山里找了那个中医，确实是祖传的接骨秘方，兄弟两个开两个诊所，看的人排队。到他们那里也是要牵引的，先要把骨头对接好，然后才能敷药。他们说医院这里肯定不会同意用他们的药，他让咱在这里住二十天出院，出院回家后再用他的三脚架固定腿，再敷他们的药，不影响效果。志英说她打算明天跟厂请半天假，跟医生商量好敷药和出院的事再回家上班。

王南山让志英给老二打电话，说他们在城里上班，还是让老二和女婿来跟医生商量方便。

女儿和女婿赶到医院，医生正好来查房。等医生侍候完那位胡总来到王南山床前，女婿恭敬地给医生递烟。南山看是"大中华"，狗日的居然不接，这帮小子吃黑了心，一根烟他哪看得上。女婿把整盒烟塞到了他的白大褂袋里，狗日的又掏了出来。女婿有些憷。医生木着脸问有什么事。女婿先问能不能一边在这里牵引，一边敷接骨中药。医生说不行。女婿又说住二十天出院，租你们这铁架子回家牵引行不行。医生不光木着脸还睁大了眼，反过来问女婿，租我们的铁架子？还回家牵引？那还要这医院做啥？女婿被医生噎了个倒憋气，心里气，可还是得忍着气说，这不是想跟你们商量吗，老人在这里干躺着，心情不好，休息不好，吃也不好，效果也不好。医生的眼睛又睁大了一些，生气地问，效果不好？你怎么知道效果不好？我们又拍片了，他的骨头重合得很好啊！

"好个屁！"王南山憋不住了，"我躺在这里上老虎凳一样，你们管过我啥啦？你问过我几次痛痒？我十天没屙屎了，你问过我吗？"

"你不说，谁知道呢？"医生反而平静地笑了，他这一笑更刺伤了王南山的自尊，他压根儿就不把他的话当话听。

"我是病人哎！要我告诉你，还要你这医生做啥？我看你是看人下菜碟！老头子穷，没钱塞，你怎么会把我放心上呢！"王南山不由自主看那丫头一眼，他觉得那丫头有一些可怜，意思是我不是冲你。

医生一点都不急，他更是嘻笑着说："老人家，你可别倚老卖老啊，你这样不信任我们，也不是我们请你来的，谁也没强迫你住院啊。"

"我明天就出院！"

"医院不是百货公司啊，既然进来了就由不得你。"

让医生这么一激，王南山便硬撑起身子，吼出了那番话。

女儿女婿立即跟医生说好话，医生却也用冷笑对他们，而且把冷笑一直留在脸上走出门去。女儿女婿跟着把好话追出门。

病房里平静下来，呱呱鸡按捺不住，踮着脚来到王南山跟前，挤着一脸富裕的疑问，悄声问："老阿伯，你的儿子真是造导弹的？师长是多大的官？有市长大吗？"

"你歇会儿吧。"王南山很烦。

呱呱鸡不甘没趣，自话自说："医生也太过分了，冲老人这么把年纪，你也不能这样说话呀。"

呱呱鸡的话宽不了王南山的心，医生的讥笑和女儿女婿的羞辱一起钻进王南山的心咬着他，他好懊悔。

七

老四送来中午饭，白萝卜炖排骨。王南山一口没沾。饭没有吃，肚子里咕噜一声，肠子一抽，痛得王南山歪了嘴，一只肉老鼠乘机在肠子里拱上拱下。不好！老鼠一下拱到了屁门，有股东西在往外顶。王南山叫老四快拿便盆。老四赶紧找来便盆，她和南松一个抱身子一个塞便盆，便盆刚塞到南山屁股下，好家伙，被窝里立即噼里啪啦开了炮。邻床们赶忙拉被子蒙住头，尽量憋住呼吸，连呱呱鸡都捂着鼻子跑出了病房。只有那丫头依然心事重重坐在病床前一动没动。老四立即去开窗户。王南山一边咬着牙往下使暗劲，一边向全屋说对不起。

王南山很是羞愧，羞愧得像做了错事的孩子。活这么大年纪头一回做这种别扭事，一个大男人青天白日地躺被窝里屙屎，还在众目睽睽之下，心里要多尴尬有多尴尬。十天没屙了，畅快是畅快，可这畅快建立在别人的讨厌之上，心里就没法畅快。他转头看了看那丫头，全屋只有她没把讨厌表现给他看。王南山看她挺顺眼，人打扮得花枝招展的，其实好孩子一个。这些日子，她终日守在床前尽心尽责，默默无言。嘴上没话，心里却一团焦急，心事重重。她已经悄悄地求了两个来探视的人，拜托他们去说服胡总的妻子和女儿，让她们来看他，来陪他。她非常担心，他伤得太重，医生说一点都不敢马虎，随时都会发生意料不到的事。她跟他们说，只要她们来，她立即就离开，永远不再回来。

志英是知道他跟医生吵架后特意请了假赶来的，进门王南山正在屙屎。王南山让志英出去，他不愿小儿媳看他这狼狈样。志英倒是高兴，这是她多日的心事，她不觉臭，他越屙得多她越高兴。她还一个劲地鼓励他多屙，把肚子里积下的东西通通屙掉。王南山心里的懊恼并没能随大便一起屙掉，他怎么也抹不掉医生那冷眼和冷笑，还有女儿女婿受到的羞辱。等南松和老四帮他清洗干净，他随即把志英叫了过去。

"志英，你回去就给老大老三打电话，让他们无论如何立即回来一趟，哪怕只待一天，看看我，当天就坐飞机回去。"

志英好生奇怪："爹爹，你不是一直关照不让他们回来嘛，怎么突然心血来潮要他们回来呢？"

"我想他们了，他们看我一眼就少一眼，叫他们一定穿着军装回来。"

"爹爹，三哥昨晚上来的电话，让我们跟医生商量，能不能同时敷那中药。他们人不在这里，心可时时刻刻挂着这里，要是能回来，他们早就回来了。你想想，大哥在外地搞试验，还能把试验停下？三哥在准备演习，下面这么多部队，他怎么能走得开？你要有啥不满意，你就说，只要我们能办到的，一定办。"

王南山闭上眼睛不出声。

"生医生的气啦？想让两个哥哥回来给你出气？就算哥哥他们回来，也不好对医生怎么样啊，他们能做那种倚官仗势的事吗？"

王南山不说话，两行清泪悄悄地从眼角流出。志英拿过纸巾，轻轻地给他擦。

"爹爹，你要是真想他们了，我明日把他们的相片给你带来。"

王南山没有表示。志英坐到床头给他揉脚底，长时间牵引，他的脚发麻，要常给他揉捏脚底。

志英用心揉捏着，丢开了刚才的话，王南山却突然说："行！你明日就给我把他们的相片拿来，老大，拿中央领导跟他握手的那一张大的，老三，拿那张戴满勋章的，连镜框子一起拿来，就放在我床头的窗台上。"他说得雄赳赳气昂昂，像在部署一场战斗。

志英笑了。志英摸到了他的心思。

市长的出现是突然的，把全病房的人都惊了，这个医院的头头脑脑也措手不及。市长走进六一二病房时，谁也没注意到他。是那丫头看到了他,她认得市长。她那一声柔柔的市长,把病房里的人都惊呆,连那个不能动弹的胡总都想撑起身子来迎接。王南山一听到市长两个字,浑身的汗毛都立了起来。这不是哪壶不开提哪壶嘛!他根本就不认识市长,只是听老三说过,市长跟他在一个团当过兵,他并没有见过。吓唬人让市长来找人家,自己连人都不认识!人家来了,就站在你面前,可人家不是来看你,是来看那个胡总的。当着众人的面把牛逼吹破了,这张老脸还怎么见人。呱呱鸡左右不是地立在那里嘻着嘴,可看不出是笑还是惊。市长在跟胡总说话了,还他妈握着他的手。王南山赶紧把脸扭向一边,祖宗十八代的脸算是都丢尽了,他只好在心里念咒,希望这座楼现在就塌掉。要不,市长走后,他在这世上就做不成人了,呱呱鸡准会问,老阿伯,你不是要叫市长来找他们算账嘛,市长来了你咋反倒不吭声啦,你到底有没有那两个儿子啊。

呼啦啦一帮人涌进病房来,院长、主任、医生、护士,都来了。

"市长,我们一点都不知道,怎么没打个招呼。"院长以埋怨市长检讨自己的怠慢。

"没有事,我是来看王南山老阿伯的。"

王南山傻了,他张着嘴差不多忘了要喘气,他不相信自己的耳朵,可市长已经走到他床前。他招南松帮他欠起身子已来不及,市长已经过来捉住了他的手。

"老阿伯,你别动。我跟老三是一个闷罐车拉山东去的,我不知道你住院,昨晚上老三给我打的电话。他在搞演习训练,回不来,我替他来看看你老。"市长说着,秘书就把花篮提过来,好家伙,又大又艳,把胡总的那些花篮全盖了。接着秘书又提过一大兜营养滋补品。

王南山有些承受不起，老泪纵横，伸出双手，紧紧地捧住市长的手，声音发颤地说："市长，谢谢你，你忙着大事，怎么好打搅你呢。"

"你是我们全市的骄傲，养了这么多好儿女，"市长回过头去跟全屋的人说，"你们知道吗，老阿伯的大儿子是导弹专家，三儿子是师长，是战斗功臣。老阿伯，你是功臣的父亲啊！"

在场的人都非常感动，那个呱呱鸡抹开了眼泪。那个医生却呆了，他傻着两眼盯住王南山，仿佛王南山是外星人，又像在怀疑眼前的情景是梦还是真。

"老阿伯，有啥要求你就说，院长在这里。"

院长立即回过头责怪医生："老阿伯这么大年纪，怎么还住加床呢！"

医生这才回过神来："现在还没有空床。"

"市长，我还真要求你一件事。"王南山开了口。王南山看医生的神情有一些紧张。

"老阿伯，你说吧。别说一件，十件八件都没关系，只要是我能办到的。"

"不，就一件。我年纪大了，枯枝败叶了，这腿一时半霎是长不好的，我想明天就出院，别给医院添为难。"

院长一听急了："这怎么行呢！我们不周到的地方，你老尽管说。马上给你换病房。"

"我出院不是嫌病房不好，也不是嫌医生护士待我不好，医生护士都挺好，我没有意见。我是说这病不打针不吃药，在家里躺着也一样牵引。我只求医院能把这铁架子租给我。这样你们省事，我也省钱，也省得全家人整日为我忙，他们都要上班，外面的两个儿子也挂着心事，为我一个人弄得大家六神不安，误了事可是罪过。我也不瞒你们说，我儿媳和女儿从山里帮我买了接骨药，我回家好一边牵引，一边敷药，兴许好得会快些。"

"院长，你看行吗？"

"市长，行行，还租啥，拿回去用吧，明天我们用救护车送你回去，到时候我们再派人去拆架子。"

"院长，不。我不能借着市长的面子坏了你们的规矩，架子一定要租，以后别人要用怎么办。救护车用不着，我侄儿有面包车。"

"老阿伯，你老太伟大了，值得我们学习，就听你的话，这架子在医院病房收五块钱一天，你租也收你五块。救护车还是要用的，面包车不好放担架。"

"没有事，来的时候我都坐出租车了。"

市长发了话："老阿伯，听院长的，就算给我一次面子吧，让我也尽一点心意，用救护车吧，车钱算我的。"

市长走了，给王南山心里留下了许多温暖和甜蜜。南松想起他把侄儿的相片背来了。他跟南山说，侄儿的相片背来了，你这会儿看，还是待会儿看。南山按住南松的手笑了，悄悄地说，明天就回家了，不看了。

呱呱鸡嘻着嘴走过来，她非常羡慕非常感慨地说："老阿伯，你真是个福人啊！"

王南山看到那个胡总挣扎着从被窝里伸出手来，那丫头转过身来对王南山说："老阿伯，他想跟你握手。"

王南山伸过左手，握住了胡总那只胖胖的软软的手。他听到胡总轻轻地说："谢谢你把床让给我，你有德，子孙都有出息。"王南山用劲握了握他那只又白又软的手，心里说，狗日的，大难不死，还有这样年轻漂亮的丫头真心待你，就知足吧，以后少烧包。

那丫头把胡总的手轻轻塞回被窝，又回过身来帮王南山掖好被子。丫头很平静，脸上找不到悲哀，也看不见喜悦。一清早她就在悄没声地收拾东西，她自己的东西一样一样放进了那只箱子，探视的人送来的那些礼品，也一样一样齐整地摆到胡总的床底下，还有那一沓钞票和一张卡，也塞到了胡总的枕头底下。胡总让她把那张卡拿走，那丫头含笑摇摇头。胡总的衣服、擦脸毛巾还有手绢，她都细心地洗过，一一叠好。她做好了离开的准备，胡总的妻子捎过话来，答应今日带女儿来看他。王南山想跟她说几句话，可又想不出开口的话，他啥也没说，只是拿眼睛细细地看了看她。丫头居然明白了他的意思，眼睛里立即涌满了泪。

王南山要回家了。志英和女儿女婿都来到医院。本来担架旁前呼后拥的人就多，更没想到的是走廊里竟会有这么多人看他，他们像在夹道欢送他。王南山心里真开心，他恨不能站起来，自己挂着拐走出这医院。

《解放军文艺》2000年第8期，《小说选刊》2000年第10期转载。

走啊走

一

设计院的办公楼是座造型非常普通的六层大楼,在东明眼里,它却是那么庄严,那么雄伟,那么神秘。东明走进它的大门时,不由自主地挺直了腰板,似乎这样才配走进这里。

东明把腰板挺直的同时,不得不再一次摸出那个人的名片。他弄不明白,是自己的记性差,还是那人的名字怪,这一路上不知看多少遍了,就是记不下他的名字。

东明顺着楼梯一级一级往上走,每碰到一个人东明都主动躲闪到一边,包括拿着笤帚扛着拖把清扫大楼的临时工。这里对他来说太神圣了。他知道自己是谁,尽管包里有盖着镇和市两级工业办公室大印的介绍信,尽管他当过八年村里的支书,还当过镇上灯具厂的厂长兼书记,尽管他的名片上印着新兴纯水设备厂厂长的头衔,尽管他已经接了一项工程,东海已在组织生产,但一走进这座大楼,他还是发虚。他知道设计院是高级知识分子聚集的地方,他知道自己是农民,知道自己的厂是个皮包厂,更知道自己肚子里装的那点水处理知识与正要去联系的业务有多大的距离。正因为他知道这些,他才认为以这样一种姿态走进这座大楼才最为妥帖。让一让道,笑一笑,都是极容易做的事情。

东明爬着楼梯,忍不住一次又一次不断回头。他总觉得身后有人盯着他,盯得他后脑勺发凉,每次回过头来,又没人在看他。他晃了晃头让自己精神起来,鳄鱼牌夹克,毛涤西裤,真皮皮鞋,手机包里面还有一只货真价实的手机。端五说了,出门在外,厂长就得有个厂长的样儿,要不,会被人小看。一切都不差,东明却还是觉得有人在对他窃笑。

东明在三楼上找到了那间办公室。里面的安静让东明尴尬在办公室门口。这是一间大办公室,在门口看不清里面究竟有几张写字台,看见的每张写字台上都趴着一个男或者一个女高级知识分子在忘我工作。屋里很静,静得能听到钢笔和铅笔写字的沙沙声。肃静像一股寒气,让东明打了个激灵,又像一种威严,让他不敢贸然打扰。高级知识分子的工作场所,自然不可以像镇政府机关那样随便闯入,这里肯定有着不寻常的规矩。东明在门外琢磨该怎样打招呼。喊肯定是不行,敲门也不够礼貌,会干扰别人的工作。

东明决定悄悄地问。东明站在门外,努力把脖子伸长探进门里,他把嗓子压扁,目标是离他最近的一位小姐,一种近似公鸭叫的哑音飘向小姐:"小姐,隗昊汩先生是在这里吗?"

那位小姐毫无反应，不知是没有听到，还是听到了没工夫理他。失败便不断往脸上涌现。小姐旁边的一位先生抬起了头。东明立即摒弃失败，把笑堆到脸上送给那位先生。那位先生没说话，却扑哧笑了，他被东明那伸长的脖子和怪怪的神态逗笑了。东明不计较，继续堆着笑盼他往下进行。那位先生没按东明的愿望进行，他只是替小姐听了东明的问话，替小姐笑，没有替小姐回答东明的问话，笑过之后他又低下头继续他的事情。

难道是念错了人家的名字，东明只有找自己毛病的权利。表兄给他这张名片时，三个字他一个都没念准，表兄跟他说了一遍，到家还是忘了，特意查了字典，把读音都标在旁边。东明再一次摸出了那张名片，kui hao gu，没有错。

东明有些失望，但又想，他是指明问的小姐，先生不答无可非议。于是，他再一次把脖子伸进门里，再一次把那种声音传过去，这次他长了心眼，把称呼省略，扩大了询问的对象。东明把声音发出以后，有几个人同时抬起了头，东明很过意不去，让那么多人停下手里的活，给这么多人带来干扰，罪过罪过，他十分歉疚地把头缩出门外。他没有等到想等到的回答，却感受到这大屋子里到处都是玻璃叉，这里的玻璃叉格外晶莹透亮而且锋利，从各种角度对着他，他不敢再把头伸进去。

东明正为难，里面一个遥远的角落里传来了一句让他浑身激奋的话，那声音问他找谁。东明称赞起自己来，估计得没有错，这里肯定是有特殊规矩的，高级知识分子堆在一起的地方，哪能随便说话。东明立即放轻脚步迎着玻璃叉边进这间办公室，很有些激动地迎着他的救星轻手轻脚挨过去。

"先生，你就是隗昊汩先生？我可把你找着了，我是江苏高镇那个小周的表弟。"

东明伸进口袋摸名片的手僵住了，那人的两个嘴角拉了下来，笑得很浅，很有些轻蔑地说："我不是隗昊汩，你找他有什么事？"

"没有什么事，我出差，顺便来看看他，他在吗？"东明从表兄那里学习到了一些联系业务的基本知识，当着他们的同事绝对不能谈业务，他一听那人不是隗昊汩，自然不能把找他的目的告诉这个人。

"不在。"

"他在哪儿？"

"医院。"

"他病了？"

"脑溢血。"这位中年人说完就埋下头不再理东明，东明听他说那人的病，就像说他上厕所了一样轻松，东明从那三个字里品咂到了幸灾乐祸的味道。

东明立即改变口气："先生，你能告诉我他住的医院吗？"

中年人没有抬头，说了市立医院四个字。东明就没再在这屋里站下去，他感到脚底下的地像冰块一样在融化。东明挺起胸膛迎着各色各样的玻璃叉朝门口走去，走出这屋门，他才顾得大口大口喘气。

东明走出设计院，脚步有些沉重。这个城市，他没有一个熟人。隗昊汩是表兄过去搞水处理设备厂时结交的，如今他开夜总会，那行当挣钱比干水处理容易。东明申请办厂在镇长那里卡了壳，表兄就把他厂的执照给东明做。表兄说隗昊汩名字怪，学问也高，在设计院是大拿，为人也好。这么个好人偏偏病了，从那中年人的态度看，他的病不轻，只怕再也上不了班了。唯一的一线希望，唯一的一条路就这么断了。

东明心里空落落的，早上下火车他就往设计院奔，住的地方都没找。他心里乱得很，坐到马路边的树荫下：怎么办？

自作自受。东明坐到马路沿上，脑子里立即就冒出这句话。这是村上人说他的话。外人看，东明确实像自己作践自己。放着好好的镇灯具厂厂长兼书记不做，辞职出来搞皮包厂。

灯具市场被广东霸了天下，为争得市场，东明亲自带人做调查，反复论证，拿出了开发新技术、生产新产品的方案。他把方案连同贷款申请报告一起送到镇长那里，镇长热情接待，充分肯定，答应立即研究。

等了二十天，东明再去找镇长，镇长依然一腔热忱，只是心有余而力不足，镇上资金不足，让计划推迟。

东明闷闷不乐回家，路过南刚的工厂，南刚说他，大锅饭吃着，铁工资拿着，有啥好愁的。东明说，厂里的新产品贷不到款。南刚笑了，这愁啥，找镇长一批就完事了。东明说镇上没有钱。南刚说胡说，镇长前天刚批给太湖宾馆五十万，让他们重新装修桑拿。他也刚刚贷到了十万元。东明不信。南刚就从胸脯里拿出镇长的批条给他看，签字的日期就是上午。东明差点气晕过去，他的脸都气白了。南刚是私营厂，他是镇上的厂。南刚拍拍东明的肩膀说：

"唐书记，给公家办事，用不着这么认真。镇上不少人私下里在笑你，只是瞒着你一个。镇长那天请客，你看到谁给镇长送礼了？没有，就你。"

镇长女儿自费上大学，在太湖宾馆请客。东明实心实意掏四百多块钱腰包给她买了只包，还把市里企业联谊会上别人送给他的一支派克笔放到包里，自己女儿几次要他都没舍得，一片诚意。镇长却把东西退了回来,而且让秘书招招摇摇退到厂办公室,还说别搞那一套,当着厂里的众人出了他的洋相。

"其实呢,那天走进太湖宾馆的人,谁都送了礼,人家都是塞的红包,你掏几百块钱的礼吃顿饭,说得过去了。你知道像你这样的厂长人家送多少?送这个数。"南刚伸出一个巴掌,"我都送了两千块。那天的饭,是太湖宾馆招待的,加酒水差不多两万块。两万又算啥呢,事后一个报告,镇长一批就报销了。你想想,人家自己没掏一分,拿公家的钱做了人情,还给自己赚了人情;你掏自己的腰包,人家反不领你的情,还记你的小账。这样的道理你唐书记还不明白?你还得罪过镇长,你精减的那个出纳,是镇长安排进去的。何必这么认真呢,不少你工资,不少你奖金就行了。"

灯具厂年利润增长幅度下降了六个百分点,镇长这一回没给东明笑脸,大会小会点了他五次名。

东明把辞职报告放到镇长的办公桌上,极平和地说:"你再玩不了我了。"

买张车票打道回府?既然出来了,怎么也得闯一闯。东明决定找个住处先住下来。

东明在小胡同里找到一个招待所,三人间一张床一天四十元,四人间一张床一天三十元。东明问包房间多少钱?小姐说包房间一百一十元,东明说,有没再便宜一点的。小姐笑了,说,有,澡堂子,地下室。东明一点没怪小姐,反感谢小姐提供了信息,他问小姐哪里有地下室。小姐拿眼睛瞅他,觉得好奇怪。东明读懂了小姐眼睛里的话,说,长年在外,住不起好房间。小姐就告诉了他利民招待所的地址。

东明一看到利民招待所的牌子,无端地生出一种亲切感。一张床二十五元,长期包房一间四十元。东明问还有没有再便宜一点的。小姐看了看东明,说住多长时间。东明说暂时说不上,要看能不能联系上业务。小姐说有一个小间,包房三十元,最好下去看了再定。东明喜出望外,说不要看,当场就付钱,生怕人抢走。

东明拿着钥匙一步一步向地下室走下去,难闻的气味就一股一股朝他扑来。地下室排气不好,人们排泄物的恶臭味,鞋袜释放出来的奇异味,煤油炉烹饪散发出来的油烟味,还有潮湿生产出来的霉烂味,等等气味,没有出路,在狭窄的过道里游行示威般向东明扑来。东明皱了皱眉头,条件是实实在在的差,可一间一天三十块也是生动活泼地诱人。让东明想不到的是地下室条件这么差,生意却兴隆,住得满满的,有的还拖儿带女一家一户的,不少是他的同行,乡镇企业的供销员、业务员。从五星级到地下室,初级阶段的悬殊充分显示出来。

东明打开他的OO九包间。这是楼梯旁的一个小单间,一张床一把椅子,三抽桌塞在里面,门就委屈地开不直。小是小点,不过它比别的房间又便宜十块钱一天。是人谁不会享受,自己的钱自己疼。这次临出门,端五给了东明一万块钱,临走还千叮咛万嘱咐,这可是本钱,不签合同,不拿到预付款,一分钱不能抛出去。刚接到一笔生意还在生产,还没赚到钱,村上人都住上了新楼,他们还住着旧楼,女儿还要上学,还不是享受的时候。现在生意还没有线索,唯一的一条线都断了,像样的宾馆住得起也舍不得。

东明找好住处就上了街,在水果摊买了一挂香蕉,他决定到医院去看那个隗昊汩先生。不管有没有生意,也不知他还能不能帮他,可他过去帮助过表兄,有路就得跑,有门就得闯。

东明在市立医院特护病房见到了隗昊汩。隗昊汩左面半边身子不能动了，嘴也歪着，话也说不清楚。他很感激东明去看他，他向他爱人要了笔和纸，让他爱人拿着书做垫板，他给东明写了一个人的名字，让东明去找他。

东明拿过纸条一看，纸条上写的是：徐长海，机车车辆厂厂长。

二

东明拿着隗昊汩的条子，堆起满脸的笑走进机车车辆厂传达室。他知道自己的笑一钱不值，但在这里除了笑脸他没有其他资本和资格。值班的中年妇女问他找谁，东明说找徐长海厂长。中年妇女先拿眼对他审视起来，审视一遍后才说厂长上北京开会去了。东明被她推下了悬崖，但他揪住一线希望不愿松手，又问厂长什么时间回来。中年妇女很痛快地回答，不知道。东明绝望地掉向万丈深渊。

东明在街上走投无路，心情很坏，想给端五打个电话。手机拿到手里又改变了主意。跟她说啥呢，跟她说隗工得了脑溢血，说徐厂长上了北京，这里的线索全断了。这不是让她跟着一起急嘛！还是自己一个人急算了，东明关了手机，没精打采地回地下室。东明坐在公共汽车上失神地看着窗外的建筑，心里一直在不停地问自己怎么办。他这么看着问着，一直看到问到车停下车上的人走光。东明意识到忘了下车，自嘲地笑了笑。东明还是下了车，他知道售票员决不会同意他不重新买票再跟着坐回去。

东明在乏味的等车过程中，等出了一个想法：与其在地下室干等，不如到各处碰碰运气。他立即在终点站打听市环保局的所在。东明记不清问了多少个人，尽管他有取之不尽用之不绝的微笑，但没有谁跟他说清环保局在哪里。一个态度生硬的男人给了他主意，不会问114啊！后面带上一句骂人的话。东明虽然被骂了，但还是客气地谢了他。

东明找到环保局，环保局已经下班吃午饭。东明没有懊恼，找到单位也是一种成功，没有交谈，就不能断定没有希望。办公室里有人，但东明知道，中午是休息时间，用人家的休息时间去谈事，去打扰人家的休息，是不好的，别人嘴上不说，心里是讨厌的。东明就怀揣着一团美好的心意，满怀着一腔热切的希望先到马路边的面店里吃面。

东明在街上的树荫下把那团美好的心意一直揣到下午两点半——这里的人开始办公，东明堆着笑脸站到副局长的面前，东明发现他们并没有领会他一中午的美好心意，副局长一点表情都没有。东明的情绪陡然下降。副局长的表情让东明难以接近，说话的语调也让人有一种冰的感觉，但他说出的内容却让东明激动得恨不能跪下谢他。副局长说，棉纺厂的污水处理设备早就该更新了。

东明立即感激副局长，感激的同时讨教了棉纺厂的地址。东明满怀喜悦赶到棉纺厂。副厂长接待了东明，副厂长弥勒佛一样的笑脸让东明浑身舒坦。如今，吃官饭手里又有实权的，很少见这样对客户。副厂长说，他们的水处理设备是要更新了，他们去年就向上面写了报告。东明听到这儿，连脚丫子都充满了激动。副厂长喝了口茶继续说，可上面至今没批，厂里也没有资金。东明的一腔热烈嗖地冷却下来，冷却的过程中他还是看到了一条闪着光芒的线索。这样的线索他怎么能轻易放弃呢！他一边宣传他们厂的产品，一边宣传清除污染的重要，最后还是为了要打听他们更新设备的具体时间。副厂长笑着说，差不多隔几天就有人来打听，他都记不住有哪些厂家了，水处理厂的名片已经收一盒了。尽管如此，东明还是把自己的名片双手捧着送给了副厂长,让他那一盒名片再增加一张。

东明拖着两条疲惫的腿回到地下室,他很累,但他不信这么大一座城市里会没有商机。东明没有放弃努力,第二天继续。他先到车辆厂问徐长海厂长是否回来,然后再去各处碰运气。他一连乱碰了八天,清晨满怀希望走出地下室,傍晚拖着双腿回到地下室,一边寻找机会,一边等徐长海,八天下来,机会太狡猾了,始终没能发现它的影子。晚上他躺在地下室的硬板床上,脑子里不停地胡思乱想。什么上帝,什么天有眼睛地有良心,都他妈是胡扯。精诚所至,金石为开,只要功夫深,铁棒也能磨成针,也他妈是扯淡。张家口的顺利让他有些飘飘然,觉得生意这么好做;这里的不顺又让他冰冰凉,他有些后悔,应该先盖了楼再做生意,到时候别抓鸡不着蚀把米,反把盖房子的钱搭进去了,真要这样,端五能急死。其实表哥告诫过他,如今水处理生意已经不好做了。张家口不过一笔小生意,不到三十万,完全是靠表哥原来铺下的路。东明在地下室里天天做噩梦,八天下来,服务小姐都说他瘦了。

东明知道难,可他没有退路。

一辞职,东明立即说服端五,改变家庭建设的计划,先办厂,赚了钱再盖房。

镇工业办公室王主任跟东明是同时期的村支书,他立即让小季把一应手续一一帮东明办好。

手续报上去,三十万验资流动资金也调借过了账。东明在家等了一个礼拜,王主任没来电话。东明打去电话。王主任说在镇长那里挂着。镇长没说不同意,只是和气地向王主任提出了一串问题,没有厂房,没有设备,这种厂多了好不好?对正规厂是不是一种冲击?对市场秩序是不是一种破坏?上级来验收怎么办?王主任很难回答这些问题，事情就悬在那里。

漂生来找东明。漂生和东明是同年同月出生的拖鼻涕朋友。漂生他爹娘都饿死在困难时期，漂生和哥冬生两个自小过着孤儿一般的生活，东明娘对漂生弟兄俩没少照应，他们之间就有几分兄弟一样的情。三年前，帮人报仇，集伙打架，把人家打成了残废。在那里面关了一年多，放出来，老婆已跟了别人，田地被镇上征用，冬生不让他进他的厂，别人谁还能要他。闲着没事做，他就常常找事惹事生事。春上，南刚欠人家两万多块材料费，人家要了几趟，南刚没给。那天人家请了四个人开着桑塔纳来要，南刚还想拖一拖，人家不干，说着说着就吵了起来，吵着吵着就动了手。漂生正好路过，没人请他，也没人叫他，他路见不平一声吼，不该出手也出了手。人家专打他这好事的，其中一人拿一根十四毫米的钢筋，一铁棍抽在漂生的额头上，血当即就泉似的往外冒，分几路往下流，流得花了脸。漂生抹都不抹一下，在车间门口找着一根手臂粗的钢管，像孙猴子耍金箍棒一样耍起来，一个人打他们四个，两个被撂倒地上，两个抱头乱窜，一辆好好的桑塔纳，前后左右的玻璃被他砸了个稀碎。四个逃命似的爬上车，开着破车一溜烟逃了。漂生一举成名，常有人请他收债，替人出气，帮人打架。

漂生稳重地来到东明跟前，悄悄地问东明，是不是镇长。东明知道他想干啥，放出一张认真的脸，说："你不要胡来，不要给我添乱！你要敢做那种事，再不要见我。"

漂生还是变着法儿做了。镇长一家吃过晚饭，在客厅里看电视。后窗玻璃尖利的破裂声把他们吓飞了魂。随着玻璃的碎裂，一块石头飞进屋里，不前不后，不偏不歪正好落在茶几上，茶几上的杯子、盘子和玻璃再一次发出惊叫，这惊叫同时引出镇长老婆、女儿和丈母娘的惨叫，比石头砸在她们身上更让她们痛苦和恐惧。

派出所的人冲进镇长家，镇长全家才惊魂落定。警察进屋前，他们谁都没敢去动那块石头，仿佛那不是石头，而是定时炸弹。派出所的人拿起那块石头，同时捡起一张字条，上面写着一行字：贪官，再要作恶，小心狗头。派出所的人念出了声，镇长老婆就挨了抽似的放声哭喊起来，女儿接着也哭了，丈母娘也跟着哭起来。三支喇叭把镇政府宿舍院喊得天翻地覆。

镇长在派出所人面前渐渐恢复了镇长的威风。他吼道："这是蓄意报复！是唐东明干的，我撤了他的职，没批他办厂，他怀恨在心，一定要查办！"

派出所所长和市纪委的同志前后脚找东明谈了话，前者是查东明，后者是查镇长，镇上有人告镇长。东明说，镇长不是个好镇长，但不要把他辞职、办厂与有人告镇长、恫吓镇长搅在一起，他还是党员，他不会做这种不光明正大的事。镇长却到处说，唐东明诬告他、恫吓他。

发生了这些事，东明只好放弃办厂，退还借调的资金，决定先盖房子。结果碰上了他表兄。东明就赌上了气，非把厂办出个样儿给他们看看。

第九天，东明照旧出去碰，铁西区的环保局还没去。东明仍是先到车辆厂。又是那位中年妇女值班。东明天天去，天天总给她一团笑脸，她已经认识东明了，也许她接受了东明太多的微笑，她已不再用审视的目光看东明。东明还是堆起满脸的笑向中年妇女靠过去。

"徐厂长回来了。"

东明有些不相信自己的耳朵，他笑着追问了一句。中年妇女把会客登记簿和圆珠笔拿给他，让他快填，厂长已经进去了。东明一边填一边谢一边肯定自己基本策略的正确。

东明热血涌动地敲了厂长办公室的门，门开了，徐长海夹着文件包站到他面前，东明有些不知所措，满肚子的话一齐涌到嘴里不知先说哪一句。东明就从如何找隗工，隗工如何让他找他，他如何等了他八天说起来，本想简明扼要，越说却越复杂。徐长海没时间听他说下去，淡淡地跟他说，他要开会，没时间跟东明说话。素不相识，人家不欠你也不该你啥，东明傻站在那里，眼睁睁地看着徐长海走向会议室的背影，把所有的尴尬和苦恼一点一点咽到肚里。

东明无法英雄，他没趣地回到传达室。或许是东明的一脸失望唤起了中年妇女的恻隐之心，或许因为东明是厂长的客人，中年妇女关切地问东明，是不是没找到厂长。东明跟中年妇女说，他在开会，让他等他，能不能让他就在传达室等。中年妇女说可以，而且还用一次性茶杯给东明倒了一杯水。东明受宠若惊，感激不尽，他对自己堂堂正正地跟她撒谎感到有一点不好意思，厂长并没有让他等他。谎既然撒了，不好意思也没有意义了，东明就踏踏实实在传达室等。东明怀着一线希望干坐到十一点，再站到徐长海办公室门口等他。等到十二点，那个不讲情面的会终于开完了。徐长海见东明站在他办公室门口，没有被感动。东明一点不在意，他明白自己是在干扰他的工作，明白也只能这么做，东明只能让他不满，甚至准备忍受他的讨厌，像他们这样的农民干企业必须要学会不怕被人讨厌，他把到这里来的全部希望都寄托在他身上，他还能顾及自己的啥呢。

长海跟东明只说了一句话，让他把名片留下，把这里联系的电话留下，有线索他会通知东明。东明诚心诚意地请他一起吃饭，长海拒绝了,他的拒绝一点不是客套,而是那种不容商量的拒绝,让东明在台阶上金鸡独立下不来。东明的一腔希望霎时变为泡影,东明回到地下室,想想这几日的遭遇,鼻子一阵阵发酸。东明自己跟自己说,再在这里等下去,准要等出精神病。第二天,东明就上了辽阳,他不信那个邪,他准备一个城市一个城市跑下去,他一直对自己说,机会一定躲在一个地方等着他。

三

东明再回到地下室,已是炎热的夏天。

他抱定那个信念,用那种最原始的方法,一个城市一个城市地跑,像只无头苍蝇到处乱碰,从辽阳一直跑到海城。每到一个城市,他都是先跑设计院,再跑环保局,再跑工矿企业,一个角落一个角落寻找那个等待他的机会。东明发现,通向每一个设计院的路都有人占着,供销员和设计工程师都结了对抱成了团,后来者别想往里插。东明的理论是,希望只能在跑的过程中产生,机会不会自己跑来找蹲在家里的懒汉。

不能说他没有一点收获,他还是弄到不少信息。沈阳一个棉纺厂的水处理设备要更新,报告已经送到局里,只是没有资金;辽阳一个化工厂有个项目立项已经两年,也是资金到不了位;鞍山一个钢厂,水处理没有配套,环保局已经亮了几次红牌,也是缺钱。经济一好转,这些项目都是要上马的。东明把这些都一一记在了自己的小本本上,把负责人、业务联系人的电话都摸得清清楚楚,把自己的名片也都送到每一个相关人员手里,把自己的经营方式也让他们人人明白,为了给他们加深印象,重点单位的重点人员都请吃了饭。吃了饭的人在饭桌上都说只要一有消息就通知他。东明知道饭桌上的话没多少价值，关键还要靠自己努力，他隔三差五给这些单位打电话，徐长海那里也是不管他高兴不高兴，隔几天就去个电话，保持联系，让他们都不要忽略他的存在。这么跑下来，尽管仍是两手空空，但怀里已经揣了许多希望。

东明正在泡方便面，他的手机响了。东明一手接电话，一手继续泡方便面。是徐长海来的电话，一激动，泡好的方便面碰翻了，翻了方便面，东明也不顾。上帝被感动了，徐长海终于主动给他打了电话。东明又立即批判自己，只要心诚，石头都会开花。徐长海告诉东明，隗工原来给郑州兄弟厂设计了一项工程，有水处理项目，经费没有到位，一直没上马，现在已经启动，让东明赶紧去联系。接完电话，东明流下了眼泪，这泪说不清是感动，还是喜悦，还是对自己辛苦委屈的安慰。东明连方便面都没顾吃，收拾东西退房上了火车站，买了张站台票挤上火车，连夜赶往郑州。

东明用了两个多月的时间，花去两万多块钱，在郑州铺平了道路。那个厂的高厂长和行政科的庞科长陪他一起来到沈阳，他们先到长海厂里实地考察新兴纯水设备厂产品的质量。东明回避了一天，他在地下室等徐长海的电话，听他们的考察结果。这一天的日子对东明来说是那么漫长。

东明在招待所一边等电话，一边遥控张家口的业务。按照东海说的计划，货应该到了张家口，东海他们该去安装了。东明先给张家口用户拨了电话，用户说货没到，而且催东明要按时安装。东明找东海，东海没在厂里，打到家里，东海家没人接电话，刚要给端五打电话，外面进来了电话。

电话是徐长海打来的，郑州客人要与他面议合同。

东明接完电话，浑身来了精神。天很热，他拿起毛巾走出房间上洗漱间。心里高兴，嘴里就哼起了《好汉歌》。东明一跨出房门就停住了哼唱，倒不是他突然感到了饿，中午他没吃饭，是过道里的气味叫他不敢张嘴吸气。

东明让电风扇吹干身子，穿上金利来衬衣、丝麻老板裤，再系上金利来领带，卡上金利来领带夹，擦亮皮凉鞋，拎起手机包，走出了〇〇九房间。东明迈着方步，从地下室上来，在前台边的那面镜子前检查仪表。东明看着镜子里的自己，笑了。人靠衣装马靠鞍，东明看镜子里的自己完全变了样。他在镜子里检查自己，是验证自己的穿戴，与他的身份是否相称，他的名片上印的是新兴纯水设备厂厂长，而不是住这种地下室的贫困阶层。

"唐厂长，去签合同？"

东明照着镜子，服务台那位小姐笑着问。她们也知道，住这里面的人，凡是穿这样的行头出去，生意就有了眉目，不是去见用户交图纸草签合同，就是正式签约收预付款。这样重要的仪式自然不能在这臭烘烘的地下室进行，不把人家吓跑，也不会有人信你是啥厂长、业务科长。做这种事，他们总要另到三星级宾馆开房间，衣着自然也要相称。

东明也笑笑："草签。"

东明毫不张扬地走出利民招待所去银行取钱，住这种地下室，身上不敢带钱。生意有了眉目，他们都汇一笔款到附近的银行，即用即取。东明已经让端五汇来了三万块。

东明拿过取款单，不假思考地填上了一万五千元。东明填单时手没有抖，站到取款队里，拿着这张单子，这才感到了它的分量。家里的积蓄张家口的项目就填进去了，这是端五通过玉芹借来的高利贷。他想到了他的房子，想到在日头底下种田的端五，想到了上学的女儿，也想到了他的地下室，想到了跟漂生哥一百块两百块地杀车间设备的管理费。东明把那张填好的单子悄悄地团了。他又去重拿一张单子，重填了一万元。

东明来到金城饭店门口，把手机从包里拿出来别到腰带上，他登时就觉得腰里硬了许多。东明径直来到总台，神气地把包往柜台上一拍，说，小姐给我开个房间。

东明开好房间，走在打蜡的大理石地板上，皮凉鞋底蹭在大理石上，发出咯吱咯吱的声响，东明听了心里特别舒服，尽管肚子里还是饿着，腿脚里却显得特别有劲。东明咯吱咯吱进电梯，咯吱咯吱出电梯，咯吱咯吱在走廊里，咯吱得东明心里特平衡。东明来到房间门口，钥匙是一张卡，他塞进去拿出来，拿出来再塞进去，鼓捣了三四遍，就是打不开。现代化反而更麻烦，找服务员又怕被人笑，插进卡左拧右拧，他拔出卡生气地朝门上踹了一脚，门竟开了。现代化还要加土办法，门是开了，其实他不知道是被他踹开的还是钥匙打开的。客房是中央空调，进门就感到了凉爽，一分钱一分货，比地下室舒服多了，东明安慰自己。舒服也太贵，一天三百六十元，顶在地下室住十八天，东明又反驳自己。等到三点半，东明耐不住打了徐长海的手机，占线。东明有些着急，生怕出意外。这样的事太多了，鸭子煮熟了，盛到盘子里端到你面前，不吃到嘴里都不能算是你的。东明想三想四，再打徐长海的手机，通了，徐长海跟东明说，五点没变。东明连问了两遍，得到肯定的答复后东明才关机。

东明已经相信徐长海，徐长海至今没吃他一顿饭，见面也不多，几个电话加在一起，也不过几十句话。萍水相逢，他能这样主动诚心帮东明，说明徐长海是那种办实事又正派的老板。徐长海主动给东明电话后,东明又打电话问过表兄,表兄说他给徐厂长他们做的项目,徐长海啥好处也没要,他只给了隗昊汨好处,隗昊汨没要钱,帮他装修了一套三室一厅的房子,那套房子不是隗昊汨的,是不是徐厂长的,说不准。徐长海帮东明,是冲隗昊汨,隗昊汨病成这个样子,徐长海仍能对他保持这样的情分,这人差不了。即便那房子是徐长海的,他也不是那种得了便宜又卖乖的小人。

东明闲坐在房间里,没事干。东明想起端五的电话还没打。

东明给端五电话,端五正在水田里拔草。端五在水田里洗了手,在衣服上擦了擦,站在毒日头下接东明的电话。

天真热。老天爷也赶时髦在洗桑拿?天地间仿佛一个大蒸屋。

端五上午给城里上学的女儿送菜回来,路经她家那二亩水稻田,水稻田里长出了许多稗草。赶张家口的活,有些日子没料理水田了,端五决定吃了饭就去拔草。

端五立在田里接东明的电话,田里的热气一波一波朝她身上扑,汗水就止不住从一个个汗毛孔里往外冒,蚯蚓似的一条一条顺着前胸后背往下游,背心和裤头都湿乎乎地粘在了身上。端五抬起右手抹了一把脸上的汗,甩鼻涕一样甩出去,汗滴雨点般落在稻叶子上。

田野里看不到第二个拔草的人。村上好多人家没了田,就是有田,自己也不种了,都包给了外地来的种田专业户,成了新地主。东明在灯具厂的时候就叫端五不要再自己种田了。端五觉得这是男人对自己的体贴,她心里甜蜜蜜的,田依旧不声不响自己种着。东明说多了,她就说,闲着也是闲着,房子还没盖,自己种多少也好挣两个,自己撒下的汗水,自己收获的稻子,自己种出的白米,吃着也香。

婊子养的稗草真多,稻子长,它也长,谁让它跟稻子比赛似的。

端五手里拔着，嘴里骂着，越拔越心急，恨不能长出四只手来。端五一气拔到头才直起腰。腿肚子上传来一阵奇痒，端五走上田埂抬起腿看，哎哟喂！一条大蚂蟥正贪婪地吮吸她的鲜血。端五浑身起鸡皮，又跺脚又用手拍。

有人大笑，端五吓了一跳。端五一看是漂生，漂生在田里帮她拔草。毒日头下，漂生打赤膊，穿个短裤衩，连个草帽也不戴，浑身的肉疙瘩油黑锃亮，活像电影里见的印第安人。

端五瞥了他一眼，随即把眼睛收回。端五不愿答理漂生，不是漂生的穿戴，而是漂生的为人。

村上人奇怪的是，漂生独在端五面前老实得像只小叭儿狗，连说话都是另一个样。有的说，他对端五有念头。话传到端五耳朵里，端五打心里怕漂生，说不上怕他什么，她对他总是尽力避而远之。

东明问端五在做什么，端五说在田里拔草，还大声说漂生也在帮她拔。

漂生一听直起了腰，端五侧着身对着他，湿透的衣衫下面白白的肉，高挺的奶子，占满了他的眼睛，他对端五总看不够，又不敢看。漂生害羞地弯下腰更卖力地拔草。

东明让端五赶紧想法再汇两万块钱。哎哟喂！端五又感叹一声。端五的哎哟喂在村上是出了名的，她的惊叹词里没有惊叹的意味，而是一种倍感亲切的轻柔娇嗔。她说再汇两万就五万了！东明说要草签合同了，花不花都要准备着，赶紧想法把钱汇来，万一要用就来不及，还是那个银行分理处，千万不要耽搁。说完钱的事，东明又让端五立即找东海，他家的电话老没人接。让东海打电话找找那个包车头，张家口的货怎么还没有送到，已经到期了，误期是要罚款的。东明说联系好了立即组织人上去安装，这边签完合同，他就赶到张家口去。

　　东明打完电话，打出一头汗。东明笑自己傻，既然已经花了钱，就该好好享用，要不就亏了自己的钱。东明锁上门，把空调的温度调到最低，风力开到最大，然后打开电视，找到音乐台，音量调到适当，再脱光了衣服，走进卫生间，一边听音乐，一边洗澡。喷淋的水挺足，不凉也不热，滋在皮肤上麻酥酥的挺舒服。东明洗得很细致，先用洗发水，再用沐浴露，把身上洗得滑滑溜溜。两个装洗发水沐浴露的胶木瓶子挺精致，东明跟自己说，走的时候要记着带走，在地下室洗澡也好用。洗完澡，东明光着身子舒舒服服躺到席梦思床上。东明就想到了端五，一想到端五，东明的呼吸就一点点变粗，浑身不可遏制地兴奋起来。东明害羞地拉过床单盖住了难堪，把电视调到影视频道。电视里正在播一部警匪枪战片，东明就用电影来排挤端五。东明看着看着进入了剧情，再看着看着就睡着了。

　　是手机把东明叫醒的，醒来的一刹那，东明以为自己在做梦。东明打开手机，一听是徐长海的声音，一看表，已是五点，他在心里骂了自己。他一边接电话，一边套裤子，听着套着，他突然停下了一切动作，一屁股坐到床上。长海告诉他，客人不能来了，设计院找他们有事。东明连问了两遍怎么回事，那急样差点咬碎了手机。徐长海说，他也不清楚，只能到明天再找他们。

　　东明穿着半拉裤子，痴呆呆地坐在床上。怎么这样拿人不当人呢？说好的事，说变就变了。东明缓过劲来，一看表，差五分钟就六点了。东明骂了自己，他没顾穿衣服，先给总台打电话，说要退房。六点前结账好省半天房钱。与总台联系好后，东明才顾得穿衣服。东明急急下楼去退房，此时此刻，他再也没心情去体会打蜡的地面和鞋底制造的咯吱咯吱带给他的舒坦。

四

东明在金城宾馆傻等客人，南刚已在新世纪饭店的客房里与设计院的焦副主任进行交易。

南刚的这爿水处理设备厂在高镇是数得着的。当初是村里投资办的，他当厂长，曾在市里的企业家会上抖过威风。"放小"政策的贯彻，镇上、村里的企业全都放给了个人，评估三百万，放给了南刚。

南刚的厂与冬生的厂距离只有二百来米。冬生厂子里的机器轰鸣声，神气活现地四处游荡着。先是东明在张家口接回的头一笔业务，由东海在冬生厂里组织生产。接着冬生厂的供销员也搞回一个项目，两个项目的生产就接上了，厂里的火热遮掩不住地张扬开去。

冬生厂里吊车滑动的隆隆声，一阵阵传来，一阵阵碾在南刚的心上。

南刚坐在他的老板台前，眼巴巴看着窗外孤独的吊车，寂寞的车间，死气沉沉，没一点活劲，心里一片冰凉。车间里的机器差不多有半年多没发出声响，工人一批一批辞退，只剩下两个供销员在外跑业务。出租车间、代人加工产品，也揽不到活。外面欠债已超过一百万。如今，高镇已是全国闻名的环保之乡，水处理工业好比瑞士的手表工业，已经成为全镇的家庭工业。经济不景气，没有建设项目自然就没环保项目。难得有一项两项工程，狼多肉少，别说其他城市的厂家竞争，就高镇的供销员已遍布全国各大城市，一个项目几家抢，撬墙脚，挖壁洞，相互残杀。

南刚忍受不了冬生厂里机器轰鸣声的折磨，看着人家发财比什么都难受。南刚走出了自己的厂房，一步一步向冬生的厂走去。

冬生和东海都在忙，他们谁也没注意到南刚来到他们车间。

"东明没回来？"南刚问东海。

"有一项工程在谈。"东海在跟工人讲图纸。

"是设计院吗？"

"不，是郑州厂家。"

"生意兴隆啊，不小吧？"

"含油污水处理，一百吨气浮，全套配套设备。"

"好家伙，一百多万哟。"

南刚回到他的老板台前，愣了半天神，无事可做，给沈阳的焦副主任拨了电话。焦副主任就是东明在设计院大办公室里碰着的那位中年人。焦副主任是南刚养在设计院的"线人"，他们已经有两次合作，关系非同一般。

焦副主任与南刚熟得跟兄弟一般，说话不需要一点客套。焦副主任告诉南刚，这个项目不是他设计的，他们室的一位老同志设计完这个项目，厂家资金到不了位一直没能上马，前些日子那位老同志犯了脑溢血，工程却要启动，前两天才转到他手里。事情有一点麻烦，项目单位已经找好了水处理生产厂家，图纸都报上来了。

焦副主任把图纸铺到床上。南刚一眼就看到图纸上标着：高镇新兴纯水设备厂。这几个字让南刚一愣，他再老练也无法掩饰这样的意外。南刚有些为难，自己的厂再接不到活，眼看就要抵给别人；可这生意恰恰是东明的，东明也够倒霉的，为官那么多年，清正得可怜，连幢房子都没能盖起来，如今官也丢了，厂也没办成，借人家的执照在混饭，好不容易有笔生意，偏偏就撞到了一起。南刚这么一想，就没有把工厂面临破产的穷急饿相和内心的矛盾露到脸上。

"哎,端五,你知道了吗?镇长调走了。"

"上哪儿去啦?"

"上市里去了,降了一级,到政协办公室当副主任。"

"这种人就不能给他权,权大了老百姓倒霉。"

"你快告诉东明,让他也高兴高兴。钱,今日就汇吗?"

"对,他急等呢。"

"那你回家等着吧,我借着了就来。"

玉芹悠闲无事地走进了三婶家。乡村人有钱不愿露富,说谁家有钱如同说谁家偷钱一样让他不高兴,中间人要替放债人绝对保密。玉芹见屋里没闲杂人,玉芹向三婶伸出两根指头。三婶问这回是谁。昨日,村东徐家想借一万,三婶没借,她觉得徐家小子跑供销不稳当,有风险。玉芹告诉她是她本家侄子东明。三婶立即点头,东明她信得过。东明借的三万中,已经有她一万。三婶的三个女儿都出嫁了,自己办不起厂,去年靠玉芹替她借来倒去,挣了万把块,也是条不坏的生财之路。

三婶立即上楼去拿钱。

五

徐长海是上午十点给东明打的电话,说下午三点见面,确定地点后通知他,他再通知他们。

东明已没有昨天的激动,他也没再穿昨天那套行头,只是换了件T恤衫和麻纱裤。路上,东明先在街边小店吃了一盘饺子,然后再上金城。

两位客人,一位是高厂长,一位是行政科的庞科长。他们在郑面还拉着债，柳云却依旧过得潇洒。

"柳云，东海呢？"端五进屋放柔了声音问。

柳云没抬头，她正在理牌，眼睛抽不出空来，把嘴抽出空来说："嫂子哪会儿有空来的？东海赶这批活把腰累伤了，说不定到镇上看腰去了。你是要给他开医药费吗？"

端五没理会柳云不阴不阳的话，还是柔着声说："他回来，让他往我家打个电话，东明来电话有事要他办。"

"小鸡鸡。"柳云没停下出牌，"好，回来我让他到你那里去算了，当面指示听得全面，也省我两个电话费，这个月又交了一百多，受不了啊。碰！"

端五没再站下去，转身离开了东海家。

端五没生柳云的气，她操不了这么多闲心，她急急走过小桥，拐进了玉芹家。

"嫂子，快想办法。"端五进门见玉芹就直截了当说。

"这么急，东明来电话了？"

"下午刚来电话。还要两万。"

"合同签了吗？"

"还没呢。"

"端五啊，那就五万了，你叮嘱东明，不签合同，不收到预付款，那信息劳务费可千万不能撒手给啊。"

玉芹和端五是好姐妹。玉芹在信用社做会计，为人做事认真，处事精细，不该说的话一句不说，不该传的事一字不传。就凭这些，这两年，借债的求她，放债的也托她，她就不由自主地当起了村里高利贷借贷的中间人。高利贷没有法律保护，凭的全是借债人和中间人的声誉。

"端五啊！匆匆忙忙做啥呢？发财也用不着这样急啊！"

"东明看到了会心痛的。"

端五没像往常那样跟她们斗嘴，她没工夫。

世道真是变了。村里的老人凑到一起都这么感慨。这些为了吃饱穿暖像牛一样劳苦了一辈子的农民，怎么也弄不明白，如今的年轻人竟会整日用打麻将来消磨时光，居然还过着住高楼穿新衣吃好饭的日子，不知道这种日子是好还是坏。

端五回家洗了身子，急匆匆去找东海。

东海高中毕业没考上大学，爱钻研技术，人也聪明。东明办厂，想让东海与他一起干，他主外跑业务，东海主内抓生产，有外又有里，自家兄弟干啥都有个照应，柳云却不赞成，让东海两边跨着，谁家有活就帮谁家干，按件论钱。

生意还没做一笔，柳云倒先弄出许多话说。说账都由端五管着，谁知道有多少利，准是自己吃大肉，让东海啃骨头。平时骂孩子说东海，嘴上总忘不了尖刻的刮带，什么人家动动嘴，你就累断腿，人家在外面又吃又喝又玩，你在家出力流汗白辛苦。端五跟东明说，柳云怕吃亏就别让东海做，技术员哪儿找不到。东明不让。东明说，东海软，办事能力弱，就算有技术，在别人厂里也只能打工，盖房子还欠着债，自家弟弟哪能指望别人照顾呢。

往张家口送货的车，是东海的小舅子联系的，他认识城里的一个包车头，说运费比别人便宜。东明就把事情全权托付给东海。

端五走进东海家，柳云正在打麻将。

柳云家在村上根本不能说富，可她也跟人家那样在家当太太。不找事做，也不种地，厂里的事她也不愿去管。还有个毛病，死要面子，她妹妹家盖了个二层楼，她赌气逼着东海非要盖三层楼。外他反过来试探焦副主任。

"这么说，我只好放弃喽？"

"这种上百万的生意，难得碰上一回，放弃就太可惜了。现在不是市场竞争嘛！大家争呗。要夺回这项目靠两条。一是价格，二是产品质量。价格，他们报了一百三十万。"

"咱报一百一十万。"南刚脱口就报了价。焦副主任的话给南刚壮了胆，就是嘛！竞争就不能讲交情，自己已经过不下去了，再讲交情，就得乖乖地把厂拱手让给人家。要是能把这笔生意拿到手，他南刚就柳暗花明又一村。想到这些，南刚的心就硬了起来，不再犹豫。

"我先看看他们的图纸，找找有没有毛病，如果有毛病，我可以把图纸否掉；那厂也是你们那里的，你摸摸底，看有没有可利用的东西。"

"一切都仰仗你了，咱们的合作，老规矩，有我赚的，就有你得的。有一条请主任留心，千万不要让对方知道咱的一切，你就跟他们说我是上海的。"不管从哪方面考虑，南刚都不愿叫东明知道是他在与他竞争，他也不想让焦主任知道得太清楚。

"我们那位老同志开始联系的就是上海的一家国营厂。"

"那就更好了，有个挡箭牌，我们在暗处，做什么都主动。走吃饭去。"

两个心领神会，兴致勃勃上了餐厅。

端五接完东明的电话，急急回家，把漂生扔田里没管他。漂生看端五的急样，不知出了啥事。端五浑身精湿地走过邻居家一个个响着麻将声的门口，她怕她们跟她打闹耽误事。端五还是没能逃过姐妹们的眼睛。

州已经交往得很熟了。厂长比科长年轻，科长说话比厂长更带实质性。两人一进房间，东明就觉察出他们的冷淡，东明从他们的眼睛里发现他们失去了郑州的热情。东明心里凉了半截，额上立即就冒出些不该冒的水来。东明给他们递烟泡茶，担心着这事出了变故。

"唐厂长，设计院那边也找了厂，你的报价是多少呢？"高厂长是一副公事公办价比两家的腔调。

东明在心里骂，真没良心，在郑州吃着海鲜，搂着姑娘跳舞的时候可不是现在这副腔调，生意我求之不得，可我也不会为了钱做你们的孙子，于是东明也没有要他们可怜："我们是乡镇企业，价可以有收缩性，只要有利润就行，设计院应该告诉你们一个参考价了吧。昨天你们不是见面了吗？"

"我们想听听你的，说白了，我们自然是要比较比较。"这是庞科长的话。

东明想既然你们跟我来这个，我就给你来个更绝的："我不报具体价，但我可以给你们一个底数，我可以比任何厂报的价再低百分之十。不过话可以说回来，如果你们愿意把别的厂的最低价作为结算价，我可以把这百分之十另外加入信息费返回。"东明把一切都豁出去了。

两位客人交换了一下眼神。东明真实地感受到了他这话的威力。

"那么预付款，你要求多少呢？"高厂长就不再说话，由庞科长问话。

"看你们厂里的资金情况，由你们自己掌握，如果资金充足，付百分之五十我求之不得，如果资金紧张，付百分之三十也行，不管付百分之五十还是付百分之三十信息费都是先回一半。"

"预付款的时间呢？"

"签约后十日内汇到，拖延，交货时间顺延。"

"交货安装时间和售后服务呢？"

"预付款到后三个月内交货安装，负责调试到正常使用为止，保修一年。"

"你对用户有什么要求呢？"

"我只有一个要求，你们也知道乡镇企业资金有限，我只希望预付和结算能按时履行合同。信息费我就不说了，按说定的办。一句话，活做好，服务好，保质，按时，这是对公；与私，就是大家发财。"

高厂长和庞科长都眯起了笑眼。

高厂长和庞科长茶喝多了，两个一起进了卫生间，也可能两人要背着东明统一意见。剩东明一个人在房间里，他们两个刚才的笑眼让东明想到了一件事，要不要点一点钱给他们，说明是预支信息费，让他们定下决心。东明觉得这事该做，直接给厂长，由他处理，省得他们互相再猜疑。只要他们收了，这事就好办了。

东明点出了五千块钱，把钱揣裤兜里进了卫生间。东明进去，庞科长正神秘地跟厂长说着什么，见东明进来他就讪笑着先出去了。东明不失时机跟厂长说，你们远道而来，不会带多少费用，我先给你们支五千块信息费。说着东明就从兜里拿出钱塞到厂长手里。厂长没有拒绝，只是自话自说，这样好吗？这样好吗？嘴上这么说着，手却捏紧钱立即把钱塞进了裤袋。

东明浑身轻松起来，与客人们说说笑笑进了粤茶馆。这个时候的东明再不是住地下室啃方便面的东明，一副走游四海、吃遍五湖的美食家风度，不用看菜单，不用小姐提示，龙虾、皇帝蟹、三文鱼、基围虾……听着东明报出的菜名，领班小姐的笑就格外地妩媚，说起话来就格外地嗲，举手投足就格外地矫揉造作，高厂长和庞科长也是格外地高兴，东明的钱就格外地倒霉。

三个人的手和嘴一个多小时的忙乐，让东明破费两千多块。出门时，小姐嗲声嗲气说，欢迎再来。东明心里话，你自己来吧，我才不愿意再来呢，一顿就搞掉我两千多块。

东明心里这么说，嘴上和脸上却要尽力表现出无所谓。他看到他们酒足饭饱之后，脸上都有了颜色，脚下都没了分量，说话都有了障碍，情绪却都格外高涨。在这种情况下，他知道他们心里在想啥，他们准都在想干点平常想干而不便干的事。东明就善解人意地说，一块儿到歌厅去乐乐。高厂长居然绷着脸大着嗓说，不去，哪儿也不去，回宾馆休息。在河南，高厂长一起上过歌厅，跳舞把小姐搂得贴在身上，东明看着都难为情，今天不知是来了什么劲。东明在他满脸红光的脸上找不出装的痕迹，于是他就故意夸张地坚持，做出一副断然不能从命的样儿，大着嗓说，不上歌厅就去玩保龄球，没有这么早就睡觉的道理。高厂长反被东明劝出了一身正人君子的气派，像要向全世界宣告似的，更加大声说，什么也不玩，你挣俩钱不容易，回去洗澡看电视。东明突然顿开茅塞，他见高厂长的右手一直插在裤袋里，他兜里揣着五千块钱，不方便。东明就更加客气地请。庞科长站在一边很是遗憾。高厂长没让东明客气下去，而让庞科长更加遗憾，他已经招手要来了出租。东明格外热情地与他们告别握手。

送走客人，东明的酒醒了许多，省了一千多块，东明高兴得直拍屁股。拍完屁股，他也牛逼地挺着腰招手要了出租。上了车，司机问去哪儿？东明恨不能打自己的耳光，打啥的呢！金城宾馆那里还开着房间，议完合同就匆匆忙忙领他们去吃饭，没能脱开身退房。

既然上了车，下车不挨骂也得遭人笑。东明就牛逼地跟司机说，上金城宾馆。司机自然高兴，到金城宾馆不到五百米。走进宾馆，东明立即大模大样到总台退房。总台小姐给了他一张发票，退给他两百元押金。东明一看，房价三百六十元，这才抬头看钟，已经八点半了。东明骂自己醉了，现在退房算一天，用到明天中午12点之前也是一天，退啥房呢？东明跟小姐说，不退了，今晚住下了，不住也是白不住。小姐微笑着说，先生是你自己要退的，这里是电脑管理，现在票据已经开出，房退了，就不好再住了，再住，就得另交钱另开房了。东明生了气，交一天房钱，住一夜，天经地义的事，谁也不亏，谁也不赚，就这么说话间的事，住一晚要付两天房钱，这是哪里来的规矩？赚钱也没见过这么个赚法的，叫老板来，他要问问，哪有这种道理，住一晚上要付两天的钱。小姐仍是微笑着说，这里是电脑管理，她也是没有办法的，她没有权力随便改电脑数据。东明直着嗓嚷，电脑也是人操作的嘛！电脑是死的，人是活的嘛！别用电脑来吓人！大堂经理闻声过来处理了这件事，说，小姐说的是事实，不是故意刁难，今后注意，今天的事，只能作为特殊情况处理。今晚可以使用这个房间，把发票交给小姐，压在那里明天走的时候再给，重新交两百元押金。东明这才消了气，嘴里还不服输地嘟囔，就是嘛，电脑是死的，人是活的，还是经理的水平高。东明交了押金，让小姐开收条。小姐继续微笑着说，正在开，请稍等。东明一看她的微笑就烦，笑，笑，就只会笑，别人让你干什么你都笑？

柳云一边嗑瓜子一边看电视，一副悠闲自在的样儿，其实她心里烦着呢，瓜子皮吐得满地飞。吃晚饭的时候，柳云才想起端五来家里说的话，知道误了事，为了不叫东海大惊小怪，她就特别不以为然地一边嚼着萝卜干一边轻描淡写地跟东海说，吃了晚饭到端五那里去一趟。东海立即狼吞虎咽，连菜都不吃了。东海这么顺从端五，柳云生气。

东海不声不响上楼，不声不响进房间，不声不响坐到沙发上，不声不响看电视。柳云没理会他的不声不响，她连看都没看他一眼，她绷着脸要让他发现她的不高兴，主动给她说好听的软话。

柳云绷着脸，东海居然没一点反应。柳云实在绷不住，侧脸瞥了他一眼，东海的脸阴沉得要下雷阵雨。

"她说你啥啦？死了娘似的。"

东海居然没答理柳云，东海从来不敢不答她的话。

"你这么没用啊！她说了你，你就只会到家里来憋气啊！她说你啥啦？"

"都怨你，出事了。"

东海的话说得很轻，可对柳云却好比晴天霹雳，东海没这么回过她的话。

"我？我怎么啦？她来咱们家我也没说啥，她拿你撒气啦？"

其实柳云已经猜到其中的原委，事情都是她做的。往张家口解货的事是她弟弟联系的。到货的时间、运费一万二千元、误期损失从运费里扣、先预付两千元定金、到货验货后运费一次付清，双方意见一致后签的约。东明让端五另外给东海五百块钱，算是给东海小舅子的辛苦费，再给东海三百块钱，路远司机辛苦，给一个车买一条烟。柳云在床上搂着东海说，咱是跟包车头签的合约，咱只跟包车头打交道。车是包车头雇的，司机的一切就应该由包车头打点，烟自然也应该由包车头给，另外再给司机买烟，人家会以为你钱赚多了没处花，反敲你竹杠，这三百块烟钱省下一点事没有。东海觉得柳云说的有些道理，柳云把烟钱扣入了私囊，自己弟弟的五百块她也扣下了两百块。

"出事？出啥事？"

"货到现在还没到。"

"货没到！货没到怨我做啥？找包车头啊！"

东海没再跟柳云啰嗦，拿起电话找小舅子。一遍没打通，再摇，占线，再摇，没人接电话，再摇传呼。

柳云忍不住了，这电话一次次都拨在她心头肉上："你就这么笨啊，厂里的事，你不会在他们家打完了再回来，这电话费，她给你报啊？"

东海一声不吭，等着小舅子回电话，等了半个小时也没回，东海又摇，电话通了，小舅子出差不在家。

东海赶紧翻电话本，直接找包车头。东海摇了五遍，柳云翻了五次白眼。

接通包车头，包车头说明天查查再给回话。

东海打电话打得浑身是汗，柳云气得浑身冒汗。

"屁大个事，看你急成啥样？货丢了吗？就是丢了，冤有头债有主，有包车头在。晚到，晚到怕啥？合同上写着，误期的损失从运费里扣。就老鼠这么个胆，一辈子做不成大事。"

东海一句话不说，悄没声响地下楼去卫生间冲凉。

六

天空镜子一般清亮，明晃晃的日头照得东明睁不开眼。

走出宾馆，东明决定再去看望隗昊汨。一来是联系上业务后没再给他回话，二来想了解一下设计院的情况。

东明先到设计院打听好隗工的住址，然后买了西洋参片和一些营养品。找到隗工的家，隗工的爱人正要侍候他上厕所。东明放下东西就过去帮忙，像家里人一样。隗工的爱人有些累，也没客气，就让东明去帮他。

东明把隗工扶回客厅，隗工很过意不去。东明把业务上的事向隗工作了介绍。正说着，手机响了，是徐长海打来电话。

徐长海从电话里传过来的一句句话，叫东明阵阵发凉。设计院把东明的设计图纸否了，设计院那一边已经找好了厂家，让东明立即到河南客人那里见面协商。东明的脸阴了下来。

隗工问东明什么事，东明就把徐长海的电话告诉了他。隗工在纸上写道，准是焦在捣鬼。隗工让东明去把图纸要回来，拿给他看看。隗工病成这样，东明怎忍心再让他操心。东明谢了隗工的心意，同时请教隗工一个问题，他问隗工，在这件事情上，焦副主任最怕什么。隗工想了想，在纸上写道：怕别人知道他吃回扣。

东明从隗工家出来，并没感到世界末日来临。他心里反有了一股对抗的力量，你焦副主任想一手遮天，我就不让你遮，你越是不想让我干，我却偏要干，不信咱就斗斗看。一路上他一直在想怎么才能遏制焦副主任捣乱。东明想，他让别人干，无非是想个人得好处，我反其道而行之，想法让他跟全室人对立起来，我看他怎么招架。

东明先到银行再取了五千块钱，这个时候，钱该花在这刀刃上。东明站在队里排队取钱，柜台外的人急，银行里的职员却若无其事，慢条斯理，该说话说话，该喝水喝水。东明挨到窗口，银行小姐拿着杯子去倒水喝，他们有了饮水机，喝的是纯净水。东明看着饮水机,豁然开朗,他想起来,设计院的办公室还在用暖水瓶打开水喝。东明一下有了主意,做起事来就十分到位。不到长城非好汉,没有过不去的火焰山。东明坐在车上,走在路上,心里反复念着这两句话。

东明到自来水公司办好纯净水饮水设备手续,让他们用不干胶贴上"新兴纯水设备厂赠"的字样,把焦副主任他们办公室的地址告诉他们,让他们中午一定送到安装好。

东明办好这一切,然后才去河南客人住的饭店。东明来到饭店,高厂长早上已经回了河南,只剩下庞科长一个人。

东明进屋,庞科长连坐都没让,顾自仰床上看他的电视。东明心里打了个格顿,我的天,这事要黄!黄归黄,可你科长也不能这样啊!这几个月,他没少吃东明的山珍海味,也没少抽东明的"玉溪""中华",不应该这样冷淡东明。是工程一点没指望了,还是别的?工程没指望他不会这样,工程没指望,他的好处也没了指望,他应该同样着急。他为啥呢?

东明的尴尬无法掩藏。东明只能在心里悄悄地劝告自己,一切都要依赖人家,甚至乞求人家,就别再想你的人格了,给人家当回孙子吧,为了端五,为了女儿,为了未来的小楼,顾不了这许多了,钻人家一回裤裆又怎么啦。这么一想,东明就想开了,脸面都不要了,还有啥好尴尬的呢?一边给庞科长丢烟,一边只当啥也没看见一样爽朗地说:"厂长去忙他的,有你科长在,我这心就放肚子里了。"

"别他妈说得好听,科长算老几?厂长才是官!"

东明想,难道是为那钱?厂长会那么不地道?还是他小心眼以为他们背着他搞了猫儿腻?厂长比他还年轻,他已经在科长这个位置上待十年了，什么事他没经过手。这个工程将来也是由他负责监督施工。

"科长，这就得请你老哥体谅小弟了，当官的在，有些事咱不得不给他一个面子，其实我心里有数，啥事还不都得你科长办。前天，我想给你俩预付一点信息费，出门在外总是要花销的，让他过手是要他知道咱是尊重他的，咱们两个没有背着他再有别的啥。"

"我他妈一分钱都没见，你给他什么我管不了，只是别耍我大头。"

东明一听明了戏，不过他真拿不准是高厂长故意独吞，还是庞科长乘机敲竹杠，要钱可以，到时候都从信息费里扣，只是别坑人就行。这一点南刚提醒过他，劝他不要直接跟用户厂家打交道，这些人没有规矩，生意还没做，要吃，要喝，要玩，啥都敢要，生意要是黄了，他拿你的钱一分都不吐出来。设计院都是高级知识分子，做事讲道理，讲风度，很要面子，胆子也小，生意要是做不成，拿你的钱会如数退给你，他们怕你到单位找，毁名誉。

东明看透了庞科长的心思，也就不再尴尬，反而挺坦然："这样做事就不好了，我说得清清楚楚，是预付给你们两个人花销的，这回我明白了，那就记在他头上，我另外给你预付。"

"别别，咱们做事得讲规矩，我不能无功先受禄。"

"咱先不谈生意，算你借我的行吧？"东明从包里拿出一沓钱，"这是五千，你先用着。"

"这就不好意思啦。"

"不过是预支一点信息费嘛！不说这，你说吧，今天咱有事没事，有事咱就做事，没事咱就去玩故宫。"

庞科长这才拾起烟，东明给他点烟的时候，科长抬眼看了看他。

"你先歇会儿吧，上午我到设计院去，人家说你的设计不行，咱得去探探究竟是怎么一回事，他们肯定也找好厂家了，这样就有些麻烦。"庞科长看来久经沙场，他并没有因为拿了东明的钱就表现热情，说话还是很有节制。

"科长，一切都只能拜托你了。他说咱的图纸不行，哪儿不行他说啊，咱改，改到他没有意见为止。科长，咱们也认识好几个月了，我唐东明是个啥样的人，你们多少应该有些了解了，今天我当着你的面给你一句话，这个工程接下来，我来做，要是有利润，我跟你们对半劈，咱是乡镇企业，我说了就算，用不着谁批。活我保证质量，保证工期，赚了钱咱大家发财。你们内部不好分，我给你们分，不叫你们担半点风险，一句话，我不会让谁吃亏。你们只管把这活当自己的活去争。"

东明的这番话，说得庞科长来了点精神。科长说："唐厂长，你是说我还不尽力？"

东明立即接着往下顺："我不过就这么一说，现在不是碰上设计院要饯行嘛！要不是你科长支持，咱连今天这一步也走不到啊！"

"好了，好了，快十一点了，我上午到设计院去，设计院没有什么可怕的，我用户不点头，他还能直接去组织施工？"

东明恨不能跳起来给他鼓掌："科长，你这话算是说到根本上了，请他们设计，给他们设计费，插手施工就是搞不正之风。"

"我知道怎么对付，下午，你到这里来听信。"科长说着就准备出门。

东明心里悬着的那块石头，稍稍地挨着了一点边，多少有了一点着靠。东明体会到自己的主意没有错，这件事只要抓住了科长就抓住了一切。

东明回到地下室，倒头就睡。他困死了，这两天他没能睡一个囫囵觉。地下室太闷热，他就开着门，拿电风扇对着吹，他睡着了，而且睡得很死。

东明死睡的时候，南刚正和焦副主任在海鲜楼一起给庞科长灌迷魂汤。庞科长并不是那么好对付的人，他顺坡上驴，叫吃就吃，让喝就喝，吹牛也不上税，他心里只记住有一句话不能说，这工程不能让设计院来找人做。酒到头重脚轻了，他也没忘背地里试探南刚给多少信息费。南刚一边在心里骂庞科长不是东西，吃着碗里的瞅着锅里的，一边觍着脸，用二半吊子的上海话跟科长说，人家给多少阿拉就多少。南刚和焦副主任逼急了，庞科长就耍滑头，说这事他做不了主，要跟厂里领导汇报后再定，还说他一定会尽力。南刚看庞科长这根老油条油盐难进，他一急就甩出了他的杀手锏。

南刚借着酒劲遮脸，半真半假地对庞科长说："庞科长，讲来讲去，侬阿拉都是给共产党做生活，给共产党做生活也勿能太马虎了，据阿拉了解，侬联系的那个新兴厂，连厂房子都没得，是个皮包厂，就他和老婆两个人拿着空执照在做生意。到时光产品质量勿保证，侬信息费拿得再多，恐怕也是有风险的吧？"

南刚这话让庞科长酒醒了一半。看着庞科长的狼狈，南刚很得意，得意之后，他觉得有些过意不去，有些可怜东明，他问自己这样做是不是有些太狠了。他立即就回答了自己，不狠怎么办，不狠，自己就得宣告破产，厂就得抵押给别人了。庞科长很快就定下心来，东明厂的产品，他们已经在徐长海的厂参观过了，他们的工程是一样的。

庞科长就堆起笑脸对南刚说："谢谢你的提醒，到时候我们会考察的。"

南刚的酒多了，走路脚下没了分量不知深浅。一结账，酒菜加一起吃了三千多，"酒鬼"他们一气喝了三瓶。南刚歪歪扭扭转过身来送庞科长，看庞科长一上车，他就骂了起来："王八蛋！吃了我三千多，好酒好菜都喂狗了！"

南刚骂得十分痛快，也十分过瘾，他只是忽略了一点，他这话连焦副主任和他自己也一块儿骂了，好酒好菜是他们三个一起吃的。

七

东明一觉醒来，已是下午两点。一顿好睡，舒服了许多。东明立即洗了把脸，擦了擦身子，换了件T恤，去宾馆找庞科长听信儿。

走出地下室，东明改变了主意，今晚肯定要请庞科长吃饭，不如先到设计院看看那里的反应。

那间大办公室传出的话语，让东明饶有兴味地放慢放轻了脚步。

"是所里统一配的吗？"

"是一个叫新兴纯水设备厂送的，咱们总算也喝上纯净水了。"

"你们怎么能随便接受他的东西呢？新兴厂正在想尽一切办法拉郑州这个工程呢！"

"是自来水公司送来的，我们又没见他的人。"

"拉工程怕什么，也不是咱们推荐的，是人家厂家自己联系的，与咱们有什么关系。"

"人家一片诚意，又不是给个人送礼，单位用，怕什么？"

这就够了，东明不失时机大大方方走进办公室，他发现这里已经没有那么多玻璃叉。东明十分谦卑地给每一位先生小姐发名片，发一张名片，鞠一躬，同时说一声，小厂，请多关照。那位没理睬东明的女高级知识分子一看名片立即赞叹起来："哇，你就是新兴纯水设备厂，原来是你让我们喝上了纯净水。"

东明就更加谦虚起来："一点心意，一点心意，咱们是专门搞净化环境的，连纯净水都喝不上还像话吗？"

"唐东明！你搞什么名堂？"焦副主任的酒劲还没下去，借机发了火。

东明一看时机来到，不慌不忙地朝焦副主任走去，边走边说："焦主任，我这个人喜欢把事情做在明处，不喜欢私下里搞猫儿腻，这是我对大家的一点心意，不是给哪个人送礼，喝纯净水是为了健康，我想领导也不会反对，别人也不会把这当作不正之风。工程让不让我做是工程单位的事，与你们毫不相干，你们也没有人推荐我，可以不必避嫌。我没有别的意思，能跟大家认识，就是我们新兴这个小厂的荣幸。"

"你给我把这东西拿走，我们不能要。"

"焦主任，你这就有些意气用事了，我又不是给你个人回扣，你怕什么？东西买了，半年的水钱我也付了，你要叫我拿走，我去给谁？难道要叫我把它砸了？这是给大家的福利，没有什么责任要担的。"

室里一片喊喊喳喳。

"公共福利，有什么不合适。"

"假正经，吃回扣倒不吭声了。"

"人家好心好意买了，叫人家拿走，不是故意为难人家。"

东明没有把喜悦露到脸上，他很随和地说："焦主任，如果要说错，就算我错，领导要怪罪就怪罪我。如果你实在不愿接受，那么等我走了，你就把它砸了，让自来水公司把半年的纯净水倒阴沟里吧！算我对不起大家。不打扰了，你们忙。"

东明走出办公室时，再没有第一次那种拘谨，他走得非常潇洒。

东明乐滋滋来到宾馆。庞科长的房间没上锁，东明走进房间，庞科长鼾声如雷，屋子里弥漫着酒气。设计院请的他？不会，设计院怎么会请他呢？只有用户请设计院。是他请了设计院？高厂长在这里都没请，他怎么会请设计院呢？肯定是设计院找的那个厂家请的客，连他和设计院的人一起请的。东明有些急。会是哪个厂呢？东明想叫醒科长，他睡得这么香，东明就只好干急，默默地坐在沙发里等他醒来。

这样等人，实在难受，东明就上卫生间拉屎。

东明痛快舒坦以后，从卫生间出来，开门关门时手上故意加了点劲，庞科长被弄醒了。

"把你吵醒了，喝酒啦？谁请的？"

"设计院找的厂。"

"哪里的？"东明有些着急，"说话口音是不是跟我一样？"

庞科长摇摇头，说："那人说上海话。"

东明松了一口气。

庞科长一边进卫生间一边说："唐厂长，事情有点麻烦呢！"

东明的心又提了起来："设计院那边怎么说的？"

庞科长的话伴着他撒尿的水声传过来："那小子已经下本了，把设计院的焦副主任买通了。"庞科长一边系裤子扣一边走出卫生间，"咱的预算方案是一百三十万，那小子说，他降到一百一十万。"

东明说："咱也可以降啊！"

庞科长说："我说了，你降到一百一十万，这边也可以降。"

东明笑了，说："科长英明，说得好。他降到一百一十万，咱可以降到一百万。"

"一百万，你白干啊，还赚不赚钱？"庞科长反舍不得了。

"那厂家给你名片了吗？"

"那小子刁得很，连名片都不给，还私下里跟我说，你给多少信息费，他也给多少。想想也是，公家的活，给谁做不是做呢。"庞科长看着东明的脸上露出着急，心里有一种快意。

东明被庞科长说晕了，他深感自己太天真了，你守规矩，人家可不跟你讲规矩。你讲良心，人家可能把你当白痴。这年头，人的良心难道都没有了吗？

其实庞科长的话是说给东明听的。庞科长一点也不傻，那小子出的信息费，原本焦副主任可以独得，要是他们也答应把工程让给那人来做，这笔信息费就要三个人来分。就算焦副主任舍得跟他们平分，他也不同意，凭什么自己可以独赚的钱，要让别人来分呢？再说，这边东明是实在人，怎么说也是给东明做合算。不过他要让东明知道，这不是件容易事，要东明有数，是他千方百计在想法把工程拉回来给他的。

"科长，我的话上午就说了，现在这工程是咱们自己的，要放弃，等于咱们一起放弃啊。"东明反过来把庞科长绕了进来。

"说是这么说，工程让人家抢走，亏的是你，你已经花了这么多心血，我们有什么呢，现在设计院一口咬定你的设计图纸不行，他们还说，你是个皮包厂，没有生产设备和生产能力。"

东明真急了："科长，你可千万不能听他们胡说，我们厂给徐长海他们厂做的活，你们也都亲眼看了，这可不是吹出来的。我要是没有这个生产能力，我们镇和市里能给我开这介绍信？"

庞科长看到东明的穷急样子，心里有些得意，他的目的基本达到了，于是他换了腔调说："我也是这么给你争的，我也不忍心叫你这样吃亏，要不，我就不会在这里住着了。"

"科长，你的心意我都明白，这事全仗你了。还是你上午的那句话，你们要是不点头，他设计院还能直接下去组织施工不成？"

庞科长又往回退了退，说："说是这么说，设计院真要作梗，不给我们整个工程的设计图纸，我们的工程还怎么上马？我看，你怕是要在设计院的人身上下点本呢？"

"我抽空再去看看隗工，走走别的路子。不过关键还得靠你，你要一松口，这事就泡汤了。"

"这不用你说，我当然是会尽力的。你不是说，这是咱们自己的工程嘛！"

东明拿起手机给徐长海拨电话。东明想请徐长海下班到宾馆来，晚上一块儿吃饭。长海说晚上有事，不能来。东明就把那家厂请庞科长和设计院的人一起吃饭的事，如何压价的事说给了徐长海。徐长海说他再跟设计院的副院长说说。

晚上，东明自然要犒劳庞科长。徐长海没空，庞科长跟东明说，中午酒喝高了，晚上清淡一点，简单一点。东明心里明白，清淡可不是简单，清淡不等于少花钱。在这种关键时刻，东明哪还能惜钱呢！东明要了鹅头、鹅掌、龙虾、蟹和清淡的羹，喝的是法国葡萄酒。两个人也清淡简单地嚼了小一千。吃完饭，一看表，不过七点半。东明就主动先把话大方在庞科长前面。东明问庞科长，晚上想怎么轻松。庞科长也一点不谦虚了，说，不上歌厅了，嗓门也不好，吼来吼去没意思，这两天跑累了，腰有点发酸，去洗个桑拿算了，找人推拿推拿。

这么热天洗桑拿，东明知道庞科长心里想要做啥，东明一边把庞科长往桑拿中心送，一边在心里码算，洗桑拿用不了多少钱，按摩起来就难说了，谁知道他想啥样的服务。事到如今，他的需要高于一切。既然他想轻松，干脆给他个自由，自己何必去陪他，多花钱，还碍眼。来到桑拿中心门口，东明就实实在在拿出一千块钱。东明把钱塞到庞科长手里，说，天太热，我享受不了桑拿，不陪你了，你自便，明天到宾馆见你。

东明在车上看到海报，足球甲A辽宁队的主场比赛正巧在沈阳开战。东明也是个球迷，可生意把他弄得啥也顾不得。东明看到海报，一时兴起，打车上了体育场。来到售票处，门票已经告罄。东明抱着有人退票的希望站在门口等待。开场的哨音把东明的希望卡灭，看球的欲望对东明成了一种折磨。他想到了商场里的大屏幕电视。东明立即打车赶往商场。

东明的欲望终于得到满足，商场里有不少球迷围住了电视，连服务员也在看。开场已经十五分钟，对手是国安队，还好，场上比分仍是零比零，精彩的镜头没错过。

东明被比赛吸引，此时他已经完全忘掉了庞科长，忘掉了地下室，忘掉了金城宾馆的不快。他没有随着周围的人偏站到辽宁队一边，他为双方的好球喝彩，当他为国安队喝彩时，立即遭到身旁人的白眼，甚至厌恶。东明不管那一套，干啥呀？这是看球哎，就是辽宁队赢了，你又能怎么啦？该做啥还做啥，也就是旁边卵子干起劲罢了。辽宁队前锋接到一记长传，快速推进，正在威胁国安队大门时，东明腰里的手机响了。东明无奈地挤出人圈。

派出所！东明的头皮有些发麻。派出所问他认不认得一个叫庞寿林的河南人。东明真不知道庞科长的大名，东明问是不是庞科长。派出所说是。东明说认识，是好朋友。派出所让他立即到派出所去。

东明问什么事，派出所说来了就知道了。

东明赶到派出所，一间大屋里，十几个衣衫不整的男女蹲在里面，东明一眼就看到了庞科长。东明傻了。

八

端五一看东海蔫头耷脑那模样，知道他啥事也没办成。他自己先已做出了这么一副熊样子，端五就不好再说他啥，男人嘛，总还是要给他留点面子，她只好耐着心让东海把他这一天的作为说了一遍。

东海今日是按端五的意思，冒着大热的天去找了包车头。

东海告诉端五的话，仍是电话上的那几句话，不同的只是昨日在电话上说，今日是面对面说而已。车是按时出发的，除非路上出了事，误了期他们负责。说完那几句话，东海就立在那里没了话。端五就问东海，你没有让他直接用手机跟司机他们打个电话。东海的头就往后一仰，倒像是端五用手指戳了他的额头。

端五慢声细气地说："做事情要想细一点，知道自己当人面交涉脑子转不那么快，应该事前想好了再去，你这样跑一趟还不是跟打电话一个样。只有直接跟司机通上话，才能知道事情的究竟。全林到现在一个电话也没来过？"

东海的头又往后一仰，说："没有，我没接到。"

端五说："临走的时候，我也忘了关照一句，这人也是，让你跟车，有事你总得往家打个电话呀。"

东海说："嫂子，要不明天我就带安装的人直接去张家口，按预定的时间该去了。"

端五说:"原来跟全林说好的,他一到张家口就来电话,这边接电话后再上去,货没到,人去了,安装不了,吃住都是花销,这不是额外浪费嘛!"

东海的头又往后一仰,接着试探端五的意思:"你是说,等全林的电话来了再……"

端五说:"还是等一等全林的电话吧,这两天他怎么也得来电话了,先跟安装的人打好招呼,全林一联系上,你们就上去。"

盼全林的电话,全林就来了电话。全林来电话已是晚上九点半,电话打给了端五。端五一听全林的声音就眉开眼笑,全林接下来的话,却让端五止不住地哎哟喂!全林说,包车头太黑,运费司机们只能得一半;说东海也太小气,连条烟都舍不得买。司机们把货卸在了天津。端五着了急,嗓门提高一个八度,哎哟喂!他们怎么能这样呢!全林说,司机们说没有钱花了,这里正好有人雇车往北京送货,他们说先插空挣点钱花。全林一个人也劝不了他们几个人。司机们都走了,现在只有他一个人在那里看着设备,停车场还要收存放费。给东明打电话,东明的手机关着,这事怎么办?

端五心里乱成了一锅糨糊,这算是怎么一回事?东海你也太糊涂了,自己的小舅子,帮着找这么个包车头。端五手里拿着电话没法生这个气,她先安慰全林,让他辛苦一下,看好货,她立即想法与东明联系,她让全林明天上午九点再给她打电话。

端五给东明打电话,东明突然不知去向,手机关机,BP机连呼了十遍也没有回话,端五把电话打到利民招待所,值班小姐说下午出去没见他回来,端五耐着心求小姐,请她到房间去看一看,家里有急事要找他。小姐被端五求得不好推辞,真就到地下室走了一趟,东明的房间确实锁着。端五只好把电话打到徐长海厂长家。徐长海说他也在找东明，一晚上找不着他，河南的客人也不在房间，他们肯定在一起，不知道什么缘故，他们的电话都联系不上。端五就变了声，在电话上求徐长海厂长想一切办法找东明。

端五的头大了，向来有主意的她一下没了主意，仿佛一叶孤舟被浓雾锁住，她在屋里转圈，不知道自己要做啥。她想不出东明突然失踪的原因，越是想不到原因，越往坏处想。她绝望地跟自己说，东明出事了。

端五心里忐忐忑忑脚下高高低低踏着黑摸到东海家的门口。

端五仰着脖子对着楼上的窗户的亮处喊："东海啊！你快别看电视了，出大事啦！"端五顾不得影响了，声音里掺进了哭腔。

端五带哭腔的声音在宁静的夜空里横冲直撞，听起来那么瘆人。东海一听到端五的喊叫，浑身的汗毛立了起来。

东海一步两级蹦下楼来，拉开门，端五进门就一屁股坐到凳子上。东海的头习惯性地往后一仰，看端五这个样，他更毛了手脚，嘴唇哆嗦着问："出，出啥事啦？"

端五说："车出事了，你哥也出事了。"

柳云一听气氛不对，这才下得楼来。

"啥事，要急成这副样子。"

端五见柳云下楼来，她就站了起来，没答柳云的话，对东海说："他们把货卸在了天津，你哥也找不着了，你明天立即拽上那个包车头上天津，全林一个人在那里没一点办法。要他另雇车把货送到张家口，你告诉他，他要不管，运费我们一分都不能给。他要是真不管，你就自己雇车运，越快越好，再耽搁下去，人家要罚咱们的款了。"

"哎呀，他怎么能处理得了这么大的事哟！"柳云拿腔拿调地打横炮。

端五放下了脸，说："你说谁能？你能，还是我能？到了这时候，你还说这样的话。我现在没有工夫跟你闲扯，给司机买的烟买到哪儿去了？生意是咱们两家的，不是我一家的。东海是做不出这种事的，你自己闷着良心想想吧。东海，我再去想法借点钱，明天一早你来找我。"

"嫂子……"

端五回过头来，东海像只蔫瓜，一脸愁苦。端五心里的火一下冒了上来，说："你不想去？你是要我去？"

"不，我，我自己真弄不住那个包车头。"

"叫他舅舅一块去，费用咱们出。"

"他舅舅去上海了。"

"你是叫我跟你去？"

"不，我是想让漂生陪我一起去。"

"漂生？……事到如今，也没别的法了，你叫他一起去吧。"

"我，我叫他，他肯定不去，你去说，他准去。"

"是啊，这村上，我看他就拿你的话当话听。"柳云帮了一腔。

端五掀起眼睛看着东海，她这才真正感到，东海真办不了这事，她轻轻地叹了口气，说："好吧，我去叫他。"

端五掉转身子出了屋。端五的话说得那么强，事做得那么硬，可一走出东海的门，眼泪就止不住噗噜噗噜往下掉。

九

东明领着庞科长走出派出所，已是第二天的傍晚。

庞科长走在前面，塌着肩，垂着头，像一头刚阉过的老牛。东明随其后，劝不是，安慰不得，尴尬地跟在后面。

他们一起在那里面待了一夜一天。在那里面蹲着的庞科长，再不是原先的庞科长，他的脸变成了土色，浑身的骨头像被醋浸泡过的鱼刺一样酥软了，脸上的肉也塌了，手脚一直控制不住地颤抖，眼珠子像起了水的海鱼，一只手一直捂着下巴，像漏神经的牙上火发了炎。东明从他身上头一回看到了真正的怕，真正的愁，真正的忧。

东明没有笑他，也不是纯粹可怜他，他弄明白他怕啥愁啥忧啥之后，直接找了所长。事情卡在书面检查上。一边要写，一边死活不写。

东明缠住所长，将心比心不畏艰难地诉求，所长硬是让东明说出了菩萨心肠，所长说，罚款五千，交款走人。东明像咬痛了舌头，他包里已不够五千。他实实在在把包里的钱全倒了出来，只有三千六百五十六元五角。所长说三千太少。东明立即打车到银行取钱。交上钱，东明给在场的每一个穿警服的人都点了头鞠了躬，然后领着庞科长走出了派出所。

东明陪庞科长回到宾馆，两个人做了一路哑巴。庞科长不愿说话，东明自然也不好说话，说啥呢？到了宾馆，庞科长进屋就上了卫生间，东明听到了喷淋的水声，东明知道庞科长在冲澡。东明从夹子里拿出宾馆的信笺，给庞科长留了个条，然后悄悄带上门，离开了宾馆。

东明虽然跟庞科长交道已三个月，但毕竟只是见面谈生意，相互之间并没有到知己的程度。出了这种事，双方说话都挺尴尬。再说这一夜一天也没休息，东明离开，让他好好休息是最好的，也是庞科长最需要的。善解人意是东明最大的优点,东明凭这一优点做了八年村支书,也是靠这一点在群众中享有威望,他也是抱定这一点在生意场上闯。

东明在条子上安慰庞科长,好好休息,派出所那里没留任何字据,有事请呼他或者打手机。

东明急急赶回地下室,他的手机昨天晚上就没电了,昨晚上徐长海和端五呼得他心里乱糟糟的,他又没法回电话,于是把呼机也关了。

东明一走进招待所的大门,服务台值班的小姐如同发现东明从哪一个世界回来了似的,惊得嘴和眼都成了圆圈。她问东明上哪儿去了。东明机智地跟她撒了个谎,说去了趟辽阳。小姐说以后离开不回来,提早跟值班的打个招呼,省得这里和家里人着急。东明谢了小姐。

东明进了房间啥也不顾,先给手机换电池充电,然后再去洗脸擦身子。擦了身子,换了汗衫,东明到地上去给徐长海和端五打电话,地下室信号太弱。

东明先接通了徐长海。东明简要地说了庞科长的事。徐长海说他做得不错。东明问他设计院那里有啥情况。徐长海说,设计院确实找好了厂家,而且他们找了两家,一家是上海的国营厂,一家也是江南的乡镇厂,他们不愿提供单位。设计院准备与河南的用户商量,考察后再决定,把东明也作为考察对象。他让东明想法赶紧与庞科长和高厂长联系,让他们立即与设计院接洽,确定考察时间。徐长海让东明联系好了尽快回去,做好迎接考察的准备。

东明在电话上谢了徐长海,再给端五打电话。端五一听到东明的声音,没哎哟喂就发了火,质问他干啥去了。东明不想让她知道庞科长的事，就撒谎到辽阳去了，说忘了带手机电池。端五就更火了，手机没有电池，呼机也没电池了吗？辽阳就没有打电话的地方了吗？东明越瞒越麻烦，只好把庞科长的事给她说了点皮毛。端五一听说这事，更来了火，立即问东明自己做没做这种事，没有做为啥也去派出所。东明立即辩解，结果越描越黑。端五一口咬定，没有见了鱼不馋腥的猫。东明就有些火，说别胡搅，要说正事呢。端五说，你回来吧，生意不做了，我操不了这心事，担不了这惊吓，也经不住这种风险。接着她就把张家口的事告诉东明。东明也慌了手脚，他跟端五说，他把这里的事联系好后，立即赶去天津。如果东海他们往家打电话，让他们打他的手机。

东明打完这一通电话，立即去宾馆找庞科长。

东明站到庞科长的房间门口，有些找不着北，装了一脑子问号。庞科长为啥要换宾馆呢？换宾馆为啥不告诉他？庞科长他是回河南了？这里事还没定，他怎么能回去呢？那么他现在在哪里呢？他为啥不打电话呢？

东明的手机响了。东海告诉东明，他们已到天津，包车头不同意另雇车运送，在等他原来包的车，说耽误了时间，损失由他负。漂生要教训他，东海没让。东明当机立断，他决定立即去天津。

东明在宾馆的大厅，迎面碰上南刚和焦副主任，看他们的亲热劲，东明心里打一格顿。两人喝得不少，脸红得像猴子屁股。

"南刚！你也来了？啥时候来的？"东明满腹狐疑。

"我刚来，这是设计院的焦主任。"

"我们认识。"东明抢在焦副主任前头作了回答。

"听说又接了一个大项目，落实了吗？"

"没有，有人在捣乱。"

"喔！"南刚夸张地做出吃惊的样子，进而又拿出一副饱经风霜的前辈腔调，"生意不好做吧？我早嘱咐过你，不能直接跟用户厂家打交道，这些人没有规矩，只知道捞钱，说了又不算。你的产品行不行，要设计院点头才行。别跟厂家打交道了，要不到头来抓鸡不着反蚀把米。"南刚的唾沫星，雨点一样飞向东明的脸上身上，东明不好躲，只能忍受着南刚唾沫星子的袭击。

东明没工夫听他摆谱，他要赶天津去。东明就用冷淡来遏制南刚宣泄的欲望，这一手还真灵，南刚赶紧又回到话题上："知道是哪家在捣乱吗？"

"不知道，焦主任应该知道吧。"东明意识到了焦副主任和南刚的关系。

"这项目不是我设计的，我也不大清楚。"焦副主任有些尴尬。

"哦，要是这样，还请焦主任多关照。"

"你这是要上哪儿？"

"我准备回去。"

"你就这样放弃了？这不太可惜了嘛！"

"我没有放弃，给不给我做，就凭他们的良心了。"

"这年头，良心可不值钱，凭良心做事，那可就只能认倒霉了。"

"话也不能说死，不讲良心的人，总是会伤天害理的，总有一天会得报应的，只是早晚而已。"

东明告别了南刚，拨了庞科长的手机，他的手机还是关着，东明去找徐长海。

东明没见着徐长海，徐长海到局里开会去了。东明想跟徐长海商量一下庞科长的事，还要商量一下焦副主任和南刚的事，东明有些怀疑，想请徐长海探探情况。徐长海不在，他也不能再在这里等下去，东明心事重重上了火车站。

✚

东明匆匆走进汽车旅馆的停车场，一眼就看到了他厂里的产品设备散放在车场里，忍受着太阳的暴晒，一股受人欺凌的气愤油然而生。东明跑过去看自己的产品，有的喷漆已经被擦掉，有的碰出了伤痕，东明心疼得想骂人。

东明在一个四人间里找到了东海，漂生、全林和包车头一起住在这个房间里。包车头的车还没有等到。

东明压下心里的火，心平气和地跟包车头商量。

"现在我们的货已经超过规定的交货时间五天了，用户已经发出警告，按合同罚款是小事，影响人家整个工程事情就大了。你说怎么办？"

包车头闷着头抽烟，说："要另雇车，你自己雇，我没有钱。"

漂生一步蹿过去，一把揪住包车头的胸脯，把他提了起来。吼道："你他妈讲不讲理？"

东明过去推开了漂生。

"你把我打死我也没有办法。"包车头看样是拳头堆里混出来的，面不改色心不跳，"耽误了时间是我的责任，有合同在，该罚则罚，该扣则扣，可你要另雇车，那不是我的事，我没有钱。"

东明说："你的车四天不见了，北京两个来回也跑了，要是他们已经回了老家怎么办？你给我立字据，把你刚才说的话都写上，我自己雇车。"

包车头一愣。

东明说:"我不是吓唬你,现在人家就要罚我三万块了,你既然不管,你走吧,你得赔我一切损失。东海赶紧到车场联系租车,今天必须走!"

东海和全林一起下楼去联系租车。

事情还真有点怪,全林他们正在联系租车,包车头的一辆车开进了停车场。

包车头从楼上蹿下来,来到司机面前,没开口先给司机一个耳光,打得司机晕头转向,打完后,他才问:"他们呢?"

司机急了:"你他妈凭啥打我,你给多少钱,我们就跑多少路。"

包车头的眼睛里闪出野蛮的凶光,他对司机说:"你活得不耐烦了是不是?你要敢不送这批货,我立马让交通队吊销你的执照,你信不信?"

司机像被打中了腰眼,立时就软了下来。

"他们呢?"

"一会儿就到。"

"反了你们了!无法无天,立即给我装货!"

司机老大不情愿,两条腿却还是不由自主地朝装卸队办公室走去。

十一

东明走进家门天已经擦黑。东明进家时端五正在擦桌子,她左手端起桌上的茶杯,右手拿抹布擦桌面,东明就在这时走了进来。端五看到进门的东明,手里的茶杯连茶带水掉到地上,发出清脆的声响,像是对东明回来的惊喜。端五一下扑进东明的怀里,眼泪止不住地流在东明的胸前。思念、委屈、忧愁、气愤，一齐随着眼泪流了出来。东明做丈夫的责任，被端五的眼泪点燃，烧得浑身火炭一般。东明扔下包，把端五抱了起来，抱进了会客室，长沙发立即发出了欢快的呻吟，渴念、歉疚、责任、关爱，一切都在心灵的撞击中传达沟通。

当端五含着醉意得空看东明的时候，几个月不见，又黑又瘦，在外面没人伺候，也没人管束，不知他一天到晚是怎么过的。

端五心疼地抚摸着东明的脸，她一下就想到东明失踪一天一夜的事，女人对这种事总是不肯马虎，端五噘起了嘴，说："那晚上和科长关派出所里，究竟是怎么回事？"

"你看你，进门没有别的事，我以女儿的名义向你起誓，我要是——"

"谁要你带到女儿。"端五知道东明疼女儿胜过疼他自己。

"我向你和女儿保证，绝对没有做过对不起你们的事，快给我做饭，我还饿着肚子呢。"东明说完想洗澡，他们的房子没有卫生间，也没有浴室。东明只好拿个浴盆在天井里洗。

菜是现成的，昨晚上东明已经来过电话。端五一早就上了街，买了活鲫鱼，买了肉，还买了下酒的口条、鸡胗。端五先把几个熟菜摆到桌上，给他拿出一瓶低度"洋河"，她再给他做热菜。东明冲了澡洗完脸出来，端五的热菜也做好了。一盘莴笋炒肉丝，一个清炖鲫鱼。

端五给东明倒了酒，自己泡了杯清茶，她也没吃饭，一直在等东明。东明一口酒下肚，深深地舒了口气，他真真实实感到住什么宾馆也不如自己家好。

坐在旁边的端五，喝着茶，呆呆地看着东明吃。东明说，你也倒一杯陪陪我，端五摇摇头，仍是呆呆地看着东明吃，东明发觉她眼睛里藏着许多疑问。

"端五，你不要这样看着我，我要你知道的事，肯定会跟你说，不跟你说的事肯定有不跟你说的道理，有些事说给你听，能把你急死，也能把你吓死。你要有自信，你是这么好，这么优秀，我怎么还会做对不起你的事呢？你放心，我不会去做犯法的事，这些年书记白当啦？你啥也不用管，把这个家给我看好就行。"

端五其实不是不信任东明，她是从心里疼他，她看他这模样，不知道他在那里都发生了什么事，他自己是怎么过的日子。

东明在外面确实吃了苦，担了惊，操了心。可他不能把那些事告诉端五。怎么跟她说，为了省钱，他住在臭气熏天的地下室，常常一天泡三顿方便面；他怎么跟她说，在设计院那些工程师和项目单位的掌权人面前，花钱要装出腰缠百万的富翁那样大方，待人要像孙子敬爷爷那样谦卑；他怎么跟她说，那次晚上他在派出所，向每一个警察点头哈腰为庞科长说情，还替他交了五千块罚款。他怎么跟她说，合同只是草签，预付款还没给，他已经把四万块钱扔进去了。他能跟她说这些吗？这些钱都是她借的高利贷哪！

东明吃完饭，把草签的合同拿给端五看。端五一看是张一百三十万的合同，弄好了能赚几十万。端五心里得到些安慰。

"预付款要等他们来考察后才付。"

"怎么还要来考察！"

"有两家厂在争，人家已经把价压到一百一十万了，咱找的是用户厂，他们找的是设计院，现在谁都不傻，知道里面的好处，谁让谁啊，就只好用考察来决定。"

端五一听急了："哎哟喂！咱连厂房设备都没有，来考察，咱还不输给人家。"

"咱就只好用价格和服务、信誉来取胜。其实，他们真要是硬跟咱争，咱九十万也做。"

"九十万？还有得赚吗？"

"有活做就有得赚，只是赚多赚少而已，多赚自然好，可少赚比没有钱赚强啊。这些日子有好多事要做，要让东海把所有设计图纸再精确地计算一遍，可能有的数据有误差，设计院刁难，只说不行，不说问题在哪儿。另外要找一家厂合作，把咱们的执照挂到他们厂里去，还有别人送给表兄的两面锦旗。"

"哪个厂愿意跟咱合作呢？咱没有钱，又没有设备。南刚的厂倒是整天闲着。"

"不行，南刚也到了沈阳，我怀疑他跟咱这桩生意有牵连，他跟设计院的焦副主任挺熟，我探过他的口气，他有些尴尬的样儿，让人摸不着他们的底。我想跟冬生的厂合作。"

"漂生他哥？"端五有些疑惑。

"他的厂现在势头不错，厂房设备也不错。"

"有的人说，他是让漂生黑吃黑坑了人家才发起来的。"

"别听人瞎说，漂生都不在他厂里，有时候让他帮着办点事怕啥，这次咱不是也叫他帮忙了嘛！"

"你突然失踪，东海这么软，迫不得已才找的他，漂生这种人还是离他远点好，你自己拿主意。"

"合作有两种方式，一种是合厂，不合业务，我们租他两间屋做办公室和业务室，按月给他租金，有了项目用他的车间生产。他们的技术工人，没有活，我们就用他们的工人，按件计酬；他们要是有活，我们临时雇人；一个项目签一个协约，我们给他交管理费，产品打我们厂的牌子。另一种是合办厂，办公、业务、生产、经营全合，现在恐怕不大行，我们没资金实力，厂房设备都是人家的，要合办就要评估，按股份来投资。我想，我们先按第一种方式搞着，到我们有了实力，他们也愿意，我们就合办。总之一句话，没有厂房，没有设备，没有技术力量，像现在这样办皮包厂，是办不好的。像南刚那样，单枪匹马，没有实力，在市场也是立不住脚的。"

"第一种办法，我想他们是会愿意的，这对他们只有好处。你上楼把驱蚊剂点上，今晚早点睡吧。"

"不行，我这就去找冬生谈。"

十二

东明在家干等了一个礼拜，等得嘴上起了泡，没等着考察的人。

东明在天津，庞科长就主动给东明来了电话，或许有了那一夜一天的事，庞科长在电话上特别客气，他告诉东明，设计院不放弃他们介绍的厂家，坚持到实地考察后再确定生产厂家，谁家的条件好让谁家干。他跟厂里汇报后，厂里也没办法，只好同意设计院的意见。让东明好好准备，有什么情况，他会及时通知东明。

冬生同意东明第一种合作办法，答应东明把厂牌子和执照挂到他的厂里，他给他三间屋，一间做办公室，两间做业务室兼会客室，一年交一万五千块钱房租。人家来考察，就等于考察冬生的厂。东明做了细致的安排，预借了村上人的"桑塔纳"，跟太湖饭店的老板也打了招呼，到时候客人来到，先看厂房，然后到太湖饭店吃住。一切都准备好了，可客人没来。

冬生感到意外，南刚约他吃饭。他想不明白南刚为啥要请他吃饭。一个村子住着，有事到家里说就是了，用得着到饭店，像正事儿似的。

南刚是单请冬生，连陪客都没有，冬生就更有些纳闷，这几年他们都是自己做自己的生意，私人间没有啥来往。

一杯客套酒下肚，冬生憋不住，开门见山问南刚找他有啥事。南刚就给自己，也给冬生斟满了酒。

"今天，我是特意给你贺喜，祝贺你兼并了东明的新兴。"

冬生笑了："这有啥可贺的，这不是兼并，我不过租给他三间办公室，还是他干他的，我干我的。"

南刚喝下酒，哈哈大笑起来，冬生觉出了他的笑是故意装的，这有啥好大笑的呢。

南刚笑过之后，一边给冬生夹大虾，一边漫不经心地说："都说你心直，还真是如此，如今做生意太直了可真不行。你帮东明，这一点侠义心肠我很佩服，都一个村住着，是该相互照应。不过，东明为啥要找你合作，你可不能不想啊。"

冬生一口喝下了杯中酒："乡里乡亲，人家要来考察他的厂，他连厂房都没有，这忙怎么好不帮呢？"

南刚小下声来说："说的就是这呢，东明的来头可不是你能比的，人家当过十来年书记，这次人家来考察，看的是你的厂，可实际打出去的名是新兴厂，今后生产出来的产品也是新兴厂的牌子，与你没一点关系，可这些产品是怎么生产出来的？是你的厂，是你的设备，可名和利全都成人家的了，这叫啥？这叫无形资产，你实际是给他投资了，你想过没有？"

冬生笑了，他觉得南刚的问题很好笑："我没有想这么复杂，互惠互利嘛！他用房，给我房租；他用车间、设备，给我交管理费。"

南刚十分惋惜地喝下一杯酒,感叹地说:"乡村企业发展的最大障碍是啥?是我们目光短浅,没有市场意识,没有营销意识。我可能是狗咬耗子多管闲事,我只是想提醒你一句,东明可不是一般的人,你可不要引虎入室,小心他把你的厂变成了新兴。"

南刚说得这般知己,又这般真诚,冬生就不能无动于衷,他实实在在地敬了南刚三杯酒。

冬生和南刚喝酒的时候,东海从张家口给东明来了电话,安装已经完毕,用户厂也验收了,可以结算。用户厂说,延期安装要履行合同,扣罚五万块钱。东海没了主意,叫东明赶紧上去。东明让东海先安排安装人员回来,叫东海在那里跟他们谈,摆这边的困难,争取他们的同情和谅解,他联系好考察的具体时间,马上就上去。

工程本来就小,价压得也低,再要扣罚五万,就没啥利润,连高利贷都还不上。东明正在犯难,庞科长又来了电话,说事情有变,那边设计院有人告焦副主任受贿,设计院那边给河南厂里也来了电话,为了公正,保证工程产品质量,要求原先参与联系业务的人员一律回避,不得参与考察。双方都重新派人,约定在南京聚集,具体不知道哪天到实地考察。

东明犯了难,张家口不去,到手的现钱要受损失;一走,万一考察出问题,失去机会,损失更大。想来想去,张家口的事都是东明联系的,东海谁都不认识,必须他亲自出面。这边考察没定时间,东明决定先去趟张家口,速去速回。

东明找冬生商量,让他帮着照应考察的事。南刚这顿酒对冬生还是产生了作用,冬生有些推托,说他也可能要出差。东明自然不知道里面的内情。东明就只好嘱咐端五,万一他走考察人员到,就让她自己出面,按商量好的计划办。

恰恰这么巧，东明走的第二天下午，考察人员真的来了。他们没有直接到厂里来，先去了镇政府的工业办公室。

端五从小季那里得到消息，考察人员要考察南刚的厂。端五慌了神，大门都没顾锁，颠着两只奶子，一口气跑到厂里，见着冬生，喘得连话都说不出来，只能用手比划，一边比划一边说："考，考察的，来，来了，上了南，南刚的厂。"

冬生一听，原来南刚摆的是鸿门宴。冬生立即要车和端五去高镇。考察人员在王主任的陪同下，已经进了南刚的厂。

端五赶过去把小季拽到一边问是怎么回事。小季告诉他，人家本来就是约定要考察南刚的厂和你家的厂两个厂，你们没有厂房不好考察，只好带他们到南刚的厂来。端五说，我家的厂已经和冬生的厂合了，她把冬生招过来。冬生朝小季点点头，说我们两个厂已经合并了。小季说，内部真情咱都知道，镇上绝对不会把生意往外推，你们的情况王主任专门作了介绍，把接来工程后的生产、检测程序都详细给他们介绍了，不在于有没有厂房。端五说不行，一定要让考察人员到冬生厂里看看。小季答应帮她说说。小季就去把这个情况告诉王主任。王主任告诉了客人，客人也同意到厂里看看。端五和冬生就高高兴兴坐上车回厂里准备迎接。

南刚满面春风，领着客人看大吊滑车，看车间，看办公室，一边看一边滔滔不绝地介绍他们厂的辉煌历史。南刚自然不能够知道客人们都在心里纳闷着一个奇怪的现象，这个厂厂房不错，生产设备也有，为什么不见一个工人。南刚领着客人看完工厂，他爱人已经联系好了饭店，准备领客人去吃饭休息。考察人员悄悄地问了南刚一个核心问题，问他这个项目的报价是多少。南刚略一思考，没有说，悄悄地给他们伸了一根指头。考察人员都点头明白。

南刚把客人请上车后,对司机说,上蓝天饭店。王主任说,不,上新兴纯水设备厂。南刚心里吞进只苍蝇一样难受。南刚只好下车。

冬生的厂离南刚的厂只二百来米。客人进厂,厂房虽没有南刚的气派,可厂里却是一派兴旺景象。冬生接的那个项目,正在生产,一批产品已矗在院子里。

王主任也没有隐瞒真相,跟客人们实话实说,说他们两个厂刚合到一起,业务分开接,生产一起搞,你们的项目要是给他们,所有产品都在这里加工,质量由镇里统一检验。

冬生接过话,说现在他们水处理设备的生产已经走向社会化,配套设备可以在全国点名牌,有的大件,他们厂没有设备,可以到无锡、常州、上海去加工,去年他们厂的一只冷却塔,是十吨翻沙铸件,就是到上海做的。

考察人员对冬生的介绍报以赞许,参观完工厂,考察人员同样提出报价的事。端五不知道南刚的报价,只听东明回来那天跟她讲,别人已经压到一百一十万,要是硬争,九十万也能做。于是端五就也实话实说,九十万也做。客人们都笑了。

客人们要走,端五这才想起光忙着迎接客人,忘了联系饭店,立即让冬生先去太湖饭店。客人们很固执,说,坚决不吃饭,考察两家,谁家的饭都不吃,他们回无锡住宿。

客人们走了,端五望着远去的汽车,她不知道客人对他们厂满意不满意,也不知道自己啥地方做对了,啥地方做得不对,她心里一点把握都没有。这个该死的东明,偏偏在这个时候不在家。

考察人员一走,端五立即给东明打电话,端五说完,东明哈哈大笑,笑得端五蒙了头,问他啥地方做错了。东明说,你真是我的好老婆,能干的老婆,聪明的老婆。端五就更傻了,问东明到底哪个地方做得不对。东明一字一句说，你做得太对了，一点也没有做错，我回家一定好好地慰劳你，好好地伺候你。端五这才明白过来，说东明是个坏蛋，在外面学坏了。

考察人员走了整五天，东明才回来。兄弟俩在那里把设备一起调试完才回来。他们的工作精神感动了厂家，经过努力，还算不错，扣罚两万块。东明一算付清成本、工资，把外面的高利贷全部还清，还可以赚一点。

东明没让东海为难，他在火车上用手机跟包车头通了话，告诉他，因为延误工期，罚了两万块，剩下的一万运费就不能给了。包车头在电话里吼，说回来要跟东明算账。东明说，人家要扣罚五万，请了客吃了饭，冲着我们服务好讲信誉才罚两万。要说算账，咱们有合同，用户有扣罚的收据，别说算账，打官司都可以。包车头在电话里骂了东明。东明没跟他计较，骂就骂吧，骂一句，我少不了一块肉，你也长不了一块肉，合同必须履行。

东明回到家，正是星期六，女儿从学校回来，考完了试，回家轻松轻松。东明这才想起，这些日子忙昏了头，出差回来也没顾给女儿买礼物。东明就让女儿骑到脖子上，扛着女儿在屋里转，女儿说不行，要上楼。东明就扛着女儿上楼再下来，这才算完。

端五看着这父亲不像父亲女儿不像女儿的两个人，说："看你们这没大没小的一对人物，让别人看到不笑死才怪。"

东明一家正有说有笑吃晚饭，柳云板着脸走进端五家。柳云是轻易不到端五家来的。东明的女儿反应快，柳云还没进门，就迎上去叫婶婶。

柳云进了屋，端五和东明让她坐，柳云不坐，说，说完话就走。东明问她啥事这么急。柳云就没遮没拦地开了口。

"他伯,我一直很敬重你,我敬你做事公道,讲理,可运输费这件事,你做得太绝了。"

东明放下了酒杯,说:"那你说说,这事怎么做才算在理?"

柳云说:"这车是我弟弟联系的,图的是便宜,好节省一点运费,他是冲着亲戚,不图咱一点好处,现在你不付运费,这不是要我们和我弟弟的难堪嘛!我弟弟还怎么跟人交往?我怎么回娘家?"

东明说:"话不能这样说,不付自然有不付的道理,我并没有让你们和你弟弟为难,是我直接跟包车头说的,有事你们让他来找我,我来跟他说,不要你们为难。"

柳云说:"说是这么说,可我弟弟跟包车头是朋友,有了这种事,他们还怎么交往,你这不是逼他们绝交嘛!"

东明说:"生意上的事不能感情用事,生意是生意,亲戚是亲戚。人家罚了咱两万块,咱没要他全赔,扣他一万块运费,已经是看亲戚的面子了,我们再要给他如数付运费,以后再出了事你叫我怎么办,不成任人宰割啦!"

柳云挺执意:"你要不付,我只能借钱去付,要不,我没脸回娘家。"说完柳云扭身就走了。

东明和端五都挺尴尬,一家人团聚的欢乐全让她给搅了。

十三

徐长海的电话没给东明送来好消息。他告诉东明,考察人员考察的结果是,南刚和东明的厂都是乡村民营企业,生产条件都一般,虽说产品质量有保证,但在具体实施中,容易滋生不正之风,一致同意让上海那家国有企业来生产。

东明接完这个电话，骑上自行车就去找南刚。

南刚似乎在东明之前已经知道了考察的结果，当东明在南刚的办公室出现时，南刚竟朝东明苦涩地笑了笑，那笑比哭还难看。东明还没有开口，他就离开那老板椅，站了起来，非常气愤地大骂出口："这些王八蛋！一帮蛀虫！坑我们老百姓的钱，我们的钱挣得容易啊！他们吃了得屙血，花了得长疮！……"

东明看南刚真火了，他心里的火反灭了。他觉得南刚发火的样子很好笑，他那张圆圆的胖脸，平常总是露着傻呵呵的笑，今天发起火来，脸上的胖肉竟会一块块都在跳。他的火发得也有些糊里糊涂，他不知道他是在骂那帮考察人员，还是在骂设计院帮他揽生意的高级知识分子，还是连河南用户厂家的人一起在骂；也听不出，他是在替自己骂，还是帮东明在骂。

东明耐心地看着南刚骂，一直等他骂累了，嘴里的唾沫星飞干了，回到他的老板椅上喝水，东明才说话。

"动这么大肝火伤身，骂有啥用呢？他们一句都听不到，你在这里白费劲。我觉得该骂的反倒是我们自己。"东明的话说得不温不火，却让南刚出乎意料，叫他聚精会神。

东明说："不知道你听说过没有，在生意场上，一个日本人跟一个中国人斗，赢家肯定是中国人；一个日本人跟两个中国人斗，赢家肯定是日本人，你知道为啥？"

南刚傻呵呵地笑笑说："你小子别套我，我知道你是在埋怨我。"

东明一本正经地说："你想错了，我不是在埋怨你，我是在帮你，帮咱们俩。"

南刚使劲眨了眨眼睛，他老在提醒自己，东明这小子太精，别让他给算计了，所以他跟东明说话总是一点不敢马虎，特别认真，他不明白东明的话，所以提出疑问："你在帮我？"

东明十分坦率："没错，是这话。你想想，为啥一个中国人能斗过一个日本人，而两个中国人反斗不过一个日本人？是中国人蠢吗？不是。是中国人没有实力吗？也不是。是中国人没有心计吗？更不是。是中国人心计太多，多得尽是小心眼，多得心不齐。我还听说，在美国，韩国人要是新移民到美国，韩侨都会主动找上门，需要钱会借钱，需要帮忙会出力。一条街上如果已经有韩国人开了饭店，那就不会再有第二个韩国人在这条街上开饭店。而中国人就不同了，新到美国的中国人想跟自己的同胞借钱，常常会吃闭门羹，一个中国人在一条街上开饭店，如果这个饭店生意红火，不用多久，马上就会有另一个中国人在他旁边开饭店。这是个啥问题？你想过没有？"

南刚傻呵呵地听着东明的话，他知道东明在骂他，可他又不得不承认东明骂得对，他没办法反驳。

东明仍是不温不火地说："这是素质问题，有五千年文明史的华夏子孙，到近代却越来越没落。我们中国人的素质越来越差，差到快要不讲忠孝节义，不讲尊老爱幼，不讲仁爱道德了。"

南刚的脸上有些尴尬，他不停地喝水。

东明还是不温不火地说下去："咱们这笔生意，你开始就知道咱们是同一个项目的，我没有防备，东海亲口告诉过你，我把图纸都毫无保留地都给了设计院。我一点都不知道你在暗地里跟我争。我看到你跟焦副主任在一起，有些感觉，问你，你避而不答，还做了许多损害我的手脚。利，谁都要争，但要争得正大光明；君子爱财，取之有道。"

南刚被东明说乱了心绪，他努力在脸上做出一种适宜面对东明的表情，可他怎么也找不对感觉，他无法掩饰内心的慌乱和空虚，脸上难堪得叫人没法看。

东明仍是不温不火地继续说："这桩生意，其实你应该跟我明说，你明说了，我会让给你的。这有啥呢？不就是一个项目嘛！这个做不成，可以再去做别的。何必这样呢？我白白地花了三个多月心血，白白扔进去四万块；你也搭上了时间，也铺进去不少钱，倒头来，费了心血费了钱，项目还是给别人拿去了，这样的心血，这样的钱费得太冤枉，太不值了。再这样下去，咱就都蜻蜓吃尾巴，自己吃自己了。"

东明说完后，也不管南刚是啥感觉，也不等南刚说话，东明站起来走了。

南刚傻看着东明离去，想说几句让自己心理平衡的话，可一时没能够找到说出口的话，直到东明出了门，心里才冒出话来，他大着嗓门喊："我损失啥？我啥也没损失，我铺进去的钱，他不给我做，会退给我的！损失的是你！"南刚喊到这里，东明的影儿没有了，南刚自己也喊得没劲了。他坐到椅子里，想想自己刚才喊的那些话，没意思透了，跟他妈小毛孩吵嘴一样无知，他头一次为自己说的话没水准而羞愧，而且是发自内心的羞愧，脸都红了。幸亏身边没有别人，要是有人，他会更感到无地自容。

黄昏金灿灿的霞光照耀着东明门前的大路，照耀着漂生的后背，漂生悠荡悠荡朝东明家走去。自从端五找他让他和东海一起上了天津，漂生就把端五家的事当自己的事做。端五是他心里的神，他知道她啥都不会给他，但他愿意帮她，哪怕是让他去拼死，他都毫不在乎。人与人之间的情分就是这样说不清。

漂生今日悠荡是因为心里高兴，心里高兴是因为他帮东明，不，是因为他帮端五做了一件事，而且他认为做得非常漂亮。刚才他去教训了南刚。

漂生对自己的行动非常满意，他觉得今天他教训南刚，是他这辈子做得最漂亮、最有水平，也是最有头脑的事。

漂生做这件事之前，的确是动了脑筋的，因为是帮端五做事，他一定要做好，做得让人称赞。

漂生走进南刚工厂的大门时，朝看门的三大老头笑笑，还像电视上的领导同志接见老百姓那样朝他招招手。三大老头一点也没看出他进去是要教训他的老板南刚。三大老头朝他笑笑，还点了点头，他当然意识不到，这点头等于说，你去教训他吧，我知道了。

漂生走进南刚办公室，南刚坐在老板台后面的老板椅上，南刚一点也没有看出漂生要教训他的意思，他跟往常一样给漂生丢烟，漂生也跟往常一样接烟。自从漂生那次为南刚见义勇为之后，南刚见漂生总有一种见着恩人那样的心理反应。

漂生在南刚老板台前的椅子上坐下，悠悠地吸了两口烟。

南刚问："漂生，找我有啥事？"

漂生不以为然地说："有一点小事。"

南刚说："没钱花了？"

漂生没答他的话，却反问："我帮过你的忙，是吧？"

南刚在老板台那边点点头。

漂生继续说："头打破了，血流满脸我都没抹一下，没吭一声？"

南刚又点点头。

漂生问："你知道我为啥要这么给你拼命吗？"

南刚说："咱是一个村的。"

漂生问："还有呢？"

南刚说："你侠义。"

漂生摇摇头说："是因为他们伤天害理。"

南刚点点头，同时咧开嘴笑笑。

漂生问："你最近做没做伤天害理的事？"

南刚有些尴尬，可嘴上说："我怎么会做伤天害理的事呢？"

漂生咧咧嘴问："真没做？要我提醒你，东明的生意，你没跟他捣乱？你没把生意给搅黄了？"

南刚胖脸上的肉一跳一跳有些发紧，他心口不一地说："我怎么会做这样的事呢？"

漂生站了起来，两手撑住老板台，把身子探过去半张桌子，还是那么慢悠悠地问："你敢对天发誓？"

南刚有些紧张。

漂生又咧嘴笑笑，说："男子汉大丈夫，敢作敢当才行。你要是说不出口，点一下头也行。"

漂生脸上笑着，那只撑在老板台上的右手，说时迟那时快，南刚还没反应过来，只觉得右腮帮上麻了一下，同时听到一声清脆的响亮，再睁眼看漂生，漂生依旧两手撑在老板台上，好像他啥事也没有做。漂生脸上依旧咧着笑，还是那么慢悠悠地说："你刚才说了，都是一个村的，自家兄弟，我今日提醒你一下，记住，伤天害理的事不能做，不要忘了。"

漂生说完，像啥事都没发生一样，自己从南刚的烟盒里拿了一支烟，点着，吸了一口，然后朝南刚笑笑，走出了他的办公室，南刚望着漂生的背影，一句话都没说，只是摸了摸火辣辣的右腮帮子，他想那上面肯定留下了手指印，这么麻痛。

"你怎么能做这种事呢！"东明听漂生说完，动了火，"我刚从他那里来，我们两个已经谈过了，你这不是添乱嘛！"

漂生被东明训晕了头，他不知道他错在哪儿。

十四

中午，万里无云，天晴得让人生出一些害怕，日头太毒，眼看要把地上的东西点着。

正午时分，一辆半新不旧的桑塔纳开进村里。车从公路上拐下来，没有人在意，如今开进村的轿车多了，没啥好新鲜的。车停到工厂区，车里钻出三个人来。三个人的穿着不说，光那三个头就让人大开了眼界。一个高个，头发长得披到肩，拢在后脑勺扎了个马尾巴，分不出男女；一个胖子剃了个大秃瓢，仿佛肩上顶个白葫芦，在日光下锃亮耀眼；那个矮点的，背后看是板寸，前面却留了长长的一绺刘海。

三个人的爹娘，小时候都没好好教他们走路，走起路来腿迈得都像鸭子走路，让人看着不舒服。扎马尾巴的在路边向一个女人问路，打听东明的工厂在哪里。女人拿手指了指，怕挨抢似的赶紧离开，那慌张样活像撞见了鬼。

三个人摇摇摆摆来到东明的工厂门口，厂里的人都回家吃饭了，只有唐老四在看门。秃头胖子粗声粗气问唐老四东明在不在厂里，唐老四说不在。马尾巴说打电话叫他来。唐老四拿眼瞄了他们一会儿，看他们不像正经的人，就问他们找东明有啥事。板寸刘海瞪起牛蛋一样的眼睛，说，哪来那么多废话，是不是活得太轻闲，嫌轻闲就说，想断胳膊还是断腿。唐老四的心往下一沉，腿肚子就不争气地哆嗦，转身进传达室打电话。

唐老四接通电话还没说出话，马尾巴一把夺过话筒，说，唐东明，我们在你厂里等你。东明说，你们是谁，找我有啥事。马尾巴说，来了你就知道，我们等你到一点钟，不来你会后悔。

端五问是谁，怎么说话凶神恶煞似的。东明说，肯定是包车头叫来的人。包车头已经找过东明两次，东明还是那句话，有合同在，按合同办，我们的损失比你大。那小子气哼哼地走了，第二次走时扔下一句话，你不让我好过，我也不会让你轻闲。

端五说，你不能去工厂，厂里一个人都没有。东明说，怕啥，青天白日，他们能把我吃了，别大惊小怪，还是共产党的天下，我就不信他们能无法无天。端五说，要去也要带两个人去。东明说，没有事。端五说，不怕一万，就怕万一，我去叫东海，再叫上漂生。东明说，漂生还是不要叫，免得惹祸。端五说，你先不要去，我去叫了人再去。

端五先去叫东海，东海不在家，柳云说东边三叔叫他去帮看看图纸。端五一看柳云不紧不慢的样儿，心里就着了火，说，她婶，包车头叫来人了，他一个人怎么能对付！弄不好要出事，你赶紧去叫东海直接去工厂，千万不要耽误。端五说完又急急跑去找漂生，漂生不在家，说帮人家到无锡收账去了。端五就找冬生，漂生他哥在高镇没回来。端五急得浑身冒汗。

东明擦了把汗，看看快到一点了，他戴了顶凉帽，准备上工厂。一转念，还是端五说得对，还是防备一点好。东明给派出所所长拨了个电话。

正是睡中午觉的时候，村上静悄悄的，东明的脚步响过村巷，响过场院，响在河岸边。天还是那么热，四下里热烘烘的像锅炉房，人们都钻到清凉处睡午觉了,只有知了在树上一个劲地喊热。来到工厂,唐老四在厂门口等东明,他朝东明努嘴,示意人在传达室。工厂的大门敞着,那辆桑塔纳就停在院里。

东明朝传达室走去,唐老四踮起脚跟,目光跟着东明断在门口,他为东明捏了一把汗。

东明进屋,那三位已经在屋里坐着。见东明进屋,秃头胖子站到了门口,马尾巴从椅子上站起来,板寸刘海走向电话机。东明预感事情不好。可他赤手空拳,身边啥都没有。

东明镇静地问:"你们到底是做啥的?找我有啥事?"

马尾巴撇着嘴走过来说:"你坑人家的钱,就一点不觉得心亏吗?"

东明看到板寸刘海一下拽断了电话线,正色道:"你别胡来,我已经给派出所——"东明说晚了,身后的胖子一拳打在东明后腰眼上,东明一点没有防备,痛得喘不过气,别说喊,连那句话都没能说完。马尾巴接着飞起一脚把东明踹出大门,东明蜷缩着身子歪在一边哼不出声。东明心里经历着人世间最恐怖的黑暗和最野蛮的残暴。他想怒吼,他想抵抗,可是他们太职业了,他们一下就让他开不了口,叫他完全失去反抗的能力。

唐老四被这恐怖惊飞了魂,他活了这把年纪,没见过这样平白无故这样狠毒地打人,而且打得这么明目张胆。他一边惊呼救命,一边拉大铁门。他想把车锁住。板寸刘海蹿过来,吼道:"你要再敢喊一声,动一下,我立时叫你归天!"唐老四吓呆了,这声音一点不像是从人嘴里吼出来的,而像是狼嗥,他的手脚莫名其妙地瘫软下来。

马尾巴听到了一种声音,他一挥手,三个立即钻进车去,一溜烟开出门去。唐老四睁大眼盯着车屁股看,想记住车牌号,可是这车根本没有牌子。他们很职业,早把车牌子卸了。

派出所来了,端五也带着村上的三个小伙子救火一样赶到工厂,可已经晚了,晚了整整三分钟。三分钟之前,那三个打手就开着车逃之夭夭,逃得无影无踪,而且没留下一丝线索。端五看到东明躺在地上,头一下蒙了。端五扑过去搂起东明,东明痛得紧皱着眉头,端五松开东明,东明浑身动弹不得,说不出话来。端五掀起东明的衬衣,肚子和后背一片青紫。端五的哭喊响彻院子,传向全村,眼泪雨点般落到东明的身上。

"这些婊子养的,断子绝孙的,吃枪子的!天下还有没有王法啊!……"

东海老远就听到了端五的哭喊,他知道来晚了,柳云没有及时去叫他。派出所问东海认不认得流氓。东海说不认识。派出所问车牌号是多少。唐老四说车没有牌子。派出所说,下次来早点报警。

端五一边哭一边在喊:"东海,你死到哪儿去啦?你还要不要你这个哥?人都跑了,你才来,还不把你哥送医院去啊!"

东明没住院,在医院检查后,拿了药就让他们把他抬回家。

东海安置好东明回到自己家,进门一脚就踢倒挡在门口的椅子,这是柳云坐着在门口纳凉的,她刚站起来去给自己倒水。结婚这么多年,东海没敢在她面前做出这样的举动。柳云非常生气地责问:"你犯啥神经病?"

"你才神经病呢!"东海的眼睛瞪得像要吃人,声音比柳云高三倍。柳云不知道东海的骨头里还藏着这么一副凶相没露出来,她当时就惊得不知道说啥好,一下就僵在那里。

东海不顾柳云的反应,立即拿起电话拨他小舅子,电话接通后,东海开口就火了，东海训他小舅子，你他妈给我找的啥包车头？你怎么跟这样的流氓打交道。小舅子也从没见识过姐夫发这么大火，问东海出了啥事。东海说，你来看看吧，他叫来三个流氓，把我哥打成啥样了！小舅子说，他一点不知道，包车头只跟他说过两次，怎么也得再给点运费。东海说，我不管你知道也好不知道也好，你以后少跟这样的流氓打交道，也不要再把这种人介绍给我！东海没等小舅子说完就啪地扣死电话。

东海再拨了包车头的手机，东海对包车头说，你人卑鄙了，居然叫人来打人！包车头冷笑一声，问东海，凭啥说是我叫的人？东海说，我不跟你争，不过我要告诉你，打手不只是城里有，我们知道你的家住在金三角二十九号楼一门四百二十七号，我们还知道，你有个小儿子，天天上学路过双狮桥。我们这里的漂生，你在天津已经认识，他四乡里的朋友有几十个，想不想过太平日子，就看你自己了。包车头一下慌了，语无伦次说，你别胡来啊，有话好说，运费我不要了还不行嘛！东海这才吼了一声，有话，跟我小舅子说去吧！东海又是没等他回话就扣了电话。

柳云听东海打完这两个电话，柳云认识了另一个东海，另一个丈夫，看到了东海的另一副面孔。她居然立即就没了火气，居然主动检讨自己。她说，她错了，以后不会这样了，一家人总是一家人。

"你站这里做啥？还不快去看看哥！"东海居然对柳云发起号令来，柳云居然会顺从地说："我这就去，我这就去。"

漂生是一口气跑到东明家的，他喘着气问东明："东海跟我说了，你说，是要他的手，还是要他的脚？只要你一句话，我马上去办。"

东明躺在竹床上，苦涩地笑了笑，说："我啥也不要你去做。这个世上就是因为有了像你这样的一些人,我才遭这横祸。"

漂生十分不解地说:"就这么白白让他占便宜,占上风?我咽不下这口气!就是让我的弟兄们知道了,他们也不干。"

东明很困难地说:"冤冤相报,何时能了。我们不好一面做着清除污染保护环境的工作,一面又给社会制造垃圾,咱管不了别人,管自己总是可以的吧?你坐下,我有话跟你说。"

漂生摸不着底地坐到椅子上。

东明说:"漂生,你也是快四十的人了,一天到晚东飘西荡不是个正道,该正经做点事,要是没有合适的地方,就到我厂里来吧。"

漂生十分意外:"我,跟着你搞工厂?我啥也不会。"

端五端着一盘西瓜走了进来,说:"想学,有啥学不会呢。"

漂生看看东明,再看看端五,感激地说:"我只会给你们添累赘。"

东明说:"厂里也需要你,你押个车,组织安装,跑个材料,收个账,都可以,你会很有用的。这个世上还是好人多,咱们好好做,我不信厂办不好。"

漂生很过意不去地说:"就这么便宜了他,我心里这口气咽不下。"

东明说:"我们可以教训他,但不是打他。"

"他大伯,他大伯!"楼下传来了柳云的声音,从来没听她叫得这么亲。

十五

东明整整躺了一个礼拜才下床。

床头柜上的手机响,东明拿起一听,他怎么也没有想到,这时候庞科长会打电话来。庞科长说,那个项目又有了新的变化,90万,上海那家国营厂不接。他们厂还是坚持把项目交给他,还不知道设计院是什么态度,他们明日就去沈阳,请东明也立即去沈阳接头。

东明接完电话,并没有显出兴奋和喜悦,反而一团心事。端五问他啥事。东明淡淡地说了这事。端五问他怎么办?东明说,他不想再跟南刚争这个项目。端五说,她也是这么想,这么个争法,早晚一天把命都争丢了。

会客室的电话又响了,东明拿起电话,电话里传来的是南刚的声音……

《收获》2000年第4期,《中篇小说选刊》2000年第6期转载。

苍天亦老

一

舅舅走的时候不是没有一点蛛丝马迹，是外婆糊涂，一点都没在意，没留心。打我记事的年龄起外婆就这么跟我说，外婆一说到这件事总是一副追悔莫及的样子。你娘嫁到你爹家去了，你娘十六岁，你舅舅十四岁，要是你娘没嫁，她会看住你舅舅的。外婆一遍又一遍不厌其烦地跟我重复这些话，弄不清外婆是后悔娘嫁早了，还是懊悔没能好好送一送舅舅，还是懊恼舅舅不该这么小就去当红军。每当这时候我总带着疑问到外婆脸上的一条条皱纹里去寻找答案，可一碰到外婆忧伤的眼睛，我就只好把疑问收回藏到心底。外婆这一辈子受的苦已经让她感觉不出啥叫痛苦。外婆不过一个连自己的名字都不认识的农妇，再要叫她承担别的似乎太过分了。

十月一日那一天下昼，舅舅牵着赵家那头骚牤走出村口时，顺便偏了偏那颗并没有多少思想的脑袋，他便看到了一片灰蒙蒙的天。天灰蒙得让他讨厌，他随口扔出句脏话。舅舅扔出去的脏话正巧砸着了外婆的东家老爷蔡耀祠的眼皮。蔡耀祠瞪起眼珠问舅舅，刘二毛你骂谁呢。舅舅没心没肺地回答我骂天。蔡耀祠说放你娘的狗屁，你是骂我。舅舅还是没心没肺地回答我就算长十个胆也不敢骂老爷你。舅舅依旧没心没肺地牵着牛从蔡耀祠身前走过，不承想骚牤的那条尾巴火上加油，一甩正巧抽到了蔡耀祠的脸上。蔡耀祠气得七窍生烟，可舅舅骑到牛背上走了，他无奈地看着离去的舅舅，拿捏不着他啥把柄心里发恨手心发痒。蔡耀祠站那里手心痒痒，舅舅在水牛背上一点都没觉察，他本来就没骂他，他若无其事地随着水牛一颠一抖悠悠地朝村西的那片坡地走去，蔡耀祠的话和火似乎与他毫不相干，他在牛背上悠闲得让蔡耀祠切齿。

外婆讲的故事都是梗概，为了让大家能听我复述下去，我不能不加上合理想象。好在都是我的长辈，自家人，不会产生侵害名誉权这类麻烦。

舅舅在牛背上没心没肺优哉游哉颠踬着，他一点都想不到也不可能想到，水牛正在把他送向是非之地，迎接他的将是不测。这一天接下来发生的事情将决定他的终生命运，也将给他娘——我外婆带来一生的厄运。他更不会想到十五年之后的这一天，将是共和国的生日。自然也更想不到几十年之后还有我这么个外甥女会写他和外婆的故事。这些对舅舅来说太深奥，太复杂，太遥远了。他只比外婆强一点点，能认得他自己的名字刘二毛和外婆的名字刘王氏而已,他的脑瓜不会做这么深远的思考。

　　时间在灰蒙蒙的迷茫中行进,舅舅在牛背上渐渐沉浸到迷糊之中。骚牯今日特别规矩,舅舅在它背上瞌睡,凭它放任自流,它都没走进麦地去吃鲜嫩的麦苗。舅舅在牛背上从迷糊中挣扎起脑袋,感觉到的是没意思的空白。脑子里空白,眼前也空白。他傻傻地把眼睛眨出一点精神来,他的眼睛里有了田里的麦苗,麦苗没能让他产生兴趣;他把脑袋转向山坡,他眼睛里便有了山上的松树,松树也没有让他感觉新鲜。舅舅不晓得再把脑袋转向哪里,就在舅舅神情无聊的犹豫之间,那只害人的布谷鸟受人指使般不前不后不左不右落到牛头前。落就落呗,也不是没见过,山上多的是。可这只害人的布谷在地上装腔作势地一跳一扑棱,扭捏地显示它断了翅膀。舅舅的眼睛顿时放出光来,一骨碌滚下牛背,屏住心,静了气,弓着腰,踩着猫步接近布谷。只二尺远了,舅舅双脚发力,身子一跃扑了上去。舅舅摔了个结实,他没足球守门员那功夫,胸脯和肚子实实地摔在山地上,痛得有点喘不过气来,可那只可恶的布谷扑棱飞出了五步远。舅舅自然不甘心白痛,明明布谷翅膀断了,眼看着就能扑到,他怎能歇手,但几次却都扑了空。布谷像故意在耍舅舅,不飞高,也不飞远,可就是不让舅舅捉到。舅舅跟布谷较上了劲,一边追一边扑,追来扑去,追得浑身是汗,扑得满身是泥。舅舅咬上牙要跟它一拼,狡猾的布谷飞到了一棵柞树上,还洋洋得意地转过头来看着舅舅并朝他点头。舅舅又气又恨,找石块砸。砸酸了手臂,没碰着布谷一根毛。布谷飞到了别的树上,越飞越远。舅舅窝憋着一肚子不痛快回来找牛。牛不见了!舅舅没干的额上又惊出一层汗,手脚慌乱得没了走路的样子。牛可丢不得,牛丢了,把他卖了也赔不起。

牛没有丢,有人替舅舅牵着。替舅舅牵牛的不是别人,是地主老财蔡耀祠。舅舅的心顿时凉得发颤,牛吃了他家的麦苗,大祸临了头,这只害人的布谷。舅舅没想到该骂自己。明知是祸,牛还得要。舅舅硬着头皮追了过去,超到蔡耀祠前头,扑通双膝给他跪下,嘴里不停地哀求,老爷,你饶了我吧,我给你磕头。说完捣蒜一样碰地有声给蔡耀祠磕头。蔡耀祠冷笑一声,刘二毛,你的头值几个铜板,你的牛吃了我半亩麦子,你娘一年的工钱也抵不过,你说怎么赔吧。舅舅看到蔡耀祠看他的眼光像老猫在看一只发抖的小老鼠。该,栽人家手里了没话说,舅舅跪在地上苦苦哀求,老爷,你晓得我家没一分田,你饶了我吧,你要我做啥,我就给你做啥。蔡耀祠又是一声冷笑,你除了吃饭,还能做啥,你总不会想让我请你到我家里白吃饭吧。不早不晚,骚牯尾巴一翘,噼里啪啦下一堆热屎。蔡耀祠嘿嘿一笑,刘二毛,你一个鸡巴毛孩子,我晓得你啥也赔不起,我要是逼你,别人会笑我不仁;我要是硬把赵家的牛牵走,别人又要说我不义,可这半亩麦子总不能就这么白吃了吧?便宜你,你要是吃了这堆牛屎,我就饶了你。断子绝孙的东西,你是人吗?舅舅看着那一堆冒着热气的牛屎,在心里骂蔡耀祠。心里骂的话半个字都不敢吐出口,他能做的只能跪着哀求。老爷,牛屎怎么能吃呢。蔡耀祠振振有词,哎,这可不是我逼你啊,是你自己说的,我要你做啥你就做啥,你要是不愿意吃就算了,我只好把牛牵走,让赵家来跟我算账。舅舅晓得他不会放过自己,硬硬地说,你要是真不肯饶我,你把我杀了吧。蔡耀祠一听来了气,你小子,倒成了我的不是了,行,你不吃我不逼你,你让赵家来找我吧,反正是他家的牛吃了我的麦子。蔡耀祠牵着牛就走。舅舅仍然跪着,老爷我吃,说着低头要吃。蔡耀祠狞笑着说,慢着,你这么碰一下谁晓得你吃没吃呢,你不能用手,要张大口直接用嘴吞,吞了抬起头来让我验了,再咽下去才算。舅舅被逼到了崖上没了退路,为了不给外婆添麻烦,舅舅跪到那堆牛屎前闭上了眼睛,憋了口气,低头吞了一大口牛屎,含在嘴里抬头让蔡耀祠验,蔡耀祠说还行,舅舅才把牛屎咽进肚里。蔡耀祠这才扔下牛绳捂着鼻子一边吐唾沫一边走了。舅舅趴在田边呕,呕得把胃翻了个儿。

晚上,外婆从蔡耀祠家回来,舅舅向外婆诉说了这委屈。舅舅原指望外婆能给他一些抚慰。结果外婆给了他一顿臭骂。外婆的火,烧尽了舅舅的泪,堵住了舅舅的话。舅舅没再说一句话,他把眼泪都咽进了肚子。舅舅晓得外婆苦。外婆还没生下舅舅,外公得绞肠痧痛死在东家的麦田里,外婆二十一岁就守了寡。是外婆一人一把辛酸一把泪把舅舅和我娘拉扯大的,在这没有油盐的苦日子里,她心里烦。

外婆说,舅舅有十多天没跟外婆说话,外婆晓得舅舅不是生她的气,他在恨蔡耀祠。

那天外婆从蔡耀祠家回来,舅舅两手捧着后脑勺和衣仰在那张破竹床上。外婆进屋,舅舅没跟外婆说话,外婆也没搭理舅舅。日子过得一家人见面都懒得说话。三外公埋怨外婆,说她要是稍加留心,哪怕是瞅舅舅一眼,就会看到舅舅红肿得水葡萄一样的眼。那红肿不是害眼病,也不是蜂蜇的,是在外公的坟上哭的。外婆还是木木的,命都顾不得了,哪还有心思管舅舅的闲事。蔡耀祠这老狗这两天又借故找她的麻烦,说一口牛屎抵半亩麦子,太便宜了,都是看你的面子,你该好好伺候伺候老爷我,说着就动手动脚。外婆自然不能把这些告诉三外公,三外公等外婆等了十几年了。

外婆说舅舅走之前给外婆提过醒。那天舅舅回家,已经半夜。

舅舅进门做了什么官似的，直着嗓门说话。

"娘，别再到蔡家做了，你晓得蔡耀祠为啥跑的吗？"

"他跑啥，他到南昌收账去了。"

"收他娘的魂，是红军部队来了！"

"啥红军白军，啥军来了咱也是受苦的命。"

"红军在瑞金、叶坪那里打了财主，给穷人分了田，分了粮。"

"别做梦了，天下哪有这等好事。"

"过两天红军大部队就要开过来，便宜了这老狗，他要是在我要他的好看。"

"你别去瞎凑热闹，早点睡，明日还要早起去放牛。"

舅舅那晚一夜没睡着。外婆后来回想起来说，以往舅舅头落到枕头上就跟死人似的，扔河里都不晓得，那晚上舅舅翻来覆去把床板折腾得吱吱嘎嘎一夜没安生。

舅舅走时没有给外婆留一句话，也没跟外婆打招呼，舅舅怕外婆阻拦。外婆一辈子都忘不了那个日子，十月十六日。红军大部队在这里过了一天一夜，渡河北上。于都镇子上的人，周围数十里的乡村，穷人欢笑富人胆怯。舅舅一夜没回，外婆以为他在外面疯，跟着看热闹。外婆第二日还是照常上蔡家做事。蔡家乱哄哄的，牛圈屋被人烧了，烧死了两头牛。外婆这才把舅舅三日前说的话当话来寻思，这一寻思，外婆的手脚就不住地颤抖。外婆乘着蔡家混乱赶回家，舅舅不在家。到赵家，赵家说舅舅今日没来放牛。外婆在村子里问。三外公用眼睛把外婆叫回家。三外公告诉外婆，舅舅夜里跟红军过河走了。外婆不信，说舅舅走不会不跟她说一声。三外公劝外婆不要跟他争，夜里舅舅跟三外公要的洋火，蔡家的牛圈屋是他烧的，三外公帮他放的哨。三外公要外婆不要张扬，这事千万露不得,红军一走,白狗子就要来,要是让他们晓得舅舅当了红军,一家人就都活到了头。轰隆!外婆一屁股蹾地上,外婆的心被剜了,一时说不出话,眼泪分四路往下淌。三外公也陪着外婆淌眼泪。两个人的眼泪淌成了小河,淌到后来外婆说了一句话:二毛才十四,卵上还没长毛啊。

二

三外公早就暗恋着外婆。外公死外婆才二十一岁,虽说不上花容月貌,可在村里也是数得着的灵巧媳妇。外公死后,三外公看着外婆年轻守寡,心里按捺不住生出了那个念头。在乡村叔接嫂也不是新鲜事,伦理上也是有这说法的。三外公是个厚道人,他只晓得闷着头帮外婆,大凡家里搬、挑、扛、锄、登高下河的事,用不着外婆张口,外婆还没想到三外公就帮她做了。其实他最想做的是做外婆的男人,但外婆不开口,三外公就开不了这口。三外公只在外婆的眼睛里找那事的影儿,外婆的眼睛里却总没有那事的内容。外婆接受三外公帮她做这做那,有时也主动叫他做这做那,就是不叫他上她的床。外婆晓得三外公的心思,只是觉得这样屈了自己的小叔子,她便不愿把这件事往心里放,也不让自己的心跑这上边去想。外婆自然不想改嫁,三外公却也一直不娶,人家做媒他也不答应。两个人各住各的屋,想的却常常是这件事,但隔着一道墙,生生地这么烤了十来年。

发生了那件事之后,外婆更是灭了那心思。那是个闷热的秋日,外婆在蔡耀祠家后屋杵米,杵了两臼,外婆出了汗,脱下布衫,穿件衬衣在筛米。外婆是小脚,但走起路来跺得地腾腾响,一天能杵十臼米，筛米从来不腰痛。外婆正一门心思在筛米，蔡耀祠这条老狗偷偷踅进后屋，突然从身后抱住了外婆。外婆张口就喊，老狗捂住外婆的嘴，咬着牙说你要是敢喊，我让你走不出这门。外婆流着泪求他，说你有三房太太，为何还要欺负我这寡妇，饶了我吧。老狗说，我碰你是你的福气，今日老爷我高兴，要是不高兴，你躺那里翘着腿求我还不理你呢，一个寡妇人家还装啥正经。外婆的心都碎了。外婆不过三十出头的女人，何况已经守了十年寡。外婆很想男人，也很需要男人，有时想男人想得心里痛，白日里想难为情，在夜里梦。一会儿梦着外公，一会儿梦着三外公，虽然是梦，却也能给外婆带来许多快乐。外婆过些日子就想这样的梦，渴望与她喜欢的男人在梦中相会。外婆虽然渴望男人，但外婆绝对不喜欢，也不需要蔡耀祠这样的男人。外婆虽然不甚明了她究竟在为谁守身，是为外公？是为三外公？是为我娘和舅舅？还是为这个家的名誉？还是为左邻右舍的嘴和眼睛？外婆没细想过，也没有跟自己把这事弄个究竟。不过外婆有一点很明确，她必须守住自己的身子。于是外婆左手抱住胸下的衣服，右手死死地卡住裤腰带的结，任凭蔡耀祠怎样掰都掰不开。两个人就这么相持着。老狗一会儿就喘上了，他有些恼怒，一边喘一边说，你松不松手，你要不依我，我让你再进不了这个家门，我叫你在这个村子上没脸待。蔡耀祠的话像一道电，闪击在外婆的脊梁上。外婆的脊梁顿时麻了，凉了，外婆的两只手也软了。蔡耀祠乘外婆防御松懈的瞬间，立即发起攻击。外婆败得一塌糊涂。外婆能做的只有感受痛苦，把痛苦变成泉一样的眼泪。

从蔡耀祠家回来，外婆眼里就没了三外公。外婆没跟谁说过这事，是解放后斗争蔡耀祠时老狗自己交代的。他有十几条人命，民愤很大，枪毙时，群众要求剐六块，让有仇有恨的人排着队拿刀子在他身上割肉解恨。外婆也站到了这队伍里，也拿刀子在老狗身上划了一刀，这就证明老狗的交代不是胡说。尽管我娘争辩说是为舅舅报仇，但村上人暗地里都还是拿这事说外婆。

娘说，三外公跟外婆合一起过日子是舅舅安排的。那日三外公陪着外婆淌干眼泪后，三外公埋着头说，二毛还托付我一件事。外婆问托付他啥事。三外公说他不敢说，怕外婆生气。外婆说就是骂她她也不生气。三外公就难为情地说舅舅让他跟外婆合一起过，让三外公照顾外婆。外婆哭干的眼睛又涌出了眼泪。外婆跟我说过，那时候谁还讲啥情啊爱的，成个家也就是相依为命过日子，有个一起吃苦的伴。

娘说，是三外公赶到她婆家也就是我家把娘叫回去的。三外公只跟我爷爷奶奶说我外婆病了，出了门上了路三外公才跟娘说舅舅当红军去了。娘惊得叫起来，说舅舅还没长大成人哪，还没有那枪高。三外公不让娘嚷嚷。三外公说外婆想舅舅想痴了，三夜没睡觉，天天沿着贡江去找。三外公劝她不听，只好陪着她走。外婆嘴里只念着一句话：我糊涂，我糊涂，我好糊涂噢。今早上早早起床，做了米面，供在堂前，说二毛最爱吃米面，他要出远门，怎么也得让他吃了米面再走。娘进屋，外婆还坐在堂前，自言自语在说，二毛，娘糊涂，你最爱吃米面，娘给你做了，你吃吧，都吃掉，在外面你想吃没人给你做。我娘扑过去抱住外婆，两个哭成一团。

娘说，外婆想舅舅的痴病是让蔡耀祠吓跑的。红军一走，村里就有传言，说白狗子把沙洲坝的红军家属如何如何活埋，如何如何杀头，如何如何烧他们的房子，如何如何把他们的头割下来挂在村口的树上让老鸦啄。

蔡耀祠是随着白狗子一起回来的。外婆听说蔡耀祠回来，吓得手脚发抖，抖着抖着外婆想舅舅的痴病就好了。

红色革命根据地立时一片白色恐怖。国民党的清剿口号是：无不伐之树木，无不杀之鸡犬，无不焚烧之居室，无遗留之壮丁。蓝蓝的一顶青天，灰了，暗了；好好的一个世界，毁了，败了。人间变成了地狱，"间阎不见炊烟，田野但闻鬼哭"。听到"国民党"三个字，鸡也飞狗都跳。

舅舅自己出了一口气走了，可他一点都不晓得，他也许想都没想过，他这一走，给外婆扔下的是啥样的日子。蔡耀祠回来，外婆说她不想再到蔡家帮佣。三外公说越是这样越是要去做，不然他更要起疑心。要是问起二毛，就说红军渡河那夜，他凑热闹去帮着弄船，天黑掉河里没人见，淹死了，连尸首都没找到。蔡耀祠回到村里第二日，三外公就被抓了壮丁，他跟外婆在一起没过上十天日子。外婆一个人躲在屋里不敢出门，孤单、惊恐、无依无靠，她想到了死。是三外公的话让外婆活了下来。三外公被抓走时，吼着跟外婆说舅舅一定会回来，他也一定能回来，要外婆一定守着这个家等他们回来。想到三外公的话，外婆不敢死。外婆想到了这一层，要是她死了，舅舅和三外公回来，谁给他们做饭，谁替他们洗衣，要是她死了他们会急死的。

外婆听三外公的话，早上提心吊胆上蔡家去了，晚上又提心吊胆回来了。她见了蔡耀祠，他匆匆忙忙没理她。他们家院子里住了一个连的兵。第二日外婆又提心吊胆去了，又提心吊胆回来了，又见了蔡耀祠，还是没有事。外婆心想，蔡耀祠不会晓得二毛当红军，也不会晓得是二毛烧了他家的牛圈屋，他不在家，不会晓得这些的。第三日外婆去蔡家，心就不再那么提着，胆也不再那么吊着，晚上回家时就有些放心了。就在外婆把提着的心放下的时候，两个白狗子突然把外婆抓了起来。外婆没一点准备，吓得尿了裤裆。两个兵把外婆拖到一间空屋里。村子里的屋子空的多，年轻力壮的男人，大多跟红军走了，没有走的被抓了壮丁。剩下的老人女人和孩子，有路可逃的也早逃了。

　　两个当官的坐在那里等着，没见蔡耀祠这老狗。他们看到外婆尿湿的裤子，都哈哈大笑起来。外婆被他们笑得很害羞，在他们的狂笑中，外婆反不那么害怕了，她觉得害怕不害怕都这样了，还是不害怕的好。两个当官的一人一句盘问外婆，问舅舅到哪儿去了？烧蔡家的牛圈屋该当何罪？外婆按三外公说的话回了他们。问了几遍外婆还是这么几句话，当官的火了，让当兵的把外婆倒吊在梁上。外婆又害怕了，浑身筛糠样抖，但为了不让他们笑，她咬着牙忍着。一个当官的让当兵的拿来一把筷子，他掏出一把军刀，把一根一根筷子劈成小棍，然后再耐心细致地把小棍削成竹签，他一边削，一边慢条斯理地继续问外婆。外婆还是那几句话。那个当官的很文雅地让当兵的捏住外婆的右手。当官的一边继续问一边把一根削尖的竹签顺着外婆中指的指甲盖一点一点往肉里扎，外婆发出一声声瘆人的惨叫，额头上冒出一颗颗冷汗。这个畜生竟会像玩一种手艺一样玩味着自己的技艺。外婆这辈子从没经受过这样的痛，这种钻心的痛让她啥都不想要了，一刻都不想活，可又死不了。外婆难忍的时刻又想起三外公的话。要是说了，全家人就活到了头；要是不说，至多她一个人被他们弄死。与其这样，不如自己一个人死了好。外婆忍着痛苦打定了这个主意。他们怎么问，外婆还是那几句话。当官的又把第二根竹签一点一点扎进外婆的食指，外婆痛得受不了，放开喉咙惨叫，叫得他们毛发都竖起来。可是问她话，她还是那几句。当官的再把第三根竹签一点一点扎进外婆的无名指，外婆只能用惨叫来分散痛苦，就在这时，外婆看到了站在门外的蔡耀祠这条老狗。外婆看到这条老狗后就昏了过去。

第二日，两个兵把外婆拉出屋子，她被几个兵一直押到河滩上。天阴森森的，让人浑身发冷。河滩上早有十几个村上的人被绑在那里。有一排兵提着枪站在他们对面。外婆晓得他们要枪杀他们了。外婆心里还是害怕，她不想死，她要等舅舅和三外公回来，要死了就再也见不到他们了。外婆一想到这些，眼泪就止不住往外流。这时她看到了蔡耀祠这条老狗，他跟那两个当官的站在一起。外婆不晓得哪里来的胆子，她突然大骂蔡耀祠，骂他是条没人性的老狗。蔡耀祠居然走过来，一直走到外婆面前。蔡耀祠还笑眯眯地对外婆说，你害怕是吧，你不想死是吧，可是你的狗崽子二毛是红军，他还烧死我两头牛！外婆没有朝他吼，只是死死地看了他一眼，她不明白眼前的这个人究竟是不是人，他为啥会这么坏，他曾经也像人一样在她身上抚爱，可他现在完全是个魔鬼。她晓得这个时候求他他也不会发善心，但外婆还是说了想说的话，二毛才十四岁，卵上还没有长毛的孩子，他怎么会当红军，他淹死了。外婆的话说得很轻，好像这样说连她自己都不相信。

当官的发了令，那排兵一直走到他们跟前，近得枪举起来就能触着他们的身子。一排枪都响了，外婆听得心惊肉跳。外婆跟自己说，我死了，再见不到二毛和他三外公了。随着那一排人倒下时，外婆骂了自己一句，真没有用，她感觉自己又尿了裤裆。外婆闭着眼睛直直地躺倒在河滩上，她好奇自己死了怎么还在喘气，还能听到风的声音，远处有人在说话，有人在哭。她再作试探，动一动手指和脚，也没有觉着痛，难道真有阴间，阴间真跟阳间一个样。外婆害怕地慢慢把眼睛睁开一条缝。她看到了一条压在她身上的男人的腿，他胸前有个窟窿，一喘一喘还没有断气，身子里的血咕嘟咕嘟从窟窿里往外冒。外婆忽然听到了蔡耀祠的奸笑。蔡耀祠的话从地狱里飘过来，我饶你这条命，以后你乖乖地给我做活。

连外婆都不明白蔡耀祠为啥要放过她。外婆不信蔡耀祠会真的相信舅舅没去当红军，真以为舅舅掉河里淹死了。外婆也不信她那一眼那几句话会触发老狗的慈悲心肠，会念她跟他有过肌肤接触，让他睡过的女人数都数不清。

三

三外公说，三外公晓得自己扛着枪追的是舅舅的队伍时，他们已经横穿湖南，他站在靠近广西地界的五里牌小镇的街边上撒尿。三外公的班长站在三外公旁边，也两手撑着腰在撒尿。班长一面撒尿一面告诉三外公，把尿空干，系紧裤腰带，过了这小镇就要与红军开火。三外公的尿立时吓断在那里。三外公的那个班长是江西萍乡人，比三外公小九岁，晓得的世事却比三外公要多九十倍，三外公啥事都听他的。三外公憋着半泡尿转头问班长刚才讲出的话是不是真的，班长一边抖着撒尿那东西一边告诉三外公，对手就是红五军团，这些日子他们一直盯着红五军团的屁股追，从江西跟踪追击到这里。班长还说红五军团是掩护红军中央机关的主力。那个班长系好裤子转身上了路，三外公还傻站在街边敞着裤子，那半泡尿吓得缩了回去再也尿不出来。

自从抓了丁，扛上了那支汉阳造，三外公的两腿就没能停下。日日跑路爬山，有时一日跑一百多里，脚底下的泡起了一层挑了一层又打了一层，血泡摞血泡，最后变成老茧子。累是累，三外公倒是愿意受这累，他认为跑路比让他去杀老百姓、打红军要容易得多。三外公心里没一点底，真要是让他开枪杀老百姓杀红军，他不晓得自己的两只手能不能端起这杆枪。

班长的吼叫让三外公从傻呆中醒来，三外公见他们的队伍已走出三四十步远。三外公系着裤子撵上班长，一边走一边黏着班长刨根问底，问班长怎么能晓得是红五军团，红五军团是不是十月十六日从贡江过的那个红军部队，那晚上跟红军走的人是不是都在红五军团。那个班长被三外公问烦了，说我又不是红五军团的参谋长，不管是红五军团还是红一红三红八红九军团，这次全完。红军不过几万人，老蒋调了四十万大军，已经把他们团团包围，要把红军全部剿杀在湘江东岸。三外公的心呼腾一下掉到地上，脚下立时就没了力气。三外公在心里叫苦，二毛啊二毛，这叫我怎么办呢。

三外公还没想出主意，前面已经接上了火。班长拍了三外公的脑袋，问三外公那边究竟有他什么人。三外公告诉班长他侄儿也就是我舅舅在那边。班长说这是没办法的事，你现在穿着国军的衣裳，他穿着红军的衣裳，就是亲爹老子，你不打他，他也要打你，别再犯傻，犯傻是要挨枪子儿送命的，枪子儿可不长眼睛。瞪大眼，先把自己的身子脑袋藏好，再放枪，中了枪子儿是命该，打不死是命大，万一让红军捉住，先丢枪，再举手，那边宽待俘虏不杀。三外公像个听话的孩子听着班长的每一句话，他明白班长是为他好，亲不亲故乡人，班长说一句，三外公点一下头，到班长把话说完，三外公的脖子已经酸痛。

说着话三外公尾随着班长跑出镇子，一群枪子儿怪叫着飞来，班长一把把三外公拉倒，后面就有人扑腾摔倒，一股带着热气的血腥味立即钻进了三外公的鼻子。班长的枪响了，旁边人的枪也都响了，那响声比爆仗厉害，震得脑门痛。三外公趴地上浑身筛糠。班长扭头瞪三外公，吼他的枪哪去了。三外公这才发觉他的枪还背在背上。待三外公翻身取下枪，班长他们已经猫着腰蹿出去七八丈远。三外公一边叫着班长，一边也学他们猫着腰追。追着喊着，三外公觉着左边腿上一麻，不晓是有人推他还是脚下绊着了啥东西，三外公一连串两个筋斗滚到地上。三外公再爬起来，左面那条腿就不听使唤，三外公回头一看，他叫了娘，三十好几的人，居然跟孩子一样哭了起来。他看到左边的裤腿上都是血，用手扒开裤子，大腿上有一个窟窿眼，不住地在往外淌血。三外公先哭了娘再叫班长，可没人理他，他们一窝蜂拼命向前面那座山头涌过去。三外公有些害怕，他们都跑了，剩他一个人怎么办。他还要喊班长，但没等三外公把班长喊出口，三外公头上挨了一枪托，脑袋里立即嗡嗡地飞出一群蜜蜂，眼前飞舞的却是一群闪着金光的小萤火虫虫。除了蜜蜂叫和飞舞的萤火虫，三外公还听到了一个野蛮的声音，三外公看不清是谁在朝他吼，但那野蛮的声音告诉他，他要是再敢嚷嚷，他就一枪崩了三外公。三外公当然不愿意让他崩，只好收住自己的声音。三外公收住了声音，那野蛮的声音却还没有尽兴，他还告诉三外公，从裤子上撕条布扎住伤口，上，要不还是要崩三外公。嚷嚷要崩，腿中了枪子儿不上也要崩，这理上哪儿去讲。三外公不愿意选择崩，他麻溜地从裤子上撕下一条布，在那个窟窿上缠了两道，再下死劲系紧。三外公一边扎伤口，一边骂，枪还没有放，自己倒先挨了枪子儿。三外公骂是骂了，可他自己也不晓得是骂他自己还是骂射那颗枪子儿的枪手。三外公爬起来，顾不得腿痛了，他不敢回头看一眼喝唬他的人是个啥模样，三外公觉着那黑洞洞阴森森的枪口就对着他的后脊梁，别招惹他，他一搂扳机，三外公就完蛋了。三外公咬着牙忍着痛追班长他们，尽管腿上那个枪眼还在往外渗血，但他已经跑得跟兔子一样，一只伤了一条腿的兔子。

跑上山顶，三外公浑身一激灵，他看到了红军，他们正在向后面的山头撤。这边满山遍野的国军像潮水一样向山下涌去，天上还有几架飞机在下蛋。三外公又被班长吼醒，尾随着班长混进了那潮水。

开火的第六天，或许是第七天，三外公已经记不清了，就在三外公冲下山来时，第二颗枪子儿钻进了三外公的小肚子，三外公倒下去的时候看到了前面的湘江。第一颗枪子儿钻进三外公的大腿时，三外公一枪还没放，发给他的枪子儿都还在子弹袋里睡觉。第二颗枪子儿钻进三外公的小肚子时，三外公身上已没有一颗子弹，发给他的50颗枪子儿早在长官发出冲锋命令之前就放了个精光，他打得很用心，也很认真，但不负责任。枪打了，也瞄了眼线，可他没瞄准一个红军，至于枪子儿是飞到天上还是打到地上，就不能怨他了，反正他把枪子儿都打出去了。当长官命令他们冲下山去，三外公也不过是滥竽充数，只是跟着起哄，他身上一发枪子儿都没冲不冲又有啥区别。

三外公捂着肚子躺在地上，他晓得自己没有死，但他不想起来。就在这工夫，他骂了红军，说红军不像话，三外公一枪都没有朝他们打，他们倒是在他身上穿了两个窟窿。三外公想再骂一句解解恨，不晓得哪个王八蛋一脚正踩在三外公头上，踩了个结结实实，那只脚不是平着踏过来的，而是从上面蹦着踏下来，三外公的头盖骨被他踩得嘭一声裂了缝，那只脚行将离开时还恋恋不舍地在三外公裂缝的脑壳上蹑了一下，这一蹑就把三外公蹑了过去。

三外公不晓得睡了多长时间，这些日子，他早已经人不像人鬼不像鬼了。自从在五里牌接上火，这六七天就没正经睡过觉，让睡也不敢睡。红军真他妈不怕死，那山头怎么也攻不下。攻到第四天的第七次也许第八次冲锋，三外公的那个班长被枪子儿钻了脑壳。三外公捧着班长的头哭了，班长动了动嘴唇可没能跟他说成一句话。没了班长，三外公更不敢睡，也不想吃，他想自己说不定是今日，也许是明日，早晚也是要被枪子儿钻脑壳的。

三外公不晓得自己为啥没有死。他的那个游魂回到脑瓜子里面时，他的手掌还死死地捂着小肚子旁边的那个枪子儿穿的窟窿。窟窿外黏稠的血把他的手掌和肚皮黏在一起，动不了。人都是惜命的，三外公的小命伤得只剩一根细细的游丝，但他的意识在昏迷中还忠于职守地指挥他的右手捂住了那个出血的窟窿。也许就是那只右手捂住了出血口才保住了三外公这条命。三外公苏醒时不仅感到不能动，还感到身子被挤压得喘不过气来。他用左手掀开一条僵硬的胳膊和一根树段一样的腿，推开一个压着他的死人，才一点一点让那只捂着血窟窿的右手脱离开肚皮。这时他才看到天上稀疏的星星。三外公看不清自己的手，他把那只手拿到鼻子前闻一闻，有点腥味，还有点臭味。三外公确定不了那是啥臭味，又拿手到那个窟窿处摸了摸，再拿到鼻子前闻一闻，那臭味是血臭，不是肠子里的那些脏东西的臭味。三外公认定枪子儿没穿过肠子，只是从肚皮边上擦过。三外公仍旧躺着，看着天上若隐若现的星星。三外公断定脑壳没被那王八蛋踩裂，要不他绝对醒不过来，也不会看到星星。

夜很静，只有湘江的涛声有气无力地在两岸的土地上游荡。一阵微风吹来，三外公感到了冷，接着是一股股让三外公恶心的尸臭。三外公想起了他躺倒在这里之前的事。三外公也想起了舅舅。三外公一想起舅舅就感到了一种责任，他认为应该立即离开这死人堆。三外公终于站了起来，但他没法开步走路。他周围全是尸首，分不清是红军还是中央军。三外公只好重新蹲下来，他用左手继续捂着那个窟窿，用右手和双膝在尸首上爬。

当三外公在湘江边发现那个人影时，他不晓得该谢天，还是该谢地，还是该谢祖宗保佑。三外公爬到江边是想喝口水，他又饿又渴。当那个人影也发现三外公时，两个人像两只斗鸡一样对瞪着眼睛。或许这就是军人。三外公瞪着眼睛，但他也就只能用眼睛瞪着对方，他不光受着伤，手里连枪都没有，就算有枪，身上也没有一颗子弹。那个人手里却有枪，而且十分麻利地出枪对准了三外公，之所以没有立即扣动扳机，只是因为判断不清是同志还是敌人。三外公不明白对方心里想的啥，当他把眼睛瞪痛之后，就干脆把那没啥用的眼睛闭上了。或许是那个人影发现三外公没有威胁能力，他收起了枪，爬着向三外公接近。

三外公做梦也想不到，向他爬过来的那人竟会是舅舅。舅舅的左额头上挨了枪子儿，但祖宗让那颗枪子儿拐了弯，到舅舅跟前偏了向，只打掉了舅舅左额头上那个鼓凸着的角，啃去了一块肉。

三外公和舅舅庆幸之后，两人立即就矛对上了盾。舅舅要三外公跟他一起过河去追红军，三外公却要回家。两人就躺在湘江边上矛盾着。三外公跟舅舅说，他回去不是想过啥清闲日子，是放不下外婆，不晓得蔡耀祠这老狗和白狗子要把她害成啥样。三外公答应回家只要外婆没事，他立即就再来找红军。舅舅这才收起了他的矛。舅舅在腰里摸索，抠出了一颗枪子儿。舅舅让三外公把这颗枪子儿带给外婆，他身上除了这颗枪子儿再没了别的东西，舅舅让三外公跟外婆说，看到这颗枪子儿就等于看到了舅舅。这样三外公就更认为他先回家的主意是对的，要不外婆真不晓得舅舅是当了红军还是掉河里淹死了。说完这些三外公和舅舅就抹着眼泪分了手。

三外公后悔千不该万不该，不该大白天进村。他刚走到村口就碰上了保安队，三外公躲闪不及，一慌张反被那个当官的看着了，两个兵上来扭住三外公的胳膊就要他跟他们走。三外公扑通双膝跪地，求当官的让他回趟家，只跟外婆说两句话就跟他们走。当官的不依，三外公急了眼，说你们也有爹娘老子兄弟姐妹，怎么没一点人性。当官的上来两巴掌打得三外公满嘴是血。就在这时，三外公看到了邻居家的小狗子。三外公央求当官的开恩，让他跟小狗子说两句话。当官的见小狗子不过七八岁一个毛孩子，点了头。三外公把那颗枪子儿塞给了小狗子，让他立即回去交给我外婆，说这是我舅舅和三外公带给她的，看到枪子儿就等于看到了三外公和舅舅。小狗子只顾玩那枪子儿。三外公看他没认真听，问他记住他的话没有，小狗子说三外公的话太啰嗦，他记不住。三外公急不得火不得，最后只让他说一句话，就说这枪子儿是我三外公和舅舅带给我外婆的。小狗子撒腿就跑了。三外公不放心，对着小狗子的背影喊，要他一定送到，下趟回来给他带十颗枪子儿给他玩。

外婆追到村口，根本没有保安队和三外公的影儿。

四

外婆说，要是接不到舅舅带回来的那颗枪子儿，外婆是活不下来的。

外婆从河滩的生死界那里回来，实实地在床上躺了两日。两日中没吃没喝，只有思想。外婆头一个想的是舅舅，想舅舅没成人就去打仗，要是打死了，媳妇都讨不成，连女人都没碰过，算不上是个完全的男人，这一辈子白到人间来走一遭；想舅舅是刘家的独根苗，要是打仗打死了，刘家就绝了后；外婆想舅舅想得后脊梁发紧发凉。想了舅舅再想三外公，这个人吃了半辈子苦，老实得像头牛，叫做啥就做啥，躺一张床上也是她不言语她不动作他不敢碰她一指头，刚如愿有了女人做了男人，被窝还没焐热就给抓了丁，他苦她也苦，在炮火中钻，弹雨里蹚，保不准会有个闪失，那不只是出力出汗，是掉脑袋的事，一个人脑袋只有一个，掉了就再也没有了。外婆想三外公想得心里发慌身子发凉。想了三外公再想外婆自己，命留下了，可往下的日子怎过，这命是老狗留下的，他留下她要她做啥。外婆想自己想得心里发虚，身子轻得像根鸡毛在掉向万丈深渊。

第三日一早，蔡耀祠派人送来了一小袋米，说是老爷让送的，放下就走了。过了一个时辰，老狗踅进了外婆的屋。老狗不声不响站到外婆的床前。老狗站在外婆的床前不说话，看来看去就脱了衣裤进了外婆的被窝。外婆像根木头让老狗搬来弄去，在外婆的意念里这命是他留下的，他爱怎么着就只能随他怎么着，外婆的心早死了。

老狗走时让外婆到他家做活。外婆就起来梳洗，然后跌跌撞撞到老狗家做活，到晚上再跌跌撞撞回到这土屋里。这日子让外婆再一次想到了死。死了一了百了，用不着担这份心，受这份罪。

外婆想寻死摆脱苦难的念头愈生愈浓烈的时刻，小狗子把那颗枪子儿送到了外婆手里。外婆的惊奇让小狗子吓一哆嗦。外婆问小狗子这枪子儿是怎么给他的。小狗子就支离破碎地把三外公的话学给外婆听。外婆没等小狗子把他能学的话学全，转身一口气追到村口，村口自然早就没了三外公的影儿。小狗子没有及时把枪子儿送给外婆，他拿着玩了半日之后才送到外婆手里。外婆在村口没找着三外公，拿着那颗枪子儿上了外公的坟。外婆在外公坟上一顿饱哭，把心里要说的话都哭给了外公，顺便再央求外公保佑舅舅和三外公，保佑他们平安，保佑他们早日回家，保佑他们不要被枪子儿打着，保佑他们不要被炸弹炸着。哭着诉着，眼泪干了，心里倒是哭明白了一些事。舅舅没有死，三外公见着了舅舅，舅舅真的当了红军。三外公也没有死，外婆的心里就稍稍放出一些亮光。外婆捧着那颗枪子儿回了家。她把枪子儿看了又看，摸了又摸，看着摸着那颗枪子儿，真好似见着了舅舅的人儿，摸的是舅舅的脸。外婆找了块布把那颗枪子儿包裹起来，放到枕头底下，每日睡觉前都要拿出来看几遍摸几遍，看了摸了睡得就踏实，就不再胡思乱想，一门心思等着盼着舅舅和三外公回来。

外婆头枕着那颗枪子儿睡觉，常常会做好梦，在梦里与舅舅和三外公相会，外婆清苦的日子里就添了许多滋味，虽说是梦，但白日里想想梦里的事，也会让她心里开心许多。那夜一阵激烈的枪声把外婆的好梦惊破，枪声令外婆浑身的汗毛根根悚然。家里有人在外面扛枪打仗，枪声让家人格外惊心。外婆忐忑披衣，贴住门缝听动静。一阵杂乱的脚步从门口经过，沿路带起阵阵狗吠，此起彼伏，向远处延伸。待混乱远去，外婆才敢启开大门。中央军和保安队的队伍常来蔡耀祠家落脚驻扎，不是对付红军家属，就是追捕游击队。村子重又沉入宁静，一切都死了一般没有生气。外婆心里挂着被追赶的人，担心该不会是舅舅回来，更不可能是三外公。

发觉那个受伤的年轻人是第二日的上昼。外婆扛着小铁锄替蔡耀祠家去田里挖芋头，三小姐突然想要吃糖芋头。外婆挥锄刨芋头刨得神情专注心无旁骛，外婆一气刨了两沟，坐下来掰芋头，躺在芋头田沟里的那个男人的一声呻吟，把外婆惊飞了魂。外婆首先看到的是那人手里的那把枪，接着看到的是那人身上的血。外婆接着就想到夜里惊醒她的枪声和保安队跑过门口杂乱的脚步。一想起夜里的事，外婆就不再害怕，或许是因为舅舅是红军，三外公也是兵的缘故，外婆怜惜起眼前的这个人来。外婆正没主意的时候，那人又一声呻吟，再一次惊掉外婆的魂。他只剩一口气，身上两个枪子儿穿的窟窿还汪着血。外婆不晓得自己哪来的胆子，她没犹豫，帮那人翻过身来，让他躺在干处。外婆做着这些时两手不住地发抖，她明白这人就是住在蔡耀祠家那帮兵要追杀的人，要是让他们晓得了不光他活不成，连她自己也别想活，尽管她想过寻死，但她不愿意这样去死。外婆没主意该怎么办，那人有气无力地开了口，他求外婆帮他包扎一下伤口，要不他会死的。外婆不晓得怎么包扎，手里啥也没有。那人告诉外婆，找些布和棉花。外婆就回了家，找了些碎棉花、破布和衣带，提了一茶壶水，拿了几个饭团。外婆再回到田里，那人不见了，连刨芋头的锄和篮子都不见了。外婆的心急出血来，慌里慌张回家放下东西就上了蔡耀祠家。外婆没碰上蔡耀祠，却碰上他的管家。管家问外婆做啥去了，刨几个芋头半天刨不来，东西丢在田里，连人都不见了。外婆说不清自己哪来的这份聪明，外婆说她突然肚子痛，回家上茅坑。管家不信，说芋头田里就不能屙屎，是不是会相好的去了。外婆绷起脸，说谁像你们男人猪狗似的，到处屙到处尿。管家的一声冷笑笑得外婆出一身冷汗。他说外婆别自以为聪明，外婆做的啥事他都晓得。外婆的心吊着一天没能放下来。管家一字没提那人的事，可他话中有话，她又不好问。外婆故意到蔡耀祠家院子里兵们住的地方转了一遭，没见有啥异样的地方。

外婆的心放不下来，熬到天黑透后再去芋头田。那人又回到了那里。他听到管家来，爬着躲到了稻田里。外婆搀起那人，那人不能走。外婆弯下身子背他，那人看着外婆的小脚，没有往外婆背上伏。外婆就靠过去两手勾起那人的大腿背起就走，两个人的重量全部压在外婆的两只小脚上。外婆走得摇摇晃晃，但脚下的路却在一点点短。那人服服帖帖地伏在外婆的背上。外婆把那人藏到了三外公的屋里。外婆烧了水，帮那人擦了伤口，擦了身子。一个枪子儿窟窿在左腿上，一个在右肩膀下。外婆看那人伤成这样，还能躲过这么多人的追杀，不能不让她惊奇。

外婆这时才发觉他年龄也不大，二十几岁的模样。外婆先捧着茶壶喂他喝了水，再喂他吃饭，他没要，自己用手拿着饭团吃起来。外婆就看着他吃。外婆做这些，做得很细心，也做得很耐心，躺着的就像是舅舅一样。外婆做着这些，心里真是想着舅舅。外婆想舅舅也断不了会受伤，要是舅舅伤了，会不会碰到好人也这样救他。外婆看着他吃饭团，叫他就躲在这里养伤。那人说要走，不能连累外婆。外婆说要走也得养两天再走，伤这么重，想走也走不了。那人就没再说话。

那人是第六军团留下来的，他们在湘赣地区搞游击战争。家是湖南的，家里也有娘，还有奶奶。外婆就跟他打听舅舅。那人告诉外婆，红军有许多兵团，现在都已经北上了。

三外公的前后门突然响起砸门声，是外婆救那人躲进三外公屋里的第三个晚上。外婆又烧了水，再给那人洗了伤口，找了些布把伤口重新包扎。那人说要走，不能再在这里躲下去，这样太危险，还要连累到外婆。外婆劝他再耐心养两天，走起来也好快些。外婆就跟他聊家常，问他有多大，娶没娶媳妇，娘有多大年纪，家里还有谁，嘱咐他出门在外，有空一定要给家里捎个信，好让家里人放心。正说着砸门声就骤然响起。外婆吓得浑身又抖起来，手忙脚乱不晓得让他躲哪里好。那人从枕头底下掏出枪，让外婆躲到灶屋里。前门被撞开，管家领着一伙兵吆五喝六闯进来。那人一抬手，一枪先把那管家放倒，叫他永远不会再多事。那帮兵听到枪响都扑通原地趴下。那人从床上下来，说谁要敢动他就打碎谁的狗头。趴地上的兵就有人拿手捂住了脑袋，似乎这样就能保全性命。那人说他可以跟他们走，但谁要是敢找外婆的麻烦，游击队早晚一天要跟他算账。那人说着就朝大门走去。地上那五六个兵立即爬起来围住了他。

蔡耀祠来了外婆家，埋怨外婆多管闲事，给他惹麻烦，表示他对外婆的仁慈。外婆没有理他，蔡耀祠自话自说，说完就走了。

是两个兵来把外婆叫去的，他们一直把外婆带到后山坡上。到了后山坡外婆才晓得他们叫她来做啥。外婆看到那个受伤的游击队员被他们绑在一棵松树上。外婆这时倒没有害怕，她想，死就死吧，他们不打死她，她自己也想死。

没想到的是，他们并不是要外婆与那人一起死，而是要外婆用锄头刨下那人的头。他们让那人跪到坡上，把一把锄头交给外婆，要她刨那人的头。外婆的手脚又不住地抖起来，外婆把那些兵一个一个看了个遍，她想看看啥样的人才会想出这样的鬼主意。两个兵拿枪逼着外婆动手。外婆的两只手一点力气都没有，她怎么能够刨他的头呢。那人抬起头用眼睛告诉外婆，没有关系，按他们说的做，要不就要丢两条命。两个兵用枪顶外婆的腰，要外婆立即动手。外婆接过锄把，还没能把锄头举过头顶，眼前一黑，两腿软软地瘫到地上。接着外婆依稀听到了密集的枪声。

五

娘说，三外公是新中国成立后才回的家，三外公回来时，外婆已经被推举为村里农会的副会长。三外公回来时穿的是国民党的军装，土改的时候就把三外公定为反革命，尽管三外公是被抓的丁，尽管三外公从没开枪打过红军，也没打过解放军，但他穿的是国民党的军装，吃的是国民党的军粮，扛的是国民党的枪，干的是枪口对着红军对着八路军对着解放军放枪的差事，谁能说他不是反革命。

三外公回来，虽然带来了舅舅参加红五军团的确凿消息，但并没能给外婆带来开心，反给她添了更多的忧愁。农会副会长是不可能也不允许跟反革命同床共枕的。没过多少日子，外婆就让三外公自己单过。三外公依旧回他的土屋过苦闷的日子，外婆也仍旧自己独自过清苦的日子。据说三外公曾几次半夜想进外婆的屋，三外公说他心里痛，有话没处说，求外婆听他说说心里的话。外婆没给三外公开门，只拿村干部的话回他。埋怨三外公这么多年，为啥不跑回来；本来可以跟二毛一起投奔红军的，可为啥不听二毛的话，回来又当了国民党；这么多年跟红军、跟八路军、跟解放军打仗，不信你就没打死过人；这么些年了，真要是想投共产党，白天没工夫夜里也能跑共产党那里去；俘虏了让你去当志愿军，你反倒不愿意了，要回家。三外公没了话，只能默默地淌眼泪。连外婆都不肯原谅他，还有谁能原谅他呢。

三外公第三次半夜敲外婆的门外婆没给他开门的当天夜里，三外公就悬了梁。他一肚子要诉的苦都憋在肚里，没能留下一句话就去了。外婆看着三外公死后瞪着的眼睛，心里痛得像针扎。她跟娘说，她对不起三外公，她晓得，二毛拉他去追红军他没去；俘虏后让他当志愿军他也不去，全是为了她。在国民党里他是没办法，大凡有办法他早就跑回来了。外婆心里的这些话连哭都不能哭出来，她只能悄悄地跟我娘说，一边说一边流着泪。外婆等三外公等得好苦啊，等回来了，结果是这样。外婆躲在屋里哭了一整天，偷偷地在屋里给三外公烧了半夜的佛图和她为三外公念的经。那都是外婆一个人在家守候舅舅和三外公的那些漫漫长夜里，怀着一腔思念，裹着满腹真情，一根灯心草一根灯心草念下的。蔡耀祠的老娘信佛，终日念经，她常让外婆去伴她，外婆就学会了念经。每当漫长的冬夜来临，寒冷和孤独让外婆不想活下去的时候，外婆就坐在床上念经，外婆的心很诚，每一根灯草都念十遍，只要佛祖保佑舅舅和三外公，哪怕是念一百遍她都愿意。反正她有的是时间，给舅舅和三外公念经，他们也就时时在外婆的心头，就没有那么多孤独和思念。舅舅和三外公的经是分开念的，每晚都是先为舅舅念，再为三外公念，念完后各归各的，分别放在破箱子里。这些她都没能来得及告诉三外公，三外公到死也不晓外婆的一片心意，外婆就更多了一份遗憾和伤心。她一边烧佛图和经卷，一边在心里默默地向三外公倾诉，心里的话伴着眼泪，一滴一滴滴入盆里的火中。

  憋在外婆心里那一腔遗恨和思念，枪毙蔡耀祠才得以发泄。蔡耀祠是解放时被政府抓走的，关了一年再押回到镇子上公审。公审宣判他死刑枪决，台子下的群众不答应，说给他一粒枪子儿太便宜了他，要求政府让有仇恨的群众剐他。呼声像狂涛似海啸，眼看着要把台子掀倒。眼看着枪决无法执行，上级紧急研究，同意了群众的要求。蔡耀祠剥光了上衣绑到一根木头柱子上，两个公安兵看在旁边，蔡耀祠的面前放一只方凳，方凳上放一个瓷盘，瓷盘里搁一把锋利的杀猪刀。受过蔡耀祠迫害的,尤其是那些有血债的,都争先恐后排到剐蔡耀祠的队伍里。队伍排得很长,有几百人,外婆也挤在队伍中间。为了让每个人泄恨,上面规定,每人只准在蔡耀祠身上用刀划一道痕,不允许用刀捅。

当外婆拿起那把杀猪刀时,外婆的手不由自主地抖了起来,眼睛里涌满了眼泪。外婆说老狗你也有今日,你害得我们家破人亡。外婆再就说不下去,拿刀在蔡耀祠脸上划了一刀,划完这一刀外婆却也晕了过去。村上人还为这议论了好些日子。有那心眼儿邪的,说外婆毕竟是跟蔡耀祠睡过觉,又在他家帮过那么多年佣,对蔡耀祠还是有些情意的。这些挨刀的,我听了都非常生气。

真正让外婆扬眉吐气是一九五七年,我已经八岁了,上了二年级。

这是苦命的外婆命运发生根本转折的一年。舅舅当红军走了,娘嫁了,她盼星星盼月亮,每日都盼着舅舅回来。开始是外婆问我娘,舅舅怎么不回来。娘就说舅舅在打日本鬼子,打败日本鬼子才能回来。日本鬼子投降后,外婆又问娘,日本鬼子都打败了,舅舅怎么还不回来。娘说国民党又在跟共产党作对,舅舅要打国民党,把国民党打败了就回来了。新中国成立了,舅舅还没回来,换成娘反过来问外婆,娘说全国都解放了,舅舅怎么还不回来,会不会是牺牲了。外婆说不会,台湾还没解放,土改分田地了,也没听说打台湾,舅舅还没有回来,娘又说,可能是牺牲了,要不该回来看看。外婆说,真牺牲了政府会给信的,政府没来信,就是没有牺牲,可能是到朝鲜打美国鬼子去了,打败了美国鬼子才能回来。美国陆军上将马克·克拉克在停战协议上签了字,志愿军都回了国,舅舅还是没有回来。跟舅舅一起出去和比舅舅晚出去当兵的,活着的都回来了。有的当了官，全村人跟着荣耀；有的受了伤，成了英雄，成了荣誉军人，一家人跟着光荣。死了的也都收到了通知，家里成了烈军属，享受着政府的照顾，祖宗脸面上也光彩。唯有舅舅，人没回来，连张通知书也没有，就只有一颗啥也证明不了的子弹。娘只好不再提舅舅，外婆也不再问这事，一家人心里都明白舅舅真的牺牲了，而且可能死得不明不白，可谁也不说，都死死地闷在心里。家里人不说，村上却有人闲不住嘴，有人说舅舅压根儿就没去参加红军，外婆和三外公开始说的是实话，是凑热闹掉河里淹死了。外婆听了心里又酸又痛。

盼啊盼，总算把三外公盼了回来，他却被弄成了反革命，两个人空盼了十几年，见面了却不能在一起过日子。三外公人老实，心又诚，自己说不过自己，一咬牙撒手去了。有了这些事，尽管外婆是农会副会长，村里人却从来没把外婆当军属烈属来敬，相反把她当作与三外公有牵连的反属来看待。

外婆字不识一个，话也不敢多说一句，心里的苦没处诉说，只能晚上躲在床上哭。外婆一边哭一边对我说，你舅舅真的是当红军去的，他临走烧了蔡耀祠家的牛圈屋，还烧死了两头牛，是你三外公给他放的哨，这颗枪子儿就是你舅舅让三外公带给我的。我相信外婆的话是真的。

一切都是由那封邀请信改变的。信是从北京寄来的，把全村上下都轰动了，社长看到信纸上印着的国务院民政部红头大字，惊呆了，说这是中央啊！了得吗！信是让外婆到北京去参加全国烈军属代表大会。娘给外婆做了一身新衣服，社长给外婆胸前戴了一朵大红花，全村人敲锣打鼓把外婆送到镇上，再送上汽车。那天，光荣、自豪头一次浸润了我那颗接近透明的幼小心灵。

外婆从北京回来，真正变了个人，外婆的脸上终于有了笑，也爱说话了。外婆告诉我们，是她救下的那个伤员把外婆的名字报到中央去的。那一天她锄头没举起晕过去时，游击队已埋伏在旁边，外婆依稀听到的枪声正是游击队打来的，他们救走了那个人，还打死了两个保安队。现在他在中央政府当了局长。外婆还说，她让那局长帮着找舅舅。局长答应了，在会上就找红五军团的人，查来问去，查到了有刘二毛这个人，但都没有最后的下落。局长劝外婆不要故意去找，这么多年了，走的时候又小，说不定改了名更了姓，故意找容易找出冒充的。战争年代啥样的事情都能发生，也许牺牲了，也许受伤失去了记忆，也许还没能跟家里联系，啥样的情况都会有。只要他活着，他肯定在为党和人民做事，回来不回来外婆都一样光荣。

外婆真的非常光荣，她回到家，镇上就请外婆去作报告，让外婆讲北京开会的情况，讲见到中央领导的幸福，讲首都北京、讲天安门。外婆去讲了，讲得外婆喝了一肚蜜一样，讲得全镇人都自豪光荣。镇上开了会社里又开，又让外婆讲；接着学校也请外婆讲，外婆很快成为一种象征，每逢节日，总要让外婆作报告。内容也慢慢固定下来，就讲舅舅怎么当红军，怎么从死人堆里爬出来继续找红军，讲外婆自己怎么受苦，怎么救伤员，怎么与蔡耀祠斗，怎么宁死不屈。

外婆讲着讲着就当了官，成了乡里的贫协主席。每逢乡里开大会搞啥纪念活动，主席台上总有外婆的一个座位。虽没有啥工资，但乡里总会给一些慰问和照顾。

外婆从此完全生活在舅舅的故事里，她每日在故事里与舅舅相见，用讲故事来跟舅舅交谈。自从外婆用交谈替代思念以后，外婆就有了讲故事的瘾,几日没有人来请外婆作报告讲传统,外婆就不舒服,常常坐立不安。每到这时,我便成为外婆倾诉的对象。我慢慢发现外婆讲的故事常常有出入。本来舅舅只吃了一口牛屎,后来外婆有时说吃了三口,有时候说吃了一堆;舅舅从死人堆里爬出来,本来是两处伤,外婆有时候会说成三处伤,或者五处伤;本来外婆是轻易不讲蔡耀祠强奸她的事,有时候她也会毫不保留地讲,还讲蔡耀祠怎么假慈悲,故意不枪毙她,故意用米和面讨好她;讲到救伤员也是这样,有时候说受两处伤,有时候说满身是伤不省人事。这要看当时听众的情绪,听众反映不热烈,外婆就会加强各方面的程度,会讲一些新鲜的东西。外婆无论啥时候都是非常认真的,只要她走上主席台,她就把自己全神贯注在故事之中,只要她开口讲舅舅的故事,她一定会让听的人为舅舅流下眼泪。外婆就这样一直把故事讲到大学的讲台。

外婆有一段时间突然不愿意讲舅舅的故事了,那年村上饿死了许多人,外婆也饿得终日不愿说一句话。娘说外婆不说话是心里急,外婆听到有不少人在说共产党的坏话,外婆心里很不舒服。外婆跟娘说要照他们这种说法,舅舅他们的革命不是白搞了嘛。外婆心里急,在肚子里埋怨舅舅。说舅舅出去干革命,不晓得干的啥,不晓得在外面忙些啥。外婆心里是这么想,但嘴上却一个字不露。村上谁要是说日子苦,外婆就会问他,红军爬雪山过草地吃树皮草根苦不苦;谁要是对共产党不满,她也会跟他理论,说,要没有共产党,穷人能翻身解放?外婆这么一问,人家就不再回话,人家也没精神跟外婆理论。外婆也饿,饿得把田埂上能塞进嘴里吃的草都挖来吃了,但外婆从来没有怨过一声共产党,也绝不允许任何人怨共产党,谁要怨,她就跟谁急。在外婆心里,共产党就是舅舅,舅舅就是共产党，怨共产党就是怨舅舅。怨舅舅外婆就不答应。人要讲良心，十来岁的孩子就去参加革命，啥都交给了革命，没为个人图一点东西，再要怨他，还有没有天理。

外婆当时瘦得只剩一副骨架，像一只鹭鸶，但外婆是一只异常精神的鹭鸶。外婆奇迹般活了下来。

六

那个调查组来找外婆，我已上高三。学校已经停课，我回了家。调查组是县里的一个干部陪着来的。外婆听说他们是北京专程来找她的，是从那位局长（当时已经是副部长）身边来的，就像见着了舅舅，喜得脚不沾地。外婆杀了正在下蛋的母鸡，做了米面，像是农家要招待皇上派来的钦差一样准备饭菜，把吃饭的碗洗了再用开水烫。当我第四趟去请客人，再次独自走进外婆家门时，外婆手里那只准备盛饭的碗掉到了地上。饭菜都凉了，没能请来那两男一女，连县里陪着来的那个干部也没露面。外婆伤心得哭了，那只被杀的老母鸡腚眼里还夹着个硬了壳的蛋，那年月老百姓一年的油盐酱醋全靠着那个鸡腚眼下。外婆伤心地哭了，外婆自然不只是可惜那只老母鸡，外婆伤心的是，不把她当自家人不给她面子，不把外婆那一片情意当回事，也不把舅舅当回事。外婆满肚子委屈哭不出来，止不住大声抽泣。我无法给外婆安慰，只能陪着外婆流泪。

调查组给外婆带来的喜悦很快变成了灾难。他们要外婆证明那位局长当年被捕后向国民党投了降变了节。外婆问他们是谁这么闭着眼睛瞎编胡说。调查组反问外婆，他要是不投降不变节怎么会从敌人的枪口下活下来。外婆虽然不完全懂得变节的问题有多严重，但人不能说假话，更不能造出假话来害人，何况那局长是那么勇敢的人。外婆说当时她虽然晕了过去，但她依稀听到了密集的枪声，是游击队来救的他，外婆醒过来，还看到有两个保安团兵死在她身边，要不是游击队来救他，有谁能打死保安团的兵呢。调查组的人很不客气地问外婆，难道你一点不知道啥叫苦肉计？你既然晕过去了怎么还会知道这些呢，显然是凭想象编出来的，所谓的两个保安团兵的尸体，也许是你的想象和幻觉，或者编出来的。外婆争辩不是她编的，是她眼睁睁见到的，当时那两个尸体龇牙咧嘴的样儿把她的魂都吓掉了。调查组非常有耐心和毅力，蹲在镇上差不多有半个月，天天来找外婆谈话，外婆还是先前的那几句。后来那个组长火了，说外婆是那个叛徒的死党，说不定他们早有攻守同盟。外婆也火了，说放你娘的臭狗屁，你才不像个正经人，越看越像当年往她指甲盖里钉竹签的国民党。后来调查组写了一份材料，要外婆在材料上按手印。外婆心里明白着，叫我去念给她听后她才愿意按手印。调查组没办法，只好叫我去念，我念完后，外婆说这是编造出来的，不是真的，她坚决不按手印。

　　调查组似乎牵走了外婆的魂，他们一走，外婆心事重重。她想象不出局长会遇到怎样的灾难，越是想象不出，外婆心事就越重。或许是白日，或许夜半，外婆都会突然惊恐地问我，那些人会把局长怎么样了。我自然没办法让外婆心安，我也不可能想象出那些人会有怎样的行径。有一天，外婆突然叫我帮她写材料，外婆说，我写，一共写了八页纸。外婆让我念给她听，听到不如意的地方就让我改。念了两遍，改了两遍，外婆满意了，在每一页纸上都按下了她的大红手印。材料写好后，外婆问我材料寄给谁好。我想寄给单位是不行的，寄给单位等于寄给了那些人；寄给局长又怕他收不到。

外婆拿主意让我把材料寄给了那位局长的妻子,那年到北京,局长的妻子给外婆买过衣服。

那些人发觉打击不了外婆,就把外婆揪着游街,游完街再开她的批斗会。要外婆交代,她为啥要包庇叛徒,为啥同情地主恶霸蔡耀祠。外婆说他们都有病,热糊涂了,尽胡说八道。外婆说想要她死,她同意,活六十多岁了,活够了,罪也受够了,她早该死了,已经赚了好几回了。国民党没枪毙她,赚了一回;蔡耀祠没逼死她,赚了一回;保安团没打死她,又赚了一回。他们要有胆,就当头给她一棍子,她一个孤寡老太婆,反正舅舅也不会来找他们算账,她到阎王爷那里也不告他们。说完这些,任他们怎么问怎么说,外婆都不再开口。斗争会冷了场,那些人没法收场,非常尴尬。就在这时他们中谁看到了我,他们逼我揭发外婆,全场成千双眼睛都盯住了我。我心慌得浑身冒冷汗,我一辈子都不能原谅自己,当时我只想着要证明我是无产阶级革命派,要证明我是新中国有理想的革命青年,我一点都没有想外婆的感受,虚荣心泯灭了我的理智,我居然当众揭发外婆搞迷信,念经拜佛,为我那反革命分子三外公在夜里偷烧纸烧经烧佛图。外婆在台上那惊恐的眼睛让我再也不敢看她。他们就凭着我说的这些,加上那些莫须有的罪名,把外婆打成蜕化变质分子。那天我便离开了外婆,没脸再走进外婆的家。

我长到五岁,娘就让我去跟外婆过,说是跟外婆过,其实是给外婆做伴。外婆家与我家是前后村,相隔只一里路。外婆孤单一人,爹娘心疼外婆,要外婆搬到我们家住,可任我爹娘说破嘴,外婆死活不离开那两间土坯砌的屋。爹娘只好让哥哥姐姐轮着跟外婆过,后来就轮到了我。一到晚上,脱下衣服躺到床上,外婆就开始跟我讲舅舅。可外婆讲不到十句话我就睡着了，外婆讲舅舅的故事，成了我的催眠曲。我在那土屋里与外婆相伴了十三年，那年我十八岁。我知道自己是迫不得已，想要表现自己的革命性，想要自己的前途和理想，还梦想着考大学，可是我明白我这是出卖，我也清楚外婆没有罪，她连错都没有，我做了才体会到外婆的心里有多痛，但那时我控制不了自己，我只能这么做。我没脸到外婆家取我的东西，我只好求娘去。我娘不骂我也不说我，她默默地到外婆家取回了我的东西。

外婆再一次想到要死。娘让我弟弟到外婆那里替代我，外婆很冷淡，没说好也没说不要。我明白是我把外婆伤得太重了，她对我们不再寄啥希望。娘关照弟弟，晚上不要死睡，要当心外婆，外婆心里不舒坦，会想不开的。弟弟一听害了怕，竟不愿意去。弟弟是被娘骂着去的，其实听着娘的骂声，我比弟更难过。还不都是因为我。

第五天弟弟就跑回了家，说外婆挂到了梁上。娘拔腿就往外婆家跑，弟弟在后面追，说救下了，没有死。我在家里坐不安，立不是。我想还是应该我去，外婆在意的是我，兄妹几个，我跟外婆过的时间最长，外婆也最喜欢我，最疼我。我要不去，外婆肯定活不下去，我用刀子捅了她的心。尽管难，我还是选择了自己去面对外婆，我不能让外婆因为我失去生活的信心。

我到外婆家，外婆和娘正哭成一团。我双膝跪到外婆面前，求外婆打我骂我，出尽心中的气。外婆没打我，也没骂我，反把我搂到怀里，更加伤心地痛哭。我再也忍不住了，跟外婆一起哭了起来。

我再走进外婆家，就没法再走近我那些同学和同伴，也不再参与任何活动。开始我孤独、寂寞，甚至苦闷。但是我看到头发花白的外婆，我的心静了下来。孤独，我就跟外婆说话，反过来再问外婆一生的故事；寂寞，我就看书，自学没学完的高中课本；苦闷，我就写日记，把心里的苦闷全写到日记里。

过了几天，外婆跟我说，她想错了，她不应该跟孩子们较真，孩子们懂个啥，他们晓得啥叫苦，啥叫革命，革命是拿自己的命去保老百姓的命。外婆说她又做了错事，人来到这个世界上不容易，老天爷要你死没办法，自己不能轻易地去寻死。外婆说舅舅还没回来，她还要给舅舅娶媳妇，还要等着抱孙子呢。外婆乐观起来，我这心里才稍稍轻松了一些。没想到这段日子竟对我一生起了无法估量的作用。我自学完了高中的全部课程，写了厚厚的两本日记。我在这里学会了思考，我开始思考自己的人生。外婆的一句话对我一生都起着作用。外婆说命是啥，命就是老天爷让你跟死拼，拼赢了，命就是你自己的；拼输了，阎王爷就把你的命收走，你要是敢跟死拼就啥也不会怕。

外婆的一生就是跟死拼的一生。

那些年外婆心里又多了一个要惦念的人，除了挂念舅舅，盼着舅舅，她还时常挂着她救下的那位局长，不晓那帮人回去会怎么整他。十四年之后，又有一男一女从北京赶来找外婆。这一回外婆一点都没欣喜激动，她不晓得他们又来找她做什么。那一男一女来到家里，见到外婆突然双双跪下，一声奶奶，叫得外婆喜泪纵横。他们是那位局长的儿子和女儿，他们说就是凭着外婆那份按满大红手印的材料，上面给他们爸爸平反了，只是因为他们的爸爸患脑溢血后遗症，没法前来看她，只好让他们两个代表。外婆顾不得抹泪，抓住他们的手说不出一句话。外婆又杀了一只下蛋的母鸡，一边杀鸡一边说，还是那句老话，苍天有眼，好人总会有好报。

七

镇人大和镇政协要联合给外婆过一百零一岁生日。我与共和国同龄,外婆跟世纪同龄,记者们可有了显露才华的机会。领导、媒体,上上下下把外婆当国宝。市报抢先登了镇委书记、镇长看望外婆的大照片,我拿着报纸念给外婆听,《世纪老人王春娥过一百零一岁生日》。外婆笑得分不出哪是眼睛哪是皱纹。外婆原来的名字叫刘王氏,王春娥这名字是解放后乡长给她改的,外婆有个乳名叫小娥,当农会干部叫刘王氏不相称,乡长听着浑身刺痒,他帮她改成了王春娥。外婆过了百岁,人健在,心还灵清。外婆的确可以称得上国之宝,民族之宝。这不仅因为她是世纪老人,更可贵的是她生命的每一个细胞里都饱含着取之不尽用之不竭的历史。外婆的确是个奇迹,我娘和我爹都已不在人世,我这外孙女都从县妇联主任的位置上退到了政协,外婆这辈子受这么多磨难,她居然还活得硬朗,在敬老院还常常闹着要自己做米面吃。

镇上的领导对外婆的生日非常重视,据说专门为这事开了一个镇委会,方方面面都作了精心安排。新闻宣传、生日寿宴、恭请领导、迎来送往、组织捐助,成立了一套班子,领导挂帅,机构健全,分工明确。

外婆的生日热闹非凡。寿宴设在镇上最高档的红都饭店。镇子里上上下下的头头脑脑,除工商所和派出所两个所长一病一伤住医院未能到场外,其余的一个不漏都提前来到。镇上居然还请到了市委书记和市长,搬来了市电视台的人。更出人意料的精彩是开宴前,居然有几百人自愿出礼钱讨百岁老人的寿面,呼呼啦啦的场面让市委书记和市长着实意外感动。寿宴由镇人大主任主持,镇政协主席致辞,镇委书记讲话,规格隆重,气氛热烈。我很用心地听了书记的讲话,他用词精到地赞美了中央领导的最新思想和党的路线、方针、政策,豪情激昂地以外婆的长寿切入,言简意赅却又事事具实颂扬了本镇工业、农业、商业、教育、卫生、环保、计划生育和人民生活翻天覆地的变化,最后百川归大海般高度概括这些成就的取得完全是市委和市政府的正确领导。全场对书记的讲话报以雷鸣般的掌声,市委书记和市长也以会心的微笑融合其中。我心里却有些不满意,我看外婆,外婆对这场面竟也若无其事。或许是我的亲情在作怪,我不满意的是,这是给我外婆过世纪生日,涉及外婆的内容书记只说了外婆长寿,外婆的长寿是敬老院办得好,敬老院办得好是工农商的大发展,生活好了健康更重要,外婆健康是卫生保健和环保工作做得好。书记一句没提外婆是红军的母亲,也没提外婆救伤员受苦难,也没提外婆终生信念不灭盼舅舅荣归故里,更没提外婆二十一就守寡至今。或许外婆和外婆的故事太老了,老得让人觉得陈旧,陈旧的东西总难让享受幸福的人发生兴趣,享受幸福的心总是青春得很,青春不愿回顾历史,甚至把历史遗忘。

  该外婆讲话了,我把这意思传达给外婆。外婆是见过世面的,她立即就硬朗朗站了起来,外婆运了运气,挺了挺胸,朗声说,摆这么多酒席,这么多人来吃喝,花谁的钱。在场的人都笑喷了酒菜。外婆挺认真,有啥好笑的,我没有糊涂,我数了,三十六桌,三百块钱一桌,三十桌就九千,六桌要一千八,加起来就是一万零八百块;要是五百块钱一桌,三五一十五,五六三十,要一万八千块,我们志英退位了,她哪来这么多钱。大家都惊了,过百岁的老人,脑子居然这么灵清。镇长端着酒,过来跟外婆说,酒宴的钱既不要你外孙女志英拿，也不是镇里的公款，是大家伙凑份子给你老人家祝寿。说着镇长先敬了外婆一杯。市委书记和市长也来敬外婆，高潮就这样进入。外婆那里很快就清静起来，我很明白，今日来这里的人，冲外婆百岁老人的寿面是其一，想见市里的领导，跟镇上的头头脑脑联络感情也是真。连我也很快被包围，卷进了人情的旋涡。等我解脱出来要照看外婆时，外婆已不知去向。我从大厅找到厕所，不见外婆，有些急，外婆是走不回敬老院的。找来找去，外婆跑传达室跟老师傅一起在看《铁齿铜牙纪晓岚》。我把外婆送回敬老院，剥了个橘子给外婆。我看着外婆吃橘子。外婆的牙齿没有了，给她装的假牙不习惯，说话吃东西碰得咯咯咯响，她拿了下来，用自己的牙床慢慢嚼。我看着外婆鼓涌的瘪嘴，看着看着忍不住笑了。外婆看到了我的笑，说晓得我笑啥，总有一天你也会变成瘪嘴老太婆的。外婆想岔了。我不是笑她的瘪嘴，我是看着外婆想到了一个问题，人的生命是那样的不可思议。

外婆是第二天清晨失常的。那晚我没有走，在敬老院陪了外婆一夜。清晨醒来，外婆已经先我醒了。外婆说，志英，你舅舅夜里来看我了，我问他这颗枪子儿，是不是他让三外公带给我的，你舅舅说是，是他的枪子儿，是他让三外公带给我的。

外婆手里仍拿着那颗被她摸得发亮了的子弹。我原以为外婆只是做了个梦，就随着她说，舅舅是该回来看看你了。没想到外婆过来抓住了我的手，要我领她去见舅舅，说舅舅就住在昨日喝酒的宾馆里，是跟纪晓岚一起来的，她立即想见到舅舅。说着就嘿嘿嘿笑着往外走，逢人就拉着人家说，我家二毛回来了，当了一个中央干部，跟纪晓岚一起来查办一件大案。我这才着了慌，赶紧追上去搀住外婆，要她回敬老院。外婆怎么也不肯，我只好随她去红都饭店。

到了红都饭店，见不到舅舅，外婆就朝人家发火，说人家把舅舅藏起来了，肯定有人假传圣旨，想害舅舅。

外婆整整闹腾了一天，捧着那颗子弹，嘴里不停地重复着那句话：二毛回来了，二毛你为啥不来看我，纪晓岚你把二毛藏哪儿去了。医生给她注射了镇静剂，外婆才慢慢安静下来。

夜里，外婆非常安静，我起来看过她两次。第二日清晨我醒来，外婆还在沉睡。我弄来早点，外婆还没有醒。我端一盆洗脸水，叫外婆起床吃早点。外婆睁着的眼睛，张着的嘴，惊掉了我手里的洗脸盆。

外婆再没有醒来，手里死死地捏着那颗子弹。我看着外婆的嘴眼，她似乎仍在喊着一句话：二毛你为啥不回来看我？这句话成了外婆的永恒。我内心的酸和痛，像火山一样喷发。我扑到外婆身上，让眼泪和号啕表达我能表达的一切。

《解放军文艺》2001年第八期；获总政第八届中国人民解放军文艺奖；收入中国文学研究会编《中国文学最佳排行榜》丛书，蓝天出版社2003年7月出版。

平常岁月

一

又一个往日的重复。空旷的青天上吊一轮白白的太阳，照耀着呆板如画的大海、沙滩。

南部边界的炮战，曾经给守岛部队平淡无味的生活撒了一点胡椒面，添了那么一丁点别样的味道；也让无所事事四季犯困的军人睁眼振作了一下。可这一丁点本来就不那么够味的味道，很快便被清汤挂面式的生活所稀释，不久卵石击水般新闻效应荡然无存。这里的一切依旧平庸。

这天，马路那边传来一串清脆、明快的高跟鞋声。一位身材窈窕的小姐，撑一柄浅色碎白花遮阳伞，目标明确地伴着高跟鞋声朝营门走来。

高大的军营门楼，和军人一起有过昔日的英武。如今坚固的混凝土抹面已经斑驳，大理石镶嵌的立柱残缺不全，风霜雪雨争相在门楣上印下道道污痕。失去了往日威严的大门，宛若一位迟暮的老人。

小姐的目光触及那座高大的门楼和两边挎枪的士兵时，脚步慢了下来，显出几分踌躇。先前那股子骄矜之气稍稍收敛了一下。看那神气，倒也不像是害怕，可能是来军营办的事让她有些心理紧张，但这并未迟滞她径直跨进大门的脚步。

哨兵及时地制止了她：

"同志，请你去传达室登记。"

小姐缓收住脚，略作迟疑，一甩头发，挑衅般地把一张秀美的脸庞迎向了卫兵。一刹那，卫兵的目光有些慌乱，但紧抿的嘴唇仍显示着履行职责的坚定决心。

小姐只好转身走进传达室。值班员公事公办地接过小姐的工作证：吉小雯，气象站。还她的同时，乘机充分地看了她一眼。

"你找谁？"

"找你们首长。"

"哪位首长？"

"能解决问题的首长。"

"解决哪方面的问题？"

"解决你们军人的作风问题。"

值班员不由抬头重新打量着她，狐疑地拿起电话。

值班员认真地让她作了登记，然后告诉她直走，到办公楼一层找政治部值班室。

通向办公楼的是一条长廊。廊上的葡萄藤交相缠绕,翠绿成荫。廊两边是一块块菜地,西红柿、茄子、辣椒、豆角应有尽有。吉小雯在岛上还没有见过这么漂亮的长廊和菜地,一时竟忘记了是走在军营,倒像是走进了乡村原野。高跟鞋响点便慢慢轻松起来,嘴里哼起心爱的歌儿。直到走出长廊,面前矗立一座五层办公楼,她才收住歌喉,放稳脚步。

吉小雯沉静地走进政治部值班室。接待吉小雯的是文化处干事陆雨生。

陆雨生是个小有名气的业余作家。作家的职业病是随时观察人。吉小雯在陆雨生眼里的第一印象是美丽动人无可挑剔,那对忽闪忽闪不住察看周围环境的眼睛表现出感情丰富的外向型性格,大开领真丝连衣裙又散发着当代女性的时尚气息。

陆雨生带着军人在姑娘面前常有的拘谨询问吉小雯的姓名、单位、职业,然后就问到了主题。

"你们有个干部要流氓。"吉小雯愤愤地说。

陆雨生脸皮薄,一听这事就红了脸。这样的事情他还真拿不准自己能不能处理。稍作镇定,他试探性地问有什么行为。

"我们在游泳,他偷拍我的照片,还恬不知耻地说,女人就是给男人欣赏的。"

"你知道他的名字吗?"

"叫猜不懂。"吉小雯认真地说。

陆雨生忍不住笑了。

"他不叫猜不懂,他姓蔡,名布铎;布是宣布的布,铎是比冲锋的锋少一撇一横的那个铎,原意是古代发布政教法令或战争令时用的大铃。当然这是他自己后来改的,他爸给他起的原名叫不多,他兄弟六个，他是老六。生他时他妈想生个女儿，结果生了他，他妈说多余，他爸说不多，所以就叫他不多……"

看到吉小雯渐渐睁大的眼睛，陆雨生意识到说多了。其实这里面的故事全机关就陆雨生自己知道，蔡布铎是不让他跟人讲的。

"对不起，吉小姐，说远了。"陆雨生很客气地道歉，"吉小姐，你要求怎么处理这件事呢？"

吉小雯觉察出他俩的关系不同一般，不想跟他废话，说："你做得了主吗？"

这话伤了陆雨生的自尊。他满脸涨红地说："既然你走进这个门来，我就有责任把事情了解清楚。如果你认为我不适合跟你说话，那就请便。"说着就站了起来。

吉小雯发觉陆雨生生气了，坐在沙发里没起身。心想，在人家的地盘上，还是得注意点分寸。于是缓了口气："你没听懂我的意思，我是怕给你添麻烦，想直接给首长汇报，省得劳你驾。"

"用不着客气，这是值班员的职责。"

"我还不知你尊姓大名。"

"本人姓陆，大陆的陆，陆雨生，下雨的雨，先生的生，你说吧，有什么要求？"

吉小雯忽闪了两下眼睛，要求她早就想好了，她考虑该怎么说。想到陆雨生与那人的关系，看到陆雨生冷淡下来的表情，她觉得该硬一点，于是很强硬地说："我的要求很简单，当面交回全部照片和底片；第二，当面赔礼道歉；第三，部队必须给他处分。"

"吉小姐，我会把你的要求如实向领导汇报，至于怎么处理，部队有部队的纪律和规章，不是你操心的事，领导自然会按章办的——"

"不是讲军人雷厉风行嘛，我现在就要处理结果，没有结果我是不会走的。"

陆雨生心里话，还挺厉害。尽管对她的态度不满，但也不想把事态扩大，于是耐下心来，格外冷静地说："吉小姐，这不太现实，部队首长都很忙，再说处理一件事，尤其是一个人，而且是一位少校军官，不是哪一个人说了就算的。这普通的道理我想吉小姐肯定是明白的。"

古小雯有些窘。只好顺口来了句："那要几天？"

"这没法说定，我只能跟你说尽快。请你把电话留下，我们会很快与你联系的，假如你相信部队的话。"

"但愿你像真正的军人一样言而有信。"

陆雨生接过吉小雯写的电话号码，很友好地说：吉小姐，我想就此事谈一点个人的想法，不知吉小姐愿不愿听？见吉小雯没表示反对，就打开了话匣子：我个人浅见，蔡布铎的这一行为是不够礼貌。即便对摄影痴迷，发现理想的拍摄对象难以自禁，那也起码要跟人打个招呼。他是个怪人，请吉小姐不要误会。我并不是以他的怪来迁就他的过失，求你对他原谅。但他的爱好和思维的确与一般人不同，快三十的人了，追过他的姑娘差不多有一个排，他就是不动心。陆雨生发觉吉小雯的眼睛亮了许多，两只手不自然地两次改变位置，他便更来了谈兴：他用他的全部积蓄甚至还求老爸给予支持，买了三件宝贝，一架尼康相机，一台微型计算机，一台八波段双卡收录机。我们机关，家庭彩电还没普及，他却用起电脑来了。再说个人要电脑有什么用呢？他连我都不告诉。

他对你说的那些话，我完全相信。细细分析，不掺杂个人意气，他的话是有道理的，吉小姐你听我说完。从普通心理学的角度看，女同志爱美的潜意识是希望别人感知她的美,欣赏她的美。所以女同志打扮主观是为了自己,客观上却是给人欣赏的。爱美的心理只能通过别人对她的欣赏和赞美来满足。既然是让人欣赏,对象就不可能由自己来选择,因此她要走上街头,走进人群,所以实际上是为展示自己和为大众欣赏提供机会。

所以,尽管蔡布铎的行为不够礼貌,但也不无情有可原之处。这里有两个细节请小姐要加以区分:一是,游泳不等于洗澡。游泳场是公共场所,游泳是男女可以混杂的共同的集体行为;二是,照片供个人欣赏和以其他形式给公众欣赏或作他用性质是不同的。所以吉小姐在没有弄清楚蔡布铎拍摄目的之前就笼统地说蔡布铎要流氓,这是不是欠妥当?

吉小雯绷紧的脸渐渐自然松弛恢复妩媚,那对一直闪着敌意的眼睛也一点点温和起来,这些都明白无误地表明她已开始接受陆雨生的观点。但她似乎不愿意这样简单地被人说服,于是又沉不住气地嚷道:"你们两个怎么一个腔调?不行,我还是见你们首长算了。"

"吉小姐,请你记住,我现在是以个人身份在跟你谈我对这事的看法,不代表任何组织。首长肯定是要见的,不过不是现在。我想在你没有把这两点完全区分清楚之前见首长,首长提出疑问你未必就能应对自如。"

看到吉小雯的目光柔和下来,陆雨生不失时机地说:

"我有一个建议,不知吉小姐是否愿意听?"

吉小雯明亮的眼睛看着陆雨生。

"我可以向蔡布铎转告,让他向你当面赔礼道歉,并把所有照片连同底片全部交给你,保证以后不再发生此类事件,当然必须在你同意的前提下。否则另当别论——你不要这样看我,在这个岛上没有人能赶上他的摄影水平，包括你们县里的照相馆。时间、地点由你定，我听你通知。"

"想得美，这样太便宜他了！"

"我相信吉小姐也不希望把被人偷拍泳装照片的事弄得全城皆知。咱们这岛子太小了，就我们军营里的人你也是低头不见抬头见，一传出去，用不了几天，恐怕都认识你了，于他于你都不会有什么好处。人言可畏，传来传去还不定传成什么样呢。我这也是为小姐你着想。"

吉小雯又看了陆雨生一眼。陆雨生明白她已经接受了他的建议，顺手写了自己的电话，递给吉小雯。

吉小雯迟疑了一会儿，显得有些被动地说，我考虑考虑。起身告辞。

陆雨生很礼貌地送她到楼门口。

二

晚饭后，陆雨生走出饭堂就去找蔡布铎。敲了半天门，屋里没人。陆雨生回到自己屋里，看了一个小时的《小说月报》，再次去找蔡布铎。屋里还是黑着灯。陆雨生只好回宿舍继续看他的《小说月报》。一口气看了一个中篇小说，一看表，已十点半。他觉得今天再晚也得找他，就又出了门。蔡布铎的屋里仍是黑的，陆雨生重重地敲了门，屋里仍没反应。陆雨生好生奇怪，早晨上班见过他，没出差，也没听说他交女朋友，会去哪儿呢？

陆雨生和蔡布铎不是同乡，不是同年入伍，也不是来自同一基层单位，更不是同一阶层的哥儿们。陆雨生生在苏南水乡的农村，当兵在步兵连，靠自己奋斗一步一步从连队走进军机关。蔡布铎是本军区后勤部长的小儿子，当兵后上了外语学院，毕业后老爸想把他留在军区直属队，可这小"不多"已经成了布铎，老头子对他已不能说一不二。用他的话说，早烦透了那种躲在翅膀底下乘阴凉的日子，没跟老头子打招呼就主动要求分到了海岛部队。两年后在侦察处当了参谋。

他俩成朋友是陆雨生的小说在《解放军文艺》上发表后的事。小说叫《小岛行》，写的是海岛部队首长之间居功守业和艰苦创业两种思想冲突的故事。刊物来到部队，机关争相传看，好事者把小说中的人物与本部队的首长一一对号入座。弄得首长们派公务员到处找《解放军文艺》，看看自己被写成了什么样。自以为被写成对立面的副司令员火了，把陆雨生叫到办公室，把他责问训斥了半个小时，陆雨生立正站在那儿，哭不得笑不得还分辩不得。

在陆雨生有口难开有理难说有气难出的时候，蔡布铎挺身而出帮他解了围。这位副司令员是蔡布铎父亲的老部下，蔡布铎跟他说话就随便得很。

他开玩笑地跟副司令员说，我的老首长你别闹笑话了。这是小说不是通讯报道，鲁迅先生不是说过吗，小说中的人物是上海人的脸，山西人的帽子，他说阿Q是谁？他的精神胜利法，我身上有，你身上也有，那你我都成了阿Q啦？嗨，小说的作用就在这里，它是把普遍的又带代表性的思想行为集中到一个典型人物身上表现出来，来触及有这种思想行为的人的灵魂，让你难受生气，进而让你受到教育。陆干事写的小说能让你生气，说明他这小说写得好，他写的人物有典型意义。它让你生气是因为你内心里有小说中那个副司令员同样的观念。可你就真是那个人吗？我看也像也不像。你很多地方比他强得多,比如他的个人意志太强,身上虽然有弹片,但什么事都想说了算,你就不是这样;你有挂满前胸的功勋章,可你躺在功劳簿上养尊处优了吗?你忘了士兵、忘了自己的本色了吗?你没有,你不是还在为无居民小岛的吃水问题愁得睡不好觉嘛!

一番话说得副司令员乐了。陆雨生这才得以脱身。

让蔡布铎喜欢陆雨生的是他的文才,觉得他才是真正有才的人,他的每一步都是靠自己的两条腿迈过来的,没有借助一点外力。有思想,不投谁所好,也不趋炎附势。他感到唯有跟陆雨生才能无所不谈,也只有他才能理解他的许多观点;陆雨生欣赏蔡布铎有志气。他没见过像蔡布铎这样有抱负的高干子女,全机关像他这样有思想、有个性、有军人意识、有自我追求的参谋也少见。两人一下就好得不分彼此。

陆雨生三次上门未能找到蔡布铎,只好遗憾地回宿舍休息。

蔡布铎在自己宿舍里,吃过晚饭回屋他没再出门。陆雨生三次敲门他都听到了,他也知道是陆雨生找他,但这时候他没法让他进屋。他正在他的那间神秘房间里干着他自己的事。

蔡布铎虽然还没对象,住的倒是两室一厅。外间客厅兼书房,里间是卧室。平时除陆雨生外,他几乎不跟什么人来往,包括他们处里的同事和领导。即使陆雨生来玩,他也从来不请他进他的卧室。他的卧室是随手锁门,而且无论白天黑夜都拉着厚厚的窗帘。机关里倒没别的什么人注意到这一点,只有陆雨生觉得有点怪。不过他既没因蔡布铎对他保留秘密而介意,也没有因好奇而捅破这一点,哪个人没有点隐私呢。

蔡布铎此时仍坐在他的微型计算机前忙碌着。这台全机关唯一的电脑,是使他成为奇异人物的一个重要因素。人们不理解也不知道他要这高级玩意儿干什么。不理解就无法准确判断，猜来传去归结为：有钱撑的，瞎折腾。对此蔡布铎毫不理会。他是那种为自己活着的人，无论做什么事情，只要自己觉得对得起自己，想做什么就做什么，想怎么做就怎么做，别人爱怎么说由他说去。

到侦察处后，他对自己的职业很中意。在现代战争中，情报是决策判断的根本依据，直接关系到战役胜负，他感到自己工作的分量和光荣。展开工作后，他发现他们处所做的工作、所能给首长提供的东西、可供研究分析的资料以及获取资料的手段、工具，与这一级机关应具备的职能相距太远。他们几乎只是一只传话筒，至多把上面下达的情况做一些整理，根本谈不上"侦察"，也无所谓"参谋"。在无法改变现状的情况下，他自己买了这台电脑。他使用的软件是请理工大学的同学按照他的要求专为他设计的。它能把世界各国的军事力量、军事行动和世界发生的现代战争资料全部记录存档，并可按时间、地区、国别、规模、兵种、级别、类型等各种要求进行检索。他获取资料的方式，主要借助于他的外语能力，靠他的那台八波段立体声收录机，直接收听外台，加以综合整理；他依靠与军区情报部的特殊关系，证实他获取的外电资料的可靠程度，与官方资料加以比较，最后归纳录入存档。没有电话，他忍辱般央求外号叫"收转台"的通信参谋，央求他把办公室的电话往他宿舍里串了根线。

今天，他把南部边界一周来的战况整理好录入时，遇到了从未遇到的麻烦。由于操作不小心，出现了非法字符的干扰。他不想放弃已经录入的资料，利用他能运用的各种工具进行清除。整整折腾了三个多小时，弄得他头昏脑涨，还是未能达到目的，最后只能遗憾地放弃。他气得差点一拳砸碎键盘。

陆雨生第三次敲门时,他还在用"SPSHELL"的各种功能与非法字符作战。当然无法理睬他。

三

军营在军号和公鸡的混声合唱中醒来。

蔡布铎依旧第一个来到操场。他是机关早操队伍的当然排头。这不仅仅因为他的身材是仪仗队的标准,主要的还是他自认为他的仪表和军人素质最适合当排头。要不是他当排头,步伐就没那么整齐,口号就没那么嘹亮,他一早晨的心情就会受影响。

起床号吹过,平房和楼房里出来的人比以往多得多,动作也麻利得多。却不见谁上操场,一出门都争先恐后往管理处营建办公室的小院跑,蔡布铎这才想起今天机关分木头不出操。

这次分木头蔡布铎没有要,据说全机关一共六个人没有要,参谋长不知是什么原因也没有要。蔡布铎不是有意抵制。

蔡布铎今天只做了单杠一至四练习的规定动作,平常他不是这样。机关出操不过是绕着操场跑几圈,跑完也就完事,就这对懒散的人来说都是个讨厌的负担。春困秋乏夏打盹,睡不够的冬三月,司政后的部门首长常常为一些睡懒觉不出操的人费心伤脑筋;而对那些军人意识强的人来说,这操又出得太没滋味,跑上几圈,还没活动开腿脚就收操了,他们只好把这当作准备动作,收操后再自选项目锻炼。蔡布铎自选的锻炼项目是单双杠。每天他一定把单双杠的一至四练习从头依次做一遍,情绪高涨的时候还要来几个自选高难度动作。除了星期天,无论在机关还是下连队,他一直坚持着。昨晚上非法字符弄得他情绪不太好,再看到机关干部去分木头那欢天喜地的样子他心里烦。做完练习,他在操场做着放松动作。这座军营顺坡而建,操场海拔比宿舍区正好高出一个等高线,站操场上,宿舍区的情景一目了然。

"这他妈哪像个军营!"

蔡布铎眼下的宿舍区是这样的景象:一排排本来就挤得喘不过气来的平房宿舍,一家家又圈起了一个个小菜园,一个个小菜园里又搭起了一个个鸡窝,一个个鸡窝旁还挖了一个个家庭小厕所。干部们去排队抓阄分木头,老婆孩子剁鸡菜的剁鸡菜,挑水桶抢水的抢水,浇菜园的浇菜园,丁零哐啷乱七八糟。

那边管理处长手持半导体喇叭,恣意享受着难得的指挥别人的愉悦。他理所当然地以功臣自居。这是他的点子。他先说服训练、工兵两个处长,让他们从训练和施工的木材指标中抠出他想要的立方数,再由他一个一个说服首长,给机关干部每人分一个立方木头做家具。他想得十分周到,为缩小质量差距免得好事变坏事,他把圆木锯成板材,好差搭配预先分成份,依次编上号,然后抓阄按号分配。不少机关干部说他做了一件功德无量的事。他周身通泰,感觉此举将为他竞争后勤部副部长拉得许多感情票。

"要是我当司令员,非他妈重新整治整治不可!"

"你整什么?"

蔡布铎一回头,见是参谋长在身后。这意外让他有些羞赧,不过只是一闪而已,他立即就恢复了常态。

"军人怎么能像老百姓那样经营自己的小家庭?做这么多家具,打起仗来怎么办?就是不打仗,调防、工作调动、转业,搬起家来多费事。过去一声令下打起背包就出发,现在一个干部一辆卡车都不够用。要是让我们换防,别说装备物资,光干部的家私要用多少车？不知道领导们是怎么想的，不禁止，还买木头给大家分，公然鼓励大家做家具，真不知是哪根神经出了毛病。"

"咱们是守备部队。"

"守备部队也是军人。既然是军人，无论是基层还是机关，就应该一律过军事化生活。我们机关也应该像连队那样，把家属区和营区分开；机关干部也要跟连队干部一样实行周末生活制度，平时不能跟老婆孩子搅在一起！"

"先别做你的司令员梦了，还是管好你自己吧。上班后作战值班室交完班，立即到我办公室。"参谋长说完，背过手就走了，看他那神气，像是他给捅了什么娄子。蔡布铎对参谋长的态度有些摸不着底。

蔡布铎没有按参谋长规定的时间上他的办公室。不是他藐视参谋长，军事首长里面他打心里敬佩还就是参谋长。他服他的惊人记忆和管理部队的经验，虽然只有初中文化，但他的实际文化水平远比现在高中毕业生强，多年的历练，他的军事专业知识胜过军队院校本科生。处世处事的机智可称为专门家。他没能按时去他办公室是因为陆雨生找了他。

陆雨生把昨天吉小雯来告状的前后过程，他处理这事的方法步骤，以及晚上找他不着的心急，向他作了详尽的汇报，加之陆雨生说话总是那么注重逻辑和语言色彩，事情说完还没来得及商量怎么办，已超过了参谋长召见要求的时间。蔡布铎只好决定先去见参谋长。参谋长最讨厌下级把他的话当耳旁风。

参谋长在办公室等候蔡布铎的到来。他的面前放着两份材料。一份是蔡布铎要求参加军师团三级司令部抗登陆作战演习导演小组的报告。参谋长看出，这小子在报告上下了点功夫，司令部里能写出这水准的参谋不多。另一份材料是吉小雯的状子，告"猜不懂"偷拍她穿泳装照片的流氓行为。参谋长说不清自己究竟是喜欢他还是不喜欢他，但总觉得这小子太狂，他不能让他太得意。

蔡布铎清脆的报告声让参谋长中断了思考。蔡布铎推门进屋，向参谋长行了一个标准潇洒的军礼，看到示意坐下的手势后，他在参谋长对面的椅子上挺直腰板落座。参谋长对他这点比较欣赏，但机关也有人说他是故作姿态，是形式主义的表现。蔡布铎本人则根本不理这一套，我行我素。

参谋长一本正经地说，今天我叫你来有两件事。第一件，一位地方的女同志告你偷拍她的泳装照。这问题的性质和对我们部队声誉、军人形象的损害不用我多说，限你两天内交出一份正式的检查，根据你的态度再作处理。第二件事，你的报告我看了，写得不错，不过参加演习导演组的名单还没研究。你对此不必有过多的考虑。你可以回去了。

蔡布铎说是的同时唰地起立。表面依旧平静，内心早着了火。这个臭丫头，居然敢拿这事到处张扬，你等着，我饶不了你。稳住神后，他直率地说："离开之前，能不能占用首长三分钟，我有话要说。"得到参谋长同意后，他立即陈述道："第一，我个人认为未经对方同意拍照不是流氓行为，是操作程序不当。如果首长不同意我的观点，我可以按首长的意见写检查。第二，请不要把这事与我要求参加演习导演小组的事混为一谈，一个是生活上的事，一个是工作上的事，我要求参加演习导演小组并不是想显示我个人什么，我只是自认为有能力为首长设计这次演习提供更多资料和预案。我的话完了，请首长考虑我的要求。"言罢啪地一个敬礼，向后转，以每分钟118步的齐步标准步速离开了参谋长办公室。

晚上,蔡布铎去了陆雨生的宿舍。进门一句话没说,扔给陆雨生一支烟,点着后两人就闷闷地吸。陆雨生的爱人在原籍工作,不愿离开家乡,夫妻一直两地分居,陆雨生平常跟光棍差不多,这也是他们形影不离的原因之一,说笑玩耍用不着顾忌什么。

"哎,我弄不明白,你说有的老头子,他说话之前用不用自己的脑子考虑他要说什么?"

"分人,有些没思想的人,他当然不会有自己的话,他说的话都是学来的套话,他一辈子不知道自己该做什么,只是应付,应付上级,应付下级,应付朋友,应付老婆孩子,应付自己。他一辈子也搞不明白他代表组织但他不等于组织这个道理。他也不明白怎样是维护组织怎样是损害组织。有时候他自以为是在为组织作贡献,对组织负责,其实他在破坏组织的威信。"

"我家老爷子似乎不是这样,他有两条宗旨是牢记在心的:一是不谋私利,二是时刻想着群众想着基层。他总想给下面办一些实事。那些整天自以为为坚持原则而奋斗其实是瞎扯淡的人,他们退下来之后,对自己一生的所作所为会作何感想呢?"

"到那时候,他们能记住的恐怕就只有过五关斩六将的光荣历史了。哎,参谋长可不属于这一类,他是个有头脑的人。世界上的事情很复杂,人的感情更复杂,这一点你应该体谅他。"

"他让我写检查呢。我不准备写,即便写我也要把我的真实思想写进去。这丫头怎么搞的,你不是跟她谈好了吗,她怎么回过头来又找领导呢?他妈的要是把我参加导演小组的事给搅了,看我怎么治她。"一说起这事蔡布铎心里气就不打一处来。

"我估计是信在前头,没有回音才直接找来的。"

"胆子不小啊,我倒要认识认识她。"

"你是不是有点情不自禁？"

蔡布铎脸上闪过一点羞涩。说心里话，她是漂亮，她不仅有一对迷人的大眼睛，而且有出众的身材，岛上人少见这么白皙细嫩的皮肤，那曲线分明的形体更是诱人。但他现在不能对陆雨生说这些，只说："其实我压根儿没看清她的脸，她的身材的确出众，我就拍了几张，结果让她发现了。"

"如果我没判断错的话，她会跟我联系的。"

"既然她让咱兄弟受这么多委屈，一定得认识认识她。"

四

起床、出操、收操、开饭、上班、课间休息、下班……军号刻板地日复一日重复着。机关的军官们在这平淡单调的重复中一个个过早地腆起了肚子，上班的人群里不少人迈开了肥鹅的步伐，严重地影响了军人的风度。

"哎，听说没有，'猜不懂'出洋相啦！"外号叫"收转台"的通信参谋在人流中嚷嚷起来。见周围的人没产生兴趣，又故弄玄虚地说："前天下午，大约两点一刻的光景，一位衣着时髦体态妖娆的小姐闯进了咱们的办公楼，开口就要找首长！你们知道是什么事吗？"周围人的好奇心一下被吊了起来，都向他自动靠拢并侧过脸来。"收转台"卖了个关子，故意掏出一支烟不紧不慢地点着，长长地吸了一口再慢慢吐出，然后神秘地说："是来告'猜不懂'的。"

"告他什么？"

"谁都想不到，连我也想不到他会做这种事！"

"你就别绕了，直奔中心吧。"

"你们可千万别外传啊,现在还是内部掌握,参谋长昨天刚找他谈话。"

"到了你'收转台'这儿还能保密?你快说吧。"

"这不友好啊,不过既然说到了这里了,我就告诉大家。知道这小子干什么啦?人家小姐在洗澡,他偷拍人家的照片,让人家当场逮住了!"

"哎呀,偷拍人家裸照,一饱眼福啊!"

"'收转台',你收这条消息的时候是不是搞错了频率,你怎么不说我剥人家衣服,强奸人家呢!"

大家回头,见跟在后面的是蔡布铎,都十分尴尬。"收转台"更是难堪。

"别他妈整天闲着难受瞎磨牙,有空干点正经事行不行啊?学学绘图不比这强,也省得作业的时候出汗挨训。"

蔡布铎扔下这串话迈着矫健的步伐抢他们前头走向办公楼。

"哎,'收转台',是怎么回事?"

"哼,鸭子死了嘴还硬,你们等着瞧,有他受的。我绘图慢,我绘图慢你管得着嘛!我绘图慢我有自知之明,我没整天做将军梦!我绘图慢是技术问题,你偷拍人家姑娘裸照算什么问题?"

听热闹的不知究竟信谁的好,半信半疑没趣地走进了办公楼。

陆雨生在办公室埋头写一连演唱组的经验材料,吉小雯来了电话,告诉他,她愿意接受他的建议,今晚七点在体育场门口见面,并要求蔡布铎必须当面道歉交还照片和底片。

陆雨生说可以代表蔡布铎接受邀请,不过对小姐的诚意保留看法。吉小雯问凭什么。陆雨生就问她为何谈好了还要给部队领导写信。吉小雯在电话里笑了,说不是谈好后又再给领导写信,而是写信给领导没有回音才直接去找的。

撂下电话，陆雨生就上侦察处找蔡布铎。听陆雨生一说，蔡布铎的眼睛里忽地放射出奇异的光。这光似鹰隼觅到了猎物，似潜伏的哨兵发现了目标，如指挥员看着敌人走进自己的伏击圈。这光里隐藏一种强烈的意念和欲望，可他又无法猜透它的全部内容。

假如吉小雯仅对蔡布铎忽闪了那对美丽的大眼而没有向他充分地展示近乎裸露的胴体，假如她即便向他展露了身体而未当众羞辱他，假如她即便当众羞辱了他而不再到部队来告状，假如她即便来告状而未接受陆雨生的建议，也就没有下面这么一段故事。但是吉小雯没有按照这个假如的逻辑行事，故事便这样发生了。

七点差五分，蔡布铎来到体育场门口。这是岛上最宏伟的建筑，这样的建筑自然只有部队才有能力建造。建起来以后，可就不能只属于部队了。县里开运动会当然要借用，中学开运动会也要借用，小学开运动会也不能不借用。部队来了新电影，为了照顾老百姓，也在这里露天放映。这里便成了岛上的公共文体活动场所，时间一长，人们习惯了，有事没事都爱到这里来遛遛。

蔡布铎没让陆雨生同来。陆雨生有些不解。蔡布铎说区区一个毛丫头，何用两员大将出马。陆雨生笑了，却并未深究蔡布铎的真正用心。蔡布铎按时走上体育场门前台阶站在大门中央，点了根烟，同时两眼迅速把全场扫视了一遍，没有发现吉小雯。他若有所思地吸了几口烟，抬腕第二次看表，见时针正指向七点，他丢掉烟蒂，毫不犹豫地迈开军人步伐走下台阶。走出十余步，身后传来一声犹豫的"哎"。蔡布铎故意不停步也不减速，待听到身后一串急促的脚步声追上来，才突然驻足转身。吉小雯来不及收步，猛地撞在蔡布铎怀里。她感到了他胸膛的坚硬，他也感到了她的柔软。夜色中两人都红了脸。"是吉小雯小姐吗?"

吉小雯没回答,只是点了点头。

"这不太好,第一次约会就迟到。"

"别搞错啊!谁跟你约会?"

"既然如此,那我就走了。"蔡布铎转身就走。

"哎,谁让你走啦!"

蔡布铎又回转身来。

"你这不是耍我嘛。不跟我约会,又不让我走,这叫什么事?"

"没工夫跟你开玩笑,那个叫雨生的怎么没来?我约的是他。"

"对不起吉小姐,蔡某向来自己做事自己当,用不着别人为我受累,他不来我同样能把事情办好。"

"那这事你怎么说?"

"首先请吉小姐接受我的道歉,没有征得你的同意拍了你的照片,是我冒昧失礼,请吉小姐原谅,敬礼!"蔡布铎右脚啪地靠拢,同时大臂带动小臂来了一个标准的军礼。吉小雯差一点被逗笑。

"其次,按照吉小姐要求,现将所拍照片三张,连同底片一并交小姐,技艺不高,请多指教。"蔡布铎从怀里掏出加硬衬的大信封双手送到吉小雯面前。吉小雯接过信封忍不住抽出照片借着灯光瞅了一眼,脸马上红了,她自己从没放过这么大的照片。她又把照片塞了进去。这些动作自然没能躲过侦察参谋的眼睛。

"吉小姐,分手之前,能不能赏脸给我一两分钟,听我说两句话?"

吉小雯没表示反对。

"谢谢吉小姐。我要说的第一句话是我偷拍你的照片,绝非流氓行为,而是无法抗拒你美的吸引。"吉小雯紧抿住嘴。"第二句话是,大多数中国姑娘都喜欢虚伪，但愿吉小姐不在其中。"

"怎么讲？"吉小雯凝神地盯住了他。

"我们中国人的有些旧习惯旧传统旧观念太虚伪。一个男人或者女人，找对象不是按自己的心愿去寻觅去选择，而是请别人去帮自己寻觅选择。两个互不了解的人让别人拉到一起进行恋爱，不是怎么想就怎么说，怎么做，而是采用欺骗的办法来取悦对方。明知对方的话是假是阿谀是奉承，可就愿意听；到结了婚，才都露出各自的真面目，到头来不是凑合就是离异。凡按照这一套逻辑办的便是正常的规矩的；要是自己看上谁就直截了当找谁，心里怎么想就怎么说，想怎么做就怎么做，反是不正常不规矩的，甚至会说你神经有毛病。我蔡某人，生来不会说假话，也厌恶这一套。如果你想知道我不让陆雨生同来的真正原因，我可以告诉你，因为我要在没有第三者在场的情况下当面对你说，我喜欢你。也希望你对我有同感。我不求你立即答复我，你可以了解可以考察，然后作出你的抉择，不管你怎么抉择，我不会轻易放弃自己已经决定的事。信封上有我的电话和通信地址，如果你觉得这事有发展的可能就直接找我，我不喜欢别人介入我的私事。"

未等吉小雯作任何反应，蔡布铎就转身迈着军人的步伐走了。

五

机关有两年没打靶了。参谋长在作战值班室交班会上说，演习前组织机关干部搞一次轻武器射击，顺便搞一次武器检查，早晨出操别再跑两圈就完事，带上手枪，练习练习，这个礼拜就打靶。管理处好好组织。管理处长问，打第几练习？参谋长说两年没打了，还是从第一练习开始。要抓紧,搞个花名册,每天早上点点名。

通知下到各处,机关干部立即都忙着找手枪。手中武器在机关干部心目中没有什么位置,平时从来也不用,放在身边又怕丢。这几年丢枪事故屡屡发生,发生一起,处分一串。丢枪丢怕了,于是就采取了消极的办法,干脆刀枪入库。机关干部的手枪大部分都上了黄油锁进了办公室的保险柜,没有保险柜的就锁进自己写字台的抽屉。

"收转台"打开自己的抽屉,他的嘴和眼睛都变了形,他的手枪不见了!他依稀记得每天开抽屉关抽屉,那支用布包了再用布带子捆好的手枪总安分守己地躺在里面。现在要用它了却忽然不见了。他心里着火,嘴上还不敢说,这可不是闹着玩的。丢枪等于丢乌纱帽。他不露声色地走出办公室,一出门撒腿一口气跑回宿舍。在宿舍里他翻箱倒柜找遍能找的角落,还是不见那支手枪。他一屁股坐在地板上,浑身散了架没一点劲。这可怎么办?他坐在那里静心地把可能放手枪的地方和可能出现可能发生的事情想了个遍,还是没有结果。这事没法隐瞒,下午就要检查。他灰溜溜地回到办公室。处长见他一副萎头耷脑的样儿,以为他身体不舒服,问他哪儿不好。"收转台"发布小道消息时的那股劲跑得没一点影儿,说话都带上了哭腔,说,处长,不好了,我的枪丢了。处长说,谁说你的枪丢了,你的枪不是在我这儿嘛!去年后勤部丢枪后,参谋长要求各处的枪集中保管,我把你们的枪都集中到我这里了,看你这记性!这是你的,快拿去擦,下午就要检查。

"收转台"哭笑不得,说:"我的处长哎!你、你、你怎么不早说呢!我都快急出毛病来了!"处长说:"你也没问我啊,我知道你找什么呢。"

手枪检查结果，百分之九十枪管生锈，其中有部分手枪要报废。"收转台"的枪在报废之列。

机关轻武器射击在海边进行。好些人不愿意第一组打，别看鸡腿似的东西握手里不起眼，可有些人一举起它，手哆嗦得像筛糠。靶子距离不过二十五米，捡块石头都能扔着，可子弹打出去愣挨不上它的边。蔡布铎是第一组射击。叭叭叭……枪一举几乎跟打连发一样，没收一次枪，射击完毕，别人才打了两发。蔡布铎的报靶员就报了成绩，三个十环，两个九环，五发子弹打了 48 环，优秀。

大家说，蔡布铎的枪好。那些没有枪的就都来借蔡布铎的枪打。

"收转台"也来到蔡布铎身边。

"哎，演习导演小组人定了你知道吗？"

蔡布铎心里一紧。蔡布铎平时对他很反感。尽管他帮他宿舍里串了电话，但看他整天无所事事，只知道弄些阴沟新闻来取悦别人的样儿，对他没有一点好感，向来不爱理他。可一听说导演小组的人选，他马上扭过头去。

"收转台"看出了他的心思，讨好地靠过去。那天臭他让他碰上，有些不好意思；今天要借用他的枪，想讨点好。

"一共五个人。"

"准吗？"其实蔡布铎很想问，有我吗？

"向毛主席保证。司令员亲自挂帅，有作训处高参谋，防化处黄参谋，炮……"蔡布铎悬着的心呼地掉进冰窟窿，他的心乱极了，一时不知做什么好。"收转台"后面说的话他一个字都没听进去。刚才打靶的高兴劲烟消云散。真丢脸。没主动申请也就算了；申请了，还找了参谋长，参加不进去有些丢份。这明摆着是看不上他，至少是不欣赏他，或者不想用他。他感到窝囊，很憋气。恨不能再装上个弹夹打它个痛快。

下午，蔡布铎阴着脸走进办公室。处长和另一位参谋已经泡好茶在那里看报纸。

蔡布铎刚坐下，管理处供应班来电话找他，问分给他的葡萄还要不要，都蔫了。蔡布铎很烦地说："不要了，能吃你们就吃，不能吃就扔了。"

"蔡参谋，咱开个会，我传达一下办公会精神。"处长一本正经地拿出他的保密本，戴上花镜照本宣科起来，"这次演习党委很重视，军区也很重视，还要专门派人来。演习分三个阶段进行，一是学习，二是演习，三是总结。参谋长说首长办公会决定侦察处处长参加导演小组，侦察处还要担任外军研究的讲课任务。讲课材料是不是蔡参谋给准备一下。"

"这话也是参谋长说的？"

"后面这句话是我说的。"

"课谁讲？"

"课嘛是要我讲的，这是参谋长定的。"

"最近我老头痛，我准备去医院，或者请假休息一段时间。"

"办公会定了一律停止休假。"

"演习也不能不管人死活吧。"

"这事你最好找参谋长谈。"

"我干什么要找参谋长谈？你是我的领导，我跟你说就行了，要不还要你这一级干什么？"

蔡布铎这么一说，处长就没了话。凭心论，处长没法让蔡布铎看得起，加上他今天心情也不好，说的事又正触到他痛处。他不明白上级机关为什么总把一些用着不顺手或者没有真本事的人提拔到下级机关来当官，只要本人愿意下，不给领导出难题，阿猫阿狗往下走，都能捞个一官半职，这不知道是谁从哪里学来的传统，一级一级用起来都挺老练。他们处里开个碰头会，处长每次都要把自己要讲的话一字不落的预先写到本子上，然后目不斜视照本宣科；写又不能写，汇报、小结、总结、情况通报，凡是文字材料他都不能动笔，要人代劳。可对生活中的小事却特别计较，比如看电影发票，你要是连续两次发给他边排票的话，他就会十分严肃地召集全体会议来处理这件事，要你把这样做的真实动机说清楚。这次分木头，他知道蔡布铎不要，立即找了管理处长，请求把蔡布铎的那份木头给他。管理处长说，党委有决定，不要可以，但不能转让。他就跑回办公室求蔡布铎。蔡布铎一看他那穷急相浑身就不自在，说，我早就宣布不要了，说话不算话还算人啊，有本事你就去弄两份，我可不会去替你抓这个阄的。气得他两眼发呆，可也没辙，眼睁睁地看着到手的一立方木头没能拿着，心绞痛犯了好几天。

这么一种人，却处处要管你，蔡布铎感到跟他在一起简直是一种折磨。

"演习的事情就这么定下了，材料蔡参谋准备不准备自己看着办，我是已经布置了的。"他又拿起保密本，"另外一个问题是，昨天发的作战训练包，谁把我的那只换了？"

"你的包跟我们的质量不一样吗？"另一位参谋问。

"这不是质量一样不一样的问题，是个作风问题。包肯定是换了的，因为我的包是做了记号的。我回家后反复看了，这个包上没有我做的记号，所以被人换了是铁证如山的。"

"喏，我的包还没拿回去，给你算了。"蔡布铎把包扔了过去。

"你的包我是不要的，我要我自己的包，这只包是我的，是你换的，以后不要随便换别人的东西。"

蔡布铎拿起包一下扔出了窗外。

"是你自己扔的，与别人没有关系。你的包我是给了你的，有第三者在场。"

蔡布铎气得扭头出了屋。

蔡布铎真的头痛起来。在宿舍里躺了半天，晚饭都没起来吃。醒来的时候外面已经黑了。他洗把脸，泡了包方便面，又找到半盒饼干，正吃着，听见有人轻轻地十分胆小地敲他的门。他先把卧室门锁了，然后打开门。敲门的是他们处长的儿子小波。

"蔡叔叔，你有空吗？"

"怎么啦？"

"我想问你个事。"

"什么事？进来说吧。"

"谢谢叔叔。叔叔，我买了'俾斯麦号'战舰模型，现在我已经把它粘好了，可我不知道应该给它挂哪国的国旗。模型包装盒上战舰的照片挂的是美国国旗，盒里的档案记载战舰由德国制造，在德国海军服役，第二次世界大战在同英国的海战中被击沉。我们同学说，它没被击沉，只是受重创，后来到美国大西洋舰队服役，所以挂美国国旗。我觉得这种说法不可靠，所以来问你。"

蔡布铎十分有兴趣地看着小波。人说有其父必有其子，这孩子却一点不像他爸，智商比他爸不知要高出多少倍。过去只听说他聪明，学习成绩好，这一点是他爸在人前能挺起腰来的唯一资本。却没想到的是这孩子竟这样酷爱军事，而且这样富有钻研精神。他一下喜欢起这孩子来。

"这事你没问你爸？"

"他不知道，他什么都不知道，还侦察处长呢！"小波噘起了嘴，"我爸说你知道，他说你什么都知道，所以我就来找你，你能告诉我吗？"

蔡布铎听了小波的话心里轻松起来，心想，这老小子在家里还有实话。不管怎么着，他内心是服咱的。蔡布铎没再吃方便面，他让小波稍等一下，自己开锁进了卧室。他只开一小点缝，进去后立即又锁了门。不一会儿，从卧室出来，很兴奋地对小波说：

"你是个有出息的孩子，你的怀疑是合乎逻辑的。这艘战舰是德国制造的，是四千吨级的巨型战舰，一直在德国海军服役，从来就没有到美国海军大西洋舰队服过役。它在二次世界大战期间为纳粹立过战功。一九四一年五月二十四日，在位于冰岛和挪威之间的北大西洋海域，它遇上英国皇家海军'胡德号'，在激战中，给了'胡德号'一个致命的打击，击中了'胡德号'的弹药库，使英国舰队引以为骄傲的'胡德号'葬身海洋。三天以后，五月二十七日，皇家海军在'追上敌人，消灭敌人'的誓言鼓动下，跟踪追击了七百五十英里，在复仇的炮火轰击中，'俾斯麦号'沉入大西洋海底，一千多士兵大部分死于非命，写下了纳粹海军最惨重的失败历史。"

小波目不转睛地盯着蔡布铎，像要把他说的每一个字都细嚼慢咽到肚里。蔡布铎说完后他仍在回味。蔡布铎也第一次从中品尝到被人崇拜的滋味。

"蔡叔叔，你真的什么都知道。"

小波给蔡布铎带来的满足让他有些陶醉，他在满足的醉意中发现一个他一直寻找的机会，一个实现自我的机会。

"小波，还有人跟你一样喜欢玩兵器装备模型吗？"

"有，咱们院里海鹏、张新、季军、李涛、东飞都玩呢，我们学校还有同学玩。"

他试探地问："要是我给你们讲现代战争和现代军事技术，爱听吗？"

"叔叔，太好了，我们都爱听。"

"成立一个小分队好不好？"

"好，我第一个报名，叔叔，你就当我们的队长。"

"不，你当队长，我当你们的教官。这可不是你们小孩子闹着玩儿，要成材就要从小抓起，其实你们已经不小了，都初中生了，是小伙子了。很可能你们都是未来的将军。要学军事就要严格要求严格训练。我们成立个突击队，要想个合适的名称，要有纲领，要有铁一样的纪律，这个小分队就叫未来战士突击队。队员要严格挑选，不是谁想参加就可以参加的，要我考核合格才可以参加。我们不仅上理论课，还要搞军事技术和战术训练，要吃得了苦受得了累才行。你一个个跟他们说，要把我说的这些都告诉他们，他们保证能做到才能参加。"

小波像接受秘密任务一般把蔡布铎提出的一切要求认真地记到心里。蔡布铎怕他记不住，又专门把纪律写成了条款，让他在三天之内向他汇报情况，而后再确定突击队成立的事。小波临走时蔡布铎再次嘱咐他一定要保密，不能让任何人知道，包括自己的爸爸妈妈。

六

机关军事理论学习在小礼堂举行。司政后机关干部除值班人员外全部参加。参加演习的人员中午在招待所就餐，首长与机关干部实行"三同"（同学、同演、同吃）。管理处长格外卖力，又是一次拉感情票的机会，他绝不能轻易放过。给机关干部的直接感受是伙食丰富多彩，而且天天不重样。机关干部参加学习空前踊跃，即便课间溜出去干点别的，但到中午课结束前半小时小礼堂里总是座无虚席。陆雨生悄悄地跟蔡布铎说，政治部应该好好跟司令部学习学习，每次政治学习也如此仿效，大家不就都积极啦。蔡布铎说还是别学，让政治部保留一点纯洁吧。

第一课是防化处长讲"三防"（防原子、防化学武器、防细菌武器）。什么梯恩梯当量，什么杀伤半径，什么放射性沾染，整个儿一个低幼智能训练。蔡布铎在会议室里坐了不到半小时，借上厕所的名义溜了出去。

蔡布铎没回办公室，也没回宿舍。他在营区漫无目的地踯躅。其实他在很用心地想一件事。自从那天跟小波提出成立突击队的事后，他想了许多。他不是心血来潮跟小孩闹着玩。他感到小波他们这样一批自小在军营里长大的孩子，具有特殊的军事素质。他们受环境的熏陶，对军事有着特殊的兴趣，加上他们的天赋，如能恰当给予诱导，将来很可能是出类拔萃的军事人才。

他想到了少年时代，和同学们搞"捉特务演习"，为了效果真实，他和另一个同学约定都偷了自己爸爸的手枪。没想到让警察发现了，把他们抓了起来。他爸把他保回去后，结结实实抽了他一顿屁股。屁股痛了一个多礼拜，可他还是爱玩这些。老爸说你这么爱枪，中学毕业就送你去上后勤学校。他说我才不喜当你这样的粮草官，要当就当高参。说得他爸笑得合不拢嘴。

他决心把他们组织起来。做这件事他感到异常兴奋。他想既然要干,就一定干出点成效来,不能让人笑话,也不能误人子弟,必须对他们负责,对他们的父母负责,而且不能影响学习,要通过训练促进学习,全面培养他们的才能。

他想,首先要找一处既隐蔽不被人注意,又适合讲课还可以搞训练的房子。他在院子里转了半天,想不出合适的地方。转来转去转到了靶档队,他忽然想起了遥控班。遥控班原来归属靶档队,当时几艘遥控艇主要用于对海射击训练拖靶。后来遥控班归属海上侦察队,原来的两间旧房子空了出来。而且在营区的最西北角,平时基本没人去,很符合他的预想要求。

蔡布铎一口气跑到最后一排房子。这里一片静悄悄。东面是一溜废弃的无门车库,西面是原来遥控班的宿舍和作训处的仓库。蔡布铎不经意地过去看房子。第一间做了靶档队的仓库,堆满了木头、靶杆之类的乱七八糟东西。第二间门玻璃擦得挺干净,阳光一照锃亮反光。蔡布铎伸脖子把脸贴到门玻璃上往里看,他被烫了一般后退了五六步。我的娘哎!大白天的,一对赤条条的鸳鸯正在里面嬉水!办这种事也不拉上门帘,真他妈一对马大哈。幸好里面的男女正全神贯注,没觉察到他,要不又是件说不清道不明的窝囊事。

蔡布铎懊丧地回到办公室。

他的办公桌上有一封信。落款是本岛。字写得蛮漂亮。他的心怦怦乱跳起来。拆开一看,果然是吉小雯的。他那天就断定她会主动写信给他,当这判断成事实,他还是很有些激动,这毕竟是他头一次有意识地要跟一位姑娘发生点故事。

信是这样写的:

蔡布铎:

你先别得意,看在那三张照片的分上,我先给你写这几行字,什么都表明不了，什么意思也没有。如果你还想领教的话，三天后同一时间在老地方见。你们领导那里我又写了信。

吉

嘿！蔡布铎一拍屁股，小心眼，十足的女人心理，什么都表明不了，什么意思也没有！傻丫头，什么都表明了！什么意思也都有了！要不犯神经哪！蔡布铎情绪高涨起来。

蔡布铎中午去找陆雨生。陆雨生正想躺下睡午觉。蔡布铎是乐了愁了都找陆雨生。

"什么事这么乐？"陆雨生一眼就看出来了。

"一个回合就缴械了，只用一个回合，哈哈哈……"

"进展到什么程度？"

蔡布铎把信扔给陆雨生。陆雨生看后也大笑起来，连声称厉害。

"哎，你是不是爱上她了？"

"说不上，有一点，顺其自然吧。"蔡布铎说这话不是敷衍，他还真说不准，他还没有认真梳理他的意念。

"你要是闹着玩就算了，要是来真的，我可提醒你，她不太适合你。"

"怎么讲？"

"你们两个人的性格都是外向型，而且都重感情胜过理智。夫妻的性格最好是互补。"

"这么绝对？"

"那倒不一定。我只是提醒你。头儿没再找你？"

"恐怕信还没到。哎，我还有事找你呢，你们俱乐部那边有闲房吗？"

蔡布铎把自己的打算告诉了陆雨生。这样的事他不能不告诉他，而且正要听听他的意见。陆雨生觉得是件好事，不过他担心孩子们的接受能力和毅力，到时候弄出点什么事来，好事变成坏事。

蔡布铎又把自己规定的纪律和不影响学习的措施告诉了陆雨生。两人像研究制定作战方案一样把整个计划又作了调整和完善。蔡布铎说，要是我当司令员，非得让你当我的政委。两个人一齐大笑。说这里藏着两个大野心家。

两个人商量到最后还是回到房子问题上，陆雨生说房子好办，现成的，而且一定符合要求。俱乐部后面原来有个"三忠于室"一直空着，前两年还搞一些展览，这两年有了新展览室用不着闲着。里面灯光、黑板、桌椅还有体操队训练用的海绵垫，一切都是现成的。平时很少人去那里。钥匙就归我保管，咱们现在就去看。

蔡布铎喜出望外，当即拽着陆雨生去看房子。

七

军事理论学习进行到外军研究。

课由侦察处长讲，讲稿是蔡布铎写的。那天布置任务蔡布铎没接受，处长担上了心事。想说说不得，今后业务上的事还得靠他；想压又压不住，他自量蔡布铎不是他能压得了的人。没有办法他就只好满世界找去年演习用的讲稿。蔡布铎看他忙得一头汗，心里直想笑。蔡布铎把讲稿丢到他面前时，他意外得一时没说出话来。蔡布铎说课堂上的事就别找我了，处长反应过来后，忙不迭地连连点头，恭敬地送蔡布铎出了门，立即以领导的口气给处里的另一个参谋下达任务，让他协助讲课，帮他挂图、指图，让侦察队来个人帮他打投影。处长讲课眼睛不能离开稿子，一离开就找不到停顿的地方。他们三个整整合练了一个下午。

蔡布铎坐在课堂的最后一排。听处长支离破碎地念他写的稿子，实在忍受不了这种折磨，开课十五分钟，他又悄悄地离开了座位。

蔡布铎上了二楼正要拐弯上三楼，迎面碰上参谋长。

"蔡参谋，到我办公室来一下。"

蔡布铎跟在参谋长身后进了他的办公室。待参谋长坐下后，他向他行了礼。

参谋长没示意他坐下，他就立正站在那里。

"你昨天上午不听课干什么去了？"

"我觉得昨天上午的课没有再听的必要。"

"你先别说课有没有必要听这事，我是问你干什么去了？"

"我回办公室了，顺便在营区转转。"

"军事演习，大家都在上课，你到处乱转，人家女人在睡觉，你门都不敲就闯了进去，到底是怎么回事啊？"

"这是侮辱人格，我是去看我们遥控班的旧房子，我根本没进任何房子。"蔡布铎真有些气，不要脸的王八蛋，大白天不上班做这种事，还有脸告状。

"你这样的行为跟你一贯追求的军人作风不是自相矛盾吗？"

"我认为昨天的课根本就没有讲的必要。"

"你是不是认为天底下只有你是天才？"

"参谋长，请让我把上面这个问题说完我的观点，再回答你提出的问题。"

"我认为，我们的演习虽是纸上谈兵，但我们的指导思想应该从实战出发，无论理论学习还是实际演练，要尽可能地按当代实战的要求来实施。按照当代战争样式来看，一般还是常规战，战争发起者不可能上来就扔原子弹，也不可能战争开始就施放化学武器和细菌武器。这些武器是战争级别的标志，而不是战争样式的标志。当代战争第一阶段的较量是空袭与反空袭。第一堂课应该是空袭与反空袭。可我们的课程中却没这个专题。这一课题，对处于战略防御的我国军事人员来说尤为重要。我们要熟悉掌握空袭的时机、空袭的手段、空袭的样式、防御的被动因素、防御与反击的关系以及防御与反击的手段……"

蔡布铎滔滔不绝，参谋长也似乎受到了感染，居然没有打断他的意思，任凭他无拘无束像匹脱缰的野马一般驰骋。

"现在我回答领导提的问题，我有一定的天赋，但不是天才。一些人说我骄傲，说我狂妄自大，说我不尊重领导，是因为我无法做出那些人所需要的谦虚，里面的虚伪成分太多了，我做不来。在批评我的缺点时，希望领导能具体事情具体分析，让我心服。"

"你确实太狂妄了，别仗着你老爸的地位为所欲为。"

"我不能接受领导的这一条意见。恰恰相反，我讨厌我爸爸的地位，他让我不能得到别人公正的看法。"

"那你凭什么以这样的态度跟我说话？"

"凭我是军人。你也可以以军人的身份，以真正军人的良心来对待我。"

参谋长眯起眼睛看着蔡布铎，他不相信他说的是心里话。他的眼睛在对蔡布铎说，你小子要不是有军区后勤部长这么个爸，敢这么狂？

参谋长的认为不无道理。但蔡布铎已经无法去体会这一点了。因为他从小就生活在特殊的家庭里，有恃无恐已经成为他个性的一大特征，他自己也就不以为然了。他反感别人提他的父亲，他认为这会掩盖他个人的才能和成就。平常在别人面前他从来不提及他。

参谋长看了他一会儿，无奈地摇摇头。他从抽屉里拿出一封信。蔡布铎看信封就知道是吉小雯的信。

"你们到底是怎么一回事，一会儿告状，一会儿又谈恋爱闹着玩，我可没有工夫陪你们玩捉迷藏。"

"上次我惹她生了气。"

"我可告诉你，你要是在这个事情上出岔子，你老爸也帮不了你。我承认你聪明，有个性，也承认你业务上有一套，可我希望你实实在在做人，实实在在做事，平常气势不要那么盛，说话口气不要那么大，对人尾巴不要翘得那么直，做事风头不要出得那么足。你要觉得有道理就往心里记一记，我对你老爸也好有个交代。你要做不到这些，只要我在一天，你休想露一次脸。你走吧，我不想再听你的高谈阔论，给我老老实实去参加理论学习，别老想着教训别人，想过教官瘾，应该留在军校别回来。"

蔡布铎没再说什么，他向他敬完礼，转身走出去，心里说不出是一种什么滋味。

八

吉小雯提前五分钟来到体育场门口。

上次也并非她迟到，她是故意躲在一边，看他们是否讲信用。结果发现只来了他一个，她一时拿不定主意是见还是不见。没等她想好该如何行动，他却转身就走。她一急就喊了起来。

今天她来得从从容容，主动约人家自然要遵守时间。她穿一条白色连衣裙，手里拿一本杂志，在体育场门口悠闲地溜达着。姑娘都懂得怎样打扮自己，她知道自己的身材颀长苗条，所以她总是穿裙装，夏秋连衣裙不离身；知道晚上约会，光线不好，所以就穿白色。

吉小雯第三次看表已是七点零五分。她有些生气，她当然生他的气，军人，尤其是他这种脾气的军人是不应该迟到的。生了他的气，又开始生自己的气。不过才见了两次面，而且都是在那样一种情绪下见的面，彼此连句正经的话都没说过，根本谈不上认识，三张照片就打动了，太不成熟，太不老练。

想到这里，她又下意识地从包里取出那几张照片。她不得不承认照片的确拍得好。在她的相册里还没有这样令她满意令她喜欢的照片。她也不可能到照相馆去拍这种泳装照。看着看着她的喜爱对象就由照片移向照相的人。她其实早已开始注意他，他令她讨厌的同时却又悄悄在她心里埋下了健美、潇洒、个性独特的印象。她没有碰到过这样的男人。他身上有一种有别于其他男人的特殊东西，虽然她说不清那是什么，也难以判断是好是坏，但这种东西让她感到新鲜，感到神奇，它有一种引力吸引着她、让她产生要接近他了解他的欲望。尽管她意识到自己可能是在冒险，是一种被动的容易被男人利用的不明智举动，她还是控制不住自己，主动给他写了那封信。信发出后她又有点后悔，她觉得这信是一种不折不扣的此地无银三百两。说不定人家拿到信会哈哈大笑。告人家又反过来追人家，神经有毛病。一辈子让人看不起。她感到他不会来，像他这种人绝对不会看得起没志气的人。果不然，过了一刻钟他仍没来。

吉小雯又气又不甘心。她十分狼狈地往回走，越想越窝囊，越窝囊越生气。不能就这样让他给耍了，本小姐还从没被人耍过。吉小雯心里的愤懑在涌动着。她停住脚步，她在想他的电话，见不上面在电话上也要骂他一顿出出气。体育场值班室就有军用电话。于是她又掉转头来。

刚到体育场门口，忽地看见陆雨生在门口等人找人似的，两眼四处搜索。他俩搞什么鬼，那天他来他不来，今天他来他不来。吉小雯噔噔噔走到陆雨生面前，劈脸吼了一嗓："你们搞什么鬼！"

陆雨生吓一跳，一看是吉小雯，绷紧的脸瞬即漾成一朵花。

"吉小姐怎么啦？"

"我问你呢！你们想怎么着，当兵的有什么了不起，想耍人，也不看看是谁。"

"你俩不是见面了吗？"

"我见他的鬼了！"

"咋？你不是都给他回了信嘛？"

"你是真不知道还是装糊涂，我是说今天！"

陆雨生这才反应过来。他跟他说过这事，三天后在这里见面，这小子今天弄不好在成立那个小突击队，把这事给忘了。

"吉小姐你误会了。他并不想耍你，我知道，他对你是认真的。他三天前就跟我说了，今天他确有重要的事脱不开身，我现在就领你去见他。离这儿不远，五分钟就到。"

"你以为我稀罕见他，你告诉他我们到此为止，谁也不欠谁的。"吉小雯扭头就走。

陆雨生急了，追过去拦住了她。

"吉小姐请原谅，我替他向你赔罪，他就在俱乐部那边，真有事，你去看看就知道了，要不就是冤案一桩。我求你了，我领你去，他要不在那里，他要在哪儿玩，你就别把我俩当人。"

"那起码也应该通知我一声。"

"肯定是有原因的，一见面什么都明白了，我再求你一次，给我个面子。"

吉小雯看陆雨生只差跪下了，只能见好就收，跟着他朝俱乐部走去。

蔡布铎这两天真忙。参谋长跟他摊牌后，他想想也是，这部队也不是他说了算，他也清楚自己在某些领导和同事心目中的形象，不好让参谋长太为难，于是不管课讲得好赖，也不管重复不重复，再没有随便离开集体单独行动。小波给他提供的名单让他枪毙了两次。凡是学习成绩不是优秀的不让参加，凡是课外已经安排学习钢琴、小提琴、美术等其他专业的不让参加，凡是体质不好的不让参加。比中考高考还严。这些他只能全部用晚上时间跟小波办。

今天是他们突击队成立日。吃过晚饭他就上了"三忠于室"。至于约会的事是他真忘了还是他有别的打算谁都不清楚。

孩子们一个个准时到达，一共八个，五个部队的孩子，三个地方的孩子。这八个孩子是从小波提供的名单中挑出来的。有几个没能选上的孩子都哭了。蔡布铎先把一个个窗帘拉严遮实，然后再开灯。教室是他亲自布置的。一边作为课堂，八张桌子，八把椅子，黑板、挂图、教鞭，一应俱全；一边作为训练场，一副双杠，三个海绵垫，还有一些其他体育器械。孩子们一进教室，立即被一种特殊的气氛所感染。

蔡布铎着装整齐走上讲台。

"请注意：以后听到宣布命令和操课开始，教官走上讲台、站到队前，提问或回答问题时都要起立立正。现在我宣布——"八个学生啪地起立立正，"未来战士突击队正式成立，张小波为突击队队长，蔡布铎为突击队教官。突击队纲领：学习现代军事理论，了解现代军事技术，掌握基本军事技能，全面提高德智体素质，为做未来的战士而奋斗！突击队纪律：不准泄露突击队的一切情况，不准在训练场外谈论突击队的训练内容，不准降低学习成绩，不准叫苦叫累……"

蔡布铎像将军一样向他的士兵宣布着命令，他从来没有这样精神抖擞过，从来没有机会这样慷慨陈词，也从来没有能够如此尽情发挥。

陆雨生带着吉小雯来到这个秘密的教室外面时，蔡布铎的演讲已进入了学习动员。陆雨生朝吉小雯打了一个手势，让她不要出声，轻轻告诉她，不能进去打扰，我们在这里听一听。吉小雯就依着窗户听蔡布铎说话。

"现在有人看不起军人，那是他们不了解军人，不懂得军人。军人是什么？我理解，这个人字写到军字下，血管里流的就应该是另一种血，就应该有别一种风骨，就应该是铁、是钢、是鬼、是神。军人的观念中只有四个字——征服一切。现代人口口声声要做男子汉，什么是男子汉？我理解男子汉就应该是铁、是钢、是鬼、是神。只有真正的军人才配称男子汉，只有最优秀的男子汉才配做军人，军人是男人最崇高的职业。从炎帝、黄帝到今天，几千年人类文明史就是一部战争史，人类历史是用军人的鲜血写成的……"

吉小雯不明白蔡布铎在做什么。他是在演讲？上课？为什么要这般神秘？陆雨生说："这是军事秘密，请你原谅。我只要你明白，他不是故意违约，确实是脱不开身。"

吉小雯的气到这时也就消了一半。但她不想这样等下去。就让陆雨生转告蔡布铎，明天她等他的电话。

九

　　课间休息。蔡布铎一口气跑回办公室给吉小雯打电话。电话接通后,他说了声对不起就对着话筒喘气。吉小雯有些奇怪,问他是怎么啦。他就十分委屈地诉开了苦。说他们正在搞三级司令部演习,参谋长抓得特紧,上课亲自在门口点名查人头。尽管如此,他还是一上班就溜进首长会议室给她打了电话。结果忘了地方比部队上班晚半个小时。现在还是冒着挨批的风险从小礼堂跑到这四楼上来给她打电话的,现在脉搏至少120下。

　　接着他让她等一下,说他要把门锁上免得被人偷听。他故意把门关得山响。接着他就酸溜溜地说:"小雯,我真想现在就见到你,我要当面向你道歉,求得你的原谅。昨晚我脱不开身,后来打三次电话都没能打通,但我的错误是不能原谅的,这给你的挫伤我是能够想象得出的。小雯,你能原谅我吗?"

　　一番话让吉小雯听得脸红耳热。旁边又有同事,她也不好多说。就贴着话筒轻轻地说:"我知道了,今晚还是那里还是那时间。"

　　蔡布铎一点不体谅她说话的难处,说:"不行,我一定要亲耳听你说了原谅我的话,我这颗悬着的心才能落地。"

　　吉小雯没有办法,只好硬着头皮说:"我昨天就原谅你了。"

　　蔡布铎这才说:"那我们晚上见,说真的,要不是演习,我真想现在就跑去见你。晚上见,不见不散,拜拜。"

　　蔡布铎放下电话,嘿地蹦了个高。他对自己的表演十分满意。

　　早上一上班陆雨生就急火火地找到蔡布铎,告诉他吉小雯昨晚找他的事。蔡布铎一听哈哈大笑,笑得陆雨生直犯愣。他说他根本没忘,他是故意违约的,这叫欲擒故纵。陆雨生问他搞什么名堂。

蔡布铎说:"生活已经平淡得跟白开水一样没一点味道了。自己再不编织一些故事制造一点色彩,我们都要退化成中性人了。军人嘛,研究的专业就是战略战术。现在人家商人都把孙子兵法用在生意场上,我们又何必老是纸上谈兵呢!昨天我是故意没通知她。我要让她气我就气得死去活来,恨我就恨得死去活来,爱我也爱得死去活来。根据我的判断,昨天你碰到碰不到她都无所谓,她肯定还会主动找我的,她要找我算账,她不会轻易让自己输。然而我会在她报复我之前再给她烧一把火,加加温。女人嘛!尤其是长得漂亮的女人,你能准确恰当地满足她的虚荣心,她就什么都不在乎了。这就叫顺手牵羊。"

陆雨生突然感到有些不认识蔡布铎了。他觉得他很危险,他的心计太多。他不明白,谈恋爱为什么还要用战术。他真的得了职业病。他必须认真地向他提醒。他说:"不管你真爱还是逗她玩,我都希望你做得别太过分,在这个问题上开玩笑,倒霉的都是自己。"

蔡布铎愣了一下,说:"我知道,我会把握分寸的。"蔡布铎打完电话,轻轻松松回到小礼堂,刚好打铃上课。他坐到课堂上还在想刚才陆雨生的话。他有些不相信自己,他没正儿八经谈过恋爱,刚才的假话不知为什么说得这么溜。他早上根本没给吉小雯打电话,他今晚也不打算去赴约。陆雨生的话让他把这事想了好一阵。他对这件事其实没完全想好。他说不清自己是被她的美所吸引,费尽心机在追求她;还是被她的侮辱而激怒,在千方百计寻机报复。或许这种情绪已经搅在一起难以理清。他无法忘却那对忽闪的大眼睛,可他也忘不了她当众骂他流氓,来部队告他。但是一个清晰的意念在命令他:你不能无视这岛上有这么一位女子存在。于是不管事情如何发展,也不管它会有一个什么样的结果。他要争取主动,他要改变被动局面，他要调动她，他要指挥她，而不能受制于她。

蔡布铎的轻松，不只是那个电话，主要还是昨晚的成功。整整一个小时，他的演说让八个可爱的小勇士听入了神。他们像训练有素的战士一样，整整站了一个小时，没有一个动一下他们的手脚，尽管他们站酸了脚跟。演说完毕后，他和他的勇士们合影留念。

理论课几乎都是往年的简单重复。对业务熟练的参谋来说，整天整天扔下手里的工作坐在这儿听这种课，确是个浪费。蔡布铎却一改老毛病，每天都踏踏实实坐在课堂上，若有所思地听，认认真真地写，但这却是一种不折不扣的挂羊头卖狗肉。在参不参加演习导演小组这事上，蔡布铎心里再没有什么不平衡，他已经找到了自己新的位置，他有自己很想干也很乐意干的事。他的心全用到未来战士突击队上，他写的是突击队的训练教案。他们每周集中三次，两个晚上，加星期六下午。第一单元是装备，第二单元是现代战争，第三单元是战例分析，第四单元是高科技在战争中的作用和运用……蔡布铎在别人的课上认真地备着自己的课。

下午课间休息，蔡布铎又跑回办公室制造他的爱情故事。电话的内容是早就想好了的。

"小雯，我真不想打这个电话。我没法说出口。我真不知道怎么跟你说。"

吉小雯在那边有些莫名其妙，说："什么事叫你这样为难呢？"

他说演习晚上要加班作业，又没法赴约。

吉小雯听他这么说，自然不会有什么想法，说："那就再改天吧。"

蔡布铎当然不会就这么平淡地结束他们的电话，他说："要不请你告诉我你的住处，等加完班我到你宿舍去找你。"吉小雯自然不会接受他如此闪电式的做法,但这却正中他的下怀。蔡布铎接着立即开始批判自己这种鲁莽的行为,最后便十分抱歉十分遗憾地说:"等一有机会,我就主动约你。"

第二天、第三天……这种方式的电话持续到周末。每一次,蔡布铎都会有新鲜的理由,以新鲜的方式和新鲜的内容,让吉小雯心里既甜蜜又遗憾。每天两次电话,内容越谈越宽泛,两人也越谈越热乎,虽一直未见面交谈过一次,但彼此都感到对对方已很熟悉,他们都渴望这样的对话,渴望听到对方的声音。

周末的晚上,吉小雯有一点闷。下午她没有接到蔡布铎的电话,心里本来就少了点东西,再看同事忙着回家的回家,会朋友的会朋友,晚饭吃得就没有平常那么香,饭后到海边遛一圈就回宿舍。气象站条件不错。县里考虑到他们长年在孤寂的山上工作,特别拨一笔款给他们盖了宿舍。像吉小雯这样没结婚的单身也都分到了一套房子。

吉小雯无聊地一边翻着杂志一边看着毫无吸引力的电视节目。

有人敲门,敲得很轻,一长两短,很有规律。

"谁呀?"

"我。"

吉小雯一听这熟悉的声音,心里立即紧张起来。他怎么会知道我的住处的,他来怎么也不提前打个招呼。她一边寻思,一边本能地用手拢着头发,照了照镜子,又看了看屋里床上,没发现不妥才答应着去开门。

蔡布铎猫一样敏捷地闪进屋,二话没说,一下就把吉小雯搂进怀里,事情突然得让吉小雯来不及做任何思考,刚嗯了两声就被他热烈疯狂地吻住了。

吉小雯的脑子里出现了空白。渐渐地由失措被动转向慢慢接受应付，生理的变化又让她从接受应付慢慢变为响应，由响应发展到难以自持。就在吉小雯感到浑身快要燃烧手脚软弱无力眼看就要晕倒的时刻，蔡布铎突然推开了她。

他十分惊讶地说："我们怎么能这样？我们怎么能这样？"

吉小雯被他问得羞愧得恨不能找条地缝钻进去。

"我们太不理智了，我们还没有正式约会过，我们彼此还一点不了解。"

蔡布铎一口一个"我们"，而不是"我"，但这个"我们"对于吉小雯来说，实际等于"你"。

"这太不可思议了，这真是太不可思议了。小雯，对不起，今晚我实在无法面对你了。"蔡布铎说完转身就走出屋去。

吉小雯恍惚在梦中。不过几分钟时间，几分钟前她还在百无聊赖地翻杂志看电视，突然就闯进他来，就发生了这一切，接着就是一连串的质问。她想不起自己究竟做了什么，但意识到这是一件极糟糕的事，白白地被人占了便宜，反遭人指责，她委屈，她痛苦，她气愤，她流下了复杂的泪。

十

演习进入实施阶段，三级司令部的参演人员分别住进了各自的防空坑道。

坑道里很凉，跟外面的温差起码有十度。尽管机关的坑道经过装修，防潮设备和生活设施比基层不知要好多少倍，但它毕竟是坑道，是地地道道的山洞和隧道，光线、空气、生活都无法与外面相比。就说最简单又最不可省略的大小便,白天一律要跑到坑道外行事,夜里也只有几个桶供小便用,那是一条几百米上千米弯弯曲曲有几十道防护密闭门的坑道,尿频或闹肚子的麻烦是可以想象的。再说排泄自然是件快事,可那股子异味也跟着散发出来,又没有排气设备,那异味就乘机混入人们呼出的二氧化碳和臭鞋烂袜子味,一起在坑道内弥漫回旋,坑道内空气含量之丰富可想而知。

尽管如此,军人们一背上行李,一进入坑道,一睡上行军床,一过上集体餐宿的日子,精神反都亢奋起来。

"第六号敌情通报,东经126度17分,北纬37度22分,发现敌巡洋舰为先导的特混舰队。上午8时16分,我防区平山地区遭敌空袭,9时35分我沙河口地区遭敌空袭……"导演小组通过有线广播向指挥部不间断发布着敌情。

演习在陈旧的模式下展开,作战室和各处办公室里仍是一片紧张和忙碌。

作战室是个环形构造,中央大厅有八十平米。中间是十米长的指挥台,由作训处和军事首长使用;大厅两边是司令部炮兵、侦察、通信、防化、工兵、机要等各处的办公室和作训处对各师的专线指挥室以及司令员、参谋长的工作室。一进大厅是一块巨型有机玻璃制成的防区图,由情报站负责标定海情和空情;对面墙上是电动控制的作战地图,全局和局部的各种地图应有尽有。指挥部一方面以快速的图文接收导演组的敌情通报,同时拟定首长的决心和作战方案,及时指挥部队行动;另一方面随时掌握下属部队的作战情况,调整各部队的作战计划和部署。此时,各个部室,每一个人,打电话的打电话,制图的制图,拟电文的拟电文。这时候主职和副职的权力差异,部门与部门之间的主次地位,人与人之间实际工作能力的差距都鲜明展露，彼此不得不承认这种现实，没有平常那种鸡毛蒜皮的计较。

侦察处的主力参谋当然是蔡布铎。他让另一位参谋负责上下联络，自己一人独立绘图制图，同时监督情报站海空情通报。他是防区"六会参谋比赛"的亚军。敌情通报他根本不作任何文字记录，直接根据广播作图，速度之快，图符之准确，图文之漂亮，令周围的人叹服。骄傲、狂妄总还是要一点资本的。

尽管他不在意周围对他的反应，但他的一举一动都在参谋长的视线之内。他对那次谈话后蔡布铎的表现比较满意。

在紧张忙乱之中，蔡布铎没有中断与吉小雯两天一次的通信。自那天他夜闯吉小雯宿舍后，他改变了与她接触联系的方式，他不打电话，也不与她约会，而给她写信，两天一封。信中除了检讨他那天的莽撞冒失，就是表达他对她的爱。有一封信中这样写道：

……作为男人，尤其是军人，乞求一位姑娘的原谅是有失尊严的，但我的情感完全征服了我的理智，这种情感的力量是无法形容的，它能让我放弃甚至牺牲自己的一切，它的原动力就是你的美。不管你是否接受，我都要这样对自己说：不是我不理智，是你的美无法抗拒；不是我不要尊严，是你让我无法约束自己……

他的信像鸽子一样，一只一只放飞了，却没有飞回来一只。他却毫不在意，仍然一丝不苟地坚持着。标定完"敌方第五次全面空袭"和"我反空袭"部署后，他又拿出信笺伏在版图上给吉小雯写起信来。

"蔡参谋，参谋长叫你去一下。"一位参谋走到他身边对他说。

蔡布铎收起没写完的信。他不知道参谋长这时候找他有什么事。

蔡布铎走进参谋长的指挥室，发现参谋长的脸色很难看。他心里打起鼓来，最近没犯什么事，难道她把那晚的事又告了？他心里一阵紧张。这事要真捅出来，可不是一般的问题了。

"这阶段演练你不必参加了，你去执行一个紧急任务。"

"是！什么任务？"蔡布铎浑身的肌肉在兴奋。

"刚才值班室报告，船运大队给北岛送给养的班船在狼牙湾出了险情，船上的报务员是新兵，情况不明，你立即带侦察艇去抢险。有什么情况直接用电台向演习指挥部报告，现在就出发。"

"是！坚决完成任务！"

蔡布铎的兴奋已不能抑制。他到机关后，第一次接受如此重大的任务，而且是在演习的情况下，参谋长选择他，并且明确表示这样的演练对他无所谓，这不仅表明参谋长对他是信任的，而且表明参谋长在关键时刻是倚重他的。

蔡布铎乘通信营的摩托赶到军港码头。在摩托车上，他结束了那封没写完的信。加了一句，我要去执行抢险任务，如果牺牲了，这就是我跟你的最后告别。永远爱你的铎。他把信交托给摩托驾驶员，让他务必今天把这信直接送到县气象站。

侦察艇已经解缆专等他的到来。蔡布铎跳上甲板就喊了出发的指令。喊完他噔噔噔一溜小跑爬上了指挥台。这才是他真正企求的心理满足。刚才坑道里暗无天日，没有钟表分不出白天黑夜，也无所谓风雨阴晴。里面空气都不流动，外面却是狂风大作。海上的风力已经超过七级，海浪足有八级。

侦察艇一出港，迎面一座山似的巨浪扑来，浪头从指挥台顶上泻过去，船体发生骇人的震颤，眼前一切消失，像是一下钻入了海底。艇上没固定住的器物丁零哐啷全都抛入大海。所有人本能地拼命抓住船体上可抓扶的东西，确保自己不被掀入大海。

"减——速！迎——风！"蔡布铎对着艇长拼命吼叫。

"前进二，右满舵，把定。"艇长及时地发出命令。

在这种狂风巨浪中行船，高速和船体横对风向都有翻船的危险。

侦察艇在火山喷发般的海浪中颠簸前进，排排巨浪像一头头张着血盆大口的巨兽，一会儿把艇抛出海面，一会儿又把它摔进浪谷，那滋味活像坐游乐场的"海盗船"，不出半个小时艇上的水手们已开始呕吐。蔡布铎有生以来也是头一次在这样的风浪中乘船。

蔡布铎像决斗的猛士。他站在指挥台中央，两手紧紧攥住扶栏，眼睛里闪着灼人的光。在他的眼里，一排排巨浪，一会儿是一阵阵集群炮火，一会儿是一辆辆敌坦克，一会儿又是敌人猛烈的集团冲锋。他脚下的舰也一会儿是骁勇善战的坐骑，一会儿又是驰骋沙场的战车，一会儿又成了劈波斩浪的鱼雷艇。侦察艇每劈开一个巨浪，他浑身便产生一阵钻入心骨的快感。

雷达操纵手很快发现了目标，方位在狼牙岛北侧的暗礁丛中，估计给养船已经触礁搁浅。

侦察艇调整方向，全速向目标接近。

蔡布铎让报务员立即报告指挥部。

给养船的报务员业务技术太差，无法对话。能见度差，旗语也联络不清。蔡布铎向信号手下达指令。信号手一边打灯语一边回答：给养船已经触礁，船底两处漏洞，底舱已经进水，漏洞暂被堵住，多次倒车无法脱离险境。船上有出岛军人19名，家属群众26名，本艇人员14名，共59人。

蔡布铎跟艇长商量，现在首要任务是救人，可在这种风浪中两船既不能靠边，更无法用舢板渡人，唯一的办法只能先将给养船拖离险滩，开进狼牙湾，将船上的人用舢板渡到侦察艇上，再设法抢修船只。艇长说艇上的缆绳恐承受不了这么大的力量，给养船的钢缆太短，风浪又大，侦察艇也有触礁的危险。蔡布铎说除此没有别的办法，只能将这方案报告指挥部，让首长下决心。指挥部立即电复：同意这个方案，精心严密组织，确保人艇安全。

他们又用灯语与给养船联系，把方案传达给他们，取得一致意见后开始行动。首先遇到的困难是撇缆，人在甲板上根本无法站住，更别说撇远撇准了。

给养船搁浅相对稳些，只好让他们往侦察艇上撇。可以看出训练上的问题，平时不严格，用时便抓瞎。连撇了二三十次，换了五六个人，不是撇不到就是撇不准。没有办法给养船的艇长只好走下指挥台。绳撇过来后，蔡布铎长了个心眼，拴缆绳时同时把这边的撇缆细绳也拴上，这样就省得再撇，他们可以直接将钢缆拴上，让这边拉过来，两条钢缆拖救更保险。

一切比预想的要顺利。两艇同时发动，一前进一倒车，给养船脱离了险滩。

两艇进入狼牙湾，风被山挡住，海湾里出现一块平静水面。但这里没有码头，两艇无法靠岸，只能用舢板渡人。

在海湾开始渡人时，侦察艇向指挥部报告了情况。当时天黑如锅底，时令已是白露，加上台风，人在海上又冷又饿，都急于上侦察艇。舢板划到侦察艇旁，划船的战士还没发话，舢板上的人同时站起，舢板失去平衡，一下翻扣了，舢板上的人全落水，救命的呼声一片，上下顿时大乱。蔡布铎和几个水兵一齐跃入海中，在探照灯的配合下，救起了一个个落水的人。上船后一清点人数，少了一个。两艘艇的探照灯全都打开。终于发现，有一个已经漂出三百多米，眼看就要漂出海湾被暗流带进浪区。蔡布铎再次跃入大海，奋力游向落水者。

夜里的海水冰凉刺骨,别说在海里泡这么长时间,就是在艇上,也都冷得下巴咯咯咯拍起了电报。当蔡布铎把落水者救回艇上,战士们把他拉上艇时,他一下摔倒在甲板上,战士们急忙把他抬到舱里,几位家属和群众立即争着解怀把蔡布铎冰冷的脚焐到自己怀里。

十一

第一个到医院看蔡布铎的是陆雨生。

蔡布铎出海没来得及告诉陆雨生,他带艇出发后陆雨生才知道这事。政治部也进了坑道参加演习,研究战时各阶段的政治工作。陆雨生到作战室抄第九号战令,看司令员和参谋长的紧张神色像真要打仗似的。一打听才知道是那事。

知道这件事后,陆雨生就安定不下来。他理解蔡布铎,他老恨自己生不逢时,总说乱世出英雄,盛世养蠹虫;总觉得英雄无用武之地,时刻在寻机创造辉煌,这样的事是他最乐意干的,但陆雨生却生怕他执意冒险。艇一返航,听说他进了医院,陆雨生立即赶到医院。

蔡布铎说他也不知道自己哪来的这股力量。当时救完人,就感到冷得心脏快要停跳,浑身一点劲都没有了。可一发现少人,一看到那人眼看就要被卷进浪区,自己就什么意识也没有了,只想着不能让她死。在救她的过程中唯一的感觉是力不从心,心里还是明白的,一松劲自己和她都活不成。

陆雨生的眼眶子湿了。蔡布铎却格外轻松,他说,这趟没白去,算是摸了一回死神的鼻子,也不过如此而已。

陆雨生说我想写写你。蔡布铎说别写那假多真少的通讯报道，我倒是愿意进入你的小说当一个角儿。陆雨生说，我要写当然是写小说喽。

他们俩正说话着，参谋长来了。他们处长也蔫不叽叽跟在后面。参谋长什么也没说只是用拳头在蔡布铎的胸脯上抵了两下，脸上含着欣慰的笑。他们处长却是副尴尬相。原来事情参谋长先跟他说，他是侦察处长，要派侦察艇和他处里的参谋执行任务自然要让他知道。但他以为是要派他去，参谋长还没说完，他竟说他晕船。参谋长没给他好脸色。

吉小雯是陪气象站站长一块儿来医院看蔡布铎的。

摩托驾驶员很负责任，送蔡布铎上船后，直接开车到气象站，把信交给了传达室的老大爷。吉小雯下班前就收到了蔡布铎的那封信。她没有立即拆。

蔡布铎的第一封信吉小雯没拆就撕成了两半，同事都很惊奇，她却是显出一副泰然自若的样子。下班回宿舍后她把撕碎那信啪地扔进废纸篓。可躺在床上她仍不能忘掉这事。他会写些什么呢？这个念头一冒出来就再也赶不走，弄得她怎么也无法入睡。辗转反侧到十二点，她只好认输，不看这封信，她恐怕一夜难以入睡。尽管嘴里骂着，她还是拉灯披衣下床，从废纸篓里捡回那封撕破的信，在灯下把它拼起来看了。看了第一封，第二第三封就更无法控制自己。但她一直克制着自己，坚决不回信，非让他主动来认罪不可。

后来的日子，看蔡布铎的信成了她的一种乐趣，一种享受。两天一封，从不间断，也不延误。习惯成自然，隔一天的上午，她就盼着邮差到来。开始是等下班时顺便拿，后来只要邮差一来，她就主动下楼去取。

本来那天是不该有信的。吉小雯在办公室听到摩托车声，下意识地朝窗外看了一眼，见一辆军用摩托车开进单位门口，那个当兵的还进了传达室。她心里咯噔一下，会不会是他有什么事？一有这念头她就开始心绪不定，磨蹭一会儿，她还是忍不住下楼去了传达室。果不然是他的信。她想这家伙改成一天一封了。

回到宿舍她放下包就拆开了信。看完后她心里毛乱起来。是他又故意作弄人？还是他真要去执行紧急任务？这样的天气他能去执行什么任务呢？再看信，确是没写完，而且是专门让战士送来的，没有急事他恐怕不会这样做。她想到了陆雨生，他给她的电话是办公室的，晚上他不大可能在办公室。但还是到门口的公用电话给陆雨生挂了电话。电话自然是没有人接。她很失望地回了宿舍。

第二天上班走进办公楼，听到站长破锣似的嗓门在绘声绘色讲她的北岛之行。

"……你们想想多危险哪！他们以为都救上来了，艇都'拉鼻儿'要返航了。我是贴着船底边往外漂的，我拼着命喊救命，那么乱谁能听到呢！幸亏我还能划拉两下，我那两下也只能让自己不往下沉，哪能游得动。海流一点一点把我往外带，我都听到哗哗的海浪声了。我已经喊不动了，手脚也没劲了，心里想我完了，我要葬身大海了，我害怕得哭，但哭不哭一个样，风不会我哭就停，浪不会我哭就平，我绝望了。幸亏那个姓崔的军官心细，他清点了人数，发现少一个人，你看人家部队的工作。回头咱们可得好好向解放军学习，好好总结总结咱们的问题，咱们昨天报的四到五级，实际却是八级大风，八级都不止，这回头再说。他们用探照灯在海上来回找，终于找到了我。那个姓崔的军官立即跳下海来救我，他已经救了好几个人了。那时我被海水呛得都不想活了。那个军官一把抓住我的左胳膊，他又把我仰过身，他用左肩膀扛着我游，自从他抓到我，我再没喝一口水。后面又来了个战士，两个人把我救了，让我捡了这条命。那个军官却冻得休克了。小吉，上午你跟我一起上医院，我要去好好谢谢他，他是我救命恩人哪！"

吉小雯提着礼品陪着站长走进蔡布铎的病房，一进门她愣在那里满脸通红。

"小雯！你，你怎么知道我住院？"蔡布铎呼地坐了起来，也不管手上打着点滴。

这回犯愣的是站长："小雯，你们认识？"

"他姓蔡，不姓崔。"

"噢，噢，老给你写信的就是他啊，这可太好了，这大媒我算保定了。"

蔡布铎和吉小雯都红了脸。

十二

听说了吗，闪电式的爱情，冤家成了夫妻，仇人变成爱人了！"收转台"又开始了他的每日新闻传播。说这就要结了呢，这叫不打不成交，越打情越深，越打火越旺！哎，还说要给他立功呢，这不是双喜临门嘛！

"收转台"还真是消息灵通。结婚的事蔡布铎和吉小雯昨晚上才商定，他一早就在传播了。站长的参与，使他俩的婚事加快了步伐。

蔡布铎很坦率地跟吉小雯说了他的打算。他说他是军人，军人跟老百姓总是不一样的，他这种军人世家的军人跟普通的军人也有区别，他说军人在营区以军人的身份出现的同时又与爱人卿卿我我是有损军人形象的。他提议以吉小雯的宿舍为生活基地,除在军营里举行婚礼外,平时他到吉小雯这里过周末,每礼拜最少到她这里两次,一般不在军营生活。另外他宿舍里有一间工作室,请吉小雯能理解能尊重他的个性,给他保留个人隐私的权利,她不能进去也不要有什么好奇心为这费心思或因此在他们感情上构筑障碍。其他他没有任何要求。

蔡布铎的设想安排让吉小雯很意外。他确实是一个与众不同的人,是个有个人抱负个人追求的人,是个有怪癖的人,自己确实还没有完全了解他。但有一点她感到可以确信,他是个可信赖可依靠的男人。她答应了他的一切要求。蔡布铎很礼貌很有风度地吻了她。吻毕,吉小雯朝他抿嘴笑。蔡布铎说我知道你的意思,你在取笑我那一次。吉小雯笑了,说,你真鬼!

他们布置了两个新房。气象站那边的新房是吉小雯和她的同事一起布置的。营区这边的新房是陆雨生帮他们一起布置的。买了一张席梦思双人床、床单、床罩、枕头、枕巾、沙发和一些生活用品。陆雨生让电影队长在房间中央安了一个造型别致光线柔和的吊灯,还买了一个温控台灯。为增添新婚气氛,还特意扯了几条拉花。

一切都决定之后,蔡布铎向参谋长作了报告。参谋长对他迟来的报告有些不悦。

"你爸知道了吗?"
蔡布铎摇摇头。

"你们太不尊重长辈了。你也会做父母的,父母之心你们会体会到的。你立即给你爸打个电话。也许我太世故,婚姻可是件终身大事,但愿你们一切都想好,一切都想到。"

蔡布铎服从命令般立即给父亲打了电话。他爸反倒没参谋长那么多计较，在电话上哈哈大笑，说我的不多也娶媳妇了，什么时候抽空领媳妇回来让你妈和我看看。

婚礼在司令部的会议室举行。蔡布铎穿了一身笔挺的西装，他不愿意穿着军装与女人相处。仪式很简单，证婚人讲讲话，新郎新娘讲几句话，首长讲几句话，光棍代表讲几句话，大家抽几根喜烟，吃几块喜糖就成了。有首长在场，没怎么敢闹就结束了。

婚礼结束后，他们一一送走贺喜的人们，当洞房里只剩下他俩相对而坐时，几乎同时他们惊奇地感到，他们竟一时找不到好说的话，都表现出一种陌生的尴尬。

为摆脱尴尬，两人却又是同时问对方：你喝水吗？

这一问，两个人都红了脸。

还是蔡布铎抢先找到了摆脱尴尬的办法。他说，咱们拍照吧。吉小雯跟着说，对，咱们该拍照。蔡布铎就拿出了他的照相机支好三脚架，让吉小雯坐到合适的位置，告诉她放松自然，眼睛看着镜头，略带微笑。蔡布铎按下自拍快门，从容地走过去与吉小雯并肩而坐，同时微笑。两人便一起做笑的表情。一连拍了三张。蔡布铎说换件衣服再拍。吉小雯只带了内衣，没带别的衣服。蔡布铎说那就脱掉外衣拍几张。两人穿着衬衣拍了后，蔡布铎给吉小雯继续拍各种姿态的生活照。吉小雯像件道具任蔡布铎摆布着。拍来拍去，吉小雯身上的衣服越拍越少，蔡布铎的脉搏越拍越快，嘴里越拍越干渴。他再去帮吉小雯修正姿势手触到她的胳膊时，他突然无法遏制自己地按倒吉小雯，开始了他们的蜜月生活。

狂风暴雨过后，屋里笼罩着沉闷的平静。

两个人之间没有亲昵，没有喜悦，也没有对话。

蔡布铎半躺着若有所思地抽烟。他没有去收照相机，也不在回忆，而在捕捉一种感觉。这就叫征服？这就是爱的最高形式？这就是终身伴侣的开端？一大堆乱七八糟的忙乱。在他的忙乱中，他感觉到了她的不响应或者抵触。她为什么呢？

吉小雯睁着两只大眼平躺在床上，没有去换她早准备好的漂亮的睡衣，也没有兴奋，更没有甜蜜的回味，只有一种被伤害的茫然。所有的一切都让她感到意外和陌生。她曾经编织过许多爱情的美梦，可没有一个是如此。没有一点爱抚，没有一点交流，更没有一点温情。她从来没受过这样的屈辱，还有这讨厌的烟。

屋里的宁静让彼此听到对方的呼吸。两个人就这样不知过了多长时间。

蔡布铎忽地回到现实的床上，他记起了吉小雯的一声尖利的叫喊。他意识到了自己的鲁莽，他似乎有一种责任。

蔡布铎侧过身去轻轻地吻她。

蔡布铎嘴里忽然尝到了吉小雯脸上滚落下来的咸涩。

十三

星期六下午，未来战士突击队规定的学习日。蔡布铎走进"三忠于室"，八名小战士已在黑暗中列队迎候教官（为了保密，白天这里也拉着窗帘）。蔡布铎关好门拉亮灯，队长小波按部队队列条令的规定规范地整理好队伍，然后向教官报告，动作之标准，口令之清脆，报告词之准确，可与陆军学院的学员队公开比赛。

蔡布铎在黑板上写下操课内容：机智训练。

"同学们！哲学家们认为，矛盾存在于一切事物之中，没有矛盾就没有世界，世界就是矛盾的对立和统一。对立是绝对的，统一是相对的；对立就是斗争，是事物发展的内在因素；统一是存在的形式，是事物形成和发展的外部条件。我完全赞同这个观察世界的基本观点。按照这个观点来看世界，人类消灭战争实现世界大同的预言是站不住脚的。我认为战争是永恒的，是永远消灭不了的，只能改变它的形式，而不能使它灭绝。"

小战士们一眼不眨地听他们的教官演说，他们从没有听过这些知识。

"什么叫战争？战争就是屠杀人类。屠杀人类是战争的基本形式。回顾几千年的战争史，我们可以看出，这一基本形式是随着社会的发展和进步而不断进化的。原始人部落之间的战争，是野蛮战争，它以彻底消灭对方为目的，那时没有俘虏这一说，胜者把败者彻底消灭。把战俘做奴隶，已到了封建社会。出现俘虏，标志战争进入了一个新的文明时代。到了封建社会，战争不仅有了俘虏，而且可以劝降或策反归顺；上午是敌人，下午掉转刀枪就变成盟友。到了现代，战争就更加文明，现代战争当然也屠杀人类，但更多的是摧毁对方的军事设施和作战能力，已不再是那种原始的人对人面对面的近距离搏杀，而是现代科学技术和现代武器的较量。从这一趋向可以看出，战争形式的趋势将由原始的屠杀人类向摧毁对方的战争能力转化，将来的战争更多的是高科技和经济力量的较量和搏杀。这表明一个问题，也是我要你们明白的一个道理，未来的军人更需要知识和智慧。明白吗？"

"明白！"

"今天，我给你们一人出了一道题。每个人的题我都写在这种纸上，用一个小白塑料袋装着，放在北山顶上的不同地点。每个人的题放的地方与你们名字或名字中的某一个字有某些相关，我要你们自己到山上找回自己的题。题上有你们的名字，万一找到了别人的悄悄放在原处，不得告诉对方。范围在山顶制高点的二十米直径内，你们去把它找到并做好回答的准备。提醒一点，不要在找上下功夫，应该在放的位置和你们名字的某种联系上动脑子。我在这儿等你们。明白了吗？""明白了。"异口同声。

吉小雯一早就上了集贸市场，买了偏口鱼、海螺和黄瓜、扁豆。吉小雯做姑娘的时候早晨好睡回笼觉，清晨醒来如不再迷糊一阵，一上午没精神；现在当媳妇后，反倒勤快了。星期六，是蔡布铎回吉小雯那里过周末的日子。她很把这当回事，到时吃什么，玩什么，每次她都认真考虑。结婚到现在，吉小雯一直在用心编织他们的小日子。

新婚之夜的打击让她感到他俩彼此的陌生后，她痛苦了一些日子。理智又让她慢慢说服自己，一切已无法改变，只有面对现实。自己去把握，主动去沟通。她对蔡布铎说一不二守信用的军人作风还是有一种特殊的新鲜感。俩人虽不像别人新婚蜜月那样终日厮守缠缠绵绵，但蔡布铎除了出差下部队，也从不违反他们的口头协约。而且尽量抽多一些时间到她那里去。

吉小雯打开门，蔡布铎不在。按说部队礼拜六也是放假的。可他都是吃晚饭才到她那里。他下午放假干些什么呢？她没问过，他也没告诉过她。他真是怪，从不跟她说部队上的事，也不跟她说处里的事，也不跟她说他家里的事。他一次都没穿着军装到她那里。到她那里一进门槛就忽地变了个人，总是先迫不及待地跟她亲热，急着做他们都想做的那件事，而且老跟吃奶的孩子们叨奶头一样，没个够。看他那如饥似渴的样儿，吉小雯心里老嘀咕，既然这么需要，骑车子几分钟的事，何必要这么故意煎熬自己。她有些弄不明白,是不是真像他说的那个人字写到军字下,这人的血管里流的就是别一种血,就必定别有一种风骨?

男人的屋子总是这么乱。东西用到哪儿放到哪儿,没有定处。吉小雯尽量按他原来的格局和他的习惯归置。收拾好卧室,吉小雯很自然地顺手去开那间秘密小屋。自然是打不开,她立即就想到她不该去开。她站那里没有继续做她要做的事。她有一种好奇心,比那天蔡布铎告诉她时更好奇。她想象不出那里面会有什么秘密,会有什么不能让她知道的。这又不是办公室、保密室,是宿舍。他跟她说是隐私。夫妻之间不能公开的隐私,只有"第三者"。

好奇心促使她开始找钥匙,或许是想更深层探究他的内心秘密。她断定不会只有一把钥匙,也不会把钥匙都带在身上。蔡布铎除那间屋外,其余没有一处不对外开放,他写字台放钱的抽屉都不上锁。吉小雯把觉得能藏钥匙的地方都找遍了,但最终还是一无所获。她有些悻悻然地收拾好要带回去洗的衣物,觉得有点累,就躺到了他们新婚的床上。

吉小雯一下就想到他们的新婚之夜。一股酸水泛上心头。在心酸中,她忽然感到自己傻。这么个简单的问题她一直忽略了。形式上的故意夸张,不正是想掩盖某种实质嘛!

她首先回忆自己,当她意识到了他俩间的陌生而又决定主动去消除后,她心里就有了一种说不清的东西,那种东西的核心是一个假字。她总想以自己的真情,以倾心的爱来满足他,可这种真情,这种倾心能称得上是爱吗?她无法肯定。她相信他也会是如此。他那种近似野蛮的狂热,能说是炽热的爱吗?她忽然意识到,当他们感觉到相互间的行为后,他们的心灵深处都无疑存在一处永生无法消除又无法到达的禁地,这禁地在她心里成了一层隔膜,因这层隔膜，他们才尽力伪装，努力不让对方觉察。吉小雯这时才清楚，那些狂热的后面全是虚假，甚至是对她的一种报复和折磨。他们双方至多是在尽着一种道义。

吉小雯流下了两行酸涩的泪水。

吉小雯回到自己的宿舍，按时做好了晚饭。蔡布铎没有按时回到她那里。

蔡布铎背着东飞奔向医院。

第一个找到题回到教室的是海鹏。北山顶上有一座石雕：鲲鹏展翅。海鹏，鲲鹏，他一下就找到了联系，上得山来他直奔石雕，在鲲鹏的爪下找到了用塑胶布粘着的题。第二个回来的是季军。小家伙脑子够好用的。他意识到山顶无法找到与军和季有联系的东西，他想到他的名和姓连到一起有第三的含义。于是他在山顶找到了第三棵高大的松树，在第三根树枝上找到了题。张小波是第三个回到教室的。他的题藏的地方让他费了一些脑子。他一路上想，到了山顶，他也没想出与他名字发生联系的东西。后来他走进了山顶的小凉亭。在小凉亭里一边观察一边思考。直到他走出亭子，才突然发现，小亭子叫观澜亭，澜不就是波嘛！他在澜字后面找到了题。八个人陆陆续续回来了七个，直到五点东飞还没回到教室。蔡布铎有些担忧，带着他们一起上了北山。东飞出了事。他摔到半山腰，右腿骨折，脸皮划破。

蔡布铎的头皮一阵发麻，背起东飞赶往医院。

十四

哎，这回"猜不懂"真让人猜不懂了，政委的老婆把参谋长好说了一顿。说司令部养着个神经病。看着吧，这回有他受的，怕是他老爸也救不了他了。政委就这么个宝贝孙子，能饶他！嘁，干点什么不好，跟孩子玩捉迷藏，还搞什么突击队，会不会是变态？新婚蜜月不度，不让老婆来一块住，一个礼拜只去过周末，这正常吗？"收转台"在机关办公室到处转发着他的早间新闻。差不多处处都有他的热心听众。也是，不听这些又做什么呢？演习搞过了，一个办公室就这么几张报纸，头一版还几乎是重复的，一版不落看完也用不了多少时间。

  蔡布铎头一次蔫了。走进机关大院他发现了许多异样的目光。别人怎么看他，怎么议论他，都无所谓；他完全理解政委爱人的心情，她怎么骂他，怎么贬他，也无所谓。别说一个耳光，她跟他拼命都可以理解。让他不安的是孩子，让他遗憾的是他想干的事只能半途而废。

  那天他从医院回到吉小雯那里已过了十二点。他轻轻地敲了敲门（他没有要吉小雯宿舍的门钥匙，吉小雯给他他说用不着，说他不会在她不在的情况下待在她的房间里），吉小雯已入梦，没有反应。蔡布铎没再敲，回到了自己的宿舍。一路上他怒恨自己大意。给孩子们少说了一句话，应该告诉他们这事绝对不用冒险。

  东飞上山的时候，首先联想到的也是那座鲲鹏展翅，上了山一看不对，鹰是朝南飞的，而不是东飞，况且海鹏在鹰爪下找到了题。他就在东字上找线索。东的范围太大，他找不到联系物；就想飞，飞也想不出可联系的东西；就又回到东字上，他一直朝东的方向走，直走到北山的东侧。在东侧的陡壁上愣住了。陡壁有四五米高。他完全忘掉了蔡布铎说的在顶峰的二十米直径内。他坐在那儿，思维钻进了死胡同。他知道同学们都回去了，自尊心和好胜心折磨着他。

最后他就来了个"东飞",张开双臂跳下了陡壁。其实,他的题就在鲲鹏东侧的翅膀底下。

尽管心情不好,第二天蔡布铎还是去了吉小雯那里。他发觉了吉小雯的变化。她居然没问他昨天为什么没回来过周末,就像什么事情都没发生一样。蔡布铎起初以为是为他没回来生气。他也就没在意,就没跟她解释昨天晚回的原因,本来他是准备要跟她解释的。后来发觉不对。她既没有生气也没有原先的热情,显出一种他从未见到过的平静。以往都是她主动要求上街吧,散步吧,去游泳吧,去赶海吧,看电影吧,这回她什么兴趣都没有,却又不表现出来。做饭炒菜,吃完饭她洗碗。他看书,她织毛衣;他看电视,她也看电视;他说话,她也微笑着跟他说话;他要跟她做那事,她履行责任跟他做那事。他不想做了,她就不尽责任。

蔡布铎想问她,想想又觉没意思,相安无事过了一夜就回机关上班。

处长告诉蔡布铎参谋长叫他上他办公室。

蔡布铎仍跟以往一样行了军礼。只是动作没有往常那么到位。参谋长脸色很难看。两人相对,无话,四只眼睛相视。差不多有三分钟。静静的三分钟里他们的目光六次相撞,撞到第六次参谋长先笑了,接着蔡布铎也笑了。

"你叫我怎么说呢?我知道你不愿平平淡淡活着,想做事是件好事,可要做也得做适当的。不适当,就适得其反。我不想说你什么。你明天就出岛。"

"什么任务?"

"回家休假。结婚也没给你假,领着妻子回去见见双亲。"

"不回去行吗?"

"不行。"

"我——"

"没有商量的余地。回去准备吧。"

十五

那个绝密加急电报是参谋长向司令部传达本区后勤工作会议精神那天来的。

司令员在后勤工作会议上有个重要讲话,题目是:全面发展工农渔副业生产,积极改善部队物质文化生活。党委决定,调两个连到农场生产;调一个连到海带化工厂生产;调一个连到养殖场搞海产品养殖;船运大队海上捕捞队在原基础上,补充两艘退役运输艇成立远洋渔业队;从司政后机关抽调部分干部(司令部抽两名)充实"海龙"开发公司的力量。经过一年的努力,要使机关干部的生活补助赶上或超过地方机关的水平。正当机关干部听得个个眼小嘴大的时候,机要参谋悄悄地在参谋长耳边咬了一下耳朵。参谋长就让副参谋长传达会议精神,随机要参谋神秘兮兮地走了。

机关干部的欣喜很快让那个绝密电报给搅了。电报的内容是要抽一批军事干部到前线见习,在实战中学习战争,增长实战经验和战场知识。每个大单位三个名额,师级指挥员一名,军机关参谋人员一名,基层营连干部一名。司令部那些上班喝茶聊天看报,下班喂鸡伺候老婆的参谋们迅即惶惶不安起来。

司令部开动员会的时候,有一些人不敢抬头看参谋长,生怕自己引起参谋长注意,给他留下特殊印象。参谋们回到家,把这事跟老婆说了,老婆们也跟着担上了心事。有些参谋的家里就显得特别不平静。

晚饭后，蔡布铎去找陆雨生。走到二楼口，黑暗中有人呼哧呼哧抬着笨重的东西下楼，蔡布铎顺手按开楼道里的灯，是"收转台"两口子抬着一台彩电下楼。电灯闪亮的瞬间，蔡布铎看到"收转台"一脸慌张。

蔡布铎没理会往下走。"收转台"却不打自招地来一句，司令员让我帮他买的。蔡布铎没任何反应抢先下了楼。

蔡布铎在去陆雨生宿舍的路上碰上了陆雨生。陆雨生说我正要去找你，蔡布铎说我也正要去找你。陆雨生说那就上我那里。蔡布铎说还是上我那里。陆雨生就跟着蔡布铎上了蔡布铎的宿舍。

蔡布铎进门就仰到沙发上，陆雨生把门掩上也坐下来。

"我把申请交上去了。"蔡布铎说。

"我知道你会这样做的，不过我总觉得这里面好像还有别的因素。"

蔡布铎说："今天你陪我喝点酒吧。"

陆雨生说："行，我陪你喝。"

蔡布铎就站起来拿酒。说，酒倒是有好酒，茅台、五粮液都有，不过这些名酒假的太多，咱今天不上当，这是两瓶从咱农场酒厂弄来的高粱烧，绝对粮食佳酿，咱们今天就喝高粱烧。

陆雨生说："好，是酒就行。"

蔡布铎找出两只大玻璃杯，咕嘟咕嘟倒了两大杯。

陆雨生说："我恐怕喝不了这么多。"

蔡布铎说："管它呢，喝着再说。"

两人就喝起来。喝了一口，蔡布铎说，他妈的没有菜。

陆雨生说："没有菜才是真喝酒。"

蔡布铎说:"不行,怎么也得有点东西过过口。"说着蔡布铎又去找菜。他从厨房里找到一包牛肉干、一包榨菜,还有一盒五香花生米。

陆雨生说:"挺丰富的了。"两人并排坐在沙发上碰起杯来。

喝了三口酒之后,蔡布铎很真诚很动情地说:"雨生,人生自古相知难,能结识你,是我这辈子的荣幸。一个人一辈子父母不能选择,兄弟姐妹不能选择,唯有朋友和妻子可以选择。现在回头看我走过的这段人生,朋友选对了,妻子可能没有选好。"

陆雨生说:"你去前线是因为她?"

蔡布铎说:"不能说是因为她,也不能说与她毫无关系。上前线这样的机会我是绝对不能放过的,不是说人生难得几回搏嘛。和平时期当兵能参加战争的机会太少了,作为军人一辈子不上战场,是终生的遗憾;一辈子能有段打仗的历史,是多少金钱也买不来的光荣。可我没想到,这机会偏偏在这时候来,在我最背时的时候来。夫妻关系难以维系,想干的事情彻底失败,我自己觉得这次要去前线与这些没有半点关系;可在这个时候走,不说别人怎么看,连我自己也说不清与这些到底是个什么关系了。"

陆雨生说:"你们已经到了这种程度了吗?"

蔡布铎说:"新婚之夜我们就开始了相互欺骗。"

陆雨生说:"你这么说我就很内疚。吉小雯不适合你我是看出来了,可我没有尽到我该尽的责任,开始提醒过,后来却在尽力促成。其实,美有千种万样,取决于不同的观赏者和不同的观赏角度。同一事物,同一个人,不同的观赏者或同一观赏者的不同角度,感知到的是不同的美。对美欣赏是一回事,拥有又是一回事。有些美只能欣赏,而不能拥有;有些美欣赏是完美的,拥有却是残缺的;拥有的美，绝不是单纯为了欣赏。这些我当初没有向你说明白。"

蔡布铎说："不能这样说，这不是你的责任，你当初提醒过我，是我一意孤行。现在想来，我一开始就不是个严肃的态度，这一点参谋长都看出来了，他还警告过我。我现在也没搞明白，在爱情生活里，军人意识是强了好还是没有好。在这桩婚事上，看起来我是个胜者，其实真正受惩罚的是我自己，我败得一塌糊涂不可收拾。喝，事到如今，说什么也晚了，后悔药是买不到的！"

说到这里，喝到这里，两个人的酒都差不多了。

蔡布铎站了起来。"干！为我们的友谊，为我们的将来，干！"蔡布铎把杯中的酒一口喝尽。陆雨生也斯文地干了杯中酒。蔡布铎有些狂放起来，他说："管他们说什么呢！别人爱说什么就说什么，我就是我，我要上前线是要实现我的终生愿望。我不是逃避现实，我要证明我自身的价值！"

陆雨生也情不自禁地说："太精彩了，我们不能为别人活着！我们也不能因为别人说什么而无所作为！我们更不能为了别人说什么而委屈自己去创造别人需要的行为！"

蔡布铎高喊："可以编入雨生小语！雨生，要说对不起朋友，我首先对不起你，我一直保留着自己的秘密没有告诉你。今天我要告诉你，还要托付你。来！"

蔡布铎打开了他那间秘密小屋。当他把屋里的灯光全部打开时，陆雨生被强烈的灯光刺得睁不开眼。适应了强光后，他一下呆了。对着门的那整面墙上依次是美、苏、英、法、日、韩、越南、印度的军队编制和武器装备。窗户已经封死，整面墙是他们防区的飞机照相地形图。防区的兵力部署、阵地工事和防御作战决心在图上标得清清楚楚。与窗户相对的一面墙是世界地图，美、苏、英在全球的军事设施和兵力部署一览无遗。门的这面墙，是满墙美女。这些美女照片均是他亲手拍摄。而且大都是他偷拍的不知名姓的女子。这些女子都是在毫无觉察的自然状态下被拍摄，那种无意识的自然使她们的天然丽质更加光彩照人。尤其是正中吉小雯那张甜睡的半裸玉照，可与世界油画名作相媲美。陆雨生忽然意识到这间小屋的主题是：战争和美女。

屋子中间放着一张单人床，床前摆一张三屉桌，桌上是一根被浸润得油光锃亮的教鞭，可想它在这间屋里被他使用的次数和时间。靠窗一角放置着一架放大机和扩洗照片的暗房设备。另一个墙角放置着一台计算机。计算机旁的小书架上软盘盒里装着满满的一盒软盘。

室内装有白、红、绿三种灯光，根据需要选择使用。

蔡布铎说，我的全部心血和全部灵魂都在这儿。他过去拿起一张软盘说，这些软盘储存的是美、苏、英等国军队的编制和现行装备，历次世界大战重大战役的战例和分析，近代和当代世界局部战争的战例分析，还有我收集的有关南部边界的战况和国际反应。这些我全部托付给你了。我给你一把宿舍和这门上的钥匙。在我回来之前或没有得到我牺牲的消息之前，你要为我保密。如果我凯旋归来，这仍然是我的秘密，我要继续搞下去；如果我牺牲在战场，你把这些军事资料给司令部，包括我计算机里储存的全部资料，算是我为老部队做的一点工作。这些照片你可以毁掉，如果你想留一点作纪念也可以。计算机和暗房设备就全送给你了，计算机你可以用来写作。把这一张照片寄给我老爸。

陆雨生接过照片，照片是蔡布铎和他爸的合影。

陆雨生说，不行，这有点太沉重了，我们为什么要沉重呢？蔡布铎说，对，我们为什么要沉重呢！他立即打开了他的立体声收录机，英雄交响曲的优美旋律立即在屋子里回荡。

十六

蔡布铎的申请解除了那些参谋们的警报。

蔡布铎不再是精神病患者，是英雄，是上帝，是救世主。

那天开动员大会时，"收转台"仍没能改变他的习惯，悄悄地向左右邻座发布他的私家新闻。参谋长发现后，狠狠地瞪了他一眼。这一眼让他心里一虚，接着浑身就出了汗。一听到要抽人搞公司，他心里盘算，自己吃参谋这碗饭太吃力，做生意搞公关还是不成问题的。参谋长瞪这一眼，把他心里的算盘瞪乱了。这是什么意思呢？他晚饭一口都没吃下。他跟老婆说，这一下子完了，参谋长本来就讨厌我，这回非把我打发去不可。晚饭没吃，坐在屋里犯愁。愁苦之间，他看到了小姨子刚给他买来的那台彩电。进口原装彩电商店里没有卖的。他一下子喜上心来。他想起司令员曾说要买一台彩电的。于是跟老婆商量，把彩电先让给司令员，顺便把自己想上公司作贡献的事跟司令员说说，只要司令员同意，参谋长反对也没用。老婆有些心疼，他说关键时刻要分清哪头轻哪头重。不想后来下楼偏偏让蔡布铎给碰上了，他一慌神自个儿来了个此地无银三百两。回到家想想真不如意，晚饭还是没吃，夜里把老婆搂着干了几回，倒像是明天就要赴战场，一去不复回的情势。

当他得知蔡布铎写了申请，并且得到了党委批准的消息时，激动得流下了眼泪，跑侦察处一下把蔡布铎抱了起来。弄得蔡布铎以为他犯了病。

今天一上班,他又穿梭于各处的办公室。每进一个屋他都是先长长地叹气,待别人发生好奇后,才十分遗憾地说,弄半天还是被勾出来了,于是有些人就挨他近了许多。他就很满足,说起来便更加有滋有味。他说,一个是政委老婆那里还没完。再说跟小孩瞎说八道,里面还牵涉泄密问题,要闹下去不给个处分恐怕完不了事;另一个呢,你们可别外传,咱关着门说关着门散。听说两口子感情也危机了!有人说,瞎说,才结婚几天。他就说,信不信就由你了。新婚不度蜜月,还不让人家来宿舍,一个礼拜才去人家那里两次,这正常吗?谁受得了,别说年轻轻的,我们这把年纪也受不了啊。他老婆常背着人哭,这还有假?

蔡布铎没有按时上班。昨天他在吉小雯那儿度过了形式上非常疯狂的一夜。他一直睡到吉小雯上班还没醒来。吉小雯想叫醒他,可看他那香甜的睡态,就没管他,自己泡了杯奶,吃了两片面包就上班去了。吉小雯一走出门蔡布铎就坐了起来。他根本没有沉睡。他不想面对面跟她谈这事,这样做他有些为难,尽管他觉得这样做很不够男子气,很不够军人。

蔡布铎起床后先把床铺整理好。他整得很认真,这里毕竟留给他许多回忆。他把屋子收拾一番,最后才洗整自己。做完这一切,他拿出了那封信。他把信又看了一遍,改了几个字。把那份协议也看了一遍。再把它们一起装进信封。做这一切,他的动作和情绪都有些沉重。他把信放在床前那张写字台的正中央,然后把这间屋子又环顾了一番,这才背起他的那只迷彩背囊走出门。

是中午十二点半的船。船是作战值班室派的,却不是专为他而派,有两个连去执行生产任务。他是搭便船。同船出岛的还有"收转台"和几个出去搞公司的。"收转台"喜气洋溢,跟蔡布铎打了招呼就先上了艇。码头上没有任何欢送的仪式，也不好举行什么仪式。不过此前参谋长专门到蔡布铎宿舍看了他。参谋长只说了一句话："我等你回来。"而后紧紧地握住蔡布铎的手。向来在领导面前不会激动的蔡布铎竟有些鼻子发酸。

"报告！"一声娇嫩清脆的报告打断了他们。拉开门见小波领着他的几个同学站在门口。小波一个向后转：稍息，立正！七个孩子在走廊里站成整齐的一列横队。小波又一个向后转，双手握拳，提至腰际，几乎是原地啪啪两步跑，立定敬礼："报告教官，未来战士突击队七名队员前来为你送行。队长张小波，报告完毕。"蔡布铎认真地还了礼，说，进来。参谋长在一旁看傻了眼。他们视他如旁人，他们进行这一切根本就没在意他的存在。孩子们进得屋来，小波才叫了他一声爷爷。蔡布铎看着他的七个小战士，得到的是从未有过的满足。

真正到码头送他的，只有陆雨生。当然，他们处长和另一个参谋也到了码头，但不过是出于一种礼节和规矩。在码头蔡布铎只顾与陆雨生说话。

"跟她说了吗？"

"没有。"

"她到现在还不知道？"陆雨生问。

"现在该知道了。我给她留了信，把协议也留下了，如果还有什么疑问，我让她找你，你代我全权处理。"

"家里那边呢？"

"我给老爸打了电话，他挺高兴。我妈在电话上哭了好几分钟，后来听我说对上战场的人哭不吉利，才止住了。"

"条件允许的话，常给我写信。"

"不管能不能通信，我每天给你写一封信，把我的所作所为所见所闻全都记录下来，给你提供素材。"

陆雨生的鼻子有些发酸，没能说出话来。

登陆艇拉响了汽笛，蔡布铎要起程了。他先跟处长和另一个参谋握手告别，然后才跟陆雨生告别，两双手紧紧地握在一起，两人都没能再说话，他们都不愿让眼泪流出来。

登陆艇再次拉响汽笛，船已经出港。

陆雨生再次下意识地回头时，他看到一辆鲜红的自行车向码头飞来：是吉小雯！

吉小雯中午下班，正巧同事的同学来了，硬拉她作陪，盛情难却，她就跟她俩一起上了饭馆。吃完饭，又到同事宿舍聊了一会儿，这才回到宿舍。她看到那封信时心里一怔，预感到要发生什么事。她急忙撕开信。

小雯：

用这种方式来谈这种问题，是够差劲的。我一直以为我是个称得上男子汉的军人，我也一直在为使自己成为真正的军人而自我磨炼，力图让自己实现理想的自我。但是我最近才发现，我根本不够一个真正军人的资格。形态举止，无法替代灵魂。

或许你心里也已有了这样一个结论：我们的结合是个错误。如果是这样，它是我一手制造的。悲剧的主角是我。

从外观到形式，别人或许认为我们是天生的一对。我们谁也没说过谁什么，也没对对方表示过一点不如意，但你我心里都清楚，我们之间没有爱情。我们俩都太偏执理想。我们各自都在竭力追求完美，也都想拥有完美。但现实与理想反差太大。因而我们只好演戏，彼此也意识到这种伪装的过分，可又无法改变。这是最为可悲之处。我曾几次想沟通，你也似乎在努力，但结果更欺骗自己。

心灵上的创伤无法用金钱来医治。但目前我仍是你的丈夫，有这个责任和义务。这张存折是我全部的积蓄，它应该归你，我也用不着。请你别误解我，这样对我太残忍。

协议我已经签了字，你随时可以去重新获得自由。如果有疑问，可以去找陆雨生，我已委托他全权处理。

我今天中午出岛。这次是上前线。这是我多年的愿望，这或许是我走向理想最辉煌的一步。离别之际，你能给我一份祝福，是我的荣幸。

我已经接受了命运的挑战，如果我凯旋归来，我会带给你一份不同寻常的礼物；如果我牺牲，我的灵魂企盼你的安慰。

吉小雯读到这里，泪水已模糊了纸上的字迹。她连门都没顾关，骑上自行车上了军营大院。宿舍里没有人。又拼命往码头赶，结果船已起航。

吉小雯甩下车子，爬上挡浪坝，举起双手拼命地摇摆着。突然，用尽全力喊道：我——爱——你！

不知蔡布铎是否看到吉小雯，更不知他是否听到吉小雯的呼喊。

陆雨生默默地看着这一切，心潮起伏，耳畔突然回响起李商隐的诗句：

人生何处不离群，

世路干戈惜暂分。

1995年3月初稿，4月9日改毕于北太平庄宿舍。

《昆仑》1995年第6期；《中篇小说选刊》1996年第2期转载；获《昆仑》1995—1996年优秀作品奖。

履带

一

清晨五点三十分，通信员吹响了那个声音尖厉的哨子。短促尖厉的哨音撕裂了营区的宁静，宿舍里一片手忙脚乱。常言道：新兵怕号，老兵怕哨。号是正常作息信号，哨是临时应急信号，哨子一响，准有情况。急促的哨子响过，老兵们一个个都弹了起来，新兵的手脚就更不够用。穿衣、叠被、上厕所、刷牙、洗脸、吃饭，一切都是紧急集合的速度。

昨晚上连长、指导员把一切都说透了。分列式、手榴弹、轻武器射击，那是守备团、炮团的事，咱坦克兵看什么，一年的汗水心血就看你短停对陆隐现不动目标和停止间对海运动目标两次射击。说一千道一万，靶子上穿不了窟窿不好办；平时练得再好，打不上靶子一切都不好；硬汉也好，熊包也罢，是骡子是马拉到靶场上看。

轻武器、水壶、野战服，检查完着装，连长一声令下，全连踏踏踏踏急行军出发。目的地——大沙河口靶场。

一车炮长（教程上叫一炮手，部队习惯称炮长）关天庆与排长纪树义并肩走在队伍中。一车是排长车，关天庆是新提的排长车炮长，第一次实弹射击，兴奋？紧张？说不清，反正心里不同平常。

"怎么样？紧张吗？"纪树义十分亲热地问。

"有一点，现在手心里就有汗。"关天庆答。

"你可不能紧张啊，这是实弹，紧张了容易出事，这可不是闹着玩的。"

"说是这么说，训练和实弹总是不一样。"

"又不是打仗，实弹也是训练，打好就打好，打不好有体会也行。"

关天庆扭头看了看排长，不知排长真是无所谓还是在稳定他的情绪，他觉得该给排长一点底，于是说："到了真打的那一阵也许就好了。"

部队行进至大沙河李家，海边方向传来了沉重的炮声。队伍兴奋起来步伐有点乱，说别的连队开炮了。连长一声肃静整齐了队伍。他说那是司令部作训股在校炮。尽管大家心里都明白，但浑身的血已经被炮声激热。关天庆跟排长说，连长嘴上这么说，其实他比谁都急，你看那步伐，队尾都在小跑步了。

一阵微风吹来，关天庆闻到了一股扑鼻芬芳的火药味。他扩胸用力深深地吸了一口，真香啊！没有比这更好闻更能令他激奋的气味了。浓烈的火药味一进入关天庆体内，他全身的肌肉便顿时鼓凸起来。看到各连一支支队伍行进在大沙河的沙滩上，他的脚底生出一股力，两腿轻松得产生要冲刺的欲望。就在这时连长下达了口令。

"全连注意！跑步——走！一、一、一二一、……一！二！

"三！四！

"一！二！三！四！"

嘹亮的吼声惊飞了大沙河边树林里的鸟雀。在靶场，队列和口号也是战斗力的一种显示。

连长把队伍带到靶场集结地，整理好队伍，一个漂亮的向后转，双手抱拳啪啪啪跑向参谋长。

"报告参谋长，坦克二连前来报到，坦克乘员37名，干部6名，实到人数43名，报告完毕，连长杨永祥。"

大沙河是北方常见的季节河。雨季未到，河里只一条细流缓缓流向入海口，整个河面是开阔平坦的沙滩，成扇状铺向大海，是坦克部队极好的天然靶场，他们团每年都在这里实弹射击。

指挥所设在左岸的树林里。电台和电话正分别在与射击教练车和报靶组沟通联络。教练车像憋足劲的斗牛停在待击地，发动机不时发出一阵阵呼啸。电台的呼叫声，电话的铃声和教练车的呼啸声，把右岸树林里的炮长车长们一下带入了弥漫着硝烟气氛的靶场。

射击终于开始。一连长把全连带出树林。

短停对陆隐现不动目标射击，五发炮弹完成对两个目标射击，全部射击在行进的250米内完成，每次短停射击不得超过7秒钟。两个目标各命中一发及格，两个目标命中三发良好，命中四发以上优秀。只消灭一个目标，无论命中几发均为不及格。

不及格，不及格，不及格……一连长的额头上冒着汗，形势太不乐观。

二连的人暗暗高兴，又暗暗担心。

关天庆和炮手小彭、驾驶员小甘去领炮弹的时候，一连的最后一名炮长正好去向参谋长报告射击情况。参谋长是不好糊弄的，他是很有名气的神炮手，当过射击参谋，他要求每辆车射击完毕后，炮长直接向他报告射击过程，包括距离的测定、每发炮弹的弹着点判定和修正，要是报告的情况与实际射击不符，即使打了优秀也是瞎蒙，他不会给你好脸色。打糊涂靶他是要训人骂娘的。

一连那位炮长晃荡着跑过去，一边敬礼一边嘻嘻着说，参谋长，嘿嘿，我打了个光头。

"看你个屌样，滚！"

关天庆心里一咯噔。

参谋长命令停止射击，全团车长炮长集合。

参谋长在队前大发脾气。

"这是在闹着玩吗？闹着玩回家去闹！我的同志哎，一发炮弹好几百块哪！能闹着玩吗？我不是要你们发发都在靶子上穿个窟窿，我要你们给我打个明白，打上了不知道怎么打上的，打不上也不知道为什么没打上，有的连打五发远弹，有的连打五发近弹。怎么跟你们说的，命中弹增减半（靶子的半个体形，约等于50米距离），远近弹增减百，你看到弹着点了吗？你增了吗？你减了吗？你打出个反差我看看也行啊！这一冬一春都练的什么！随便抓个老百姓来，还能打个什么样？你们对得起自己吗？不是我说你们，都一帮什么？一帮娘儿们！打了光头不痛心，还嘻嘻哈哈，还有当兵的样吗？下一个谁打？"

"报告参谋长，我打！二连一车炮长关天庆！"

"怕不怕死？怕死别打，剩下那几发炮弹让别人打！"

关天庆一下着了急："不怕！"

纪树义带着他们三个扛着炮弹跑步上车。

坦克开出有15米，第一个目标出现。

"正前方，发现目标。"关天庆报告。

"目标，正前方，距离，一千三，榴弹，装定诸元歼灭！"纪树义下达口令。

"距离一千一，标尺11，驾驶员短停！"关天庆一边复述一边纠正纪树义的测定，一边装定诸元。

"榴弹好！"小彭高喊，迅速转身扒住车体扶手贴在那里，老兵告诉他炮弹退壳，弹壳烫人，还容易伤人，要立即躲闪。"全车注意观察——"全车人的心都随着关天庆的口令提了起来。

"放！"

一声呼啸，一片火光，一股硝烟，如同电闪雷鸣，坦克全身随着炮响向后倾坐。纪树义怕震耳，张着嘴，一股硝烟呼地钻进他的嘴里，呛得连连咳嗽；小彭被火炮的轰响吓得面如土色；小甘被掀得一颠，没攥紧操纵杆，头碰着了头顶的钢板。只有关天庆这个火炮操纵者坦然自若，他掌握着击发的时机，他知道火炮发射的时刻。此时他已处于一种高度的兴奋状态，硝烟和火药味，对他来说，是一种特殊的激素，它们只能让他高度兴奋，达到最佳的射击状态。

关天庆在弹丸飞行的瞬间以四个月的汗水和两手心的茧子换来的绝招，动作敏捷地握住潜望镜，眼睛同时准确无误贴到护额上对准潜望镜的下棱镜。这是他不同别人、不同教程自己练得的硬功夫。按教程规定，一炮手观察弹着点是通过瞄准镜来观察，而实际很难操作，也难以看到弹着点，火炮发射后坐，原来的瞄准线已被破坏，要在不到两秒钟之内迅速恢复瞄准再去观察弹着点很难，炮弹出膛同时要喷发硝烟和火焰，瞄准镜紧贴炮身，视线一般被烟火遮挡，因此他不利用瞄准镜观察弹着点，而用潜望镜观察。这就有相当的难度，击发的同时要迅速转头，左手要一下握到潜望镜握把，眼同时要贴到潜望镜的下棱镜的观察口，这是炮长素质优劣差异的根本所在。时间就在两秒钟之内，如果稍一迟疑，哪怕是闭一下眼睛，或者手眼没能配合好，根本就无法看到自己打出的炮弹的弹着点，看不见弹着点，就无法确定是近弹或是远弹，修正便失去了依据，往下的射击便全部是瞎打。

"什么弹？"纪树义是驾驶员出身，对射击不摸门，平时干部会又多，基本没有时间与关天庆配合训练，关天庆基本是自己给自己下口令，自己判断，自己修正，自己摸索。纪树义本来就不大会观察弹着点，刚才被硝烟呛得咳嗽，他更顾不得观察。

"命中！降低半个体形。"关天庆果断地处理。

"驾驶员短停，全车注意观察，放！"

关天庆踩下击发机，炮没有响。回头看，小彭还傻瓜一般贴在车体那边。关天庆吼了一声，小彭没反应，原来他的车内通话器插头掉了，一股怒火从关天庆心里顶上脑门，关天庆在炮身下伸腿狠狠地踹了他一脚。

小彭吓得嗷地叫了一声。纪树义看到了关天庆这一脚的分量。

小彭一下醒来，立即"装弹好！"

"全车注意观察，放！"

关天庆看得清清楚楚，炸点的硝烟，弹片和尘土在靶子后面掀起的"V"形弹着点被靶子遮去了下三分之一多，又是命中。"驾驶员继续前进，转移目标。"

"有把握吗？"纪树义不十分放心。

"百分之九十。"

纪树义向指挥所报告一号目标射击完毕。

"左前方，发现目标！"纪树义刚报告完毕，关天庆就发现了目标。

"距离？"

"一千三，标尺一十三，驾驶员短停！"

"装弹好！"这一回小彭十分清醒。

"全车注意观察，放！"

关天庆激动地吼了一声："命中！"

关天庆这时差不多忘记了排长的存在，纪树义也没再对他下达任何口令。关天庆自己一边说一边操作："降低标尺一百，标尺一十二，提高半个体形，驾驶员短停！"车刚停稳，小彭迅速装了弹。

第四发又是命中弹。

打完第四发，关天庆正在修正第五发的诸元，小甘拉动操纵杆转了弯。

关天庆把红色警报灯按下的同时，愤怒地吼叫："小甘你犯神经啊！还没打完呢！"关天庆骂了起来。

"你不是喊了五发了嘛！"小甘不服地重新掉转头来。因小彭误装了一发弹，小甘记得听到他喊了五次放，他以为已经射击完毕。

关天庆顾不了这些，为了检验前面的射击，关天庆没跟排长商量故意降了一个体形，果真打了个近弹，而且弹着点就在靶子跟前，气浪一下把靶子掀倒。

纪树义向指挥所报告射击完毕，指挥所命令返回。小甘来了劲挂上四挡，呼啸而回。关天庆乘机把火炮摇成四十五度角，钻出窗口，迎着扑面的山风，迎着那一双双羡慕的眼睛，他第一次品尝到凯旋的滋味。

关天庆跳下车以轻松的步伐跑到参谋长面前，敬礼后按序向参谋长报告了射击的全部过程，包括他修正排长判定距离的误差，炮手漏装炮弹，驾驶员提前掉头和他有意检验射击结果的每一个细节。思路清晰，口齿流利。

参谋长听完报告后，脱口而出："完全正确！好！有希望成个神炮手！有什么体会？"

关天庆毫无顾忌地说："上了车我什么也顾不得想了，就像在做一件非常爱做也非常会做的事，我做得很顺手，也很有把握，觉得天生就是块玩枪弄炮的料。"

参谋长竟哈哈大笑。

关天庆回到集结地，纪树义问他参谋长笑什么，他说我跟参谋长说我天生是块玩枪弄炮的料。排长的脸一下阴得挺难看。

二

关天庆喜滋滋地进了排长的小单间。

纪树义倚在被子上听收录机。见关天庆进屋，拉了拉嘴角，算是招呼，仍继续欣赏他的流行歌曲。

关天庆说，排长，我们车想开个总结会。

纪树义见关天庆说话，立即摘下一只耳机，说，你找我有事？

关天庆就重复一遍他说过的话。纪树义听明白后，并没有关掉收录机，一边听一边笑眯眯地拿眼瞄关天庆，没说话。排长虽然兼着车长，但基本不管车里的事，他的主要精力要管排里的事，车里的事全都交给了关天庆，所以排长车的炮长顶车长用，别的车的炮长不参加连务会，排长车的炮长参加。排长不大参加车里的活动，不等于炮长就可以自作主张、可以独断专行，凡事都还必须请示排长后方可实施。

纪树义笑眯眯地瞄了一阵关天庆，再笑眯眯地说，你准备怎么开。

关天庆说，虽然打了优秀，但车内配合问题不少，想好好研究研究。关天庆说完等着排长表态。纪树义却仍笑眯眯地听着收录机，笑眯眯地瞄着他，他像在琢磨关天庆的话，又像仍在等关天庆说下去。关天庆却以为排长在考虑他的意见。两个人就这么你等着我我等着你，谁也没再接着说什么。

纪树义等了一阵，也可能是他听完了那首让他着迷的歌曲，见关天庆不再说话，这才反应过来似的关掉了收录机。为了与他的这一串动作相协调，他加了一句多余的话，你说完啦？

关天庆说，嗯哪，这些问题就够解决的了。

纪树义顿了顿，想了想，然后笑眯眯地说，我说天庆哎，车里那个总结会还开吗？他像在提醒关天庆慎重考虑，又像是表明他的不同态度。

关天庆做事很少拐弯，他想做的事，一定是要做的。他说，这个会我看省不得。

纪树义仍是笑眯着眼。他十分知己地劝关天庆，我说天庆哎，总结会就免了吧。什么事情都得适可而止。参谋长在全团炮长面前表扬了你，还给了你一顶神炮手的桂冠；连长在全连面前夸了你，我也在排里称赞了你，这还不够吗？你还想要什么呢？该显的都显了。再说，连里总结了，排里也总结了，车里的问题也都点了，你还嫌不够，还要再开会，人家就会有看法。开会说什么呢？还不是要说小彭漏装了弹，小甘提前拐了弯。你想想他们会怎么想呢，连里点，排里说，车里还要开会，有完没有完。我教你一招，自己心里高兴的时候要想一想别人高兴不高兴，你风光了扬了名，别人已经受了批评，心里已经很难过了，你还抓着别人的小辫子不放，人家就会反过来看你。再说，他们是做错了，可也没有影响你的成绩啊。你刚提炮长，尤其在有了一点成绩的时候，千万不要太张狂。

关天庆被排长这根软绳子抽得蒙了头，他一腔子热情全让他轰跑了。

纪树义见自己的话击中了关天庆的要害，对自己的这一阵发挥十分欣赏十分满意。他本来就一直在琢磨怎么跟关天庆谈这事，现在他自己找来了，而且自己很巧妙地说到了话题上。见关天庆蔫了，他一下又激发出许多智慧。他接着说，要说开会，我觉得倒是有一个会好开的，不过要看你有没有积极的态度。关天庆好奇地说，我？纪树义说，对，是你。你有一个问题，正儿八经该开一个会，而且可以开成一个对你十分有利十分有好处的会。关天庆说，我的问题，还对我十分有好处？纪树义又把眼睛眯了起来，说，天庆哎，你要这么说的话，你的问题还真是问题嘞。关天庆让排长说糊涂了。纪树义还是笑眯眯地说，我已经给你挑明了，你都意识不到自己的问题，这就有了一点严重性。我也就不跟你猜哑谜了，第二发炮弹小彭漏装了是不是？你做什么啦？关天庆说，我没做什么呀。纪树义痛心地说，天庆哎，你连这都忘了！我告诉你，你在车里用脚踹小彭啦！而且踹得那么重。你真没有意识到这是问题吗？关天庆说，我是顺便踹了小彭，可那时我在操炮，没有别的办法让他明白，我没有意识到这是问题。纪树义说，你看看，你看看，你连这么严重的问题都没有意识到，这是殴打战士！是我们人民军队所不允许的。小甘提前拐了弯是不是？你怎么对他啦？关天庆有些不高兴，说，我又踹他啦？纪树义说，你没法踹他，他在前面驾驶，可要是在你跟前也难保你不踹他，因为你意识里根本就没有这根弦。你因为踹不着他才没踹他，可是你骂了他。关天庆说，我骂啦？纪树义说，你是骂了，你骂他犯神经病。关天庆说，这也叫骂人？纪树义一直非常耐心，他说，这不叫骂人，那你说这叫什么呢？你能给它定个名目？

关天庆让他说得没了话。

纪树义决意乘兴帮他深挖一下根子。他说，天庆哎——不料关天庆大吼了一声，你别说了！

关天庆这声吼，把纪树义吼傻了。他毫无思想准备，怎么也想不到关天庆会对他这么吼叫。他诚心诚意帮他，让他学会处理矛盾，好上加好。人怕出名猪怕壮，你一冒尖别人就会嫉妒，你再要不谦虚，不注意与周围的人搞好关系，就会被人孤立。到最后墙里开花墙外香，不过是一团过眼烟云。关天庆这么一吼，吼乱了他的思路，他不知如何是好。

纪树义再也笑眯不起眼来，他傻傻地看着关天庆。关天庆也呆呆地看纪树义，他也不知道自己怎么会对他吼出这么怪的声音，完全是一种无法控制的本能反应。两个就这么僵持着。

关天庆的脸憋得发青，他一口一口往肚里咽着气，他不想让自己发作，他知道他是他的直接领导，可他那根弦实在绷不住了。他怎么会这样呢？他不管什么是主要，什么是次要，什么是对里面的错，什么是错里面的错。在那个时候我难道要说，亲爱的小彭同志，你忘了装弹了,请你把炮弹给我装上好吗?你难道要我对小甘说,亲爱的小甘同志,你不要这样心急,我还没有打完,请麻烦你把车头再给我掉过来好吗?

这些话关天庆说不出口。他只对纪树义说,排长,你跟参谋长都是我的领导,你想的怎么跟参谋长不一样。

纪树义相当尴尬,自己一片好心,没有用排长的身份批评他,真心实意给他慢慢诱导,让他自己认识问题,可他竟喝唬他,让他威风扫地,把他的自尊当泡踩,还反过来质问他,简直不把他放眼里。可他没有光火,他是一个善于克制自己的人。他只是觉得到了这个火候,必须把事情的本质给他挑明。他仍耐心地说,天庆哎,我们是不好拿某个领导来做尚方宝剑的,部队什么工作最重要?安全防事故才是部队工作的头等大事。打靶算什么?你注意了吗?政委去了吗?团长去了又待了多长一点时间?守备区首长有来的吗?连作训科长都没有来,只来了个参谋,这说明什么呢?我再问你,咱们平时为什么要把轻武器入库封存?发枪为什么不发子弹?这又说明了什么?一句话,就是为了预防事故发生!你要是跟自己的战士闹出矛盾来,激化了出点什么事,你就是打一百个优秀也白搭,真要出了事,不光你完,我也要完,连长、指导员都跟着要完!我不是泄你的气,你今天打了优秀,是显了威风,可你想过没有,明天还有人记着你打靶的事吗?一年之中不就打两次靶嘛!更多的时间是要做别的,不管做什么,跟自己周围的人相处好是头等重要的大事。什么是领导水平,不出事就是水平!什么是领导能力,让下面的人不闹事就是最强的能力!我这是肺腑之言,冲你是我的兵,要不我才懒得跟你说这些,闲着难受啊。关天庆被纪树义这一推一拉,差不多晕了向。

关天庆不想跟排长磨牙。临出那间小单间时他还是说，会一定是要开的，我踹人骂人我向他们检讨，他们的问题我也不会迁就。说完腾腾腾走了出去。

三

二车长走进门做了个怪样。他悄悄地来到关天庆身边，咬了一下耳朵，关天庆居然就让他卡着了命根子一般跟他出了屋。全排的人都觉着有些怪。

他俩来到营区操场，在两棵大柳树下进行了谈判。

二车长说，条件很简单，信由我来撕，我不看，让我看一下相片。

关天庆的脸红了。他已经看到了那封信，一看那信封就知道是夏雪写来的。每封信的信封她都精心选择，主题都是一个，她要给他送来情意和爱。这个信封的左下角是一花一黑两只蝴蝶。关天庆眼下完全处在被动，信在二车长手里。他跟通信员私下里有过契约，凡是这种信封、写这种清秀蓝钢笔水字的信，都不许给别的人，一定要亲手交给他。不知道二车长用了什么手段从通信员手里搞到的。关天庆并没生气，老兵私下里有个盟约，老兵之间要公开情书，一是调剂精神生活，二是相互交流，相互学习。关天庆没有执行这个契约。说实在的，连队除了出操、训练、学习还有什么呢？空闲时间，战友之间也就相互开开这种玩笑，聊聊家常，说说儿时和学校的故事。

关天庆无奈地点点头，不过他提出一个要求，不要告诉别人。只是通通信而已，八字也就刚有那么一撇。

关天庆后面的话二车长根本就没有听，看到关天庆点头，他立即撕开了信。

关天庆看他那个急样，立即说，你慢点，别把信封撕坏了。夏雪的每个信封，关天庆都完好地保存着。

二车长哪还管得了这些。夏雪的相片让他即刻忘了一切，随着那声啊的惊叹，那张嘴就停顿在那里再没想到要闭合。

关天庆这时就不能忍受二车长这样看他的夏雪，伸手把相片抢了过来，生怕让二车长看少了什么一样。

夏雪这张照片拍得太美了，完全可以跟那些纯情派影星媲美，关天庆也看呆在那里。

二车长立即凑过来想再饱眼福。关天庆没满足他这个要求，立即把相片藏到口袋里。二车长的欲望没得到满足，关天庆的要求他就不想认真遵守了。

二车长说，还八字刚有那么一撇，那么一撇就给你寄这么大的相片，有六寸吧？

关天庆说，没有，是四寸。

二车长说，你小子，这么有艳福，我要是能找到这么漂亮的老婆，一辈子让我做牛做马都愿意。

夏雪和关天庆是一个镇的。他们俩从小学一年级一直同学到高中毕业。夏雪的父亲是供销社干部，母亲是医生，是城镇居民；关天庆家在镇东街的街梢，父母一辈子靠种田吃饭，至多到街上卖些自己菜园的菜，挣点零花钱，是地地道道的农民。两人在学校学习成绩一直处在中上，心劲挺高，人多学校少，志愿填得都没策略，他们俩高考都双双落榜。夏雪到镇文化站就了业，关天庆当了兵。

关天庆和夏雪产生不同寻常的感情，是初中二年级。学校组织夏令营，会游泳的男女同学在河里游泳，不会游泳的女生在河埠观赏玩水。三个姑娘一台戏，凑到一起自然安静不了，你拿水撩我，我用水泼你。河埠的石板上长满青苔。夏雪用水泼人时没站稳，脚下一滑一筋斗栽到河里。离她最近的一个男生和一个女生来救她，人没救起他们自己倒呛得够呛。关天庆一个猛子钻过来，一下把夏雪背到背上，夏雪哪还顾得姑娘的羞涩，两臂紧紧搂住关天庆的身子，胸脯也紧紧贴在关天庆的背上。关天庆闷下头，一口气把她带到岸边，夏雪安然无恙，关天庆却呛了好几口水。从此他们俩之间便有了一种他们自己也说不清的感情，同学们也是这么看他们。

关天庆打篮球，夏雪必定要看；只要夏雪看球，关天庆必定发挥超常。打完球，关天庆去洗涮，夏雪就替他拿衣服洗衣服。两人没有更多的言语，心里却都甜蜜蜜的。

当兵后，关天庆主动给夏雪写了信。夏雪收信当天就给他回了信，一来一往越写越密，到后来关天庆写信稍拖拉一点，夏雪就会主动追加书信。关天庆跟夏雪说部队上的事，夏雪跟他说镇上的家乡的事，说来说去就说到婚姻的事。夏雪问关天庆为什么不谈恋爱；关天庆回信问她为什么不谈恋爱。夏雪回信跟关天庆说她早已有对象了。关天庆收到信心里就上了火，立即写信问夏雪对象是谁，做什么工作。这些信，关天庆一直没有给排里几个老兵公开，没让他们"精神会餐"。

二车长回到排里，还是把事情暴露了。关天庆要捶他，他说，他没有办法，这么漂亮的相片，你一个人专权独霸，太亏了弟兄们。

几个老兵立即围住关天庆，说是来文的还是武的。关天庆没办法，只好把夏雪的相片拿了出来，宿舍里一片吼叫。几个新兵也想凑过来沾光，让老兵一嗓子赶跑了。老兵们看了相片还嫌不过瘾，又把关天庆拉进储藏室让他念信会餐。

关天庆毫无办法。其中最让老兵们兴奋的是这样一段：……

天庆，上封信你问我找了个什么样的对象，做什么工作，现在我告诉你，你睁眼看清楚了，也不要太激动……

一个老兵忍不住插嘴，这丫头要大兵有一手哎。他立即挨了旁边人一拳。

我找的对象是个大兵，而且是个傻大兵，在坦克部队当炮长，自称是个神炮手，我看他一点不神，傻得浑身冒傻气，当兵三年头了，也不知道回来看看我，连张相片都没寄，一天到晚让我想着他，他心里却只有他那门炮，一点也不想着我。你看着我的相片，听我骂他一句："傻大兵！"

关天庆念到这里，老兵们激动得蹦了起来，羡慕得唉声叹气，都问关天庆，你小子用的什么手段，前世积了什么德。

四

关天庆干了一年半炮长，打了15发炮弹和上百发机枪弹，瘾没过足，一个命令让他到三车当了车长。他主动把小彭要到三车当炮长，没想到关天庆那一脚，一下把小彭踹机灵了，关天庆教他炮长专业，他学得挺上心，专业技术在炮手里拔了尖。

当车长捞不着打炮，关天庆有些遗憾。回过头来想想，他又有一点欣喜。去年让那顶神炮手的桂冠压着，没敢跟连里提考学的事，连里也没安排他，似乎他成了团里的名人，一切该由团里来安排。现在当了车长就无所谓了，射击指挥谁都能干，技术过硬的炮长，根本用不着指挥。他可以名正言顺地考军校。

关天庆心里一直有一种不可言说的压力。这压力来自夏雪。夏雪没有要求他什么，只是真诚地爱他，夏雪越是不要求什么，他心里的压力反而越大。城镇居民与农民，在如今的社会中是两个地位悬殊的阶层。夏雪不计较是一回事，周围的人会怎么看待这件事，她父母又是什么态度，关天庆自己心里就无法平衡。男人不如女人，是件窝囊透顶的事。他暗暗寻思，改变这种局面的唯一办法只有考军校，靠自己的真本事来改变自己的命运，也只有这样，他才能理直气壮地接受夏雪的爱。

关天庆悄悄地开始复习文化。

纪树义找关天庆。关天庆当车长，纪树义已当了副连长。

纪树义笑眯眯地跟关天庆说，好事好事，团里要搞新兵集训，让你到训练队去当班长。坦克部队是技术兵种，新兵集训不同步兵、炮兵，所有坦克乘员必须经过专业训练后才分到连队。

关天庆一愣，说，多长时间？

纪树义说，五个月。

关天庆说，完了。

纪树义问，怎么完了呢，这是好事哎，说明团首长很重视你呀！咱连就你一个，这样的车长全团有几个？

关天庆说，副连长，我问一件不该问的事。

纪树义问，什么事？

关天庆有点不好意思地说，不知连里今年让不让我考学。

纪树义说，既然上级用你，上级自然会有安排，再说了，团里要让你执行任务，你说你要考学，不能去，这恐怕不好说吧。到时候我给你想着就是了。到了训练队，要好好发挥骨干作用，这也正是你显露才华的好机会，自己一定要把握好，不能把个人的事情看得太重。关天庆打起背包上了训练队。

关天庆到训练队当班长，实际是助理教员。训练队几个教员都有家有口，只是正课时间来上课，平时训练都由他这样的班长负责。关天庆分管炮长炮手专业。不干则已，干起来就忘我拼命，这就是关天庆的脾气。分配给他的工作，他不需要领导操心，相反常常会让领导感到新奇和想不到。他把新兵抓得死死的，说要走好当兵这段路，先要迈好第一步。白天训练专业，业余时间还要练队列、打背包，夜里还常搞紧急集合。没几天新兵们私下里就称他是法西斯。

那天他给新兵训话：

人说不想当将军的士兵不是好兵，我说士兵离将军太遥远，说现实点大部分人只能是空想。要我说，应该说坦克兵不想当炮长的新兵不是好兵。什么是好兵，它的含义太宽泛了，各人从不同角度可以作出许多不同的答案。但就兵的本意上讲，我认为，好兵必须是具备军人气质的男子汉。男人不一定都能称得上男子汉，男子汉也不一定都能成为真正的军人。男子汉加上军人气质和军人素质才称得上真正的军人。军人气质是什么，我认为，听到枪炮声、闻到火药味，立即能达到最高的兴奋点，而不是恐惧，这才是真正的军人。要当一个好炮长首先必须具备这种心理素质。

关天庆说着这些，发现队列里原来站得松懈的，慢慢挺直了腰板。

有了这个心理素质，还要掌握技术技能，当个合格的炮长，必须练成四样硬功夫：一是准确判定距离，做不到这一点，炮操得再好，动作再迅速也白搭；二是精确装定诸元，标尺、方向装不精，瞄哪儿打不到哪儿；三是精确瞄准，这一点看似容易，其实不易，时间短，有的目标还运动，左右手、眼要配合，稍一松念头，炮弹就不知飞哪儿去了；四是及时准确观察弹着点，这一招更难，炮弹出膛到击中目标爆炸不到两秒钟，稍一犹豫就什么也看不见，看不见自己的弹着点，以后的射击全部是瞎打。

要练得这些绝招，没有好办法，只有一个字，练！苦练加巧练。

两个人一对，相互检查，相互下达口令一百次精确瞄准一轮换。

关天庆说完，队列里有人伸舌头。

关天庆看到了这一动作，他立即宣布，谁需要他陪练，他随时奉陪。

关天庆一边抓着新兵训练，一边忙里偷闲复习文化。

晚上，二车长跑来看他。见面，二车长先给关天庆一封信。可惜不是夏雪的信。二车长接着就跟他说连里的情况，说完连里的便是老兵们的心事，说六车长探亲回来了，收获不小，敲定了一个。八车长准备这个礼拜走。说完别人再说自己。二车长说，他的兵今年就当到头了，文化低考学没有门，转志愿兵连队没名额，别的没啥遗憾的，党票有了，车长也当了，只是没找着对象。关天庆问他什么时候探亲。二车长说，没有个目标，探亲也是白浪费时间。关天庆说那你就应该发动群众，姑啊姨啊舅啊，搞一下突击，有点眉目就杀回去，来他个手到擒来。说得二车长笑了。说完自己的事，二车长再关心关天庆。说今年可别再错过机会，文书、小彭还有五车长他们都在没白没黑地复习呢，前两天已经让他们填表了，你填了没有。关天庆一听填表有些急，谁也没跟他谈过这事。二车长让他抓紧抽空回连问问，别连里以为团里管，团里以为连里管，到头来谁也没管。

礼拜天，关天庆回了连。

平时给学员讲课一套一套的，遇到这种个人的事，在领导面前他感到好难开口。在他的观念里，作为个人对组织，只有尽心尽职，一门心思做事，尽自己的一切能力和创造力做好工作；而作为组织对个人，应该是任人唯贤，不分亲疏，不埋没和贻误任何人的进步。无论是个人向组织伸手，还是组织对个人不负责都是不应该的。

关天庆回连，纪树义看到了他，他跟他打了招呼，跟任何时候见面一样热情地问了训练队的情况。问完就没再说别的，说他要到城里去一趟。

关天庆心里很凉。难道他忘了他想考学的事，难道他忘了自己对他说过的话。连里的人填表的时候，就想不起还有他，你自己的兵，自己连里的人，这种事怎么能忘。谁都知道在训练队是临时帮忙，考学的名额也都在连队，连里不管谁来管呢！

关天庆见纪树义骑车要走，忍不住叫住了他。

纪树义说，天庆，有什么事吗？

关天庆说，听说考学的都填表了？

纪树义惊奇地问，你没填吗？

关天庆说，没有谁让我填啊！

纪树义说，是这样的，你现在在训练队，让不让你考学要团里决定，连里也不知道你的工作情况，也不知道能不能离开，我们也不知道团首长的意图，所以连里不好直接安排。你应该跟训练队领导说一说，让他们跟团首长反映，团首长如果要让你考学的话，肯定会从团里的机动名额里给你解决。不过我觉得，团里要想让你这次考，肯定会安排的，不安排，说明是你的工作离不开，在这样的情况下，自己个人要求好不好，你要慎重考虑。好吧，我走了，有什么事，你往连里打电话。

关天庆望着纪树义骑车远去的背影，心里说不出是什么滋味。

关天庆心事重重回了训练队。

关天庆前思后想，没法跟训练队领导开这个口。让训练队的领导去找团首长，本身就是让他们为难。在这里帮忙的骨干不止他自己。关天庆只好把这事在心里憋着。

不几天，七连的指导员来训练队，他带来一个炮长，换回去一个车长，连里决定那个车长考学。

关天庆心里就生出一个希望，企盼着自己连里的领导也来训练队。一直盼到考学的人进考场，没盼来连里的领导。关天庆心里灰灰的。那一天上午，他一头钻进教练车，一气来了100发瞄准发射。新兵们有些不知所措，搞不清是谁惹他发这么大脾气，都乖乖地躲闪着他。

关天庆再次回连，纪树义竟惊讶地说，你怎么不早说呢！他们不好找，我来找啊！事情到了这地步就没法弥补了，只好到明年再说。

关天庆只是痛苦地拉了拉嘴角，他轻轻地说，明年就用不着你操心了，我超龄了。

纪树义说，超龄怕什么，优秀骨干超龄也可以照顾，只要团里肯说话。团里不是要给你立三等功嘛，这说明团首长已经意识到了这个问题。明年咱都想着这事。

关天庆看着纪树义的一脸认真。他没再说话。他说的每一句话全都对，也全在理，可就是搞不清他的话，哪一句是出于真心，哪一句是用来应付。

五

夜间障碍驾驶是驾驶技术考核最难过的关。考核从一营开始，全营的坦克乘员都集结在障碍驾驶场。

夜间障碍驾驶是闭灯驾驶，驾驶员一律不准带手电，可黑灯瞎火的，当头的上车下车检查点什么不方便，一般都自备一支手电。纪树义说手电落在了宿舍。关天庆让阮明亮立即跑步回连取。不巧的是阮明亮不知道吃了什么不对胃口的东西，拉肚子，拉得后脊梁发酸，脚底下发飘，回连来回起码要两千米，黑咕隆咚的，还要迅速，阮明亮心里打怵，一般的人也就说了，可他不愿说，他总觉得关天庆的眼睛里时常闪着让他心虚的光芒。

上军校的走了，被关天庆踹过的炮长小彭考上了装甲兵学校。连里对各车成员重新作了调整。阮明亮从指挥车到关天庆的车当了炮手。连长说阮明亮人倒是聪明，可太面条。关天庆从来不挑人，给谁要谁。驾驶员葛小柳也是。葛小柳本来是通信员，人长得特精神，就是老实得过火，见了生人连句话都说不利落，连里说让他到关天庆车里改行当驾驶员，关天庆说，行。关天庆认为，兵都是好兵，没有一个是蓄意来破坏部队建设的，关键看怎么带。

阮明亮转身跑出五六步，迎面碰上驾驶员葛小柳撒尿回来。他就跟他说了车长让他回去帮副连长取手电可他肚子有点痛的事。葛小柳是出了名的老实疙瘩，与他自己爹娘怕是也没有多少话，谁让干什么就干什么，他想都没想他马上要上车考核的事，扭头一溜烟去了。

阮明亮怕被关天庆发现，没敢露面，在附近溜达。

阮明亮很聪明，上学时数理化在班里一直拔尖。高考第一堂考语文，语文是他的弱项，一进考场，没考30分钟他就晕倒了。他十分爱面子，聪明人如果格外爱面子，有时就会做出过分聪明的事来，聪明就常常变成了小聪明。

说也巧，那天考核不知是文书还是纪树义开的名单，他没按编制序列排名单，他们连第二个就是葛小柳。关天庆咧着嗓门吼葛小柳，就是叫不到他的人，心里的火呼呼往外冒。

　　阮明亮听关天庆吼葛小柳，知道坏了事。立即跑了过去。他本来要照实跟关天庆说，一看到关天庆那双眼睛在冒火，要说的话滚到嘴边忽儿拐了弯。他说葛小柳他他他，说了五六个他没他出下文来。关天庆更是火上浇油，你他妈他他他，他怎么啦！阮明亮只好说，他主动要求回去拿的，说万一找不到副连长的手电他那里还有一支。

　　关天庆忍无可忍，你他妈搞什么乱！说话的同时就习惯性地给他来了一脚。他马上要上车考核，你让他跑长跑，他要考不好我饶不了你。

　　阮明亮一紧张，直肠那里就失去了控制，屁门关不住哧啦弄了一裤裆，提溜着裤子罗圈着两腿往黑处跑。

　　车不能停着等，只能把下一个提上来先考。

　　葛小柳上气不接下气拿来手电，关天庆也没给他好气，说你也是头蠢驴，人家让你吃屎你都吃。葛小柳帮人做事，却当头挨了一闷棍，心里也不是滋味。

　　葛小柳不知是跑步累的还是心慌，过障碍熄火一次，上坡又一次没挂上挡，过堑壕过到一半偏了向，只好倒车重来，弄了个不及格。

　　关天庆一个礼拜没给他俩好脸色。阮明亮和葛小柳识相地在训练上加了不少劲。

六

关天庆批准回家探亲，上午专门进城买车票和回家的东西。

关天庆探亲是因为他作出了一个决定，他打算年底复员，复员之前回趟家，跟夏雪把婚事定一定。成，一锤定音；不成，吹灯拔蜡。

关天庆的这个决定可说是指导员纪树义那次谈话逼着他作出的。

前些日子，指导员纪树义神秘兮兮地找了关天庆，像有多大秘密怕被人发觉，把他叫到他的宿舍，还特意插上了门，然后惊喜地说，天庆哎，好事来了，你可先别对任何人说。

关天庆并未被他那虚张声势所感染，仍是一副平平淡淡的样子。到了这个时候他还有什么可激动的呢。去年，他又上了训练队，连里和团里倒是很关心，说一定要争取让他考学。报上去后，守备区通过了，要塞区卡下来了。反映上去，上面说优秀骨干，有什么突出贡献，立过二等功吗？自然没有，只给他立过三等功？突出贡献就是为团里培养了许多合格炮长和炮手。上面说，这样的骨干太多了，没法照顾。怨谁呢？谁也怨不着。

纪树义看关天庆木木的没情绪，更加注意语气，他说，我说天庆哎，团首长对你很赏识呢！说如今像你这样肯钻研军事技术的骨干太少了，团首长有意要保留你，想让你上机关食堂改行当炊事员，或者到修理连改行当修理工，年底争取给你转志愿兵呢！

关天庆听了，鼻子酸了一阵。当兵五年了，组织上专门跟他谈个人前途问题还是头一遭。他没有激动，反而心酸。他怕当着纪树义的面滴下泪，赶紧拉开嘴角笑。他一反往常的倔劲，非常腼腆又一片真诚地跟纪树义说,请转告团首长,他们这么忙,还能想着我这么个当兵的,真心实意地谢谢他们。考军校,自己是一直想的,转志愿兵却没有想过,一眨眼五年了,是该好好为自己打算打算了,等我考虑好了再跟领导汇报。

纪树义一愣。心想领导这么关心,别说战士,就是干部也是求都求不得的事,怎么还用想,难道还拒绝领导的关心不成,这不是拿领导的好意当儿戏嘛!

关天庆不是开玩笑,也不是跟领导赌气,他很认真地想了两天。他把自己当兵这几年的事前前后后想了个透。这些年来,他觉得这兵当得挺有滋味,打炮、指挥虽算不上什么技术,社会上也可能没人稀罕,但作为坦克乘员的炮长、车长,他是用了心尽了职的,组织上给他立了两次三等功。可当兵当到今天,自己竟成了要领导特别关照的一个人物,成了领导的一桩心事、一个包袱。领导想法给自己创造条件转志愿兵,他们好像是尽了他们的责任,是一番好意,可当炊事兵,即使转了志愿兵,也不是他心里想做的事;去当修理工,自己要从头学,人家连里就没有骨干?名额是有限的,就这么几个,自己去了肯定就挤了别人。你再有本事,也挡不了别人戳你的脊梁。一辈子窝囊。这又何苦呢。想来想去,实在没有意思,自己觉得没意思的事,何必还要让领导添为难呢。关天庆便打定了自己的主意。

关天庆第三天找纪树义。纪树义先是高兴,关天庆把自己的打算一说,纪树义以为他是故意跟领导闹情绪,沉下脸来劝关天庆,天庆哎,你可要珍惜这个机会,机不可失,时不再来。

这些年关天庆算是摸透了纪树义的脾气,凡事他总爱在一分为二的"二"上费心机,常常爱反着揣摩人家的心思,老跟人拧着想事。关天庆见他又要往"二"那一面扭他，便实实在在说，我不是闹情绪，是为自己一辈子着想，人生道路千万条，考学当军官、转志愿兵，不过是其中的一条路。车到山前必有路，船到桥头自然直，活人总会有自己的活路，各人自有各人的活法。

说到这里，纪树义还不信，仍追问，你这是心里话？

关天庆说，我什么时候跟你说过假话？

纪树义说，真不是闹情绪？

关天庆说，当兵五年了，我跟你闹过什么情绪？

纪树义还是想不通。关天庆临出门纪树义又不放心地站起来追上去说，天庆哎，你可千万别有什么想不开的，有什么事就跟我说。

全连很快都知道了这件事。不少老兵们来找关天庆。有的说，好小子，是条汉子，佩服；有的说，你傻啦，这样的好事上哪儿找，别人送礼都恨找不着后门呢。

关天庆从连部回来，径直走进排长的小单间里面的储藏室，拎出那只大提兜，一句话没有，愣手愣脚把香烟、糖果、饼干之类的东西撒给排里的弟兄们吃。

排里的弟兄们接下了关天庆扔过来的东西，可谁也没吃。要在平常日，哪用他撒，几个老兵早就过去自便了。今天的事太莫名其妙，这些东西他们没法吃。

关天庆今天进城采办回家的东西，这是全连都知道的；买了后天的车票，大家也已知晓。吃晚饭的时候，几个老兵还跟他开玩笑，说别的事无所谓，要紧的是把那个漂亮夏雪给拴牢了。他还跟着来了句，炮长出身的眼力，瞄上了就跑不掉。转眼工夫，他突然把东西分给大家吃，这算是咋回事。

事情是纪树义和连长一起跟他谈的，下午团里开了紧急会议，上级决定明年在防区搞现代抗登陆作战演习，代号为"9510"，全区干部战士立即停止探亲休假，投入演习训练。新兵入伍和老兵复员工作照常进行，为了确保演习顺利进行，要保留一批重点骨干，骨干名单中有关天庆，上面说保留的骨干中超期服役时间过长的，表现突出的，演习结束后上级会择优保送进军校。

关天庆对此毫无思想准备，但他当即表了态。服从组织决定，立即退车票，复员的事也听从上级安排，别说演习，就是现在开拔上前线，那也毫无疑问。

战士们拿着关天庆扔过来的东西，还没来得及问是怎么回事，门外响起了集合的哨音。

七

关天庆车里分来个新兵叫林海。阮明亮成了老兵，而且当了炮长。

林海是连里派给关天庆的。纪树义跟关天庆说，林海是城市兵，在新兵连很郎当，什么都不在乎，仗着自己打过篮球有一身疙瘩肉，动不动就想跟人练练。在新兵连跟不少人摔过跤，还打过人。给别的车，怕管不了，决定分给关天庆。关天庆说可以，二话没说。

林海个儿不算太高，一米七十三光景，篮球玩得挺花花，跟人开口就是：我是来混工龄的。挺坦白。新兵里的同乡私下里都叫他老大。下连头一天半下午就到伙房要东西吃，说肚子饿坏了。

林海到车里，关天庆给他练的第一项技术是叠篷布。本来应该由炮长阮明亮领着他练，关天庆不想让他开头就懒散，于是他亲自领着他们练。

关天庆对林海说，你知道篷布在我们部队是什么？

林海不以为然说，篷布就是篷布呗。

关天庆说，篷布在其他地方是篷布，然而它到了军营，用来遮盖坦克，它就不是一般篷布，它首先是装备，然后才是坦克的衣服，盖到车上或者绑在车体一侧，直接反映着这个车的战斗作风和精神面貌。所以盖篷布和折叠、固定篷布都是整体战斗动作的一个组成部分。篷布，从装备的角度看，它是不可缺少也不可随意损坏的战备物资，从衣服的角度看，它是保护坦克的必需品。因此我们坦克乘员要像爱护其他装备一样爱护它。

关天庆讲的同时，眼睛始终盯着林海的反应。他发现他有些心不在焉。关天庆提醒他注意。

关天庆对林海说，战斗对坦克乘员军事技术的基本要求是：开得动，联得上，打得准。刚才说叠篷布是整体战斗动作的一个组成部分，主要指战前准备。坦克乘员进入战斗状态，出车前的战斗分工是，车长和驾驶员负责到充电车间领取电瓶，然后给发动机水箱加水，做好发动车辆和通信联络准备；炮长和炮手负责解篷布、叠篷布、固定篷布和火炮射击前的一切准备，如要装弹药，负责到弹药库扛回一个基数炮弹。林海问，一个基数是多少发炮弹？关天庆说六十发，四十发榴弹，二十发穿甲弹。林海不由自主说，我的娘哎，就两个人，不累趴下啊！

关天庆说，当兵就是要吃苦，平时多流汗，战时才能少流血。他让他先别关心扛炮弹，先让他看着他和阮明亮实地操作叠篷布。关天庆一边做一边说，战斗准备阶段的动作基本要求是：正确、迅速、配合默契。现在我顶替炮手的位置，林海你看着我的动作。解篷布炮长在车头，炮手上车尾，车两边一边一个系扣，解开后，炮长在前面拉，炮手在车上掀。炮手同时要取下炮口帽，平时训练不要取炮口帽。要想篷布好固定，篷布就要卷得紧，要想卷得紧先要叠得好。篷布在车前展平后，两人同时拉起右边的绳，先向左折，到五分之四处反过来向右折，这样就叠起了三层，正好是篷布的五分之三；然后再拉起左边的绳，一起向右折，拉到与已经叠好的篷布取齐再反过来向左折，这样篷布就叠好了，一共是五层。然后两人一人一端相对同时往中间卷，要用力压紧卷紧。为什么要这样叠呢，有两个目的，一是便于固定，车体固定篷布的位置就这么宽，长了不行，短了也不行；二是便于遮盖，把卷好的篷布抬到炮塔上展开，前后左右正好是中间位置。

关天庆问林海明白没有。林海说，这还有什么不明白的。关天庆说明白就好，现在开始折叠篷布二十遍。林海说，我的娘哎，你想把我的腰弄断啊！

关天庆没理睬，他宣布开始，合格时间两分钟，包括固定好，什么时候认为可以验收就叫他验收。

林海下到车里，车长一直没跟他说话，看他的块头和模样，不善，狠里透着精明。私下里一打听，原来是团里的神炮手。

林海知道了这些，自己又是个新兵，乖乖地跟阮明亮练了起来。

晚饭后，林海当兵来头一天没摸篮球。他趴在床上哼唧，说换一个行当换一副筋骨，叫车长整得腰、腿、胳膊全断了，让阮明亮赶紧帮他按摩推拿。

阮明亮没给他按摩推拿，他不会干这种活。正好关天庆进来，他没让阮明亮出声，自己过去给他推起来，在团里篮球队，推拿是他们相互护理的基本业务技术。

林海在下面舒服得嘴里咝咝着直叫好，说，真看不出来，这么瘦，还有点干巴劲，祖传？推的都是穴道哎，以后少麻烦不了，你可就等着辛苦啦，打球落下的毛病，常常腰腿痛。

关天庆按照程序，上上下下给他推了个遍。推完后在林海的屁股上拍了一下，说，什么时候想推就叫我。

林海听声音不对头，扭过头来见是车长，一时就不知说什么好，开头的话也不知他听到没有，只好嘻嘻着挠后脑勺。

八

关天庆正打算着抽空给夏雪写信，夏雪又抢先给他来了信。

二车长和几个老兵一走，关天庆成了连里最老的兵，再没人好意思要跟他搞精神会餐了。

也可能是习惯，关天庆还是躲到储藏室里看信。

夏雪在信上这样写道：

…………

人不回，信也无。拿个假情报戏弄我，该当何罪？

我知道你心里的鬼。不扛着带星的肩牌就似乎没脸回，难道说，十年扛不上，你就十年不回？难道说，要我等你到头发白？

军官是人，士兵也是人，我选择的是人，而不是官还是兵。同窗九年学，此情此谊何相比。至今我未见过穿军装的你，我心中仍只有那个毛头小伙子关天庆。

要说官，咱镇当兵不止你一个，陆、海、空的军官有几打多，我如只认官，怕早就当了官太太；若认钱，咱镇已不是从前样，家庭工厂有几十家，家产有的上百万。

你不要再傻，别再为没考军校耿耿于怀。我相信自己的判断和眼力。如今我们的社会有了许多进步，有了许多公正，最大的进步最大的公正是，人与人之间在许多方面可以公开竞争了。只要你有胆略，只要你有真才实学，你就有用武之地。

家乡的变化太大了，你回来准认不得家门。镇上的集体企业的产权正在卖给个人。我哥已经退职，和他的同学买下了工业水处理设备厂，资产五百万元，分期偿还。他是本科大学生。你又怎样理解呢？

别再犹豫，别再女人气了，你的男子汉气概到哪儿去了？

夏雪的这封信，看得关天庆浑身热血沸腾。他立即拿起笔来给她回信。

九

演习训练第一阶段是专业分类集训。车长、炮长团里集中统一训，驾驶员、炮手各连组织训。

关天庆从团里回连，林海在连里闯了祸，动手打了六车的老炮手洪永法。

关天庆回连听说后，没立即找林海。他先找了洪永法，再找了二排长，然后又找了副连长。三头一凑，关天庆心里有了底。

洪永法是第三年的老兵，文化低一些，这次调整仍当炮手，比他资格嫩的阮明亮都当了炮长，跟他一般老的甚至比他资格嫩的都背上了手枪，他还背着支冲锋枪，心里没法平衡，不平衡就上火。这次分训，连里为了调动他的积极性，让他当了炮手组的负责人兼教员。洪永法有一个大优点，喜欢负点责，而且极当真，善于把那点有限的权力扩大化用到淋漓尽致。

那天他讲炮闩分解，林海心不在焉。洪永法挺不满，这分明是对他藐视。他点了林海的名，而且让他第一个操作。林海分解开后，却装不起来。洪永法便抓到把柄，以教员的资格批评了林海。林海自然不服，嘴里嘟囔了一句，这么能，上级怎没发现，还让人家当炮手。真是哪壶不开提哪壶。洪永法气得脸发了青，可又没发作的理由。

训练休息，打篮球。说也巧，洪永法和林海分到了两边。洪永法仗着个儿比林海高，有意想过他。林海球技比洪永法高一筹，更想杀他的威风出口气。打篮球的人都知道，被人过和被人盖帽都有胯下之辱的意思，挺丢面子的。洪永法只要拿到球就冲着林海去，林海也知道他的意思，两人就暗暗地较上了劲。第一个球，洪永法迈开大三步奋力上篮，林海侧身紧逼相随，两人双双起跳，林海弹跳比洪永法好，加上洪永法是三步上篮前冲力大而弹跳力小，林海居高瞅准球用手轻轻一拨，洪永法脱手的球飞向一边。看球的送上一片掌声。洪永法红了脸。第二个球，洪永法接球后带到前场，林海紧逼防守，洪永法转身过他，林海滑步阻挡，洪永法乘机再转身投篮，林海就地爆发起跳，做出一个排球双手拦网动作，盖了个倒扣球。场外又是一阵掌声，更让洪永法不能接受的是，林海盖帽的同时，嘴里说了句：就你！洪永法气得七窍生烟。第三个球。洪永法带球钻到篮下，做了个起跳投篮的动作，结果他故意没有起跳，林海却跳了起来，盖帽盖了个空，人体在空中失去了重心，落下时歪到洪永法身上。洪永法借机发火，拿篮球摔到林海脚上，嘴里随便说了句：什么毛病！林海哪肯善罢甘休，还了一句：你才毛病。两个就你毛病！你毛病！顶上了牛。毛病到后来，洪永法来了句：新兵蛋一个！林海还了句：老油条一根！洪永法抬手指了林海的鼻子，没掌握好分寸，一下指到林海的脸上。林海恼了，当胸给了他一拳。其他人上前去拉，两人已打成了一团。问题是林海打破了洪永法的鼻子，见了血，再加林海是新兵，平时又散漫，连里舆论倾向洪永法。

吃过晚饭，关天庆叫林海跟他出去走走。

林海知道没好事，不过他也不怕，大不了挨顿训。大咧咧地跟着关天庆出了门。关天庆在前面走，林海在后面跟。关天庆一句话不说，林海就更不好开口。两人就这么走着。穿过操场，进了车场，又出了营门，再穿过马路，走进了老百姓的场院。林海好生奇怪，他猜不透关天庆要拿他怎么办。

走进场院，关天庆突然立住了脚。场院里除了他们俩没有别人。

林海停住脚没抬头看关天庆，他想象得出他是副什么模样。

关天庆说，你不是想当拳头老大嘛，篮球、实弹装填、挺举炮弹、散打，任你挑，我输了，以后你爱做什么做什么，我绝不管你；你输了，对不起，以后一切都得听我的，不准你犯浑！

林海没想到他会跟他来这一手。这是男子汉的挑战，不应战，就等于宣布自己是个软蛋，是个孬蛋，是个窝囊蛋。要赢了。这几年就无忧无虑，没人管束；输了，人家是条汉子，就该拜倒人家脚下。

林海顿了顿说，省事点，就这里，散打。

关天庆说，三局两胜。

林海说，三局两胜。

两人把衣服一脱，摆开了架势。林海在学校练过散打，上来就连续飞起一串连环脚。关天庆稳步后移躲闪。林海再度冲拳时，关天庆一闪来个顺手牵羊，林海向前冲出五六步，差点摔倒。林海转过身来，两人相对寻机出手。几乎是同时，两人交臂相持。林海企图以右脚绊关天庆左腿，不料关天庆趁势迅速侧身迈出右脚别住林海的右脚，关天庆两臂运力一掀，林海失去平衡，一屁股摔在地上。第二局，林海意识到关天庆是以逸待劳，防守反攻。他就不轻易主动进攻，等关天庆主攻。关天庆似乎发觉了林海的心理。他左右开弓，飞腿紧逼，林海趁关天庆飞腿之机，以腿踢腿，试图借他的力让他重心失衡把他掀倒。没想到关天庆的飞腿动作到位，却没有用力，当林海奋力扬腿击他时，他竟收腿躲过林海的飞腿，没等林海的脚落下接着踹将过来，林海的重心一下偏向左脚，关天庆接着又是一脚，林海倾身倒地右腮重重地磕在地上。关天庆立即过来扶他。

林海没有站起来，就地坐在地上。关天庆也一屁股挨他坐下。

林海说，部队还练这一手。

关天庆说，在团里篮球集训时跟一个老兵练的。

林海说，江南人怎会有你这块儿。

关天庆说，我有四分之一的蒙古族血统。你功夫其实不错，只是进攻意识强，防守意识差，攻防结合不好。

林海说，别说了，我不是你的对手，我知道你功夫还没全使出来，我服输，今后听你的，不讲信用、不义之人就不能算是男人。

关天庆说，我并不是要你服我这个人，只是要你明白。一个人的本事总是有限的，山外有山，天外有天，谁都不能在人前卖弄一技之长。

林海没吭声。

关天庆说，今天的事，车里要开会，你得做检讨。

林海说，你说怎么着就怎么着。

关天庆说，你还要给洪永法当面道歉。

林海说，还要道歉？

关天庆说，必须道歉，现在你是军人。我陪你一起去。

林海说，行，你说什么时候道歉，我就什么时候道歉。

关天庆说，按说今天的事不全是你的错，可说到底洪永法是老兵，比你多穿好几套军装。在部队，没有功劳就论资格，论资排辈，在和平时期就是一种公理。跟他一起入伍的都当了炮长、驾驶员，本来他心里就有气，结果你这个新兵也迈着他头跨过去，他能受得了吗？再说战友一场，也是缘分，天南地北凑到一处不容易，相互之间就要多体谅，多照应才是，要不然，我们连过去的绿林好汉都不如。

林海说，是这个理，从今以后，你就是我的大哥，一切都你说了算。

关天庆说，在连队可不兴称兄道弟。你爱看小说吗？林海说，我还不知道我爱不爱看，到现在我一本小说都没看过。

关天庆说，啊呀，你亏大了。你连三国、水浒都没看过？林海说，听人说过，可没看过。

关天庆说，这太亏了，你要是一看，准放不下，那四本书我都看过。《红楼梦》我看着没劲，文绉绉的，一院子娘儿们，整日吟诗啊，赏花啊，喝酒啊，打情骂俏，争风吃醋，没意思。我最爱看三国，呵，那气势，那人物，那计谋，真他妈盖了。哎，你崇拜过什么人没有？

林海说，我好像没崇拜过谁，我的一个语文教师挺有才，他只读到高中，却教我们高中语文。不是他考不上大学，他两次考大学分数在我们县都是第一名，可就是不让他上。

关天庆说，那为什么？

林海说，他在高中就打成了右派。我觉得他聪明过人，可我没崇拜他。

关天庆说，你知道我过去崇拜谁？

林海说，不知道。

关天庆说，我过去最崇拜典韦。

林海说，典韦是谁呀？

关天庆说，典韦是曹操的大将啊，呵，这人的武艺、胆气没有人比。清水混战，他的双戟被骗盗，他一手提一个兵士，拿人当武器与敌人搏斗，身中数十枪依旧死战，死战了半晌，还没一人敢从前门进入。曹操要没有他早就死了，所以曹操祭典韦时说，吾折长子、爱侄，俱无深痛，独号泣典韦也！你知道我现在崇拜谁？

林海说，不知道。

关天庆说，现在我崇拜咱们团老参谋长，现在是咱守备区的副参谋长。

林海说，他很厉害吗？

关天庆说，何止厉害，常言道，艺高人胆大，德高人威严。过去咱全团上下都怕他。他是正经坦克兵出身，也当过炮手、炮长。我一当兵就听老兵跟我说他，他蒙着眼分解组合炮闩，只用十二秒钟。无论对不动目标还是运动目标射击，弹无虚发，想打哪儿打哪儿。有一次部队首长领着地方的一帮领导来看射击表演。第一轮发发命中，可地方的领导看不懂，命中了靶子怎么还都是好好的。指挥所立即用电台命令他摧毁靶子。他立即降低标尺，打靶前近弹，两个目标一个一发，靶子被炸得飞了起来，地方领导一齐拍手欢呼，都夸他是神炮手。

林海说，真这么厉害？

关天庆说，这可不是吹，指导员和老兵都知道。我觉得一个军人，心里没有崇拜的人不行，没有崇拜，就没有目标，干什么都没有主心骨，干什么都干不好。什么叫英雄主义，我理解英雄主义就是个人崇拜。我崇拜哪个人，我就会像他那样做人做事，我甚至愿意为他而牺牲自己的一切。你听说过没有，过去战争年代，一提起是谁的部队，是谁的麾下，就肃然起敬，为了自己部队的名誉，为了自己部队的首长，赴汤蹈火，二话不说。这是什么？这就是崇拜的力量，就是当兵的道理。

林海没有觉着脸上的疼痛，他把关天庆的话都听进了心里。他这时才真正感到，自己确实是四肢发达头脑简单。他更感到自己对关天庆揣摩不够，他总以为他也不过是个力大为王的农村兵，听了他这番话，他才感到，兵不是白当的，他那身肉疙瘩里，还有许多丰富的思想。

黑暗里关天庆看不清林海的脸，回到排里，一进屋他发现林海右边半个脸上有鸡蛋那么大小一块青紫。排里的人也发现了这一点，问林海是怎么回事。关天庆先就有些尴尬，林海却毫无羞愧。他爽快地说，跟车长练了几手，功夫差得太远，只好拜师了。说得排里的兵都笑了。

车里立即开了会。林海真的检讨了自己的错误，说自己不尊重老同志，修养差，对自己要求不严，没有上进心，表示今后一定要改正，不给车里丢脸。

林海检讨完，关天庆让车里的人对他批评帮助。阮明亮和葛小柳你看我我看你，谁也不发言。关天庆就指名让葛小柳先说。

葛小柳满脸为难，他一边搓着手一边这个这个，这个了半天才说，小林都检讨了，说得挺好。关天庆打断葛小柳的话，说现在不是要你对林海的检讨作评价,是要你对他的行为进行批评帮助。葛小柳只好说,小林打人不对,不过洪永法也有责任。关天庆又打断葛小柳的话,说现在不是要你对这件事作一分为二,不需要不过,只要说林海为什么不对,错在哪里。葛小柳额头上就出了汗。说车长你真会为难人,你知道我是不会说话的。关天庆说,你说得不对,不是你不会说话,而是你不敢说话,一个战士,连批评战友错误的胆量都没有,那你怎么走上战场,又怎么去面对敌人,又怎么会英勇无畏呢?

这个会整整开了一个半小时,开得空前地严肃认真,连别的车的人都把这事当作了一回事。

十

通信员跟关天庆说,指导员找他。关天庆没顾洗脸就上了连部。

关天庆这次到团里集训并没让他当学员,而让他担任炮长专业队分队长,协助射击参谋搞炮长集训。这个活他干起来已熟门熟路。

纪树义见关天庆进屋,老兵了,又是自己的老部下,很客气地问了团里集训的情况。

关天庆知道他要说的绝不是这,于是说了集训情况就开门见山问,找我有什么事。

纪树义也就不再绕,笑眯着眼带几分欣喜的样问他,你整林海了?

关天庆说,没有的事。

纪树义说,你就别瞒了,他脸上的伤是咋回事。

关天庆说,不小心碰的。

纪树义说，我都知道了，听说他还挺服气。

关天庆说，别听他们瞎说，完全不是那么回事，这怎么叫整呢，是两个人公平地切磋技艺。

纪树义说，你看这有什么好瞒的呢，领导又不再追究你的责任，整就整了，目的和出发点是好的嘛！不过事情要一分为二，这可是摆不到桌面上来的，这与我们人民军队的性质可是格格不入的……

纪树义顺着这个转折的思路开始分析起来。关天庆太熟悉他这一套了。尽管关天庆不欣赏纪树义的那一套理论和思维方式，可纪树义在这五年之中提了两级，上面还认为他会思考问题，有点子，善于钻研，适合做思想政治工作，让他当了指导员。

关天庆看着纪树义笑眯眯的脸和笑眯眯的眼，这些年来他几乎没有什么变化。

纪树义仍慢条斯理地在说，这么些年来，你确实给部队训练和建设做了很多贡献，你没有辜负领导的期望，相反倒是领导有些亏你。不过贡献归贡献，问题归问题，你这种行为不是偶然的，你想想，你车里的兵，包括现在的阮明亮，葛小柳，加上林海，哪个没挨过你的脚，哪个没挨过你的训，可你始终没有能够正视你自己的问题，我总觉得你身上有一股子旧军阀的气味，也可以说是一股子匪气。这种作风和方式是容易引起矛盾激化的，你要是认识不到这一点，早晚是要出大问题的，要出了问题咱们连的一切都完了，你个人也就毁了。

纪树义说到这里，关天庆禁不住哈哈大笑起来。

纪树义被关天庆笑得有些不知所措。他换了一种脸色说，我言重了吗？

关天庆突然收住笑，说，指导员，你是言重了，你高抬我了，我这么个小兵辣子，怎有资格与军阀、土匪相提并论哟，至多一个兵油子罢了。不过，我笑的不是这。

纪树义说，那你笑什么？

关天庆说，恕我直言，我笑的是你。

纪树义有些紧张，说，你说我？笑我什么？

关天庆说，我笑你那一脸正经，其实说穿了，你什么也不担心，担心的是怕影响你自己。

纪树义说，你怎么能这样理解呢？

关天庆说，我也是经过这许多年的观察才得出的结论。我倒真要提醒你，你怎么从来不怕我出什么事呢？

纪树义这下真紧张了，说，你，你可别拿这开玩笑！关天庆又哈哈大笑，说，我是跟你开玩笑。不过，我倒是希望你真正学会一分为二。世上的人呢，百姓百性，万人万心，不好用一种思想、一种模式来琢磨他们，常言道，一把钥匙开一把锁。军人在队列里、在战场上，可以用一个命令，一句口令来统一他们的行为和动作；但在生活中，你无法用一句口号一个命令来统一他们的思想和情感。至于你的意见，我可以引以为鉴，要没有别的事的话，我得回去洗洗准备吃饭了。纪树义对谈话十分不满意，完全没有达到预期的目的。反被他教育了一番，准确一点还不是教育，而是嘲弄。可他又觉得自己再不能说什么了，只能算一次失败。

十一

演习训练进入了单车合练。各连的坦克全部启封。车场里一辆辆坦克的火炮都在摇动，口令和呼喊汇成一片热烈。

关天庆那辆车的火炮翘在那儿没有摇动。关天庆正给阮明亮传经。

关天庆说,从你这两天的操炮来看,你现在判定距离的误差,超过二百米;装定标尺动作迟缓,而且有空回误差;操炮左右手配合不协调,高低机、方向机,常常是顾此失彼,而且瞄准不是从右下角去接近目标,常常是从上往下倒,这是错误的瞄准方法,不仅动作慢,而且造成空回产生误差;观察弹着点的动作太慢,眼和手配合不能协调动作,手抓潜望镜的动作不熟练,常常一下抓不到握把,实弹射击时这么迟钝是看不到弹着点的,等你找到靶子,飞起的尘土早已落下。要解决这些问题,没有别的办法,只有一个字:练!我不知你是什么感觉。

阮明亮说,我也知道自己的问题,可就是练不上去,或许我天生不是打炮的材料。

关天庆说,没有的事,还是功夫不到家,不过,你的体质倒是也要加强锻炼。现在开始。

关天庆一边下达着口令,一边观察着阮明亮的动作。

林海轻轻地拽拽关天庆的衣角,现在他在关天庆面前变得十分乖巧。

关天庆转过头来,林海朝他做了个篮球比赛的暂停动作。

关天庆太聚精会神了,连休息号音都未听到。

关天庆先上了趟厕所,上了厕所他想找地方抽颗烟。关天庆跟葛小柳打个招呼。葛小柳只要进了车他就不知道休息,他会不停地摆弄发动机、电路、油路和操纵杆,他的发动机擦得戴白手套都摸不到污灰。一上车,你不叫他他会忘记下课忘记饿。他就是这么个慢性子人。关天庆走出了车场,车场严禁烟火。车场外是操场。篮球场、排球场、单双杠、田径场兼做半个足球场。操场上已经有不少人在运动,篮球、排球、足球、单双杠,玩什么的都有。操场那头是礼堂。礼堂那边也有不少人,里面有乒乓球、台球、康乐球和图书阅览室。关天庆这会儿不想打球,便上了礼堂。

关天庆走进阅览室,一眼看见阮明亮趴在桌上全神贯注地看着一本书。关天庆选了一本《世界军事》凑了过去。

"什么书这么好看?"关天庆不过一句招呼。

阮明亮惊恐地迅速把书收起塞到裤袋里,满脸通红。

关天庆一愣,他第一次意识到阮明亮怕他。关天庆已经看清那本书是《数学》。小子原来在做考学准备,怪不得整天丢了魂似的,心里憋着这个主意呢。关天庆对这一发现说不上是喜欢还是生气。团里明确说了,上级同意演习部队考学推迟,作特殊情况处理,考学对象的选拔要与演习中的表现结合起来。关天庆明白阮明亮不愿意他知道他在准备考学,关天庆就故意打马虎眼。

"紧张什么,又不是黄色书刊。"

关天庆没再坐那里给阮明亮施加心理压力。翻了翻那本《世界军事》,顺口自言自语说,他妈看过了,没劲,咱阅览室的杂志订得太少了。说完就离开座位走了。

阮明亮的举动拨动了关天庆心灵深处的那根神经。他走出礼堂,来到操场边的柳树下坐下。当兵谁不想当军官,可他已经与这无缘了。他觉得阮明亮想考学可以理解。可这事让他十分矛盾,以他的脾气,军事技术不过硬,还不知道领导安排不安排你,自己就一门心思想着考学,他从心里反感;可是为他想想,再看看自己的结果,他从感情上又同情他,该好好复习,好好争取,错过机会,损失是自己的。关天庆这么反复一想,不知对阮明亮这事该拿个什么态度好。支持吧，他的专业差距这么大，到时候演习真枪实弹怎么办？不支持吧，这是关系到他一辈子命运前途的事。真难。

休息后，关天庆领着阮明亮他们继续练，练完装定诸元，关天庆说稍歇一会儿，他就跟阮明亮他们聊天。

关天庆说，阮明亮，为什么世上的人活着都总是想出人头地？

阮明亮拿眼看了看关天庆没有答出所以来。

林海说，是天性，水往低处流，人往高处走嘛。

关天庆说，也许是这道理。可是我一直忘不了一位老车长跟我说的那些话。他说，一个人活在世上，他在社会中的位置，就好比坦克上的各种零部件。各种零部件处在不同位置，有着不同的作用，有的看起来重要，有的看起来不那么重要，有的作用容易被看到，有的作用不容易被看到，有的作用甚至根本就看不到，其实呢，哪一个零件坦克都离不了。比如发动机，大家都知道，没有它，坦克就动不了；电台，大家也都知道，离了它，坦克就成了聋子；火炮，都知道它更重要，没有它消灭不了敌人，反要被敌人消灭。其他呢，似乎就无所谓了。其实咱们都知道不是那么回事。他说坦克上的零部件，他最欣赏的是履带。

履带？阮明亮和林海不约而同发出疑问。

关天庆说，是履带。他说，它坚强，不怕任何艰难险阻；它负重，几十吨的重量全由它承担，离了它，再加几台发动机，也休想让坦克移动半步；它忍辱，无论平坦大道还是犬牙交错的崎岖险路，无论泥沙污水还是沟坎障碍，它都默默地忍受一切，为坦克前进铺下自己的身子，让负重轮碾轧着它的身子滚滚向前。

他说，人类社会其实也是如此，道理是一样的。有人出名，有人就必定是无名英雄；有人地位显赫，有人就一辈子地位卑微；有人是生活的主角，有人就只能是别人的陪衬。可是世上又有多少名人，又有多少人地位显赫，又有多少生活的主角呢？更多的恰恰是那些无名英雄，那些地位卑微的下层人。

那些生活的陪衬人，他们才是社会历史车轮前进的履带。其实，那个老车长就是他自己。

阮明亮听着关天庆的这番道理，心里忐忑。他不知道他为什么要在这时候跟他们说这些，难道是对他偷着复习迎考的事敲警钟。

阮明亮真切地感到，关天庆好多地方跟他心里想的完全不是一回事。

关天庆说完，说下面练瞄准观察弹着点。一百次精瞄射击，一百次装填。

"穿甲弹好！"林海士气高昂。

"全车注意观察，放！"阮明亮也尽力振奋。

"穿甲弹好！"

"全车注意观察，放！"

…………

关天庆在一旁认真察看着他们的动作，同时记着数。

"五十一、五十二、五十三、五十四、五十五……"

关天庆没有注意到阮明亮后背上的汗已经湿了野战服，林海开门装弹也已湿了裤头。

"八十三、八十四、八十五——"

阮明亮呼腾歪倒车里。

十二

连队拉出营房,全部集结在海边,进行对海射击合成训练。

上午以枪代炮搞了一次体会射击。应该说距离、方向的判定和观察、修正上都没有问题。可是阮明亮不及格,最后命中的那一发还是关天庆让加了三个密位的提前量才打上的。一到打实弹他就紧张,瞄准也不精确,诸元装定也不精确,动作达不到实弹射击所要求的速度。

关天庆急得上火。要命的不是阮明亮不努力,而是他拼着自己的全力训练却还是上不去。

"距离一千一,方向向左零杠零六,全车注意观察,放!"

阮明亮在认真地操作训练。

关天庆看着操炮的阮明亮,心里很乱。上次阮明亮晕倒在车里,关天庆受到很大震动,连里说什么的都有。有的说关天庆太狠,法西斯作风,为了自己的荣誉,不顾弟兄的性命;有的说阮明亮太弱,这种体质只配当步兵,当驾驶员都不够格,更何况当炮长,连箱炮弹都扛不动,到机关当个公务员还差不多。纪树义为这事也找了关天庆,在肯定关天庆严格训练、严格要求的良好动机后,又给他分析出许多值得注意的问题。变相体罚啦,只抓训练不抓思想啦,缺乏唯物史观啦,不要以静止的、僵死的、一成不变的观点看人啦,对下属不能抱偏见啦,等等。

自从关天庆对当排长时的纪树义吼过那嗓子后,不管是副连长纪树义找他谈话,还是现在的指导员纪树义找他谈话,他尽力克制自己不反驳,至多忍不住提一点个人建议。纪树义说完后,关天庆很诚恳地说知道了,自己是需要调整计划,原来的计划,阮明亮的体质是适应不了。

"阮明亮,你歇会儿,让林海练一会儿。"

阮明亮就下了炮位。

林海一上炮位,高低机方向机在他手里立即呼呼生风,瞄准、击发、转头、观察的动作都比较到位。

车里那次会以后,林海变了个样,他向洪永法当面道了歉。他不再张狂;一下沉默了,只是闷着头训练,闷着头打球。可越是这样,有许多人反越避着他,生怕他突然给他一拳似的。连阮明亮也是如此,他还偷偷地送烟给他抽。林海发觉这一点后,心里很高兴,有时高兴了还对人显示显示他的臂肌和胸肌。有一次正好让关天庆看到。

晚上关天庆找林海一起散步。关天庆问他还记不记得小学课文里骆驼和羊的故事。林海说不记得了。关天庆说,骆驼和羊来到一个院子的围墙边,骆驼抬起头就吃到院子里树上的树叶,它笑小羊矮;小羊从院门口,走进了院子,里面有许多鲜嫩的青草,小羊叫骆驼进来吃,骆驼看到了青草,很想吃,可门洞太小它进不去。这是说给小孩子听的,让他们懂得各人有各人的长处,各人都有各人的短处,要相互尊重。这么简单的道理,你长这么大了却还不明白。阮明亮自己不抽烟,为什么要买烟给你抽,怎么不买给别的人抽?他买烟给你抽,是出于真诚的友情?是发自内心对你的敬重?不是,他是因为怕你,怕你给他麻烦。一个人如果陶醉或者玩味于这样一种虚伪的尊重之中,那这个人就太愚昧了,他就是老百姓说的分不出好坏,辨不出香臭的人。他只知道别人当面投其所好,却不知道别人在背后怎么咒骂。上次我为什么要找你比个高低,因为我俩在这方面可以称得上是对手，如果我要对阮明亮这样，那我就不能算是个思维健全的人了。无论什么，只有在与对手的较量中，方能显出他的本事，否则只能是胡闹。

林海被关天庆说得把头埋到了两腿中间，一句都没有。阮明亮再悄悄给林海塞烟的时候，林海把他的那包烟在排里公开散发了，并当众说，这是阮明亮请客。阮明亮这才不再买烟。

关天庆又告诉林海，不好这样处理，应该跟他明说。与人相处最重要的是真心和真诚，自己认为做到了，就什么也别管，不要看别人的脸色，也不要听别人对你的言语，更不要对别人抱什么要求和目的，这样你才会心静，心静了才可以做事情，也会做成一切事情。

后来关天庆就开始让林海学炮长的专业，说当炮手就要当全能炮手，还要做到一专多能。也不知是林海的体质好，还是天生素质的原因，林海对炮长专业掌握得相当快。林海对关天庆的那段话记得特别牢，也特别喜欢。关天庆说，能不能成为真正的士兵，雄性意识的强弱是基本因素。他说他打炮的时候，只要两只手握到高低机、方向机，眼睛贴到瞄准镜上，镜头里的靶子在他眼里就成了要消灭自己的敌人，就是吃人的怪兽，自己心里就特别静，就会忘掉身边的一切，心里只有机智，只有一个念头：立即把它消灭。

关天庆给林海交代好训练的内容后，拉阮明亮一起下了车。

阮明亮跟着关天庆走上了挡浪堤，走进了旁边的一片槐林。

平静的海湾，清风荡漾，碧波万顷；金色的沙滩，细沙平展，如一弯新月；这一背景上镶嵌进一辆辆威武雄壮的坦克，构成了一幅令军人心旷神怡的画卷。关天庆细细地欣赏着这一画卷，不由自主地感叹：太美了。

阮明亮没能产生共鸣,他这时正琢磨关天庆把他带到这里要说什么。上午射击完后,关天庆至今一句话都没跟他说。关天庆发现了阮明亮的情绪。他没有让他再琢磨下去,他跟人说事不喜欢绕弯。

关天庆说,这些日子,你确实用了不少劲,也长进了不少。但我感觉到,你的专业技术达不到理想的要求,不是你不努力,不上心,你已经发挥了自己的九分能力,再要求恐怕就要过极限。不知你自己感觉怎么样。

阮明亮弄不清关天庆的下文是什么,于是他说话就十分谨慎。他说,你是说我不适合当炮长?

关天庆说,或许这正是你的真实感觉。你当炮长的先天条件确实不好,你体力差,操炮很费劲,更重要的是炮长需要一种特殊的心理素质,胆大、心细、冷静、果断,越到真枪实弹的时候越是心中有序,不慌不乱。两次以枪代炮的实弹射击,发现你不具备炮长所需要的射击心理素质,平时练的时候动作还能到位,一到打实弹你的双手都颤抖,你并不是害怕什么,你是紧张,你心里没有把握,装定标尺、操作高低机、方向机,你的手都在颤动,这就无法做到精确。再是观察弹着点,并不是你不知道怎么做,也不是你没有练,而是你一到那时候手脚都乱,你试图通过瞄准镜观察,机枪的后坐力对瞄准镜可说没有什么震动,就这样你都没能看清弹着点。如果是打炮,你就更无法观察到弹着点。经过这一段时间的训练观察,我才发现你的这些情况,而且这种心理素质一时很难解决。

阮明亮让关天庆说得心服口服。他于是说,我的条件就这样明摆着了,那你让我怎么办呢。

关天庆说,我就想跟你商量这事,我想先听听你的意见。

阮明亮说,我没有什么考虑,尽自己的一切能力吧。

关天庆说，要是你尽了自己的一切能力还达不到要求怎么办？

阮明亮说，那我就没有办法了。

关天庆说，办法是有，不适合干这，可以干别的。

阮明亮警惕地说，你想叫我干什么？

关天庆说，每一个人都有他的长处，也都有他的短处，要想让自己的能力得到最好的发挥，就要善于扬长避短。刚才我说你先天条件不好，是针对炮长这个专业来说，你有你的特长和能力，你聪明，文化基础好；你灵活，善于以不同方式与各种不同性格的人相处；你的字写得也漂亮，这就有了很大的选择性。

阮明亮听了这些还是高兴不起来，他现在所处的境况是不称职，再有本事还是不称职，他这时更感到了一种危机，一种生存危机，他意识里的第一反应就是要保护自己。于是他说，我就是不适合当炮长，去干别的，我想也没用，你说也没用，连里也不会让我想干什么就干什么，也不会让你说了算。

关天庆一愣，他意识到阮明亮已经抱着敌意在自卫了。他完全没有顺着他的思路去想该想的事。他说，我们是谁说了也没有用，但我们可以有个态度，然后向连里建议。

阮明亮说，那你觉得我适合干什么呢。

关天庆说，你适合干通信员、文书或者驾驶员，要这些都不行，就只能当炮手。

阮明亮没能立即说出话来。文书、驾驶员这没有说的，可以作为考学选拔对象，可这可能吗？连里现在有文书，人家是三年老兵了，正等着考学呢，能有我的份，当了两年兵再改行当驾驶员，现在连里也不缺驾驶员，绝对不可能的事。当炮长是当然的考学选拔对象，让我再去当通信员，再退回去当炮手，那就一切都完了。自己委屈自己跟林海套近乎，想的就是为了相安无事，希望他能尊重他这个炮长，熬过这一年，要是考上学，一切就都解决了。可现在他不容他了，这不是故意要我难堪嘛！我哪儿得罪你了，你要这样整我，你那次踹了我，我都忍了，你还要我怎样，我当炮长是连里下的命令，你想不让我当就不当了。

阮明亮想到这里，心里就有了气，说出的话自然就不是原来的味，他说，车长，我在车里当炮长，影响你什么吗？

这回说不出话来的是关天庆。他没想到阮明亮会这样想他。于是他火了，说，你要这样想，我们也就没什么好商量的了，别人也许觉得，一年训练好也罢，不好也罢，打靶打上也罢，打不上也罢，都无所谓，我不行，我车里的火炮射击，没有一回不及格的，我也不愿意让全车人陪着一个人窝囊！

阮明亮低着头没回应。

关天庆没管他，他继续说，既然穿上了这套军装，你就是一个军人，军人是干什么的，他心里一天到晚要想着一句话：假如战争明天发生。如果心里没有这句话，你就不算是个真正的兵。穿上军装就要准备牺牲，战争中军人的牺牲是奉献生命，和平年代军人的牺牲是奉献青春。要不，国家养几百万兵做什么？何况现在是军事演习，这不是闹着玩，拿上亿元的钱闹着玩，我们国家还玩不起，你要是只想着顾全自己的面子，只为了保住你考学的资格，只要你问心无愧就行。你自己考虑吧。

关天庆说完，没等阮明亮的反应，顾自走出小树林，向自己的坦克走去。

十三

"八一"连队篮球赛,二连一路斩关夺隘,进入了决赛。内行人觉得,二连的球有看头的是中锋和组织的配合。打组织的是林海,中锋是关天庆,另有洪永法打二中锋接应,两个边锋,不能说出色,有机会都投篮,而且还有篮子。有这么一个阵容,一般的连队就对付不了。

关天庆在篮球运动员里个子不能算高,不过一米七十八。但他灵活,弹跳好,又在团篮球队受过专门训练。带球上篮能突破,篮下有动作,能过人能穿插,在连级篮球赛中,一般人防不了他。

林海打组织,手上功夫好,带球过人,组织进攻,分球突破,都有路数。你要是二三联防,他就拉开圈子,扩大远投,插空让中锋突破;你要是紧逼盯人,他就发挥他和关天庆的个人技巧,两人默契配合,左右两路快速突破。

球赛最能激发连队的凝聚力。打一场好球比指导员上十次政治课的作用都大。谁没有点集体荣誉感,谁不为自己的连队使劲,一场球下来,连里不知多少人在下面要喊痛嗓子。胜一场球,炊事班长发现要多吃十来斤面的馒头。

洗涮的时候,林海再次发现关天庆的裤衩上有血不拉叽的东西。林海问他是怎么回事,关天庆说小毛病,屁股上长了个小疖子。林海说,要不要到卫生队弄点药抹一抹。关天庆说没事。本人有个毛病,从来不爱打针吃药,我什么都不相信,只相信自己的抵抗力。

两人正洗着,阮明亮又给他们提来一壶热水。每场球阮明亮必看,他不会打球,可喜欢看,他嗓门不错,自告奋勇当了拉拉队长。

拉拉队很给运动员助兴，鼓劲的时机恰到好处。有的连队，自己的运动员一接到球就喊，反喊得运动员手忙脚乱，该进的球却进不了。阮明亮却把劲鼓在成功之后，每当他们打了一个漂亮的配合，或者投进了三分球，或者中路断了球打成了反击，或者抢了后场篮板球打成了快攻，他们就报以热烈的掌声和有力的鼓舞，而且不失时机。

上次关天庆找他谈话后，他心情很沉重。关天庆的那句"我不愿让全车人陪着一个人窝囊"刺痛了他的心。痛定思痛。他扪心自问，关天庆的话没有错，自己的心理素质确实不适合当炮长，再加上考学负担，他真有点精疲力竭。原先他真没有把打靶当回事，打好打坏又没有什么硬指标，连里对训练也是吆喝得多，抓得少，你一个车长着的什么急。可将心比心，关天庆又为了什么呢？人家本来是准备复员的了，当五年兵都没回过家，回家探亲的东西都买了，说不让走就留了下来，人家也不是没有考学资格，也不是没有能力，为了工作都放弃了。可人家没有怨言，在连队一天尽一天心，在岗位一天尽一份责。相比之下，自己就太卑琐了，没有一点兵味。

阮明亮主动找了关天庆，他先向关天庆检讨了那天的态度，同时他给关天庆提了个建议，说林海的射击心理素质比他好，实弹射击让林海当炮长，他当炮手，只是希望关天庆不要向连里反映调换他的工作。一来是连里适合他干的工作没有空缺，二来连里也不定能同意公开把他调整为炮手，还是从实际效果考虑好。自己无论打不打实弹射击，都会尽一切能力来训练，绝不给车里抹黑。

关天庆当时就擂了阮明亮一拳，感到自己那天发火有些失态，反觉得很不好意思。他说，弄虚作假的事绝对不能做，你要有这种心理状态，说不定你会有突破。

冠亚军决赛在二连和九连之间进行。那天晚上全团的连队都拉到操场灯光球场。家属孩子们更积极，都提前占好了位置。球场一边摆了主席台，团首长也都来观看。

纪树义给球队作了动员，要争取拿冠军，但要坚持友谊第一，比赛第二。输赢是小事，作风是大事，输球也不能输作风。他在任何情况下都忘不了坚持他的一分为二。

关天庆有点发烧，这两天屁股上的小疖子长大了，火烧火燎的，长得又不是个地方。为了打球，他上了趟卫生队。正巧碰上个女军医，他还挺封建。只问她要了点药，没让她看。他估计发烧也可能是那天冲凉让凉水激着了，打完这场球出点汗就好了。

九连有一个高中锋，差不多有一米九。他在篮下拿到球，一般没有跑，没有人能防他。所以他们一胜到底进入决赛。其他队员技术没有十分出色的。

关天庆召集队员开战前会，针对对手的高中锋，采用二三联防，由他和洪永法两人看住高中锋，洪永法在前他在后，看住了中锋就等于看住了全队。进攻以打快攻为主，不让高中锋抢篮板占优势。他让林海根据场上战况，灵活变换战术。

球赛开始，九连抢到跳球，采取短传，把球传到前场，来回倒了几圈，把球传到了中锋手里。中锋转身投篮，关天庆起跳盖帽。身高悬殊，球进算数，关天庆犯规，对方追加一次罚球，加罚又中，九连开局就得3分。

二连发球，林海带球快速突击，到前场传给关天庆。九连回防，中锋已在篮下站好位置，关天庆只能把球倒给边锋。边锋跳投3分球，未中，被高中锋抢走篮板球。对方稳打稳扎，为减少失误，他们一般不带球，相互短传。球到前场，又传到了中锋手里，中锋转身上篮，关天庆起跳刚伸手，裁判哨音就响。投球算数，关天庆再次犯规，又追加一次罚球，再投又中。场下一片掌声。开局不到两分钟，九连以 6 分领先。二连主力关天庆还两次犯规，形势对二连极为不利。关天庆立即给纪树义打手势，让他要求暂停。

暂停，关天庆没让纪树义多说。他说，我们的优势是整体素质好，战术灵活；他们的优势是高中锋，前场投球命中率高，后场篮板球有制空权。刚才打联防，扬了他们的长，露了我们的短。下面我们立即改打全场紧逼盯人，让对方传球失误，不让球到中锋手中，我们打快速反击，坚决打掉他们的士气。洪永法和我交换防守对象，中锋万一拿到球，不要封他的球，让他投，减少犯规。全场紧逼盯人，我们要付出加倍的运动量，大家要发扬两不怕的精神，拼命的时候到了，要打出我们的精神，我们一定要战胜他们。关天庆的眼睛里闪着红红的火光。

林海接球后快速把球带到前场，先分给左边锋，接着回球，再分给右边锋，再回球，就在这过程中，关天庆与洪永法对调穿插，关天庆避开了高中锋，林海及时将球传到关天庆手中，关天庆带球转身过人，中锋已挡路，关天庆起跳佯投，空中将球回传林海，林海突破上篮，九连两个队员联防，林海知道关天庆已跟进身后，轻轻将球向后一抛，关天庆接球，一个漂亮的跳投，球唰地空心落网。全场热烈鼓掌。阮明亮不失时机高呼加油。

九连发后场球，二连紧逼盯人，九连没有准备，一时发不出球来，生怕违例，球发出后被关天庆断住，一记快传给林海，林海带球突破，九连的发球队员立即来封，林海空中倒手，把球投进篮筐，九连防守犯规，追加罚球一次，罚球又是唰地投了个空心球。全场又是一片掌声。阮明亮指挥拉拉队高喊："关天庆——好样的！""林海——好汉！"

九连有些慌乱。

接着九连发球,带到中场,二连队员个个紧逼着九连的人,带球的人已经收球,可没人接应,他只得把球扔向高中锋。因为二连队员看得太死,他没法发力,球扔出去软绵绵的,还没等高中锋伸手,关天庆抢先腾起,空中截球,立即传给林海。林海急传洪永法,洪永法再传给林海,此时关天庆已到篮下,林海一记妙传,关天庆正好向前一步接球直接上篮,手起网破。二连一片欢呼。

九连立即叫停,调整部署,换上了两名干部,以稳对快,发挥高中锋的作用。

局势相持下来,你来我往,比分咬得很紧。上半场结束,二连以36比34暂时领先。

下半场,二连开始掌握节奏,采取稳攻联防的战术,有意放慢进攻速度,打成功率。防守也改为二三联防,保持队员体力。林海发挥他手上的功夫,运用各种手段分球,不断给边锋创造3分远投的机会。九连仍是打中锋核心球,二连就让洪永法贴着他。中锋有个习惯动作,他拿到球后,不拍一下不能投篮。洪永法就不封上专断下。几次中锋一拍球就丢,引得场下哄笑。比分继续保持距离上升。打了15分钟,二连叫停,他们再次发动了快速进攻和盯人防守的战术。九连两个干部体力不支,让二连连续五次中路断球成功,连连反击,频频得手,打出了高潮,比分一下拉开了12分。

林海再度在对方传球时拦截得手,他与关天庆左右配合,两路突击,两人边传边突,三传两倒,九连的跟防队员花了眼。关天庆接过球,一个转身晃过防守队员,接着发力跨步,三步上篮,将球托入篮圈,动作优美,身轻如燕。全场一片欢呼。

关天庆在欢呼声中落地,他一下坐到了地上。他以为自己崴了脚。他笑着要站起来，但他怎么也站不起来。林海过来拉他，林海的手，被关天庆的手烫了回来。他立即叫纪树义。纪树义和阮明亮、葛小柳五六个人立即把关天庆抬去卫生队。

二连换了人继续比赛。尽管九连将比分追上一些，终场仍以 8 分之差败给了二连。

林海没顾擦汗，立即跑到卫生队。卫生队说，他屁股上的疮已经化脓，卫生队设备有限，已经送守备区医院。

林海骑车赶到守备区医院，关天庆已经进了手术室。阮明亮和葛小柳都哭丧着脸坐在手术室外。纪树义说，他屁股上的疮感染了，得了脓毒败血症，不仅是屁股上的疮化了脓，他的两条腿、脊背上六处肌肉发达的地方都已经化脓。医生发了火，说再晚半天送来他们恐怕就没有办法了。此时，林海第一次听到纪树义说了句动情的话：不知道这场球他是怎么打的。

林海鼻子一酸，落下了一行滚烫的泪珠。

手术室门打开，护士找连队负责人，说关天庆刀口多。失血量大，要输血。

林海说，我可以输。阮明亮、葛小柳也都挤了上去。

护士说，他是 B 型，同型和 O 型都可以。

林海说，正合适，我也是 B 型。

阮明亮说，我也可以，我是 O 型。

葛小柳说，我不知道是什么型。

护士说，起码动员十个战士。

纪树义说，没有问题，我马上联系。

林海他们随护士去做抽血准备。纪树义就去给连长打电话，同时向团里报告，让团里派车送人过来献血。

半个小时，洪永法和连里其他车的人一下来了十八个人。

林海和阮明亮争着要留下来陪床。纪树义说，时间短不了，轮着来吧，林海先陪，你车长暂时肯定动不了，林海的劲大一些。

林海没瞌睡，一直睁着眼看着自己的车长，他真有些无法理解，一个人的精神和意志所产生的力量为什么会这么强大。

第二天清晨，关天庆才醒来。他看到林海在旁边，问自己是怎么啦，刚一回头浑身撕裂般疼痛。

林海不让他动，说他动了手术。

关天庆这时才想起昨晚那场球，想起他坐地上不能站起来。他问最后赢了吗。

林海说，赢了，赢了8分。说着林海又忍不住流下了泪。

十四

关天庆开了六刀，身上拉了六道口子。

纪树义在全连晚点名时说了这件事。不少战士掉下了眼泪。

纪树义说，关天庆是一名坚强的战士，在这种情况下，他为了连队的荣誉奋不顾身，这就是英雄主义，是一种看得见摸得着的英雄主义。这是我们连队的光荣，是我们连队的骄傲……

纪树义这么一说，那些掉眼泪的战士便收起了泪，不知为什么，他们原有的那样一种心境让他说没有了。

夏雪走进坦克团的营门，周围的眼睛都突然亮起来。一方水土养一方人，江南的女子与北方女子差异太大了。这里的兵没见过皮肤这么白的人，也很少见身材这么苗条的女子，穿戴也大不相同，那么素色，那么雅淡，款式又那么新颖，看不出什么领，也分不出哪是袖。

夏雪很自然地伸手与前来接她的通信员握手，通信员却没敢与她握。在路上夏雪问他，关天庆怎么不来接她？他不在连队吗？通信员一直低着头，一句话也不说。夏雪想笑，真是傻大兵，见了姑娘连句话都不敢说。夏雪在后面看着通信员那老实可爱样儿，忍不住抿着嘴笑。

通信员默默地把夏雪带到连部，又默默地给她倒水。

通信员这才说，连长、副连长都在团里开会，我去找指导员来。

夏雪这才急了，关天庆呢？

通信员说，你等一下，让指导员跟你说吧。

夏雪白嫩的脸一下灰了下来。她不敢想象关天庆出了什么事，肯定是出了事，要不通信员为什么一句话也不说呢。她焦急地在连部等待着。

夏雪来部队，没来得及提前给关天庆写信。纯是一次偶然的机会。市里组织乡镇领导到胶东沿海考察，镇领导要带几个工作人员，就把她给捎上了。考察基本结束，她就跟领导请了假，来部队看看关天庆，这个该死的东西，一当兵就不想家，说好回去，一封信又说要演习不回去了。

纪树义还没进门，夏雪就迎上去问，关天庆到底怎么啦？纪树义说，没有事，他得了点小病，在医院住院。小夏同志，关天庆可真是个好同志，是个好兵，是我们团里的神炮手。

夏雪心里的那块石头落了地。她挺急，打断纪树义的话说，你别夸他了，他现在住哪个医院，我现在只想见到他。

纪树义说，在守备区医院，不算远，十来里路，可是没有车，用自行车驮你去行吗？

夏雪说，只要快，什么都行。

夏雪走进病房，医生们正在给关天庆换药，关天庆趴在床上，他没看到夏雪，夏雪也没有打扰医生的工作。她就站在一边看医生给他换药。

关天庆的脊背上一边一个刀口，屁股上一边一个刀口，两条大腿一条一个刀口。换药不能用麻醉药，医生要把塞在刀口里的药纱布一点一点拽出来，然后再把新的药布一点一点塞进去。医生每抽一下纱布，关天庆就咬一下牙根，额头上就冒出一层汗珠。医生每抽一下，夏雪的心脏也就紧缩一次。一个刀口的纱布还没有抽完，夏雪突然晕了过去。

夏雪是午后等医生给关天庆换完药再进的病房。在病房门口，外科主任对纪树义和夏雪说，我当了三十年医生，没见过这么坚强的战士，换这么多药，这么痛，他从来没吭过一声，真是铁做的人。

夏雪进了病房，顾不得指导员和阮明亮在，她一下扑过去捧住关天庆的脸就哭起来。纪树义和阮明亮都悄悄退了出来。

等夏雪平静下来，关天庆才有了开口说话的机会。

关天庆说，你怎么会来的？

夏雪说，你不回去，还不愿意我来？

关天庆说，我做梦都想不到你会来部队。

夏雪低下头来，用牙轻轻地咬了咬他的耳朵。然后说，我来了，不是梦吧。

关天庆幸福地笑。他从毛巾被下伸出一只手来，握住了夏雪温柔的小手。他说，你看我这样，真不知怎么跟你说好。

夏雪一脸不高兴的样子，你什么也不要说，什么也不要胡思乱想。

关天庆说，你爸妈愿意你来看我吗？

夏雪说，傻，要不愿意，我怎么会坐在你面前。

关天庆说，说心里话，我真配不上你，要这样，我会一辈子愧疚的。

夏雪平静而又温柔地说，你是不是想气我，我这么大老远来看你，你却跟我说这些。我知道你那点小心眼，你以为你考了军校当了军官，地位比我高了，这样就配得上我了，就好管着我了，是吧？大男子主义。可对于我，当官的你和当兵的你都是关天庆，除了工资和军装不一样，其他又有什么不同呢？要说地位，要说钱，你还年轻，地位，你可以去争取可以去创造；钱，你可以去挣，可以去发财啊。你过去那么有男子汉气，当了兵怎么反倒懦弱起来了。你对我们之间的事老这样想，说明你对自己没有自信，不敢承担起这份责任，你说是不是。我对你都这么有信心，你却对自己这样没有信心，是不是当兵当傻了。我还等着你回去闯天下，闯个厂长，闯个总经理，闯个企业家什么的，你却躺在这病床上自甘消沉，这可真不是你关天庆的脾气。

关天庆说，当兵一场，弄这么个结果，怎么说也是一种失败。

夏雪说，你说这话，我理解，上学，大学没考上；当兵，没当成官。这对关天庆来说确实是一种失败。你可以这样想，这样去反思，这样去自责自己。可我没有必要去想这些。不要说这些了，人不要老是向后看，现在你要紧的是养好身体。这几天我哪儿也不去，我在这里好好陪陪你。

关天庆说，难道我真的前世积了德？

夏雪说，傻瓜，你知道自己前世什么样，我喜欢的可是现在这个关天庆。

夏雪让关天庆安静地躺着，听她说家乡的事。夏雪先说同学，说他们的工作，说他们的婚姻，然后再说镇上的变化，然后再说她家，然后再说关天庆家。

夏雪差不多把关天庆的心送回了家。他们正说着，纪树义和阮明亮回来了。

纪树义进屋说，与医院联系好了，夏雪就在这里陪几天床。

关天庆要单独跟阮明亮说几句话。待夏雪和纪树义出去后，关天庆对阮明亮说，演习迫在眼前了，回去你就让林海学炮长专业，你学通信和指挥。万一我赶不上演习，你好顶我。阮明亮眼睛就有些发涩。关天庆说，晚上要有空，数学、语文还是要看一看，基础不错也要常看，一丢就捡不起来。竞争的人很多，你想想，你在连里能排第几呢？文书、五车长、九车长，还有炮长和驾驶员呢。与你同年入伍的就算把你排在第一，你也排到七八名去了。可他们这些人里，除了文书，其他人的文化都不如你，所以，无论如何要争取到参加预考，机会不能放过，我就是因为错过了机会。听说副团长是你同乡。阮明亮说是一个庄的，要叫他叔。关天庆说，去过他家吗？阮明亮说，去过一次。关天庆说，好，我不赞成走得太密，太密了不好，对你对首长都没有好处。我不是要你去走后门挤别人，你要想法让他多给咱连一个参加预考的名额，预考名额控制得不太死，反正是选拔。能争取到参加选拔的机会，你就差不多能考上军校。

阮明亮听到这儿，忍不住哭了。

临走，关天庆叮嘱阮明亮，让葛小柳多练练夜间驾驶。

阮明亮一一点头，他临走对关天庆说，车长，你放心，我们一定会好好练的，要不我们没脸见你。

十五

关天庆走进连队，连里静悄悄的没一点生气，屋子里都空空荡荡。他出院故意没有通知连里，他知道连队训练正紧张。哨兵发现了关天庆，一边喊文书一边过来接他的东西。文书把关天庆接送到排里，告诉他，都在车场准备车，明天全团要合成演练。关天庆一下就激奋起来。

关天庆放下东西，怎么也坐不住。在医院他能起床活动后，几乎隔一天就要给连里打一次电话，通过文书了解训练情况，有时候还让文书悄悄地叫阮明亮或者林海接电话。现在一进营房，一看连里的气氛，他怎么能坐得住。

关天庆立即换上训练服上了车场。车场里一片繁忙，各车都在做保养和检查。在那个白色的世界里住了这么些日子，对这里，关天庆有一种陌生和局外的感觉，他的心理和情感都让自己要尽快融入这繁忙。

他不想引起别人注意，顺着车库的墙接近他们的车。忙碌的人们居然都没有发觉他。他从车后上了自己的车，驾驶员正发动车，他趴到指挥塔上，车里人都没发觉他。他从窗口往车里望。阮明亮正趴在那里调整频率，好像连里在沟通联络。"济南，济南，我是合肥，你的信号好。"关天庆心里一热。这小子就是聪明，几天工夫，电台都学会了操作。

再看林海，林海贴在瞄准镜上，也可能在练测定距离。关天庆心里一阵激动，这不是很好的搭配嘛！我可以交班了，让阮明亮当车长，林海当炮长，这多合适。他喊了一声阮明亮。他们太集中精力了，居然没有一个听到。他就从炮手的窗口进了车。

"报告车长！炮手关天庆前来报到。"

阮明亮和林海都一愣，他们在车里一下发现他时，都惊呼起来。阮明亮、林海两个一下把他抱住，葛小柳听到车长的声音，也钻了过来，阮明亮和林海都流了泪。

关天庆很兴奋，先给他们一人几块巧克力。

林海说，这是嫂子带来的吧。关天庆点点头。

阮明亮羞答答地说，嫂子真漂亮，我这辈子还是头一次见到这么美的女人。连里都说车长你有福，说这辈子能娶个这样的媳妇，干什么都值了。

关天庆笑了，说，真是胡说，我们那边的姑娘，一个个都这个样。还没有一定呢，也可能到时候飞了。

林海说，你才不说真话，我看她对你那份真情，电影上都没见过。

夏雪走，林海送她上的车。夏雪问林海，你们车长怎么样？林海说，你的眼力太好了，只有心地纯正的人才能有这样的眼力。夏雪说，你们车长用什么收买你了。林海说，他也有一颗纯正的心，如果平时用天生的一对这话送给别的情侣，完全是出于恭维的话，那么这话送给你们才是真正的恰如其分。夏雪笑了，笑得那么幸福。临上车，夏雪对林海说，我拜托你一件事，他出院后，你对他要多留心一些，他这人做起事来就忘了命，不要让他乱来。林海说，嫂子，请你放心，我一定记在心里。

关天庆说，行，我把你们的话，写信告诉她。不说她了。咱还是赶紧准备咱的车吧。小柳，发动机怎么样？明天就看你的了，要是跑不动咱可进入不了阵地。

葛小柳说，车长，保证没问题。

阮明亮说，车长，小柳这次障碍驾驶可是优秀。

关天庆有些惊喜，电台的耳机里传来了连长的呼叫。关天庆立即戴上工作帽。连长正在呼他。关天庆立即回答："济南，济南，我是合肥，我已经归队。"

连长立即再呼："合肥再回答一遍。"

关天庆立即又回答一遍。接着全连的车长都通过电台发话问候，弄得关天庆好激动。

关天庆说完，郑重地把工作帽交给阮明亮，接着他非常认真地说，现在我宣布，阮明亮为三车车长，林海为三车炮长，葛小柳为三车驾驶员，关天庆为三车炮手。

车里的三个人一齐喊车长。关天庆说，就这样决定了，我马上给连里汇报。

纪树义不让关天庆立即参加训练。

关天庆说，我不想说更多的话，我只问你一句，领导把我当骨干留下来为的是什么？

纪树义委屈地说，我是对你负责，你的身体再要出点毛病，我没法交代。

关天庆说，我的身体没一点问题，你要不让我参加训练，那你就让我提前复员，我在这里干什么呢？我的血管里流着十几个战友的鲜血哪！要在这里吃闲饭，我还不如回家去吃，家里的饭比连队的好吃！

纪树义让他说得找不到能说服他的话。没有办法，他只能说，那你可一定要自己注意。

关天庆说，我不会拿自己的身体开玩笑的。我已经说了，我不再当车长，我当炮手，我协助阮明亮做好工作。

纪树义无奈地摇摇头，说，我真拿你没有办法。

十六

演习预演正式开始。

连队五点十五分接到命令。全团紧急集合，除了轻武器、水壶、挎包外，还要带被褥铺盖。阮明亮带着全车出屋，向连长报告的时候，其他车还没有一个车到齐。关天庆看了一下表，他们车只用了一分半钟。

连长没等全连到齐就下了命令：用最快的速度做好出车准备，出发！全连冲向车场。

车场里沸腾起来了。车长驾驶员都涌向电瓶充电车间，排队领取自己车的电瓶。炮长炮手掀篷布叠篷布绑篷布。

关天庆考虑到阮明亮劲小，一边走一边分工，让阮明亮和林海叠篷布，他和葛小柳去抬电瓶，林海立即挡住，他拉着葛小柳就跑。关天庆和阮明亮叠篷布。抬来电瓶，葛小柳掀开驾驶窗，呼地钻了进去，一百五十多斤的电瓶，林海哟的一声就拎上了车。他把电瓶从窗口送给小柳后，立即去提水。关天庆看着全车默契的配合，心里涌起一股股热流。他让阮明亮立即与连长联络。阮明亮打开电台电源，连长已经在呼叫。他迅速调整频率。阮明亮刚向连长汇报，耳机里立即传来团指挥所要各连报告准备情况。接着指挥所下达了命令：全团立即进入待机阵地。近百辆坦克一齐吼叫，惊天动地。一连、二连、三连、四连……铁流滚滚，带着呼啸，掀着烟尘，冲出营区。附近的老百姓不知出了什么情况，纷纷赶来观看。坦克乘员们一个个精神抖擞，抑制不住内心的激奋，威风百倍地各就各位。

关天庆他们连的待机阵地在虎山坑道。一出营区，各连上了各的道。

"北京0（洞），北京0（洞），我是北京，我是北京，北京呼叫，北京呼叫……"

团指挥所在呼叫，让各连报告情况。

这时各车只有听的份，没有说话的机会，关天庆立即让阮明亮把开关扳到车内通话，让全车报告情况。

葛小柳报告，机械一切正常，车内有烟，是否可以开窗。

阮明亮看关天庆，关天庆想了一下，上面没有要求关窗驾驶，他点点头，阮明亮立即答复：驾驶员可以开窗。

林海报告，火炮一切正常。

关天庆也报告，炮手一切正常。

关天庆接着插话说，驾驶员请注意，道路不好，谨慎驾驶，要注意与前面的车保持距离。其他乘员，要注意对前方和左右的观察，发现异常情况立即报告车长。

葛小柳回答，驾驶员明白。

林海回答，炮长明白。

关天庆回答，炮手明白。

阮明亮激动地说，谢谢车长。

关天庆他们在坑道里整整憋了三天。除了一些"敌情"外，外面的情况一点不知。到第三天晚上七点三十分，突然接到团指挥所命令，为支援岛屿封锁水道和抗登陆作战，九点钟准时赶到栾家湾，上登陆艇进岛支援岛屿作战。

连长立即做紧急动员，要求各车保持通信联系，随时听从命令；

行进注意安全，保持车与车之间距离，不要掉队，出现情况及时报告，无论出现什么问题，都要绝对保证按时上船。

全连战车整队出发。

"济南0（洞），济南0（洞），济南呼叫，报告情况，听到回答。"连长不时呼叫，掌握各车行车情况。

"济南呼叫，济南呼叫，翻过前方小高地，右转上公路。道路狭窄，各排依次分开上公路。听到回答。"

三车是一排断后的车。关天庆提醒驾驶员，跟上距离，道路狭窄，把好操纵杆。

坡和公路之间是一片平坦的开阔地，地里已经种了麦子。关天庆他们走的是第一条通道，道路仅4米多宽，而且路两旁都有水沟。

阮明亮指挥着葛小柳下坡的同时，让他注意把好方向。下坡上路，驾驶员换挡加速。关天庆忽觉车往右一倾，接着车就不动了，右边的履带发出呜呜的空转声。关天庆让驾驶员立即熄火，他们一齐下车。原来土路经前面的坦克重压后，已经松塌，他们的车正巧在此换挡，速度一慢，碾压力增大，路沿塌了下去，路基已经托住车底。

阮明亮有些慌，关天庆说我来向连长报告。关天庆呼叫连长，连长没有管他，只顾带着其余车上公路，上公路之后呼啸而去。关天庆再次呼叫。连长仍没有回答。相反，团指挥所做了回答，让他们待命。

关天庆急出了汗。怎么办，就这样等下去，只能是一种结果，半途撤出战斗，没有完成任务。自救需要圆木，这里是绝对没有；钢缆自我牵引，没有可固定钢缆的地方。关天庆发现车后坡地那里有个石矿。关天庆又仔细观察了车底，发现坦克前半部分托底，后半部分没有完全托底，在后半部分履带下面填进大石头，倒车可能会成功。于是他们开始扛石头。阮明亮林海不让关天庆扛，关天庆当然不会听他们的，一块块石头硌破了他们的衣服，也硌破了他们的皮肉。关天庆指挥林海他们把石头填到右后半部分履带边的沟里，铺宽路基，另外找了一块长石头，割下一段篷布绳把它绑到后履带上。

葛小柳发动车，关天庆在前，阮明亮和林海在后，关天庆让葛小柳挂上倒挡，然后让后面注意观察，他指挥葛小柳轻松离合器。车往后动了一下，关天庆做了个停的手势，他跑到车后一看，有门，那块绑在履带上的大石头已经压到履带下面。关天庆让林海又搬来两块大石头，把石头填到已经有些空起的后履带下面，填不进去用十二磅大锤向里砸。然后，关天庆再跑到车前，让葛小柳拉住左边操纵杆，发动车，轻松离合器。车果然一下一下倒了上来。

四个人激动得眼眶都湿了。为了保险，关天庆直接指挥着葛小柳把车倒回坡上，他们决定改走大道上公路。掉过车头。葛小柳一踩离合器挂上了四挡。

关天庆立即让阮明亮给连长报告，阮明亮推关天庆报告。关天庆仍让阮明亮作了报告，说他们已经排除故障。连长让他们争取在规定时间内赶到。关天庆一看还有二十三分钟。他们选择了一条新路上公路，关天庆钻出窗口，指挥葛小柳稳步前进。上了公路，关天庆让葛小柳高速前进。

坦克疯了一般呼啸着前进，公路上的行人和车辆远远地躲开。前面要拐弯，斜刺里一辆自行车带着一个女人想横穿公路，听到坦克的吼叫，到路中央又慌张回头，眼看就要钻到车底，关天庆在喊的同时把停车信号也按了下去，葛小柳却没有减速也没有停车，坦克擦着自行车边呼啸而过，两个人一起掀倒了，关天庆扭头看两个人不顾自行车、抱着头跑向路边，好险。

关天庆他们终于提前三分钟赶到栾家湾。

关天庆问葛小柳，我让你停怎么没有停。葛小柳说，在那种高速的情况下踩离合器拉操纵杆，很可能会造成反转向，真要那么做，他们俩就死定了。想想真后怕。

关天庆拍了葛小柳一巴掌，好小子！有你的。

纪树义和连长也走过来跟关天庆他们一一握手。

十七

下面正玩命为演习做最后准备的时候，上面传下来一个通知："九五幺零"演习今年不搞了，其他一切工作恢复正常。今年不搞了，什么时候搞没有期限，实际上演习已经取消。接着各部门随之来了具体指示，参加考学的本月下旬补考，老兵复员工作照常进行。

一场比赛就要开始，突然宣布取消，对运动员实际是个打击。

部队一时提不起神来，基层的同志心理上总有一种被戏弄的感觉。

纪树义是在关天庆回家探亲前一天晚上找的他。

关天庆进屋后，纪树义没有立即说话。他亲自为关天庆泡了一杯茶，还亲自给他点了一支烟，视关天庆功臣一般。

关天庆若无其事，泡茶他就喝，点烟他就抽，反正指导员也不是外人，反正他心里早已没了别的念头。

喝了茶，抽了烟，纪树义才说，车票买了吗？一句多余的废话，上午就跟他说了。关天庆没有让他难堪，随便应了句，买了。纪树义又说，回家的东西买了吗？关天庆抬眼瞅了瞅纪树义，心里话，没买你还送吗？他自然不会这样说，也随便说了句，买了。

关天庆已经感觉到，纪树义要跟他说的话挺难张口。要不他不会这么迂回。于是他反劝他说，有什么事你就说吧，现在边界又没有战事，也没有前线可上；最大的事也不过就是复员嘛！我早就跟你表态了，要不现在我回家探什么亲呢。

纪树义说，你是体会不到我的心情啊。说真话，这些年来，咱们俩一直没能好好弄到一块儿，当然主要是我的责任。哎，我这里有酒，咱俩喝杯酒吧。

关天庆说，别，不要借酒遮脸好说话，酒话虽是真话，可没有一句是可兑现的，还是不喝实在，虽然有些不是真话，可句句是要当真的。

纪树义说，天庆哎，你还是不理解我的心哪。这一次我可是真的全豁出去了。我找了团首长，还找了守备区副参谋长，谁都没办法呀！演习没有搞，保送上军校那一条取消了。

关天庆说，这些我都知道，这一回你是使了劲，也真费了心，可已经晚了，你在这时候已经使不上劲了，要说这事，你是能使上劲的时候没使劲。然而，为这，我是不会怪你的，怪你又有什么用呢。

纪树义说，你怎么心里还跟我结着这么个疙瘩呢！我一点都不知道啊，真是人生多误会，人生多误会呀！我什么时间能使劲不使来着。

关天庆说，你要是真的不记得了，或许你是无意的，我也没有必要再故意让你知道。一切都结束了，一切也都晚了。在部队的时间不多了，我会站好最后一班岗的，这一点请放心。

纪树义有些急，他说，天庆哎，你要带着这样一个看法离开部队，我会一辈子不安的。你一定要把心里的话留给我。

关天庆说，你心里真是这么想的？

纪树义说，你看看，咱们在一起不是一天了，我怎么还跟你开玩笑呢。

关天庆说，你要听我的心里话，那你就耐心地等着，等我探亲回来，咱再好好聊。你什么都不错，只缺少一样东西，缺什么，其实不用我说你也完全清楚，你也可以问问自己，带了这么多兵，全连有哪些人能跟你生死与共？

关天庆回到车里心情不好。他要走了，他们的车也要送军区大修，演习没搞成，摩托的损耗却不少。人要走，车要修，想想是一种悲哀。关天庆决定把车票退了，他想与自己的车一起走，他亲自送它进工厂大修。

等联系好车皮，考军校的成绩也下来了，阮明亮考上了军区陆校，军区通知他们立即报到，因为他们已经落了两个月课。

火车在夜色中奔驰。关天庆坐在车里，从敞开的车门向外凝视。真有意思，当兵是坐着这闷罐车来的，现在回家探亲也坐着闷罐车回去。时间就像这列车一样飞驰，转眼就五年过去了。想想这五年，关天庆心里更多的是苍凉。

押车本来是要来一名干部的，关天庆要陪葛小柳一起押车，连里就省来一名干部。阮明亮见车长要押车，他也决定不乘客车，也要与车长一起陪葛小柳押车。四个人只剩下林海一个在家，阮明亮从此也要离开坦克部队，车长回来就要复员。想到一车人就此要分离，临走的时候，都有些眼泪巴巴。

关天庆想要摆脱心里的忧郁，他觉得这样不好，一个是自己车里的驾驶员，一个是自己车里考上军校的兵。自己的兵已经有两个考上军校了，这还不光荣，还不应该高兴嘛！关天庆站了起来，阮明亮和葛小柳也站了起来。他们不约而同来到后门的窗前，看着他们的坦克。这是他们的战车，他们和它在一起度过了许多个春夏秋冬。他们曾驾着它奔驰在防区的各个角落，他们曾驱使它在靶场上击毁过一个个靶子，它给他们带来了许多欢乐，它也给他们带来过不少痛苦，他们仨都曾在车里晕过吐过，他们仨也曾在车内通话器里一起高歌。

关天庆想打破寂寞，他说，咱们这辆车不容易，又出了一个军官。

阮明亮说，还出了一个全团闻名的神炮手。

关天庆说，明亮，你这一走就回不到坦克团来了。

阮明亮说，我本来就不是一个合格的坦克兵。

关天庆说，合格，合格，早合格了。

阮明亮说，那也是车长手把手教的。

葛小柳说，车长的喜糖你吃不上了。

关天庆说，我寄给你。

阮明亮说，你可一定不要忘了。

关天庆说，上学的事告诉家里了吗？

阮明亮说，已经写信了，怕还没有收到。

关天庆说，我这兵就算当到头了，作为你们的车长我没有什么可留给你们的，有几句话我想说说。明亮你就要做带兵的人了，就要当一些人的领导，领导的责任是什么呢，他不仅要对工作负责，更要对自己的兵负责。带兵的人要想自己的兵好，不出事，不给领导出难题，就要跟自己的兵交心，你把心交给兵了，兵也会把心交给你。要交心，相互间就必须有兄弟般的爱，离了这种爱，心是交不成的。咱们指导员什么都好，什么都不缺，他就缺一样东西，他对自己的兵没有真诚的爱。

小柳，你对自己把握得很好，你把技术学好就行，团里两用人才培训时，想法学一学汽车驾驶，搞一张驾驶证，就是复员，不愁找不到工作。

阮明亮和葛小柳说，我们都记住了。

阮明亮说，你回家，给嫂子拍电报了吗？

关天庆说，别嫂子嫂子，听着多别扭，电报拍了，没说准哪天，不知坦克进厂要耽误几天。

葛小柳说，联系好了你只管走，我自己能送去，别让嫂子心急。

"不好，那一边的篷布没有绑好。"关天庆第一个发现。

他们都看到了，车右前侧的篷布角的绳子让风刮开了。

关天庆打开了后车门。阮明亮和葛小柳一起拉住了他。

"车长，让我们去吧！"两个人哀求着。

"不行，你们都还差点，你们都没有那个劲，要是林海在，我会让他去的，可你们俩不能。"

"那我们一起去！"

"没有这个必要，我一个人就能把它绑好。"

阮明亮和葛小柳都知道争也是白争，这种事，车长绝对不会让他们去做。

"车长，你小心点！"

"没有问题！"

关天庆纵身一跳上了那节平板拖车。风很大，关天庆的衣服被翻过去盖到头上。关天庆猫着腰前进。

"车长！你爬着走好！"

"车长！你匍匐前进！"

关天庆来到坦克跟前。他一手先牢牢抠住坦克的牵引钩，一手举起抓飘起的篷布绳。抓了七八次才抓住绳头。关天庆拼出全身的力量终于把篷布角拉了下来。他趴在火车上一点一点把篷布角拉到另一边。

阮明亮和葛小柳的眼睛瞪着都忘记了眨。

关天庆先把绳子与另一边的绳交叉起来，拼命拉紧后又把绳头回过来穿到钢缆头的孔里，再拉出与篷布的另一根绳子系到了一起。

阮明亮和葛小柳这时才眨了眼睛。

关天庆转过身来，朝他们招招手，露出了微笑。他直起身来。

一列客车迎面呼啸着擦车而过。关天庆被两车擦车形成的旋风掀了一个踉跄。

"车长！车——长！"阮明亮和葛小柳不见了关天庆的身影。

列车在墨黑的夜色中飞驰，滚滚的车轮声中，一直响着两个痛苦的声音：

"车——长！""车——长！"

《芙蓉》1996年第6期，《小说月报》1997年第1期转载，获总政第三届全军文艺新作品奖二等奖。收入贾平凹主编的《中国当代小说精品》丛书"军旅小说卷"。陕西人民出版社1998年10月出版。

雾　障

好晴朗的天。天空蓝得没法再蓝，云朵白得没法再白，和风软得没法再软。呵，这一切全是为了他。鲁新成入党了，而且立了功，勋章在胸前闪闪放光。乡亲们像迎接凯旋的英雄一样迎接他。桂凤羞涩地拽拽他的衣角。他跟她来到一个幽静的所在。她的手那么柔软，是激动？是紧张？他神魂摇荡。她害羞了。他乘机捉住桂凤的手。谁这么讨厌，这个时候叫他，好像是桑立果，真是丧门星。

"大鲁！大鲁！"

鲁新成厌恶地睁开眼，真是他。

"上雾啦！"

鲁新成这才醒来，这里没有碧空，没有鲜花，更没有桂凤，他躺在这倒霉的舢板上。雾？他抬眼看，天像一口锅，不见一颗星星。

是恐惧？是慌张？他觉着脸上泛潮，抬手一摸，哦，脸、头发全湿淋淋的。好大的雾！他有点慌神。

"大鲁，咱们怎么办？"

桑立果的焦急提醒了鲁新成，他几乎忘掉了今晚一直在进行的事。他的话让他镇定，让他暗暗高兴，你小子还有求我鲁新成的时候！

"嘿嘿，不就是点雾嘛！看你吓成啥样了，还上战场！"鲁新成不以为然地在船头坐定。

桑立果一听就明白鲁新成的心思，到了这个时候，竟还来这个，他心里很苦恼。

今晚他一直很苦恼。连队进行夜间海上火炮射击训练，摇舢板拖靶显示目标的苦差事，偏偏派到他和鲁新成头上。

领受任务后，桑立果去背枪、去领干电池、去扛橹，鲁新成坐在马扎上只顾吸他的喇叭筒；他背着枪抱着电池扛着橹在蛇一样的山间小路上走，他却徒手背着三节手灯在后面晃；他到海边接好靶上的干电池，立在船头前等他一起推舢板下水，他却若无其事，坐在沙滩上一只鞋一只鞋地倒不尽鞋里的沙粒，硬是眼睁睁地看着他一个人像牛一样把舢板拱下水；上了船，他自然是先摇船，他自然是坐船头先歇着；船摇到预定海域，刚想放下橹喘口气，岸上打来开始的信号，他下意识地看了他一眼，他也明白这一看的意思，也抬起了屁股，但没站起来，只是顺手用帽子噼啊啪地打尽船头板上硌屁股的沙子。他在船尾摇啊摇啊，汗水在脊梁沟像蚂蚁一样往下爬，衬衣贴到肉上又湿了军装，而他在船头上躺着咿咿呀呀唱，唱着唱着，呼噜慢慢跟船头的涛声合了拍，直到刚才被他叫醒。

雾，像水汽，像毛毛雨，湿漉漉、阴森森地向他们包围过来。

这看得见抓不着的东西，总是悄悄地来临。开始人们总带着几分喜爱欣赏它，但它就往往利用这一点神不知鬼不觉地让你陷入困境，连太阳它都能让它失去光辉。

他们一个坐在船尾，一个坐在船头，相隔不到三米，但各自在对方的视觉里只是一个模糊的影子。凭感觉，鲁新成知道自己很准确、很有力、很有理地捅到了对方的痛处，他让他捅得很痛。这时鲁新成见桑立果蔫了，心理上的满足迫使他要借某种方式加以表现，以达到让对方明确而扩大这种打击的效果。

"军港的夜啊静悄悄，海浪把战舰轻轻地摇……"鲁新成不由自主地放开了嗓门，他觉得这是表现他此时此刻心情的最佳方式。

这歌声强烈地刺激着桑立果的神经，他为鲁新成的幼稚痛心。你在跟我斗气吗？不，你错了，你是在跟自己的生命开玩笑。他低下头，默默地忍受着这歌声的咬噬。他真不理解，他为什么要这样对他？

他俩同年入伍分到同一个班，原来一直不分江苏河南，可后来鲁新成慢慢觉着桑立果不顺眼了。就他精瘦个猴似的，扛门六零炮喘得跟断气似的还当副班长，还入党，还受嘉奖？可他偏偏就当了副班长，就入了党，半年总结又受了嘉奖！而彪形大汉鲁新成大头兵一个，啥都不是。说实在的，进步不进步在鲁新成看来并不重要，只是感到有一种说不清的压力，在新兵，在父母，在乡亲们面前面子上过不去。就因为这？也许是，也许不是，真要鲁新成说，他也未必能说清楚。

鲁新成不停地唱啊唱啊。这声音让桑立果感到极度的难受，他觉得鲁新成那么可怜，他以为这是在折磨别人，其实他是在折磨自己。他不忍心看他这样折腾下去。

"你就别唱了!"桑立果的话气愤多于同情。

"咋啦?害怕吗?"鲁新成找到了继续踞高的梯子,"不就是离岛三四千米嘛!你们不常吃喝关键时刻过得硬嘛!今个咋啦?别怕,看我这党外人士怎么把你这先进分子送回岛去。"

鲁新成说着从船头爬到船尾,摇摇晃晃地支起橹。

"你把橹放下。"桑立果声音不大,但很坚决。

"呵,坐着不动你害怕,送你回岛你又不让,怎么掉了魂似的,你老实坐着,一切由我了。"

"大鲁,勇敢不是拿命开玩笑。现在连里知道咱的位置,我们不摇,他们好顺流找,要摇错了方向,他们找也没法找了,你这样闹意气,是要拿生命做代价的。"

鲁新成一愣,听桑立果的话,这家伙还有点道道,是这么个理,但他感情上不允许自己接受他的意见,这样就等于证明自己整个儿熊包一个。

"别命命命的好不好,谁还怕嘛!至多不就一死嘛!八十死是死,二十死也是死,早晚一死,为了保证先进分子的安全,我赴汤蹈火在所不惜。"

"那你知道往哪里摇?"

"嘿嘿,你以为我是草包吗?咱们来时刮东南风,我们在岛的西北侧,迎着风摇不就是啦!咱们最要命的毛病是就怕别人比自己能!"鲁新成为自己的急中生智兴奋,拨正船头,放开手脚迎着阵阵扑面的浓雾摇了起来。

"你放下!

"你现在还能感觉到风吗?要有风,雾就散了。再说,这么长时间你能肯定没转风,现在你能试出风向吗,你怎么判断咱和岛的位置?"桑立果站了起来。

"我至少能不让船漂得太远!"

雾一团一团涌过来,涌受雾的驱使,也赶来趁火打劫,它们像两头凶恶的野兽发现了猎物,发出阵阵狞笑,舢板在这笑声中颤抖。

"你放下好不好?"

"我就不!"

桑立果上去握住了橹,鲁新成就是不放,一个涌浪像牛一样把舢板反顶起,两人身子一晃,重心都偏到左舷,涌浪不失时机地瞄准了露出水面的船底。

"救——"没等鲁新成喊出第二个字,小舢板哗地扣了过来。两个人像石砣子一样被扔进了大海。这意外,使他们意识里出现了空白,两人懵懵懂懂地下沉……

完了。鲁新成混乱的脑子里理出了第一个意念,喜怒哀乐、恩怨荣辱、理想前途、战友老婆,到此一切都要画句号了,这是一个多么残忍的句号!

就这样完了吗?鲁新成脑子里接着又蹦出了第二个念头,好端端的一个小伙子,怎么就这样稀里糊涂地死呢!于是他手脚一起忙乱起来。他实在憋不住了,他弄不明白自己到底是在上浮还是下沉,使了那么多劲,头还是露不出水面,他的肺要憋炸了,只好张开嘴,海水咕噜一下钻进了肚子,那滋味谁也说不清。他拼出全力挣扎。"砰!"他的头一下撞到扣过来的船舱底上。力用得太猛,脑壳裂一般痛,眼泪都震出来了,但他顾不得这些,他意识到他又回到了生的边界。他一个猛子钻出船底,他扒住了,狠命地扒住了生的岸。

当他爬上船底,当他意识到自己从死亡的深渊里逃了回来,当他实实在在地感到自己有了救生的依靠的时候,他并没有欣喜。他趴在船底上再也不想动弹，刚才这一幕他想都不敢再想，他的确摸到了死神的鼻子，那是个令人毛骨悚然的东西。

桑立果没有他幸运，当他露出海面时，上帝没扔给任何可抓扶的东西，身上却还背着冲锋枪和二十发子弹（是专门防备鲨鱼的），他在墨一般的雾海里挣扎。幸好他是在江南水乡的浪尖上滚大。雾让他眼睛完全丧失了功能，在这茫茫的大海里往哪游呢？他着急，他害怕，他想哭。忽然，他隐隐约约看到有几个像溶化在水里的光晕在海面波动。他睁大眼仔细看，这光晕发黄，像冬天浴池里的灯泡。哦，那是裹在雾里的拖靶上的灯泡！他浑身来了力量。涌浪太大，他只好潜游接近……

小舢板像鸡毛一样在大海里飘摇，雾完全驱尽了白日的热情，招来了秋夜的阴冷。雾在继续旋转、弥漫。鲁新成的歌早完了，那股幸灾乐祸劲也早被海浪冲刷得无影无踪，冰凉的海水使他的头脑渐渐清醒。他明白了，这灾难并不是单为桑立果所降，厄运开始就朝着他自己，要不小王怎么偏偏就崴了脚？偏偏就轮着他顶班？

雾像千层棉纱万朵白絮一般向他压来，他感到空气是那样沉闷，那样令人窒息。他现在真正理解了雾海孤舟的准确含义。海水浸泡过的衣服贴在肉上，夜风一吹，透骨凉。他第一次感到孤独和害怕，这时他才想到船上还应该有个桑立果。他惶恐地向四周搜索，四周是看不见底的幽谷，这黑暗里到处都藏着狰狞可怖的面目。他终于明白，这条倒扣着的舢板，正在按照雾的意志，把他送向死亡！一阵寒气从心底透来，浑身的皮肤麻酥酥地紧缩。他想到连队没有船，也无权调动船运大队的船艇，就自己一个在这雾海里，会漂到哪去呢？他想到给桂凤的信还在抽屉里，等了两天船了，上次回家她已把一切都给了他，万一要是……不，才二十二岁啊！他的心脏突然紧缩，挣扎，沉没，鲨鱼，一个个令他发抖的镜头在眼前旋转……

"副班长！"他嘴不由己地喊了起来，他不知道为什么要喊他。

回答他的是大海的一声声恫吓。他撑起身子，一摸手灯，不知什么时候送给了龙王爷。或许是恐惧，或许是他心里还残留着过去的友情，他睁大眼找寻着，黑黢黢的海面什么也看不见，他心里涌起一种从未有过的愁怕。他还能回来吗？他还能回来吗？！要是他不摇这么长时间船，他会游回来的。要是不跟他硬斗气，船可能不会翻。到如今，这些都只能是假设了。咋跟连里交代？咋跟同志们说？鲁新成用拳头砸着船底……

"鲁……新……成……"一个微弱的声音像从悠远的深谷传来。鲁新成一惊，是错觉？是他的灵魂？他胆怯地抬起头。啊！是他，他正艰难地爬上船头。

"大鲁……"

尽管桑立果的出现是鲁新成盼望的，同时也给他精神上带来安慰，但他心理上不允许自己回答他。

"我们都在，太好了。"桑立果惊喜地爬过来，两手紧紧地揽住鲁新成两条趴在船底上的胳膊，脸紧紧地贴住鲁新成的脸，一股热乎乎的东西淌到鲁新成脸上。

鲁新成的心被桑立果的兴奋触动了一下，但他那种连他自己也说不清的心理状态使他对自己对他都感到烦躁："你干什么？还想让船再翻吗？走开！"

他的话是那样生硬，气是那样粗野，桑立果一腔热情，叫他当头一瓢冷水，戗得他热泪在眼里打转，他慢慢地爬向船头。

浓雾被微风推走一团又涌来一团，无穷无尽。星星和月亮被雾泡化了，夜空就像地狱。他们不知道在海上漂了多少时间，也不知道到了什么时辰。大海一会儿把他们吞没，一会儿又把他们吐出。在这生与死的搏斗中，他俩渐渐失去了抵抗的力量。

死神突然悄悄地拜访，太突然太意外了，以至于他们措手不及。谁不留恋人间美好的生活？何况他俩都还芝麻刚刚开花。大自然的恶性硬把他俩从甜美而又充满欢乐的生活中拽了出来，一下把他们扔到死亡的边缘，或许他们来不及跟亲人说句道别的话，就要与他们永别，或许他们来不及回顾和展望人生，就要中断他们追求而不能继续的路；或许他们曾憧憬而又完全可及的迷人的理想，顷刻就要变成泡沫。残忍啊！在这样的时刻，这颗还没有停止跳动的心，能平静吗？

在死神面前，鲁新成比桑立果负担更沉重。感情上他放不下桂凤，良心上愧对桑立果，肉体上他抵制不住寒冷的侵袭，他忍受着肉体和精神上的多重折磨。他感到浑身透心地凉，牙齿颤抖得牙骨发酸发痛，肌肉一阵一阵抽搐，他实在忍不住了，他想喊桑立果，但那种虚伪的自尊折磨着他，他不能，他无论如何也不能向他求助，要不他还算个什么！

桑立果摇船出透了汗，让冰凉的海水一激，肌肉早就在不停地抽搐。他只能把半截身子泡在海里，泡海水里没趴船底上那么冷，他任凭海浪摔打，饥饿、寒冷、恐怖一齐向他袭来。死，对他来说，自然同样是痛苦的。他想到母亲，入伍三年了，还未能回去看她，春上母亲说要来看他，他劝阻了，不是不想，只是想到连队领导对家属来队并不真心欢迎；他想到弟弟妹妹，他们多次来信，盼他探家时给他们一支高级钢笔；他想到同学，有的已进了大学，他暗暗和他们竞赛，他报考了自修大学，已取得了六门单科结业证书，离十月份考试只有一个多月了；他还想到，明天下午有他的文化课，上午应该再熟悉一下教材。越想到这些,他越感到死神的可怕。战胜可怖的意念,比忍受肉体折磨更难得多。他的手不止一次不知什么原因就松开了。当他再一次松手时,他想到了鲁新成。尽管他不愿意再接近他,但他想到自己是他的副班长,他艰难地向他爬去。

"大鲁,连长他们一定能来救咱,可能是咱们漂得太远,或许他们正在找咱,咱要攒着劲坚持。你冷吧,我来搂着你。"

桑立果趴到鲁新成旁边,身挨着他身,腿绞住他腿,脸贴向他的脸……

鲁新成感觉到了从桑立果身上传来的温暖,他从精神到肉体都需要他的帮助,可是这种温暖让他受不了,他忘不了过去对他的一次次咒骂、挖苦、讽刺,他更忘不了刚才翻船前的那一幕,他越这样真诚宽宏大量地对他,他越反感。

"滚开,我用不着谁可怜!"鲁新成粗暴地推开了桑立果,烦躁的心情使他控制不了自己,桑立果被他推下了水,幸好抓住了橹绑绳。桑立果痛苦地爬上船,趴在船底上,他的眼泪往肚子里流。

"大鲁!你听!"桑立果突然喊了起来。

"马达声!"

梦想突然变成现实,使他俩都忘掉了刚才的一切。

"上级首长真的派船来救咱了!"

命运之神把他们从死亡的深渊里捞了上来。两个人顿时像注射了兴奋剂,生的欲望在他们心里猛然膨胀。他俩跪在船底上期待着,盼望着。

马达声由远而近,越来越近。

呜!呜!呜!汽笛焦急地呼唤着。啊!光明!他们看到了,一大片乳白色的雾,那是探照灯的光,浸在雾里的探照灯光。生的彼岸就在眼前，近得伸手就可以摸到，被压抑的欲望如火山一样喷发：

"哎！哎！哎——"

"喂——"

"救——命——哪！"

"我——们——在——这——儿！"他俩不约而同地跪在船底上拼命呼喊，上船后，他们第一次想到一起，做到一块。喊声是那样急切，那样发自肺腑，那样揪动人心，谁听了都会动情。但大自然却是无情的。命运之神已经向他们伸出了双手，但就这一层薄薄的雾，竟成了他们无法逾越的障碍。

马达声渐渐远去……

哗！一排涌浪，把他们的小船，连同刚刚露头的一线光明，刚萌生的一丝希望，刚燃起的一蓬生命的火焰统统卷进了深深的浪谷。

"副班长！"鲁新成再也憋不住了，绝望地趴倒在船底上，眼前的事实再不允许他想别的。

桑立果紧紧地咬住颤抖的嘴唇，下意识地整理自己的军容，三颗、四颗、五——第五颗纽扣掉了，要是能……明天……可他不得不面对现实。他已感到精疲力竭。

无情的雾对这一切无动于衷，仍是那么逍遥，那么自在，那么肆无忌惮。大海也似乎品尝够了他们的滋味，一排排涌浪铺天盖地般扑来。

桑立果俯下身子。

"大鲁，他们或许还会回来的。"

"你别安慰我了，今天我才知道，我真的不够格。你放心，我会死得像个战士的。"鲁新成这时真真实实地感到过去的一切是那么可笑，"临死前，我要问你一句话，你恨我吗？"

"大鲁，过去的都让它过去吧，别说了。"

"不，你让我说，要不，我死了也心亏。我一直嫉妒你，总认为是你挡了我的路，抢了我的位。刚才在船上我是故意和你作对，我……"

"别说了，谁还没有个脾气。"

"你能原谅我吗？"

"我从来就没有恨过你。"

"我要拜托你件事，你水性比我好，要能活着，一定替我把抽屉里的信寄给桂凤，就说我对不起她……"

"我也不想死，咱们都刚二十出头，但我们确实坚持到了最后，要有这个准备。"

……

"咱们这样死了，能算烈士吗？"鲁新成突然问。

"能。我们是在岗位上。"

"我们也能上英雄山，也能立碑？"

"能。"

"他们能知道我们这些吗？"

"能。首长、战友和后代，会知道我们的一切的。"

突然，他俩紧紧地抱在一起。两颗心合成一个拍节在跳动，四行热泪慢慢地流下来，但这不是恐惧的泪，它包含着很多难以言表的情感。

"枪！副班长，枪！"鲁新成的手感觉到了桑立果背上的枪。

"大鲁！咱们打枪！"

"对！"

他们的心里又充满了希望，四只手一起举起枪对着漆黑的夜空。

"叭！叭！"两声清脆的枪声打破了雾夜的宁静，盖住了大海的喧啸。

马达声又响起来了，越来越近……

《山东文学》1987 年第 4 期。

小竹岛之恋

一

狄老大瞪着两眼半夜没能合上，天亮倒鼾声如雷做起了梦。花轿、太阳、龙船、娘娘、云山雾海……

"还睡！人家上士水都挑来了。"

老伴在他屁股上一巴掌赶走了他的梦。

狄老大一个鲤鱼翻身下炕，没系死裤腰带就冲出大门，见日头在东海面那水天相接处笑眯眯地露出脸，乐得一拍屁股颠进了门，顺手在老伴的屁股上捏了一把。老伴撅他一句："都要做公公爹了还没个正经样。"

日子是狄老大翻破一本皇历择定的。

狄家香火不旺，三代都是单传，这日子马

虎不得，责任重大，要不对先祖列宗没法交代。

狄老大在屋里乐滋滋地忙着张罗喜宴，没承想外边老天爷变了卦。一袋烟工夫，日头不知钻哪跟谁偷情去了。天阴下脸来，煞是难看；海接着也阴了，一副沉闷；小竹岛自然阴沉沉的。狄老大心里阴得更厉害，活像全家积蓄猛一下丢了一般，说不出有多难受。

"上士，行了行了。"

魏志明第二担水挑进了院子。

魏志明是小竹岛排的炊事班长兼给养员，过去没衔的时候就称他上士，现在肩上一粗三细四道杠，叫上士就更名副其实了。

小竹岛就只狄家一户居民。岛上只营房底下一眼井，狄家男人一出海，挑水、家里的油盐酱醋肉蛋菜蔬全由魏志明包了。狄家老两口对魏志明比对儿子狄德龙还钟爱。魏志明对狄家的帮助是实心实意的，并没有把这些当拥政爱民的事迹来创造，也没有把它当作个人的先进事迹，为他转志愿兵铺路。他觉得这是人之常情，何况排长又是他同乡，这也算排里的一件工作。

"上士，你放下。"

魏志明放下水担又抄起扫帚，被狄家大娘拦住，"这里的事都齐了，你回去洗洗脸，换身新衣服，待会儿你到码头接新娘去。"

"我？"

"对呀！你不去还让谁去呢？"

狄家在岛上无亲无眷，公婆不好降低身份到码头迎媳妇，儿子去又不放心，怕他做出不得体的事，这事只能请部队请魏志明，从新房的布置到迎新的爆竹、喜宴的菜肴，全是魏志明一手操办的，倒像是给他娶媳妇。

狄德龙没事大爷一般，他只知道扳着手指算日子，嘴里整日念叨要做新郎官了，那身膘油厚实的肉疙瘩里没有几个心眼儿。此刻他已经换上那套早就闹着要穿的西装，嘿嘿嘿翻过坡去跑到小竹岛排一个不漏地去见每一个官兵，让别人看他的新衣服，还腼腼腆腆地别着那朵鲜红的大红花。听人夸他，德龙今天要做新郎官了，穿西衣真帅，他就乐得嘿嘿笑一阵。要不夸他，就噘着嘴老大不高兴。

早饭后，老天竟渐渐沥沥下起小雨。那时疏时密不紧不慢的雨点似乎在向人们提醒着什么。

直到后来的故事发生，小竹岛排班以上干部才想起那天狄老大这酒坛子没喝几盅酒。此时此刻他们没功夫顾及这种没影儿的事，这是小岛排进驻小竹岛二十多年来头一次经历这样的喜事。狄家是小竹岛唯一的一户居民，狄家的事就是小竹岛的事，小竹岛的事自然便是小竹岛排的事，狄家娶媳妇也如同小竹岛排娶媳妇。

排长命全排出动，一拨人去把狄家通向码头的路打扫一遍，一拨人把大红喜字从码头一直贴到洞房的门上。除了这，他还让他们修修头发，换换衣裳，说要干干净净漂漂亮亮迎新娘子。

"哎呀！老头子啊，你看看，上士换上这套新军装，真像个新郎官了！"狄家大娘说得魏志明脸红了。

"大娘，到时候怎么接呀？"

"你到码头把新娘子接下船，再招呼那些送亲的亲戚一起来，让其他同志抬嫁妆，你们一上坡，这边就放鞭炮。"

"哎。"

海上的运输艇减速驰向小竹岛的时候，岛上的激动便无法抑制。小竹岛驻军最高长官守岛排长的口令立即失去了权威，他已无力把面前这帮兵的灵魂统一到口令里。他宣布了新娘子上岛后只允许魏志明单独出入狄家；接着宣布参加喜筵的名单，狄老大要求全排都去，考虑到战备问题，排长还是只选了部分人参加；最后派出一、三班协助魏志明到码头迎接新娘搬运嫁妆，二班放鞭炮。领受到任务的继续激动，没领到任务的暗地沮丧。

运输艇亲昵地和小竹岛紧紧地拥抱成一体，当那一簇鲜红出现在甲板上的那一刻，小岛上那一双双骨碌碌的眼睛一齐从各个方位射向码头。

魏志明在码头边朝船上那簇鲜红伸出了手，他先感觉到的是一只柔软、润滑的小手，接着再把目光与那一簇鲜红送来的目光相接，那一瞬间，他身子似遭了电击一样，他不知道自己对新娘子说了什么，又怎样把她拉上码头。在他脑子里心底里除了那一簇鲜红和那双不敢再与之相望的杏眼外，其余全是空白。

这样的姑娘为什么嫁给他？

他不知道自己嘟囔了一句什么，他更不知道身后的那簇鲜红竟一直抬着头盯着他的后背。

码头到狄家这一段小路，今天在魏志明脚下走得特别细腻特别秀气。他身边的人似乎也需要这样的细腻和秀气，他们走得都很耐心，以致狄德龙在门口急得团团乱转。

新娘还没进门，狄德龙就迫不及待地跑过来拉住新娘子看，送亲的亲戚们都皱上了眉头。要不是狄老大一声喝唬，不知会闹出什么笑话。

喜宴的气氛不好是肯定的。送嫁的亲戚们都阴着脸。他们眼睁睁地把自家天仙一般的人儿送来嫁给这么一个傻女婿。

狄老大始终未能激起情绪敬大家一盅酒。狄德龙却置母亲的叮嘱不顾，人家敬他他干杯，别人不敬他也干杯，菜刚上了一半他就醉得不认识爹和娘，让几个战士架进了新房。新娘子坐在桌子旁未动一下筷子，一直陷在她不想醒来的梦里。

二

浓重的夜雾遮没了小竹岛，小竹岛在黑暗中叹息。

"唉，好端端的一个姑娘白白给糟蹋了，真可惜！"新兵小张在上铺哀叹。

"红颜历来薄命，这就叫命，痴人有痴福，谁知……"老兵大马在下铺打诨。

"南山岛是县城，什么样的人不好找。"

"难说，说不准是烂肚子黄鱼搁不住哪。"

"吵什么！睡觉！"魏志明居然火了。

屋子里一片宁静，空气中却显得有些沉闷。魏志明的火发得让另外两位感到莫名其妙，他们从来没见他发过火，再说这事本身也用不着火，他们躺在床上谈女人也不是头一回了。他们感觉魏志明是真发了火，而且很火，他们只是一点也摸不着头脑，尽管在黑暗之中，还是表现出了一副瞠目结舌的样子。

屋子里的沉闷渐渐消散，显出一片沉寂。

三张床上的三个人谁也没入睡，眼前的事引发出来的各种疑惑让他们失去睡觉的兴致。

老兵大马触景生情，浮想联翩，也是二十大几的人了，狄德龙这小子连学校门是方的圆的都不知道，居然娶了个这么漂亮的老婆，听说还是高中毕业。自己呢？共产党员，说起来也是高中生，可连个对象都没有，还一门心思镇守天涯自命不凡。

新兵小张在想自己的上士，他究竟为啥要发这无名火？一天没见他有个笑模样，动啥肝火呢！说不定人家这会儿两口儿正搂着亲不够呢。是转志愿兵的事挠心？这也用不着急呀！还有大半年呢，论条件一切都是秃子头上的虱子明摆着的了，急也抢不了先，不急也落不了后。是和尚看花轿，触景生情有心事？那也用不着发这火呀！真让人不明白。

魏志明更无睡意。他心里很烦躁。假如他不去迎她，去迎她不到码头边伸手去拉她，拉她不跟她对视这一眼，也许他不会如此失魂落魄。可是他去了也拉了她，而且还跟她实实在在对视了一眼，对得差点灵魂出窍。他不气狄德龙，他气她，什么年月了，为什么还会这样听命安排，却又心里痛苦；他气老天爷，为什么给了她美貌却又对她这样残酷。难道真的像他们说的是……不！她绝不会是这种人。他一眼就看出来了。她是个高傲而纯洁的姑娘。他发火是因为他们不明白真相而看轻她，他不允许别人随便看轻她。可她究竟为什么要嫁到这儿来呢？他心里很苦闷。

"哈哈哈，听说了吗？夜班岗传出来，夜里狄家传出了新娘子杀猪似的哭叫，这么娇嫩的小娘们怎经得住狄德龙这头猪折腾。"老兵大马担水回来兴致十足地报告新闻。

魏志明心里似让谁捅了一刀。

"嘿嘿，怪不得呢，是二手货，在娘家就有相好的。"

"你胡说八道什么！人家怎么得罪你啦？"魏志明停住手中的菜刀，两眼冒着火。

"嘿，你急什么？又不是你妹子，是她自己亲戚们说的。住在咱们俱乐部里的那些送亲的人议论来着，说她爹娘太狠心，什么填房就填房呗，那边是教师，总比嫁到这孤岛上跟这么个呆子强，一万块钱就舍得把女儿往火坑里推。唉，命运难测哟！"老兵大马挑起水桶出了厨房。魏志明像被老兵大马带走了魂，切菜的节奏立即像电压不稳的留声机，时断时续。填房？呆子？一万元钱？她究竟遇到了什么呢？难道她金玉其表，败絮其中……

"上士，上士！"狄德龙来到炊事班。

"大清早到处乱窜干什么？"一夜间魏志明失去了以往那种热情。

"我，我是来找我老婆的，我醒过来她不见了。"

"她怎么啦？"

"我，我……"

"你欺负她啦？"

"我，我夜里把她弄痛了……"

说者没有心，听者却红了脸。

"她不跟我说话，不让我碰她，我就弄了她。我不知道她会这么痛，都出血了，出了好多，床单上都是，要知道她这么痛，我就不弄了……"

"你是头猪！"魏志明从来没这样咬牙切齿地骂过人，"老天爷怎么没长眼，你知道你娶到的是什么人？她是天仙，是白玉——"

"不不，她不叫天仙，也不叫白玉，她叫秀春。"

"你……我告诉你，你要不好好待她，你要再欺负她，小心雷劈了你！"

"我憋不住呀，后来又强弄她两回，她不理我了，你说我还弄不弄她？"

"你给我滚！"

狄德龙吓得一哆嗦。

三

鬼使神差，是责任感的驱使？是情感的觉醒？还是潜藏在心底的私欲的膨胀？他说不上。反正他听了狄德龙的话后，他无法在屋里坐着，身不由己地绕着小竹岛转悠起来，两条腿好像不由他大脑指挥。此时要是有人碰上，只需问他句：你在干什么？他可能会无地自容。

夜里他想了许多，后来告诫自己：算了，不要管这闲事。你也改变不了什么，更何况谁也没要求你去改变什么，弄不好反惹一身骚。年底就要转志愿兵了，这是决定命运的一年。志愿兵虽不是什么官，也发不了什么财，可这是他改变自己命运，摆脱贫困的农村唯一的机会和出路。不能为了她葬送自己已经付出的努力。再说她也不是没有头脑，她既然听凭命运摆布，愿意如此，你又操的哪门子心呢？这样一想，他心里平静了许多，天亮前才睡了一小觉。可刚才听狄德龙这么一说，他的心里又乱了方寸。

转到南坡，他的眼睛突然一亮。半山腰那块平滑如台的山石上坐着那簇鲜红。战士们每当思念故乡亲人或心里有了委屈都到这块石头上来坐着，遥望大陆，诉说心声。战士们称它望娘石。此刻，她坐在望娘石上，凝视着她的故乡——南山岛。

魏志明立即停住了脚步，这时他才真正意识到他是在找她。现在人就在他眼前，他却又不知道如何是好。接新娘的任务昨天已经完成，他是个战士，她是新媳妇，他没有权利也没有任何理由找她跟她说话。

他呆呆地站在那里拿不出下一步的行动方案。那簇鲜红纹丝不动。他无法让自己如此僵持下去，便移步转身离去。

他忍不住扭头朝她看去，恰巧又与那对美丽的杏眼相接，他只能回避低下了头。那簇鲜红却没有吝啬自己美丽的目光。牢牢地看定了他。他没抬头，感觉到是这样。虽则一瞬，可他清楚地看到了，她眼睛里没有一滴泪，他原以为她在哭，在想她的家，或者心上的人……

"家里人在找你，刚打春，石头上凉，这样坐着会凉着身子，事情已经这样了，自己要保重。"

魏志明远远地打摆子一般轻轻地说出了这些。连他自己也弄不清这些话是他说的还是天上飘下来的。

就这么几句话，那对美丽的杏眼竟流下了一串晶莹如珠的眼泪，他是用余光扫到的。

魏志明见到这串泪，心里竟不是那么难受，反而浑身有种舒坦，我这是怎么了？

"回家吧，他在找你。"魏志明还是勾着头，说完他先一步一步离去。

他又忍不住回过头来。

那簇鲜红果真站了起来，而且也回眸看了他一眼，虽然他们已相隔一段距离，但他们似乎都感受到了目光的相接。他自然立即又勾下头。他觉得那射过来的目光对他充满着真诚和坦率。这是他有生来第一次与女人这样说话这样相看。他似乎想却又怕这样和女人看下去。

四

鱼汛到了，渔业队要出海远征。

"娘，娘，跟爹说，你跟爹说呀！"狄德龙在东屋缠着他娘。

"日子长着哪，去吧。"

"不，我不想去，要去让她也一起去。"

"傻！女人哪能出海！"

"你在屋里磨蹭啥？船在等着呢！拿着铺盖走！"狄老大在院子里发了令。这事他跟老伴反复商量的结果是不能让儿子不出海在家里闲着陪媳妇，这样天理难容。

"老头子啊！你头里走，我帮他料理一下就来。"

"喊！就让你惯得没个人样！"狄老大扛起自己的铺盖卷儿出了门。

"快，去跟秀春说会儿话。"娘给他使了个眼色。狄德龙如获圣旨向西屋窜去。

"你干什么？大白天，不！"

"娘说了，你就让让我……"

"我身子不干净……"

"秀啊！他这一出海，五月半载回不来，你就……"当娘的给儿子求情。

"你就不怕海神娘娘给你报应！"

衣服被撕裂声让门外的娘心里打颤。她转身跑到海神娘娘面前，请求宽恕。

这边屋里一阵乱七八糟，码头那边船上等得有点烦。

"这小子看样子是叫老婆的裤腰带拴住了。"

"狄老大你心也太狠了。"

"刚吃上奶就要卡，不好受啊！"

渔老大们你一言我一语逗起乐来。

"你小子有嘴说别人没嘴说自己,想当初你是怎么搂着老婆在码头上一把鼻涕一把泪地哭来着?"

"嘿嘿,是啊,常言道,有女莫嫁打鱼郎,夜对明月守空房,提心吊胆几十载,十有八九寡妇娘,苦命啊!"

不知是几袋烟功夫,狄德龙终于扛着铺盖摇摇晃晃走下山来。秀春头发蓬松在婆婆的搀扶下,跟着狄德龙来到码头,算是送船。

"哎哟!德龙这小子艳福不浅呀,媳妇是龙王女投胎转世呀!"

"德龙,我要是有这么漂亮的老婆,砍我头我也不去!"

"德龙,你不怕老婆被那帮当兵的偷啦?"

秀春没有羞涩,反而昂起了头,那股劲似乎在吼叫:我还有什么可羞涩的!

"爹……"狄德龙眼泪巴巴地看着父亲。

"辱没祖宗的东西,右满舵,后退一。"

"走了,媳妇们在家好好守着!"

"秀——春!"狄德龙咧嗓门吼叫。

船上一番热烈。

码头上一片冷清。

五

"我去狄家一趟,看他们有什么要捎的。"魏志明向新兵和老兵说了这句话,连他自己也觉得别扭,自己先有些不好意思起来。

今日来班船,他要出岛去大陆,自然要到狄家问一问有什么要办的事。这几年都是如此,这是排长交给他的一项任务,是件极平常极自然的事情,从来不需要跟谁请假和向谁说明。他这么一说,别人反倒觉得有点奇怪。

这件极平常极自然的事情,今天在魏志明心里怎么也不能跟以往那样平常,那样自然,一种连他自己也难以说清的意念像只小兔子在心里面乱拱,就因为狄家多了个新媳妇一早晨弄得他坐不是,立不是,东摸摸这,西找找那,那神经兮兮的样让旁人见了真想笑。

自从那天在南坡望娘石上找到她,她在他心里留下了意味深长的一眼以后的每一个夜,他没能与他的床板安安稳稳合过拍,一合上眼,那对美丽而满含痛苦的杏眼就出现在他眼前;睁开眼,面前还是那对美丽而满含痛苦的杏眼。美丽并没啥,让他不能安宁的是那美丽中含着的痛苦。他认为他有责任弄清这美丽之中的痛苦的原委,可他又不知道该如何去弄清。他确信他没有误解她的眼神所表达的她不愿意将埋藏在心底的秘密向别人诉说而愿意向他倾吐的意愿,可至今他再没有见到她更无法从她嘴里听到一个他渴望听到的字。探人隐私的欲望折磨着他,高压电一般的纪律又直接制约着他找到实现这种欲望的机会和勇气。他不能置个人的前途而不顾,团、营、连三级领导都答应为他争取一个转志愿兵的名额,他不能在关键时刻走错半步。于是无法说出口也无法消除的煎熬和折磨就紧紧地缠着他。就因为这些,他上狄家无法从容。无法自然。

"大娘,今日有班船。"

这样的话他说过千遍百遍,今天说出来却心怀鬼胎一般。

"哎,上士啊,这些日子忙啥去啦?我有日子没见你了,出岛啦?"

"没,没,一直在岛上来着。"

"那咋不来耍?"

"进屋里呀!德龙娶了媳妇生分啦?"

"不，不，"心里巴不得要听这样的话，"船一会儿就到，看要捎什么？"说话的同时两眼偷空扫了一圈，不见他想要看到的颜色，心里有点凉。

"噢，开春了，有新鲜菜捎点来，再买点酱油醋，买袋味精，我给你拿家什拿钱。"

"哎，哎。"他又迅速搜寻一遍仍不见她。

魏志明接过钱和桶，两条胳膊软软的。来狄家要办的事已经办了，没有理由再尴尬地待下去，可心里还不免有些失望。

"哎，大娘，"尽管他知道自己想做和能做的都是毫无意义的傻事，尽管他知道自己的行为很可能威胁到自己的前途，但他还是不愿意放弃见她一面的机会，"那个，她要捎什么吗？"

"哎哟，你看我差点忘了，要过日子啊，总不能坐着吃闲饭啊，他爹跟村长说好了，你回来船靠大竹岛时去村里领些尼龙线和花边线，下次出岛你再把织好的扇贝笼和花边交回去。"

"哎，哎，"他又有些窘困，现在该离开了。婆婆一点也不解他意，魏志明有苦难言。

"秀春，上士出岛，你要捎什么东西吗？"婆婆的话让他顿时精神振奋。

该回话的时间白白地过去了，留给他的是更彻底的失望，他没趣地转身朝外走去。

"捎点卫生纸。"

姗姗来迟的回答让他心里一热，可她没出来，话是在房里说的。尽管如此，他还是神气了许多。

"哎……"

就在他将要走出院门的时候，身后突然传来一声令他心醉的声音。

"是那，那样……"

他看见了，是回头的一刹那看到的，他不敢堂堂正正与她面对面地对视。她卸去了红装，上紫下蓝，亭亭玉立在屋门口；他似乎还清清楚楚地看到，也是他今生今世头一回看到一位美丽的女人对他脸红。他没敢把内心那股从脚底油然而生的抑制不住的激动表现出来的，只是勾着头说：

"我知道，我明白。"

出了狄家的门他才痛痛快快地蹦了三步。

六

立春以来第一个富有春意的日子。和风、丽日、青天、碧海，还有草木枝头上那些绿芽，一齐向人间撒着情和爱。这天气诱发人想做一些美好的事情。可谁也没料到这竟会是小竹岛悲痛的日子。

电话是大竹岛村长打来的，排长脸上顿时失去了往日的血色和笑容。排长带着魏志明沉重地走进狄家院子，眼前，春光下婆婆除下头巾，含着甜蜜编织着美好的心愿，新媳妇换上了火红的毛衣，充满向往地勾织着属于她自己的梦。

面对这样的情景，排长他找不到开口的话。

"排长，你可是稀客，屋里坐屋里坐。"大娘十分客气地招呼着。

排长心里有话难言地搭讪着，魏志明再没有那样的心思偷眼察看秀春，头勾得低低的。"大娘吃了吗？"排长完全忘记了时间空间。

"吃了，早吃了。"好在国人习惯了这样的问候。无论何时何地何种情况下都能应付回答上话。

"今日几时了?"排长仍在打转。

"四月七日,农历……"魏志明勾着头记不起来。

"三月十二。"

"大娘今年多少年纪了?"

"大娘今年五十六了。"

"一点看不出。"

"排长你今天怎么啦?有什么事吧?"

"没,没什么事。"

面对这样一位饱经风霜的渔家妇女,他实在开不了口。几十年风风雨雨,数以万计的日日夜夜,望船礁上磨下了她的脚印;那丝丝白发,条条皱纹记载着她历经的千百次提心吊胆、忧愁焦虑的折磨。好容易盼到熬到今天儿子娶了妻老头仍健在的幸福美满的日子,可……

"排长,你准有事,我看你的脸色就知道有事,德龙和他爹总不会出事吧?"大娘的眼神发了直,她家还能有什么事惊动别人呢?几十年悬在她心头的就这么件事。

"大伯他们的船在东海出事了。"魏志明替排长解除了为难,他认为在这事上磨蹭没有实际意义。

"他们——?"

"他们在海上遇上了台风,船翻了……"

魏志明没说完,大娘就晕了过去。他俩手忙脚乱地呼唤着大娘。秀春却表情麻木地坐在院子里。

除了劝慰,他俩实在无能为力,只能眼巴巴地坐在那里等她宣泄内心的悲痛。

葬礼没能得到老天爷的同情，天晴得叫人生气，没有遗体，只能用衣冠下葬。婆婆哭得没了人样。老年丧夫又丧子，人世间没有比这更悲痛的事。她在问天为什么要降给她这样的灾难？她在问地为什么要把她逼上绝路？哭塌天哭沉地也不足以表达她内心的哀痛和悲愤，那一声声带血的哭诉揪得小竹岛排的士兵个个潸然泪下。儿媳内心的话语似乎都让婆婆喊完了，她始终无声无息默默地流着源源不断的泪，好像任何悲哀的语言任何惊天的哭喊都无法表达她内心的痛苦。她在为遇难的亲人悲泣，或许在为自己的悲惨命运哭泣，那无声而平静的悲痛包含了更多更复杂的内容，令人心碎！

魏志明已经在心里数十遍诅咒痛骂自己，他居然对狄家的灾难已不是那么……尽管他至今仍然对她那对杏眼里表现的痛苦的真实内容一无所知，他还是为她死去丈夫获得解脱而暗暗庆幸。在背地里为自己产生这毫无人性的意念狠狠地抽了自己的耳光，结果毫无作用，他内心仍是为她庆幸，甚至……他还为自己的心理行为找到了依据，不容置疑这是老天爷的安排，要不结婚那天就不会是阴沉沉的天，阴沉沉的海；要不葬礼也不会是阳光灿烂，碧海清风。这么一想他有时还五音不全地哼起歌来。一切都是天意，还有什么可指责的呢！

不知别人包括她婆婆和她本人关心不关心她以后的命运，魏志明可是时时刻刻在注意着她的反应。

在某种虚无缥缈捉摸不定的潜意识作用下，他鬼使神差般来到南坡。事情也恰恰就这么让人难以排除唯心意识的袭扰，那天傍晚他再次上南坡时她真的一身青素坐在望娘石上，遥遥地凝视着她的南山岛。

其他人也许没在意，他却发现出事后，她几乎天天如此，每日都要到这望娘石上静坐凝望，一坐就是几个小时，要不他才不犯神经天天上南坡呢！婆婆被痛苦撕碎了心肺，没有精神顾及她的这些，也没有想到要问她想些什么。这个世界上没有人问她冷暖，更没有人给她安慰，一切都由她自己承受。

他远远地看着她，心里酸酸的，他一直是这样，他只能这样，他不明白，这样一位秀美而纯净的女子竟会落得如此命运，无法解释。他真想跑上前去哪怕是一句问候，一句劝慰，恐怕也会给她一点温暖。可他不能接近她。她现在是寡妇，他是战士，而且是年底就要转志愿兵的战士，是爹娘乡亲们盼望成龙也真将成龙的战士，即使是成了龙也不能拥有对她投以爱慕的权利的战士。他只能远远地望着她，不让她发生意外，这是排长交代全排士兵都知道的任务和特权。

不知是他下意识要让她知道他的存在，还是她第六感的作用，她发现了他。

"你过来。"像是召唤又像是命令。

尽管他俩相距较远，她的声音也如此轻柔，他还是非常迅速准确地听到了。他不假思考毫无顾忌如同奉了圣旨般来到她的跟前，但仍是勾着头。平日他日日夜夜想着她的眼睛，如今立在她跟前，却没有看她一眼的胆量。

"我用不着你监护，我这条命还不是那么不值钱，我不会轻易地去结束它。"她女王一般在给臣仆下旨。

"不过，应该谢谢你的好心。"

他的手和腿情不自禁地微颤起来，额和手心都沁出了细密的汗珠，他是头一次站在这样美的女人面前听她谢他。

"我求你一件事，我要回南山岛一趟，我婆婆怕我一去不回，你去跟她说说，三两天就行，我不会让你为难，我准回来，你去吧。"没有征询和商量的意思。

他点了点本来就勾着的头，停立着。平日有多少话想问她，想对她说，此时此刻他的脑子里竟出现空白，当他意识到自己再无须在这里立下去的时候，他才抬起头来，可她已经转身走向山下。

"想开点！"他斗胆朝下面扔了这么一句。

七

登陆艇离开了小竹岛码头在海面抛下了一串接一串的疑问，疑问中只有一个核心，这漂亮的小寡妇回去了是否还回来？艇上的胜利者秀春没有流露胜利的喜悦，凝视前方的杏眼里更多的仍是忧郁。

协助她的魏志明试图以自己的效劳作为探究她内心秘密的资本，请求她坐到甲板上，但她没有理睬，他只好默默地坐到一边看着船边飞溅的水花。

她和他在船上各自沉默的时候，她婆婆满腹忧愁却又十分虔诚地跪倒在海神娘娘面前。那场灾难降临后，她中止了给娘娘上香，数十个春秋寒暑，数千个朝朝暮暮，没掺一丝杂念，没塞半点虚情，换来的却是如此灾难，她因被欺骗而委屈，她因被戏弄而愤怒，她把娘娘的脸转向了墙壁。家破了仍是家，死去的无牵无挂地去，活着的却要背着死者留下的无法选择的痛苦遗憾地活下去，她去求谁？她又去跟谁诉说心中的痛苦和忧伤？

头一件要祈求娘娘保佑的是愿儿媳平安回来。她要为先祖列宗保住这个家，她要竭尽全力保全狄家的名声，为老头子和儿子恪守妇道。出事后她一口拒绝村长要他俩迁去大竹岛的安排，她说，生是狄家人死是狄家鬼，不能舍弃祖宗违背祖宗的遗愿。村长的好意可以拒绝，可对儿媳她没有一点把握，没有儿媳这个家哪能算家！

她提出要回娘家一趟，那夜她一夜没合眼。原来就听说她跟村上的一个教师说不明道不清，想去做人家的填房。怨只怨自己的人不硬，也就无法挑剔别人，没想到还是个黄花闺女，她从心里敬她三分。如今人去了，她这样年轻美貌，叫她守一辈子寡肯定办不到，可怎么也得守完三年大孝啊！要不怎么对得起老头子和儿子。一说回娘家，她心里就打鼓。准是没忘旧情。可要不让她回，理上说不过去，经上士一说（这孩子不会有假话），也就只好如此了，不过，隔一趟班船必须回来，要给先人做"五七"。

该说的不管好听不好听，愿听不愿听，话，她说到了。人真一走，家里空了，她心里更空了。万一她要真跟那相好的重又好上，真不再回来，她这日子可怎么过呀？

心里的苦水搅得她心口一阵一阵绞痛，她无力抚慰自己的疼痛，亦无力解脱，只能再以更多的响头更虔诚的祷告来祈求娘娘的保佑！

八

魏志明明明知道秀春要下趟班船才回小竹岛，但船未靠定南山岛码头他还是忍不住走出了船舱。南山岛是县城所在地，上下的乘客很多。他两眼下意识地在码头上的人群里寻觅，他抱着侥幸期望那对美丽的杏眼能出现在人群之中。他的两眼突然定了神，那对熟悉的美丽杏眼果真在繁星般的眼睛堆里闪着独特的光彩。他情不自禁地揉了揉双眼，没错，他和那对杏眼对上了光。或许她有什么事，或许她要捎什么东西。他急忙迎向码头,让她发现他。

　　令他神经更高程度兴奋的是她居然上了船。码头上一位大娘抹着泪呼唤她,肯定是她妈。见她上船他心里生出一种激动。当他进一步发现她那对杏眼里透出的比以前更甚的冰冷和淡漠时,那股子热情全褪到脚后跟底下去了。

　　她为何迫不及待地要回南山岛?如今又因何心灰意冷地提前返回小竹岛?她为什么要真诚地求他游说婆婆?现在又为啥对他这样冷淡、消沉?他脑子里的问号一串串往外冒。

　　照例问候一下完全是合乎礼仪的,更何况由此而产生的满肚子话早在肚子里作祟,可是一看那冰块一般的面孔全部热情统统冷却凝固,唯一能做的便是悄悄地坐在一边眼巴巴地望着她在心里探究着她。

　　蓝蓝的大海诱人生情,想唱想吟想动。登陆艇欢快地拍击着海面带着节奏分明的欢畅乘风击浪丢下一个个小岛。海越行越蓝,大陆越去越远,乘客也越来越少。班船离开大竹岛的码头时,他和她成了这条船上仅有的乘客。

　　几个小时的时光在魏志明忍耐和骚动不安中消磨。一路上他在不安中窥测出她那神如观音心如止水的神情下掩盖着痛苦,这痛苦跟狄德龙的遇难所带来的痛苦大不一样。它似乎更牵动她的心肠以致显露出某种绝望。不知她回家究竟干了什么。

　　"怎么提前回来了?"语气是平淡的,内心却很复杂。

　　"……"她没有作出任何反应,似乎她根本不认识他,这话也不是对她而言。

　　"既然一切事情都已经发生,那就没有必要硬把自己圈在已经发生的事情中。"或许是身边没有需要顾忌的人,他头一次对一位女性说出这么动情的话。

她仍没有回话，连头都没回，那深邃的目光里流溢的是一言难尽的痛苦。

九

婆婆对儿媳提前归来喜出望外。儿媳信守诺言使她阴暗的褊狭心理遭到了良心的谴责。她以出事以来最丰盛的晚餐表示歉意，以寻求自己心理上的平衡。

婆婆因儿媳的归来心情畅亮，一气啃了三个馒头，天刚擦黑她就进了东屋，给娘娘上完香，躺到炕上就打起了呼噜，灾难降临后她头一次睡得这样香。

月光下的小岛，沉静而又美妙，大海如一只宽大的摇篮，小岛如同摇篮中的娇儿，海浪轻轻地摇着拍着，希望小岛能有一个香甜的梦。

西屋炕上的秀春在这里温暖的仲春之夜并未入睡，她和衣躺在炕上睁着两眼定神看着无字的天棚。夜深人静，万籁俱寂，她轻轻地翻身下了炕，轻轻地点亮油灯，轻轻地打开衣柜，轻轻地拿出那一套新娘的红装，一切都在轻轻中进行，显得那么有条不紊。她换好衣服，端过油灯，在穿衣镜前站着，轻轻抚平散乱的秀发，扣好每一个扣子，静静地睁大杏眼呆呆地把自己端详。她吹灭油灯，轻轻地开门，轻轻地关门，迈着轻轻的脚步走出狄家大门，沿着曲曲弯弯的山路踏着婆婆的梦走向海边。

她站在水际的一块礁石上，面对一片铺满碎银的海。

一切都该结束了。她没有说，但那对杏眼里清清楚楚闪出了这个念头。作为女人，她一生的全部意义和最高理想无非是完成恋人、妻子、母亲这三件伟大而神圣的使命。恋人，她做过，她把自己最纯洁最珍贵的初恋献给了真诚所爱的人，可她看错了人，他原来是一个只拘泥形式而毫不懂感情的人，可悲的是这假象竟蒙骗了她整整三年，直到前天她才发现；妻子，她做了，她履行了作为妻子应尽的一切义务，可她一点都不爱他；母亲，恋人已成路人，丈夫已为故人，三个使命两件已彻底惨败，她已经无法追回自己的青春，也无法再从头开始，她再没有一点信心去完成这个使命。这个世界上没有值得她留恋值得她牵挂的了。

她没有孤独，天上有这么多星星，海面有这么多碎银；她没有眼泪，上帝给了她作为姑娘所应有的自豪和比别人更多的骄傲，却又为她安排了作为女人难以承受的命运，这无法理喻的错位让她流尽了全部泪水；她没有遗言，她不想对这个世界说什么。

她优美地抬起了她那秀美的右腿庄严地进入宽厚的大海，一步一步融入她的温柔。

"站住！"

如同晴天霹雳，她浑身一颤。是海神？是上帝？是心理错觉？她一时搞不清是怎么回事。

喊声发自一只猛虎，一只午夜下山的虎！他那对不大的眼睛闪着灿烂的光，带着呼啸冲下山坡，冲进大海，他神勇地连跑带游接近她，一把阻止了她下沉，她还没弄清他是谁，也没弄清眼前发生了什么事情，她就随着那两条钢管般强有力的手臂离了水面；她的思维还未回到体内，她就被他捧在温暖的胸膛前上了岸。好宽阔好温暖的胸膛，她真愿意就此依靠在这里睡下去永远睡下去不再醒来，她有生以来从未体验过这样的依靠。可她的意识很快回到了体内。

"你是谁？你要干什么？"

似惊骇，似恐怖，叫喊的威力是巨大的。它立即使那两条钢管软下来让她的双脚从虚幻的空间回到了实地。她双脚落地瞬间确确实实清清楚楚感觉到了那两条软将下来的钢管般的手臂在颤抖。

"一个人怎么能随便忘记自己对别人的承诺呢！你以为这样一走什么都了了吗？"他的话让她感触到了嚼碎钢筋头的力量。她看清了，原来是他，是那个魂一般老盯着她的上士魏志明，她脑子里一片茫然。

是他。在船上他以男子汉的勇气和热忱向她伸出了友谊之手，可她拒绝了。他没有怨她更没有恨她，他谅解她忍受的打击太大，痛苦太深，但他不了解她的内心。回岛后，他心神不宁，他总觉得她提前回岛显得反常，她的情绪更显反常。他想给大娘暗示和提醒，但他无法让她心领神会。晚饭后，他借故三次到西坡狄家附近察看反应，狄家的平静更让他感到不安。他无法让自己安静地躺到床上，他避过岗哨，偷偷来到西坡的树丛里暗暗监视着狄家看护着她，他觉得这样比躺在床上担心要好得多。

"是不是那杂种负了你？"

她旋过头来满脸惊疑："你凭什么多管闲事？"

"我是没有管你的权利，可我认为你做得太没有价值了，为一个不仁不义的人，白白地牺牲自己珍贵的生命，值得吗？"

"那是我自己的事。"

"你听清楚了，只要我在这岛上一天，我就绝不会让你用自己的生命去作这样毫无价值的牺牲！天很凉，别凉病了，你先回。"

上岛后，她第一次听到他这样说话，这完全不是那个整天勾着头连句话都不敢说的上士。她，傻了。

她的娇小的嘴唇嗫嚅了几下，没能找到任何合适的一个字，身下的双脚不由自主地如同士兵听到长官的命令一般向山上走去。走出十几步她回过头来想说什么，可还是没能找到合适的言词，只是静静地看了他一眼。那两条钢管一般的手臂的力量和宽阔的胸膛的温暖又回到她身上。她若有所思一步一步走回狄家。

十

故事在婆婆的不知不觉中发生着。

"大娘，大娘！"魏志明的叫声里毫不掩饰地流露着兴奋。尽管那夜海边分别后两人至今一直未见面，但秀春再没走出狄家的院门，这让他十分满足，他觉得这是他有生以来做的许多事情中最有意义的一件事。他为她接受他的帮助，按他的意愿改变自己的人生观念而兴奋，他似乎读到了生活的新的内容，情感世界进入了一个新的层次，于是他便那样充满生气和信心，富有想象和创造。

"唉哟，上士你又要出岛啊！"

"哎，大娘，有件事要与你商量。"其实他根本用不着这样大声说话，大娘就在他面前，耳不聋，眼不花。

"啥事尽管说，只要大娘能做到的。"

"我想你们光靠织网勾花边不行，应该再搞一点副业。"

"想是想啊，可我们娘俩在这儿能搞啥呢？"

"我想了，可以养鸡养鸭。我们岛子虽小，做养鸡场可是太富余了，山坡上有草有虫，用不着喂多少饲料，就是到大陆饲料厂去买也是很便宜的；再说鸭子，海滩上的螺丝、小蟹是用不完的天然饲料，根本用不着喂。小鸭可以保证公母，赊账到分出雌雄才收款。我想捉五十只鸡，三十只鸭。公鸡长大了卖给部队吃，鸡鸭下的蛋我们按市价收购，排里用不了可以卖到连里，也省得我们到大陆采购，而且是天然的土鸡土鸭。我算了一笔账，公鸡算一半，可卖二百多元；鸡鸭蛋少说一天也有三斤，一月就可收入一百五十元。再说这也用不着花多少功夫，你说行吧？"魏志明这一笔熟背如流的细账算得大娘滚出了热泪。"孩子啊，真让你费心了，你叫我怎么说呢？"就是自己的亲儿子还能怎么着，"你说怎么办就怎么办，我去给你拿钱。"

"大娘，别，话还没说完呢，饲料我负责买，鸡窝我叫排里来帮着搭。垒几个窝，打几根桩，用破渔网一围就成。钱，你先别去拿，我积攒了一点钱，放着也是放着，先垫上，等我要用的时候再还我。"

"孩子啊，这个家你就当吧，大娘这辈子忘不了你的恩情。"大娘撩起衣襟抹着泪。

"大娘你言重了，这都是应该的，我们不帮你们谁来帮你们呢？我走了。"

"哎你等着，秀春啊，你来。"

"哎。"

他终于听到了她的声音。他自然期望见到她。门帘掀处，她一身素淡移步门前。他又成了原来的他，自然又勾下了头。

"上士要帮咱买鸡鸭办养鸡场，你说好吗？"

"他想帮咱，那他一定是想好了的。"

秀春没有激动没有客套也没有奉承。魏志明却觉得一股甜甜的温暖流进了心田。

婆婆发现儿媳的变化是那些可爱的小鸡小鸭们上岛的那天。

婆婆心诚地在给海神娘娘上香，西屋里射过来的一缕红光扰乱了她的心境，这红光弄得她不得不中止上香而把目光和思想从神圣的事情中超脱出来。儿媳突然清除了冬季的残痕，让秀美的身材散发出青春的气息，那条火红的绣有洁白的牡丹的衬衣映衬得那张白皙娇嫩的脸蛋放出异样的光彩，那丰满的胸脯委屈了一冬赌气般显示着它迷人的优美，松了绑的两条辫子黑色瀑布一样倾泻下来。自打她过门上岛来，她从来没见她这样精心打扮过。她知道，女人只有当她心里有了明确的欣赏她的对象而又企望他的欣赏的时候才这么用心装扮自己，她这般为的谁？这一惊诧让她的思维频率数十倍数百倍地提高，她心头悬了个大问号。

"大娘！"

当魏志明清亮又富有人情味的叫声响在狄家院墙外边时，婆婆悬在心口的那个疑问得到了解答。

这叫声响过，在院子里钩花边的秀春轻捷敏快地站了起来，但她不是去开门，而是跑进西屋，在大衣柜穿衣镜前快速地修正检查面部和头部的装饰，突然又打开大衣柜，在火红的衬衣外面套上了一件洁白的她自己钩织的镂花背心。婆婆清楚而又详尽地看到了这一幕的每一个细节。

小鸡小鸭们裹着一身黄黄的绒毛，娇气而又亲昵地叽叽喳喳朝主人叫唤着。

"秀春啊，快来，上士把小鸡小鸭买回来了。"

婆婆知道秀春在西屋等着她这句话。

"哎。"

秀春的应声第一次这么清亮。

当秀春跑出门来出现在魏志明面前时，魏志明的惊异是带着激动的,接着他便勾下了头,把目光移到小鸡小鸭们身上。

小鸡小鸭们对秀春似乎有特殊的情感,当她来到它们跟前便一齐撒娇地欢闹起来,任何女性在它们面前都会被唤起母亲的天性,连男性的有着两条钢管似的手臂的魏志明伸出去捧鸡鸭的手都显得那么温柔,小鸡小鸭们在他们三人的分配下很快分别到六个纸木箱里去安置第一个新家。

"哎呀!"

秀春捧小鸡时不慎将一只小鸡掉在了箱外,几乎是同时魏志明和她急忙心疼地伸出温暖的手去捧那只上帝赋予它特殊使命的小鸡。在同一时刻秀春的温柔的小手捧住了那只小鸡,魏志明温暖的大手捧住了秀春的温柔的小手;也是同一时刻他俩都抬起头来,各自把对方的眼睛和目光完整地不予遗漏地映到自己的眼睛里,同时两个人的手又轻轻地一颤一缩,小鸡又落到地上;两个人又再次同时迅速伸出双手,结果是那双温暖的大手捧住了小鸡,那双温柔的小手捧住了温暖的大手;于是两个人浑身的血液全部涌到了脸上、脖子上……

婆婆看到了这一切,在一时说不清理不平的心绪的驱使下,拥挤到脸上的是一堆难以名状的笑,心里几天来的喜气被赶得干干净净。

更深人静,婆婆在东屋的炕上烙着烧饼,辗转反侧,难以入睡,她现在是一家之主,这个家的日子怎么过下去,不由她不考虑。如今这年代要儿媳终身守寡保节除非日头从西天出来。她能为德龙戴完孝就算是他的福分。改嫁离家是早晚的事。按说上士这孩子倒是无可挑剔。她打心里喜欢这孩子,要是她有女儿,不用讲价钱她会毫不犹豫地招他做女婿。可如今他要夺走的是她的儿媳妇。无法接受啊！但她又无法制止干涉，她们的生活离不开上士，况且他们也没做什么，让他们继续下去叫她忧愁的是他是个兵，当兵的战士是不允许在当地找对象的，除非他复员回老家。那她就要跟他远走高飞，要真到了这一步她便只剩孤身一人囚在这小岛的死屋里，狄家也就在她儿子这一代断了香火绝了根，小竹岛上从此再没有狄家的骨血支撑门面，先祖列宗老头子儿子在阴曹地府只能像奴才一般被人鄙视。想到这一层一阵撕肝裂胆的痛苦从心底无边地向浑身扩散……

十一

这些日子婆婆常常在海神娘娘面前发愣。

大中午儿媳又换了件衬衣，又梳了回头，搅得她心乱如麻，她知道今天班船又要回来了。她年轻的时候也有过这样的心情，可她是迎接自己的丈夫，而她呢？

她朝儿媳看去，那件衬衣让她本来就扎眼的胸脯更扎眼，新梳的头型故意挽了个髻显得更媚气。

她心里自从滋生了那块病以后，这个家、儿媳和上士呈现在她眼前的景象和色彩全部变了样。

过去上士每次出岛前上家里来，他的叫喊声如儿子一般令她产生许多做母亲的自豪和激动；他的笑脸和勤快的手脚让她情不自禁地付出许多母亲的慈爱和温暖。前天他来后一切就都跟从前不一样。尽管他还是叫得那么甜手脚还是那么勤快，然而她从他的喊声里听出其中有虚情假意，他那眼睛里闪着的不再是单纯、厚道、热情，而是狡猾、自私和冷酷；她觉得他的一抬手一投足都隐藏着某种不可告人的目的。

儿媳不再像狄家的人了,狄家在她心里已经不再存有一丝一毫的东西,她的穿着打扮言谈举止和喜怒哀乐与狄家已没有半点缘分。以往上士来捎东西每次都是她叫了她她才走出房门,前天听到他的声音她竟像燕子一样抢先迎到他的跟前,两个人围着那群小鸡小鸭们像看自己的孩子一样高兴。

婆婆竖起两只耳朵听着。

"长得真快,一天一个样。"

"嗯,真可爱。"

"等它们长大了,这天地不知是啥样了。"

"你想离开这儿?"

"我能上哪去呢!别人就说不准了。"

"连里说今年弄个指标。"

"转了志愿兵就能在这里待一辈子?"

"……"

"喏,这是我要捎的东西。"

秀春把一个小纸包塞给了魏志明。

"别看,到船上再……"秀春脸上飘起一朵红云。

听到这些,婆婆的心揪得酸痛。她像只关在玻璃罩里的苍蝇乱转乱撞却找不到一条出路。

儿媳已是第六次抬头盯住那院子的大门,哪一次也没能躲过婆婆的眼睛。她忧伤地凝神看着窗外椿树枝上的那只小鸟感慨万千,飞是早晚的事了。

上士的叫声打断了婆婆的胡思乱想。上士肩扛手提弄了好几包,没等她站起身,儿媳已冲出门去迎接。

"看你，不会做两趟。"

秀春嗔怪地抢下魏志明肩上的一只提包。

婆婆心里酸酸的接过上士买来的油盐酱醋和蔬菜，然后她见他提给儿媳一个包，居然还红了脸。

"这就走啊？喝口水吧。"这话照例是由婆婆说的，现在由秀春代替了。声音虽是细细的，却充满了温情。

婆婆意识到儿媳在进攻了。

"坐一会儿，这儿也没人吃你，我还要跟你算账呢！"

"嗯，够了够了。"

"你要这样，我们家的事你以后就不要管了，来，我给你倒口水喝。"

秀春提着包，魏志明俘虏一般跟她进了西屋。

婆婆放慢了收拾菜蔬的速度，两眼不失时机地监视着西屋里他俩的一切。啊！绣花衬衣、套裙、喷喷，还有女人用的不能让外人见的东西，这些东西也能让他捎！魏志明在一边喝着水，满脸羞涩地看她清点。

"你还挺会买东西，都挺好，你那女朋友真有福气。"儿媳白皙的脸上飞上了一片淡淡的红霞。

他躲避开她的眼睛："别开我玩笑，我们那穷山沟，哪交得起朋友。"

"穷怕什么？只要过得舒心。"

秀春说这句话竟低下了头。

婆婆此时再无法平静，一走神惊动了脚边的椅子，椅子自然就向西屋里的那对男女提醒这屋里还有婆婆存在，她是这屋子的主人，是他们的长辈。

夜色以极大的宽容笼罩了人间，包围了小岛，遮掩着一切。那些在光天化日下难以进行的行为和不宜表露的情感如春光下的冬虫在夜色的掩护下纷纷在各个角落里动作起来。

西屋的油灯羞怯地闪着微弱的光，在那蜡黄柔和的灯光里秀春拿出了上士给她捎来的全部衣饰。她站到大衣柜的镜子面前羞涩地试着衣服，衬衣下面是背心，背心里面是羊脂一般的细嫩的肌肤，那胴体毫无保留地奉献给面前的镜子的时候，她那白皙的脸上又飞上了一片红霞。她怕被人窥视般迅速套上新买的柔软的真丝内裤，戴上洁白的乳罩，穿上藕荷色电脑绣花的真丝套裙，她这是第一次穿这样高档的衣裙。人活在世上，不是为了活好吗？她的两只温柔的小手不由自主地怜悯爱抚起自己光洁白嫩而又红润的两臂、胸脯、双腿，她真真切切地感觉到了自己的青春光彩和美。她盯着镜子里秀美的自己，忽然一颗一颗晶莹透亮的泪珠似断线的珍珠从杏眼里滚落下来。

敲门声。她浑身一颤。她万万没料到会有一双眼睛没放过她的一举一动。

婆婆胸有成竹地走了进来。

"你坐下，我有话要跟你说。"语气十分平静又十分威严，似乎上帝突然把秀春的生杀大权秘密地交给了她一样，她们之间的关系突然改变了，而秀春像做了对不起狄家的事一样显得那样愧疚和没有脾气。

婆婆跟儿媳各怀心事对峙般坐到炕上。

"这衣服真好看，他比你男人聪明能干。"婆婆像在试探。"你喜欢他吗？"

婆婆的单刀直入让毫无准备的儿媳一下乱了阵脚，她只有惊愕。

"说心里话。除了你和我,没有外人,我也不是那么封建,我也不能让你守一辈子寡。你是我的儿媳,即便是嫁人,也要嫁个好人。你要跟我说真话,是真心喜欢他还是只想闹着玩?"

这事在她心里早就想过上百遍上千遍了,可如今要在婆婆面前,在这样一种气氛中说出自己心中的秘密她有点畏难,或许几千年来如同枷锁一般的观念在她意识里有深深的根底,她被人揭穿了隐秘捏住了把柄一样羞怯和恐惧;或许是她那份爱是那么纯洁那么娇嫩,在突然到来的无情的暴风骤雨面前显得那么孱弱。她不容别人对它轻视或玷污,可她又缺乏足够的信心和力量来保护它,她的额头上沁出了汗珠。

"你还有什么可顾虑的呢?只要你说真话,我不会为难你们。"

儿媳抬起疑虑的目光,她婆婆的眼睛里没有找到恶意的踪迹。

"我是喜欢他,可我不配。"她像对自己认真地说。

"他喜欢你吗?"

"……不知道。"

"他没跟你提过?"

"没有,我也没对他说过什么。"

"当兵的在当地找对象是犯纪律的。"婆婆试探她的反应。

"所以我不能对他说什么。我不能害他,他年底要转志愿兵了。"

"转了志愿兵也不允许在当地娶媳妇呀!"

"我宁愿在这里守一辈子寡也不能耽误他。"

"孩子,既然你是真心,我成全你们,上士这孩子人不错,你俩也很般配,我也中意。我有个主意能让你俩如愿。我让你回娘家,反正你的户口还没有迁来,这样他就不算是在当地找对象了。不过先得答应我一个条件,你们必须先给我生个孙子,就在今年,生下孩子后,我才同意这桩婚事。"

"妈!这……"她头脑嗡的一声响。

婆婆却如大将一样坦然若定。"一切由我来安排,你是狄家的媳妇,你能眼看着狄家绝后?你要想如愿就听我的,你要不依我的,我就……我想部队不会不管他的。"

"不不……妈……我求你了,千万别,今年他要转志愿兵,部队最忌讳这事,你要乱说,会毁他的前途的。"婆婆的话一下抽了她的筋,她差不多要给婆婆跪下了。

十二

一个真正的春日。南坡竹林里新竹不甘享受同类的庇荫而使自己的欲望被压抑,奋力为争夺属于自己的空间而拔节;东坡一枝枝芦苇在温暖的阳光下寻求着自己的梦,似强弩待发的箭镞;西坡的花草果木都以自己的勃勃新姿充分炫耀宣泄着青春的灿烂。蓝的天,碧的海,白的云,柔的风,一个十足的诱发怂恿各种念头滋长泛滥的中午,具体时间是小竹岛排开饭过后一个小时十分钟,这春光这海风终于孕育制造出令魏志明难以对付的故事。

魏志明同往常一样朝狄家的小院走去时,狄家小院里在婆婆的策划下一场决定性的战斗部署已经完成。魏志明做梦也没有想到等待他的将是决定他命运的抉择。狄家小院人心里的小兔子已经蹦了快两个钟头。西屋炕上的秀春手中的花边拿起放下放下又拿起,时而凝神窗外,时而呆视炕头,心神难安。

"大娘。"

婆婆平缓地放下手中的网线。

"哎！孩子，又出岛？我都准备好了，你先把这只小缸给我搬到西屋里，我把它刷了好盛小米。"

"哎，我这就搬。"

魏志明感觉到婆婆今天格外热情，却意想不到她的用心。他搬着缸进了西屋。手中的缸还没找到落脚的位置，身后的房门迫不及待给关上了。待他转过身来，婆婆已将房门牢牢地锁上了锁。

"大娘，你这是……"魏志明感到莫名其妙。

"孩子，你别急，大娘我有句话要问你，你要照实说，要有半句假话别怨大娘我不讲情面。我问你，你是不是真心喜欢秀春？"

"大娘我……"

"没关系，没外人，你说实话大娘不会为难你，说不定我会帮你，你说，是不是真心？"

"她是个好人，可我没有……"

"你不计较她结过婚？"

"那不是她的过错。"

"你不忌讳她是寡妇？"

"这是命运对她的不公。"

"好，你是真心。那我今天就成全你们，现在就做夫妻，免得你日后变心。你要不听我的话，我现在就去叫你们排长。"

"大娘你——"

婆婆默默地立在房门口。

炕上心如乱麻的秀春抬起了头。自从婆婆跟她捅破了那层窗户纸后，她们之间就再没有话可说了。她把事情反反复复想了个透，如果不按婆婆的意思办，事情闹出去，要直接影响到他的前途。按婆婆的意愿行事她没有把握，魏志明是自己钟爱的人，用自己的整个身心来爱他把一切奉献给他是自己的心愿，然而他是否真爱自己？如果他也是真心，只要不耽误他的前途，什么她都愿意为他做。刚才听了魏志明一番发自内心的表白，让她激动不已，她想听到的心声终于在这种场合下听到了。秀春眼看着满脸赤红头上冒汗的魏志明便下了炕，移步来到他的面前。

她没有急于把一腔的情和爱奉献给他，她看到他在颤栗。她那美丽的充满柔情带着热情的杏眼对着他的眼睛，娇嫩而又温柔的小手轻轻地为他拭去额上脸上的冷汗。她感觉到了，她的温柔驱去了他身上的寒气唤起了他心中的热火。

"你真不嫌弃我？"她深情地望着他。

"正是因为真心，我才不敢爱你……"

"如果你是真的，不是勉强，你就照她说的做吧，要不事情会闹坏的……"

她那两只滚热的小手指引着他心中的热火全身扩散。如同她的双手给他全身注入了葡萄糖酸钙，嘴里干热得要着火。眼前一片眼花缭乱，他不知道他的胸部是如何敞开的，那片温情香软的脸颊在轻轻地呼唤着他的血液沸腾。颤栗又一次出现，这不是开头那种胆寒的恐惧，而是高烧中的狂热。

"秀春……我，我……"

"……"

婆婆完成使命似的庄重稳健地离开房门走进东屋。

她双手合十默默地双膝跪在海神娘娘面前，连她自己也不知道她是在祷告是在忏悔还是在祈求。她完全处于矛盾之中，她心里是苦的。她一次也没看到儿媳把那温柔甜美的眼神和笑脸给过她儿子却加倍地给了别人，儿子夭折尸首难收坟头上还没长出草来她就这样迫不及待地投入了别人的怀抱,而且是那样的真情那样的倾心,这完全是一种不贞和背叛。作为狄家唯一的家长,作为婆婆她无论从哪一方面考虑都无法容忍。可是,当这桩倒霉的婚事不可避免地将灾难带给狄家,她意识到这是老天爷对她的报复,老头子在娶亲那天就摸到了魔鬼冰冷的鼻子,派魏志明去接新娘似乎也是老天爷在作祟。狄家的香火就要灭绝,她深感责任重大。她只能期待儿媳和他相好,而且越快越好,最好在年内给她生一个孙子,人不知鬼不晓,然后让他们成亲远离小竹岛,狄家从此就后继有人。

她是这样想了,也让那不甘寂寞的心得到了一些宽慰,可她还是拿不准。她孤独得很,没有人可以商量,尽管她认为这是她余年为狄家能做的唯一一件大事,但她无法对自己的所作所为作出判断,也不知道九泉之下的先祖列宗是赞成还是反对,更不知道老头子和儿子是怎样想的。想到这一层,两行热泪就悄悄地从两只迷茫的老眼里流出,流得迟迟疑疑断断续续。

西屋里的魏志明此时此刻也流下了泪:

"不、不,我求求你,我不能……"

他突然意识到即将发生的事情意味着什么。他用力推开秀春。

秀春被他的举动惊呆了。

"我们真要这样,就真把我俩都毁了!"

秀春从震惊中冷却下来。

"秀春,我爱你,可我得走,也必须走!"

魏志明推开窗户跳了出去。

秀春一头伏到炕上痛哭起来。

十三

秀春又一次坐到望娘石上，两眼不时地朝那条通往营房的羊肠小道张望。

那天魏志明逃走后，走得像远离了小竹岛。而她知道他没有离开小竹岛，就在几十米外的东坡。两个多月没有他的一点音讯，帮助捎买东西也换成了新兵小张。是他害怕闹出事来？是因为这事他改变了对她的看法？是讨厌婆婆？是因为这事已经闹出了事？无边的忧郁、担心、痛苦困扰着她。她想问那个小张又不敢问，她想去营房找他又不敢去。她忍受不了心理上的折磨，她只好又一次来到这块当初老天作主般让他们见过面的望娘石上。

晚霞抹去了落日的余晖同时也抹去她心中的那个强烈的期望。秀春含着眼泪回到家，进屋就散架一般趴到炕上哭了起来。这次她竟哭出了声，哭得那样伤心，那样淋漓尽致。

儿媳的哭声揪乱了婆婆的心。人心都是肉长的，虽不是自己身上掉下的骨肉，可毕竟在一口锅里摸勺子，而且她现在成为她唯一的一个亲人。她觉得自己是做了件荒唐的事，坑害了儿媳，让她在男人面前丢了脸。这哭声似鞭子，像老头子、儿子举着的鞭子，一下一下抽打着她的身心，她无法忍受，走进了西屋。

"秀秀，别哭了，是娘害了你。"婆婆这句话是出于真心。

婆婆的抚慰只能让她更感伤心。

"不能让他这样自在，我去找他排长！"

"行了！你还嫌丢得不够吗？"秀春呼地坐起身来。

婆婆一愣。过门来，她还没听她高声说过一句话，更没想到她竟会这么厉害。

"你……你多积些德吧！你也不怕辱没了祖宗！"

婆婆像被点中了死穴，顿时就失去了以往的威严。

"你要是把这事漏出去一点风声，我就死给你看。"

秀春的话说得婆婆一哆嗦。她信，她不能不信，眼前的秀春完全不是原来的那个儿媳。她一下子矮了半截，两人前些日子的位置正好来个颠倒。她屈身为她铺炕，端水洗脸，晚饭特意为她炒了两个鸡蛋。

婆婆的关心不能减轻她心头一点忧郁，她再次陷入了绝望和痛苦，从此秀春在小竹岛排的官兵眼前消失了。

十四

魏志明瘦了，不光是排里的人说他瘦了，他自己也发现自己真瘦了，腰带已经收进了两个眼。

这些日子是累。抢收海带，排里人手少，天一天一天热起来，不抢时间收起海带，海水温度一上来就全烂海里了。这几十亩海带全是他一手钉的桩、放的缆、下的苗。这些日子都是顶着星星出海，披着月光收工。

累是事实，但真正让他消瘦的原因，只有他自己知道。

那天，自己不知道是怎样回到小竹岛排最后一排营房西头第一个门里的。当他的肉体、血液和思维在燃烧中冷却下来之后，他才真正意识到他面临的问题的严重性。他立即找了排长。

排长比他大不了几岁，两人面对着面地闷头抽烟。魏志明把事情和盘倒给了排长"你真没跟她那个？""没。""你小子行，要我还不准能拿住自己。"部队在这个问题上历来是"宁左勿右",纪律如同高压电,谁要是有不怕葬送自己的前途的胆量敢去触摸,它就敢宣判谁政治生命的死刑,没有半点可原谅的。照例处理这事简单得很,表扬一下魏志明的优秀品质,换个人接替魏志明帮助狄家就结了。可排长不能也不愿意这么办,他想的是如何在既不违反纪律又成全这事,还要不造成其他影响。

他这样不仅仅因为魏志明为小竹岛排做了很大贡献。贡献是事实。海带田,是他春寒未尽下海探定下桩的位置;猪舍,是他打眼放炮弄石头垒成;菜地,是他领头劈山填沟整出。排长考虑的不是这些,他被秀春的悲惨命运和他俩纯洁的爱情所感动。可他又感到束手无策,除非做通狄大娘的工作,让秀春脱离与狄家的关系回自己的娘家,而魏志明又如期地转志愿兵。可这样狄大娘又似乎太可怜一点,这不是一句两句话所能办成的事情。

事情并不像排长想得那么简单,就连魏志明自己都拿不定主意如何处理这件事。说心里话,他是真心爱慕秀春,而且真诚热烈。狄德龙在的时候,有时他真想豁出去,哪怕脱掉这身军装,葬送自己的前途,能让她解脱痛苦,他也心甘。可他没让这种情感狂放,理智保护了他军人的形象。这倒不单单是一条军纪的制约,他想得更多的是自己是否真能给她解脱痛苦。自己是一名军人,即使转了志愿兵,他爱她也必然身败名裂,然后他只能把她带回那个穷山沟沟,难道这是她想得到的也就是他想给她的幸福吗?一想到这一层,他就格外的冷静。如今狄德龙不在了,他更觉得自己没有权利再去打扰她的生活,可以说她已经是个自由的人了,生活在她面前重新展现了它的色彩,她可以重新获得一切。

可人就是这么个有情感的坏东西,道理尽管明白,然而情感有时根本就不承认理智，以致弄得人无法自制。

出一天牛马力，手脚累得没处安放，可他无法让自己不想她。他是人，而且是个血气方刚的小伙子，在那种时候能够自我控制，那是五年军旅生活给他注进了属于军人的血液。空闲下来，他无法不想她那双温柔小手，无法不想她那充满情和爱的温馨的面颊。一想到这些他就无法抑制地兴奋起来，以致做出那种憎恨自己的事情。他开始害怕夜的到来，害怕躺到那张硬板床上，他唯一能惩罚自己的就是豁出命地干活，他想把自己累死，累得没有思维，累得一倒床上就沉睡。

结果还是没用，已是深夜，他仍未能入睡。他决心与自己那脆弱的意志抗争，他再不愿做那见不得人的事情。他干脆披衣下床，走出小屋。

连他自己也不知道他竟会走到这里来，当他抬头见是狄家的院门时，他才如梦初醒。他狠狠地揍了自己一记耳光。扭头往回走去。爬上山坡，他忍不住扭头朝狄家院子望了一眼。

他的心不禁一惊，狄家的西屋里亮着微弱的灯光。他停住脚步，在路旁的山石上坐下，两眼凝望着那令他心跳的灯光。他下意识抬腕看了看表，已是午夜十二点三刻了。她为什么还不睡？她在做什么呢？她恨我吗？那该死的灯光弄得他心神不安。

他在坡上移动自己的角度，企图从那模糊的窗户上发现些什么，他已有三个月没见她了，一种想见她一面的欲望折磨着他，只远远地看她一眼，哪怕是不让她知道，一句话也不说。

他梦游一般又向狄家院子走去。院墙高了一点，他无法攀登。他又十分耐心地寻找石头。当他双手趴住院墙，他的视线超越院墙时，西屋里的灯光已经熄灭。

一阵透心的失望使他双手无力,他摔下墙来,一块石头咯在屁股上,痛得他流下了眼泪。

他沮丧地往回走去。

他只是懊丧却万万没想到,有一双眼睛一直在暗中盯着他——老兵大马。晚上吃了个不太新鲜的螃蟹,夜里闹起肚子来,于是他就发现了这一秘密。

十五

潮涨潮落,星逝月移,日子一天一天在小竹岛官兵的脑子里平淡地过去。

魏志明把出岛的采办工作移交给新兵小张是自然的,他要转志愿兵了,万一转不成十月底就要复员,这人人都清楚;兵士们看不到秀春也是自然的,本来排长就不允许他们随便见到她。倒是那帮小鸡小鸭们已经退去了绒毛长成了大鸭大鸡了,山坡上海滩边到处是它们的踪迹,给小岛添了许多热闹。

小岛的秋日是凉爽的,那一天却格外闷。

秀春走出房门连打了三个喷嚏。这些日子她憔悴了许多。她没有离开狄家,一来不忍心撇下婆婆孤苦伶仃,二来这岛上有魏志明,他已经不能在她心里消失。

她始终未能单独见魏志明一面,对已经过去的事情做一些解释和安慰。然而她在背地里看到了他的身影,那些收海带的日日夜夜她看到他划舢板,看到他在海滩收晒海带,看到他推的小车。看到他忙碌的情景,她心里就满足了。她理解他,她也希望他不要为了她影响自己的前途。她在暗地里为他祈祷。

班船在人们对天闷热发着这样那样的议论中靠上了小竹岛码头。当码头上的人看清站在新兵小张和大竹岛村长中间的那个人的模样时,码头上的人全呆了!

婆婆正全心全意在给鸡鸭们拌饲料。

"大娘,大娘,你看谁来了!"新兵小张领着狄德龙走进院子,"德龙,这是你娘。"

"娘,嘿嘿,娘。"

听到这似乎来自地狱的声音,她站起来扭头朝发出声音的人这边一看,手中的鸡饲盆连同那把锅铲共同发出一声沉闷的声响,婆婆眼前出现的人和脚下发生的事让她的脸部器官组成一个可怖的惊叹号,以致这表情凝固般持续到秀春闻声从西屋跑出。接着是秀春的脸部器官也同样组成一个可怖的惊叹号,也同样凝固般持续到新兵小张拽着狄德龙喘着活人的气息说着活人的话踏着活人的脚步走到她们跟前用活人的手握住她们的手,她们竟恐怖地发抖退缩,直至狄德龙伸手拽住秀春嘿嘿不停时,她们才从漫游地府般的梦幻中回到人间。

村长接到浙江省公安厅收容所去接人的信函时,他没有把这事告诉狄家。信上说他们不知费了多少工夫才问出个大竹岛来,然后又从地图上找,才不能肯定地来信联系,为了保险稳妥,村长就没通知狄家,直接派人去领人再说。

狄德龙的活着归来给他母亲带来的喜悦和痛苦是同等的,人是活着回来了,可他因海难已经完全傻了。秀春内心的痛苦比他当初的噩耗所带给她的震惊和苦恼更难以想象。他的归来使这个家庭面临着一次真正的灾难。

狄德龙的历险记是村长告诉大家的。死亡吓得他精神完全错乱了，他看不得船，听不得惊涛。唯独见了秀春就想动手动脚。

秀春满脸愁容。

"说什么也不能再让这头蠢猪糟蹋她！"魏志明沉闷地说。

"可你又如何阻止呢？"一向聪明的排长也没了主意。

"他们根本没有履行任何法律手续，连结婚证都没有，秀春的户口还在南山岛，最多不过是事实婚姻。"

"可人们是承认事实婚姻的，再说你现在又有什么法律权利呢？你又如何阻止他不当秀春的丈夫？具体点，今晚你又如何阻止他不进秀春的房呢？"

"唉……那我们就这样袖手旁观？"

"你要考虑后果。"

"我管不了那么多了！"

"难道你一切都不要了？"

"难道为了我的所谓的前途就这么眼睁睁地看着她受罪？"

"你别冲动，我不反对你去保护她，甚至爱她，可我们还是尽量要通过正当的合法途径。"

"有吗？我是没有资格爱她，我现在是军人，即使复员，我也没有资格爱她。我只是想，她可以获得自由，她完全可以解除那种口头婚约，名正言顺地追求自己的爱。然而她需要帮助，她自己不行，那么现在除了我们，还有谁能给她这种帮助呢？"

"你说的都对，可现在要做的是怎么先稳住狄德龙。"

"我现在就到狄家去。"

"我跟你一起去。"

"不，你别出面，一切由我来，你去了又要搅进个军民关系。"

"你千万别莽撞。"

"不会的，我有数。"

魏志明的出现让狄家立即笼罩在一片尴尬的气氛中。狄德龙只是一味地傻笑。秀春就很不坦然，她内心的反应是喜，可在婆婆面前又无法流露。好在婆婆没工夫顾及她的神态。她比她更难堪。在儿子面前面对自己强迫儿媳找的情人，她的良心无法沉默。

在婆婆难堪的搭讪中魏志明用眼睛给秀春传过去一个明确的信号。秀春心领神会同样用杏眼给了他回答。

"你们坐。"秀春借故离开东屋。

"嘿嘿，你们坐。"狄德龙跟孩子似的拽住秀春的手也站了起来。

"人家上茅房你也去？"秀春厌恶地用力打掉他的手。

"我也去上茅房、上茅房。"狄德龙兴致十足。

屋里剩下魏志明和婆婆，气氛骤然紧张起来。

"上士，这几年叫你受累了，你的恩德我一辈子忘不了。"婆婆转身打开五斗柜，从里面拿出一个布袋，"喏，这是你给我们垫的钱，这三百元算是给你的利钱，也算是我们的一点心意，一直想给你，可老碰不到你。"

魏志明把另外三百元钱放到柜上。

"上士，那事是我糊涂，你别往心里记，我求你了。德龙回来了，你就可怜可怜他。可怜可怜我们狄家，你再不要来找秀春了，我给你跪下了。"婆婆真的跪到了魏志明面前。

"你起来，你家的事是不用我管的。不过有一件事我告诉你，狄德龙这病……你也应替秀春想想。她有权随时离开你家，他们原来的关系是得不到法律保护的，他们没有履行任何法律手续。你应该尊重秀春，一切应该按秀春的意愿办。"

"……"婆婆被魏志明的话镇住了，但她那种没文化的愚昧不允许她这样失败,她愣睁着双眼站了起来,"秀春是德龙的老婆,你凭什么来吓唬人,你不要管得太宽了!"几年来鱼水般的情谊处于危机中。

魏志明出得门来,一把拽着早在门口等候的秀春就朝院门外走。

"站住!秀春你要上哪去?"

门框里一个漆黑的婆婆的身影威严地立在那里。家族、母亲、婆婆的权威限止了秀春的行动。

"我不是要带她走,我只想跟她说句话。"

"不行!黑灯瞎火的,媳妇家跟一个当兵的出去算哪门子正经事,不准出这院子。"在这小天地里,长辈的话是至高无上的,如果秀春真跟魏志明走出这个大门,第二天降临给他们的绝不会是幸福。

"秀春,你别怕,你有权利保护自己,谁也不能侵犯你的人权,你们的婚约没有任何法律手续。"魏志明扔给秀春这些话,大步走了出去。

秀春试图以德龙的病作为自己的保护神,可请求被婆婆的冷笑撕得粉碎。

"嘿嘿,投了猪就别怕刀,做人家老婆就得让人家受用。德龙跟你老婆睡觉去,给我生个孙子。"

"嘿嘿,我倒要看看魏志明的法律怎么保护你。"

"畜生!你们都是畜生!"秀春在婆婆阴冷的目光下愤怒了。可她已经晚了。狄德龙已经把她抱了起来……

急促的敲门声,把排长从睡梦中惊醒。面前站着的人,让排长惊异得有一刻未能说出话来。

排长又去叫醒了魏志明。

排长和魏志明一致意识到,无论理由何等充分,军营是无法藏匿秀春的。班船一个礼拜只来一趟。秀春已经走出这一步，他们无法叫她退回去，他们也不愿意叫她退回去，可她的第二步该怎么走，他们又都束手无策。

魏志明捉来的那些公鸡们一遍又一遍催逼他们拿出主意……

十六

"老天爷啊！你怎么不长眼呀！连当兵的也来欺负我们孤儿寡母啊！我的天啊！这个日子还叫我们怎么过啊！……"

清晨，狄家大娘清亮悠扬的哭唱打破了小岛的宁静，随着那哭唱声从西坡那边朝东坡这边响亮过来，小竹岛排营房里骚动起来。

狄家大娘一边哭号一边还要看着脚下的山路，因为弄不好会滚将下来，狄德龙手里拿着根木棍，嘻嘻地跟在他娘身后。

狄家大娘哭走两不误地下得坡来，来到排长宿舍门口一屁股坐到地上，放开喉咙前俯后仰左摇右晃地哭唱起来。狄德龙嘿嘿地挥动手里的木棍，一扇窗户的玻璃发出了清脆的破碎声。

全排士兵闻声围过来。

几个战士夺下了狄德龙手里的木棍。

"老天爷你睁开眼呀！他们当兵的打人啦！我的天呀！我们没法过啦！我不活啦——"

狄家大娘哭唱着爬将起来，一头朝旁边手臂粗细的一棵柳树撞去。两个战士将她接住。

"你们让我死吧！家都让人家破啦，我还活着受罪干什么！老头子你来领我去吧！我的天啊！"

"大娘，你今天到底想干什么？你这样毫无道理的哭闹，能解决问题吗？你要觉得这样闹能闹出好事来，那你就闹下去，我们什么都不管了！"

排长的话止住了狄大娘的哭声！

"你把我媳妇交出来！"

"大娘，你可要搞清楚，我们一直是把你当长辈来尊敬的，你媳妇在你家里，你也没有交代我们帮你看守媳妇，如果你想要我们帮助的话，那咱们到屋里好好谈谈，如果你……不想要我们帮助的话，你愿意去找谁就去找谁，我不是吓唬你，秀春她是完全自由的。"

不知狄家大娘被吓住了还是觉得排长说得有道理，她跟着排长进了屋。

狄家大娘带着失败者的沮丧回到家，晕晕乎乎打开了多年不用的东厢房，里面有铺小炕，炕上积了厚厚的灰尘，必须打扫出来，儿子今晚就要在里面睡觉，这是谈判的结果。

开始狄家大娘是很硬气的。当兵的敢拐带人口！敢夺人妻子！非闹它个天翻地覆不可，但只一个回合，她就软了。因为自己的人不硬气，她自然就不能来硬的。在排长的开导下，她明白了一个道理，要保住这个家，要叫狄家不绝后，只有保住这个媳妇。她要一走，这辈子再不会有第二个女人走进她的家门。要保住媳妇就不能不依她。

再说排长他们也不想让秀春现在离开狄家，他们也担心秀春一走狄家闹起来影响魏志明转志愿兵。

他们就这样达成了协议：狄德龙的病没有治好之前，不能跟秀春同房。

十七

排长接完电话，手拿话筒站那里半天忘了要扣死。

在电话里他跟指导员磨了好半天，指导员说他也闹不清是怎么回事，指导员还说他跟军务股长在电话里也磨了半天，军务股长说他也闹不清究竟是怎么回事，反正是团首长决定的，好像是对他有反映。指导员说为这事又不便直接打电话找团首长询问，山高水远的问也问不清，反正魏志明转不了志愿兵是肯定了，名额还给不给小竹岛排说还要研究。

反映？会是他闹的？

排长想到了炊事班的老兵大马，他也是五年兵了。上次他跟踪魏志明以后，第二天就报告了排长。他说得极认真极神秘。他是郑重其事在告状。排长当时对他就没好气，他讨厌那种在别人背后郑重其事地说别人短处的人，这种人就希望别人有点什么事，于是他就乘机下一块石头。排长就给他挑明了这事说明不了什么问题，并且说明是他安排注意保护秀春的安全的。他嘴上是答应了，可眼睛里对排长也添了想法。排长干脆就点名将此事说个明白，这才算免了许多背后的胡乱议论。这回会不会是他直接往团首长那里捅了？弄不好连他也一块捅了，要不指导员怎么会这样跟他说呢？大马当然也没大错。可全团一年就这么几个名额……

魏志明从排长那里出来心乱如麻。他没有回炊事班，也没有回他那间小屋，而上了望娘石。

排长给了他许多安慰，今年不能转但也不一定要复员，如果真要复员，秀春的事倒可以打个正经主意。

魏志明已经不是新兵了。今年不能转志愿兵等于说他这一辈子就失去了转志愿兵的机会。文件上写得明明白白，满五年当年转，超期一律不转，不能转再在这里还有什么实际意义呢？打正经主意，能打什么正经主意呢？

魏志明仰躺在望娘石上，让思维像野马一样飞奔。五年哪！不惜命地干为的就是靠自己的努力来改变自己的命运。他把部队当自己的家，把领导当自己的父母、兄长，可他们又把他当什么呢？拒绝秀春，这要忍受多大的痛苦，这么一个电话把一切就交待了。他还是五年前的他，他成不了龙，他还是山沟沟里的土娃子。

更让他难以理解的是战友一场。天南海北凑到一起，热也罢，冷也罢，大家把自己最珍贵的年华合在一起过，情谊却水一样的清淡，平时你好我好，到了与自己的利益相矛盾的时候，一个个竟成乌眼鸡了，什么事都做得出来，真是人心难测啊！

秀春的事他已经千遍万遍地想过了。他毕竟吃了五年军粮，明白一些世故道理，只要感情好，讨饭也幸福，半间草屋做新房，那都是空话，都是写书的人编造的故事。她现在实际是自由的人，再说她们海岛渔民享受的是城镇居民的供应标准，大岛上那些渔民富得流油。跟他家的山沟沟相比，真是天壤之别。打她的主意，等于领她往火坑里跳……

魏志明躺在望娘石上愁绪满腹，炊事班里气氛也十分紧张。志愿兵名额轮不到小竹岛排的消息像风一样即刻刮遍小竹岛。新兵小张带着气愤从猪舍回到炊事班的时候，老兵大马正在闷着头抽烟。

咣当！新兵小张把扁担扔得山响，老兵大马心里一哆嗦。

"哎，你到底做了没？"新兵小张实在憋不住了，一挺身子坐了起来，一脸郑重其事。

"……"老兵大马还是没反应。他也已经得到了消息，而且被一个老乡呛了一顿，肚子里有气没处出，哪有工夫理会新兵。他纹丝不动还是抽他的烟。

"你把他弄下来，与你有啥好处，人家也没有把名额给你呀！一个人怎么能这样做人呢！"

"你够了没有？"老兵大马的眼瞪得牛蛋一般。

他正为这件事窝火伤脑筋呢！转志愿兵他本来没抱任何念头，哪方面讲，他自量不能与魏志明竞争，他之所以愿意超期服役是家境不好，在炊事班多待几年学点手艺，复员回家好添门挣钱的本事。排里伙房的面菜活他都是抢着干，魏志明又主动让他参加了团岛办的烹饪培训班，搞到一张内部三级厨师的证书。他心满意足地等待复员回家另谋生路。

那天晚上发现了魏志明这一秘密后，他好长时间没睡着。他想了许多，他想得最多的是万一魏志明要不转了，自己能不能转？于是他跟团修理所的同乡打了电话商量此事，把魏志明的事跟他说了，没想到他捅到团首长那里去了。

魏志明果真下来了，他却没能上去，害了人又没利己，还让全排人耻笑。他不知道该谢同乡还是该骂同乡，心里的火没处出，只能闷头抽烟。

"真是知人知面不知心。"新兵小张一肚子失望。

"你别烦我好不好？"

老兵大马出门把门带得天棚直掉石灰。

十八

魏志明使劲晃了晃脑袋,他也搞不清是怎么回事,今天耳边老是响着《国际歌》悲壮的旋律。

尽管席上摆的全是海珍品,鲍鱼、海参、对虾、扇贝、甲鱼、螃蟹……应有尽有,尽管排长想尽一切办法让大家高兴,但退伍老兵的欢送宴始终笼罩在沉闷的气氛之中。

他意识到是时候了。他沉重地走到军容风纪镜前,耳边的《国际歌》旋律更加悲壮。

他再一次整好军容,定定地盯着镜中的自己看了一会儿。然后他庄重地摘下军帽,慢慢地拧下螺丝,摘下闪光的八一帽徽,再脱下军衣取下肩章和领章,当他再穿上除去肩章和领章的军衣,戴上没有帽徽的军帽,再次看到镜中的自己的时候,眼泪涌满了眼眶。

五年哪!他记起了班长第一次教他钉领章帽徽,他弄断了两根针,扎破了手,鲜血染到了崭新的领章上;他想起了劈山填沟建菜园,他的手心里打了五个泡,鲜血染红了镐把;他想起了建海带田,下海探定下桩的位置,钢缆丝划破了他的腿,鲜血顺着腿往下流;他想到上大陆采购,为一斤菜便宜几分钱,他租自行车直接到菜园去买,自行车摔到沟里,膝盖上胳膊上摔破四五处,鲜血染在衬衣衬裤上;他想起了秀春温情脉脉的杏眼,他跳窗户双脚踩在破碗上,利口割破胶鞋刺伤脚底,鲜血染红鞋垫……这都是他的热血,为的是做一个真正的军人,为的是自己的前途。他觉得这些血流得很光荣,很自豪,很痛快,可现在想起来,心里有一种委屈,一种被遗弃的委屈。

"我,我对不起你。"

悄悄地来到身后的是老兵大马。

"这件事，我本来不想说了，可明天咱们都要上路分别了，这一去一个在山东，一个去河南，不知哪一天能见面。咱们在一起五年，你一直很照顾我，可我却……那件事不是我跟团里说的，是我那王八蛋老乡，我想，你要是真跟秀春好，你肯定不会在这里转志愿兵，我把他当人跟他说了，谁知让这王八蛋钻了空子，我真昏了头，我对不起你……"老兵大马扑通跪下抱住了魏志明的双腿哭了起来。

魏志明蹲下扶起他，不知怎么，他也流着无声的泪。

十九

魏志明抱着颗痛得裂开来的头一脚高一脚低地踏着漆黑的小路朝那块望娘石走去。

下午新兵小张捎过话来，晚上秀春一定要见他，地点：望娘石。此时此刻，他真不知该怎么跟她见面。

夜色中，她坐在望娘石上。

他的心怦怦剧跳，自从那次跳窗逃走后他俩再没单独在一起待过。

"你来了？"魏志明走到跟前。尽管在夜色中，他还是习惯地勾下了头。

"你就这样离开？"

"我只能这样离开。"

"你忘了自己说过的话？"

"一辈子不会忘。"

"现在你改变主意了？"

"没有,一辈子不会改变。我依然爱你。可是,我当战士时,没有这个资格;现在,我要复员了,却又没有这个权利,你和狄德龙有婚约,同样受到法律保护。"

"那你为啥要救我?为啥要说爱我?"

"现在狄德龙在吃药治疗,狄家要是离开你,那就真的完了。"

秀春气愤不已:"原来天下的男人都这个德行,你走吧,你走吧!"秀春泪流满脸。

魏志明:"不!秀春,我真想现在就带你离开这里,可是,我不能啊,无论从法律还是道德角度考虑,我们不能不考虑德龙的病和大娘的生存……"

秀春看着魏志明,突然抑制不住内心的冲动,她一下伸出双臂搂住了魏志明,热泪都流在了魏志明的军衣上。

魏志明轻轻地拿下她的胳膊:"秀春,别,我还有话……"

秀春怕失去他一般紧紧搂着他的脖子。

魏志明:"既然我们真心相爱,就得争取爱的权利,现在德龙治病需要钱,我要想法先还他们那15万元钱,然后再撤回那张婚约,一切都安排好后,我才能带你走。"

秀春抬起了头:"那要多长时间?"

魏志明:"大概一个月左右。"

秀春:"只能这样了,你可要快。"

魏志明点点头:"不早了,别让他们生疑,回去吧。"

二十

"说!你到哪去了?"

秀春的前脚刚踏进狄家的院门，婆婆就凶神一般站在了屋门口，她每分钟都盯着她，她在寻找制服她的机会和武器。

"好啊！你不让自己的男人近身，却偷着去会野汉子！"

秀春只想与他们和平共处，她没理会婆婆的张狂，径直朝屋里走。

"哎，你这不要脸的，你聋啦？我问你哪！"

秀春的平静更伤害了婆婆的自尊和权威。她越来越看不惯她那不冷不热不露声色的样。今儿个她知道她去会了魏志明，这个机会不能放过，她非得把她那个邪劲整过来不可，要不她再没有机会制服她。

其实，是她那块心病在作怪。自己的错处在儿媳手里捏着，她怎么也觉得自己治不了她，她连正眼看一眼儿子的勇气都没有了，她做了一件辱没祖宗伤风败俗的丑事，秀春的神气就是她的罪证，儿子就是法官，她每时每刻陷入被审判之中。

"随便走走。"秀春不愿纠缠。

"站住！你这婊子还有脸说，随便走走，你怎么走到魏志明跟前去了？"婆婆知道魏志明明天就复员要离开小岛，她再也不怕他帮了，于是她今天必须乘机制服她。

秀春被婆婆的无赖激怒，她望着她那泼样怒火从心底升起。

"你还有脸跟我说这，德龙你出来！你娘骂我婊子，你问问她，是谁想让我做婊子？你说呀！你的狂劲到哪去啦？你有什么资格来教训我？你有脸当着娘娘的面把你所干的事统统对你儿子说出来！说呀！"

婆婆被秀春的怒吼吓得出了一身冷汗。她被逼得步步退缩，无地自容。她看着傻在一边的儿子，意识到如此失败，这个家也就完了。但她绝不允许这个家在她手里完，神气又附到了她身上。

"德龙，你死啦！你老婆偷汉子你还不管，给我打！"

"这、这……打，打她？"

"你这个没用的东西，你老婆偷人你都不敢管！"

"偷、偷人？"

"对。她不愿跟你睡觉，她想跟别的人睡觉！"

"跟谁睡啦？"

"跟魏志明。你问她呀！"

"秀、秀，是真的？"

"你娘逼着要我跟他呢……"

"她不要你了！她要跟别人了！"婆婆竭力怂恿着。

"你、你要跟别人！你不要我！"狄德龙顺手操起一张锨，他的两眼像饿狼一样闪着绿光，"你，你要是不跟我，我、我打死你！"

狄德龙手中的铁锨在空中抡出一道闪光的弧。

美丽的秀春优雅地应声倒下。

狄德龙扔下铁锨，一边喊一边跑向院门外："打死人啦！打死人啦！"

狄德龙一边喊一边跑小竹岛排营房。

魏志明和小张、卫生员背着药箱冲进狄家小院。秀春躺在地上。魏志明轻轻地喊："秀春！秀春！"秀春昏迷不醒。"卫生员，你赶紧给她包扎，我跟连里联系，让村里派船来送她去师医院！"

卫生员给秀春包扎好头上的伤口，魏志明回到狄家，他说船已经联系好，他让卫生员和小张一起抬着秀春去码头。

小竹岛离大竹岛很近，机帆船很快就赶到。船上的渔民一起帮他们把秀春抬上了船，排长让魏志明和卫生员随船去师医院。

狄德龙还在岛上到处乱窜，他在山坡上看到魏志明和卫生员抬着秀春上了机帆船，急了，急忙朝山下跑去。帆船离开码头，向远处的海岛驶去。狄德龙跑到码头，对着离去的机帆船喊："魏班长！还我老婆！还我老婆！"回答狄德龙的是哗哗的海浪。码头上已经空无一人，狄德龙看着远去的机帆船发呆，他拼命喊："秀春！你回来！"

狄德龙在码头上乱转，他看到了海滩上的小舢舨。狄德龙上了海滩，一边推舢舨一边说，秀春，回来，秀春，回来……狄德龙把舢舨推下海，自己上了舢舨，支起橹，摇着舢舨朝着远去的机帆船追去。

狄德龙一边摇着舢舨一边喊："秀春！等等我……"

二十一

魏志明焦急地在急诊室门口等待。急诊室门打开，护士喊病人家属！魏志明立即站起来："医生，咋样？"

"已经醒过来了，只是脑部受伤，没有特别的危险，对胎儿没啥影响。"

魏志明一怔："她有身孕了？"

医生："差不多三个月了。"

魏志明推着担架车，看着安祥躺着的秀春，思考着，斗争着……魏志明把秀春推进病房。护士给秀春调整好输液速度后离开。魏志明坐在床前，默默地看着秀春。秀春慢慢睁开眼，她看到魏志明。

"我咋啦？"

"别动，你受伤了。"

秀春回忆着，她想起了那一幕，她轻轻地说："这个畜牲。"

魏志明示意她安静："伤在脑部，不要去想不愉快的事，好好休息。"

婆婆坐在码头上，含着眼泪望着大海，她累得再喊不动了，嘴里一个劲念，德龙，你去哪儿啦？德龙……

小张急急地从坡上跑下来，他来到婆婆身边，小张同情地说："大娘，你别找了，刚才村长来电话，德龙摇着小舢舨去追机帆船，小舢舨翻了……舢舨找到了，德龙没有找到。"

婆婆没有哭，她静静地流着泪："老天报应我啊……"

魏志明两手捧着头坐在病床前，秀春呆呆地看着天花板。

秀春像是自言自语，又像是对魏志明说："必须打掉！我不能替他生！"

魏志明依然捧着头，他两手突然使劲地扒头皮，然后坐直身子。他沉重地对秀春说："刚才排长来电话了，狄德龙摇着舢舨来追机帆船，舢舨翻了，他淹死了……"

秀春十分意外。

魏志明继续跟她说："说实话，听医生说你已经怀孕，我心里很不舒服。但是，你想想，孩子是无辜的，这是一条生命哪！再说，这孩子是狄家唯一的根苗。"

秀春疑惑地看着魏志明："你要我把孩子生下来？"

魏志明依旧沉重："秀春，你再想想，大娘以后的日子怎么过？要是有了孙子，她会好好地活着。"

秀春看着魏志明："你真这么想？"

魏志明坦然地说："不这么想，心不安哪！你就好好保护自己的孩子吧。你在这儿住着，我先回一趟小竹岛，再回连队，把一切都安排好后，我回来接你出院。"

秀春感动地点了点头。

婆婆见魏志明进院子，孰视无睹，失去了往日的亲热。

魏志明来到婆婆跟前，拿出了往常的神态。他说："大娘，我是来报喜的，秀春怀了德龙的孩子。"

婆婆疑惑地抬起头，惊疑地看着魏志明。

"你不相信吗？是医生说的，已经三个月了。我跟秀春说好了，这是狄家的根苗，一定要把孩子生下来。"

婆婆不相信地看着魏志明，眼泪夺眶而出："志明，你为啥要对我这么好？"

魏志明坐到小板凳上："大娘，我不是人民子弟兵嘛！"

"志明，狄家咋感激你啊！"

"大娘，你愿意要我这个干儿子吗？"

婆婆惊疑地看魏志明："你要认我干娘？"

魏志明点点头。

婆婆激动而又愧疚地："志明啊！我这么对你，你还要认我做干娘？"

魏志明郑重其事地说："干娘，我要跟你商量件事，你跟我们一起离开小竹岛好吗？"

婆婆不相信自己的耳朵："你让我离开小竹岛？让我上你们家？"

魏志明点点头："等秀春出院后，咱们一起走。"

婆婆摇了摇头："志明，谢谢你的好意，我不能离开这儿，我要守住狄家的祖坟。"

魏志明有些担忧:"干娘,你一个人咋过啊?"

婆婆有了精神:我有这个养鸡场就行了。你们走吧,到时候,你们能把孩子给我送回来我就感激不尽了。

魏志明扛着一块大牌子走来,他把牌子放下。婆婆正在开鸡鸭的门,鸡鸭们散向小岛各个地方。魏志明选好了地方,把牌子竖起。征求干娘的意见,婆婆说你觉着竖哪儿好就竖哪儿。魏志明拿起锨挖了个坑,把牌子栽到地上,稳稳地夯实。小竹岛天然养鸡场,白底红字。婆婆看着抑制不住地笑。

竖好牌子,魏志明跟婆婆说:"干娘,明天我就去接秀春出院,我们不能扔下你不管,秀春出院后仍旧回这儿,等孩子长到一岁后,我再来娶她。"

婆婆抱住了魏志明,老泪纵横:"志明!我的好孩子!"

二十二

小竹岛上爆竹声声,锣鼓喧天。小竹岛排的战士敲着锣,打着鼓,吹着唢呐,放着鞭炮。运输艇靠上码头,婆婆喜气洋洋,抱着孙子,送西装革履的魏志明和秀春上船。战士们把嫁妆搬上了船。

运输艇拉响汽笛,船上的水兵跳上码头开始解缆。秀春紧紧地抱着儿子,亲了又亲,秀春把儿子交给婆婆。孩子哇一下大哭叫起来,犟成一根棍,婆婆抱不住他。孩子伸着两手哭喊:"妈妈!妈妈!"

魏志明拉着秀春跳上船,小孙子在婆婆手里拼命挣扎着哭喊:"妈妈!妈妈!我要妈妈!我要妈妈!"

秀春流着泪跑向船舷,举起双手撕心裂肺地喊:"小龙!

小龙！"

魏志明看着这揪心的场面，心潮起伏，他毅然决断地向艇长做了个停船的手势。他冲到船尾，朝码头上的战士喊："战友们帮个忙，帮我们把东西卸下去！"

婆婆不解地喊："志明，船就要开了，你这是做啥？"

魏志明在船上喊："干娘！我们不走了，我来当上门女婿！"

秀春也愣了，看着魏志明。魏志明肯定地点了点头，他拉起秀春的手，一起跳上了码头。

秀春立即扑过去抱起儿子，小龙立即止住哭，依着妈妈的脸笑了。

婆婆乐得合不拢嘴了，一个劲地拿手掌擦眼泪……

《西南军事文学》1992 年第 4 期。